林召棠集

[清]林召棠 著

林卓才 陳品良 李文傑 劉金明 點校

廣東叢書

SPM 南方传媒
廣東人民出版社
·廣州·

圖書在版編目（CIP）數據

林召棠集/（清）林召棠著；林卓才等點校. —廣州：廣東人民出版社，2023.9（2024.7重印）
（廣東文叢）
ISBN 978-7-218-16317-8

Ⅰ.①林…　Ⅱ.①林…　②林…　Ⅲ.①中國文學—古典文學—作品綜合集—清代　Ⅳ.①I214.92

中國版本圖書館CIP數據核字（2022）第245933號

LIN ZHAOTANG JI
林召棠集
〔清〕林召棠 著
林卓才 陳品良 李文傑 劉金明 點校

出 版 人：蕭風華

責任編輯：李永新
責任技編：吴彦斌

出版發行：廣東人民出版社
地　　址：廣州市越秀區大沙頭四馬路10號（郵政編碼：510199）
電　　話：（020）85716809（總編室）
傳　　真：（020）83289585
網　　址：http://www.gdpph.com
印　　刷：廣州市人傑彩印廠
開　　本：889 mm×1194 mm　1/32
印　　張：16　　**字　　數**：350千
版　　次：2023年9月第1版
印　　次：2024年7月第2次印刷
定　　價：130.00元

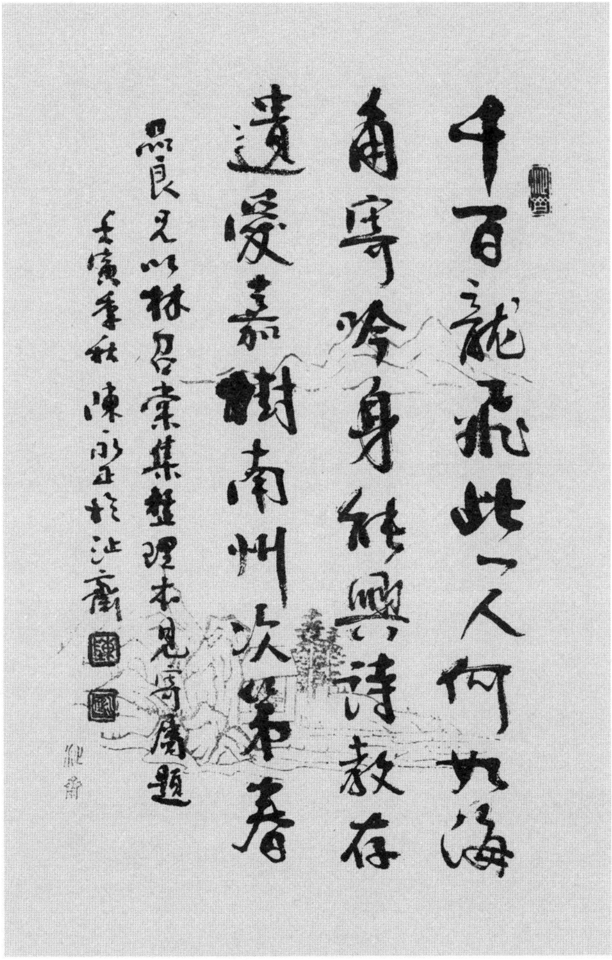
千百龍飛此一人何如海
角寄吟身能興詩教存
遺愛嘉樹南州次第春
思良兄以林召棠集整理本見寄屬題
壬寅季秋 陳永正於沚齋

陳永正先生題詞

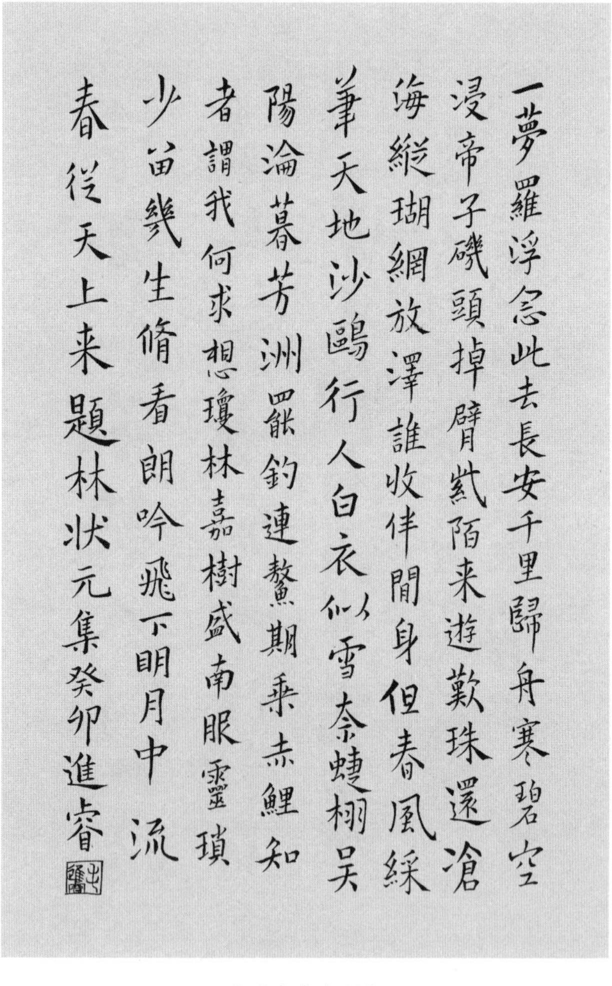
一夢羅浮念此去長安千里歸舟寒碧空
浸帝子磯頭掉臂紫陌来遊歎珠還滄
海縱瑚網放澤誰收伴閒身但春風綵
筆天地沙鷗行人白衣似雪柰蜨栩吴
陽淪暮芳洲罷釣連鰲期乘赤鯉知
者謂我何求想瓊林嘉樹盛南服靈瑣
少苗幾生脩看朗吟飛下明月中流
春從天上来題林狀元集癸卯進睿

毛進睿先生題詞

林召棠像

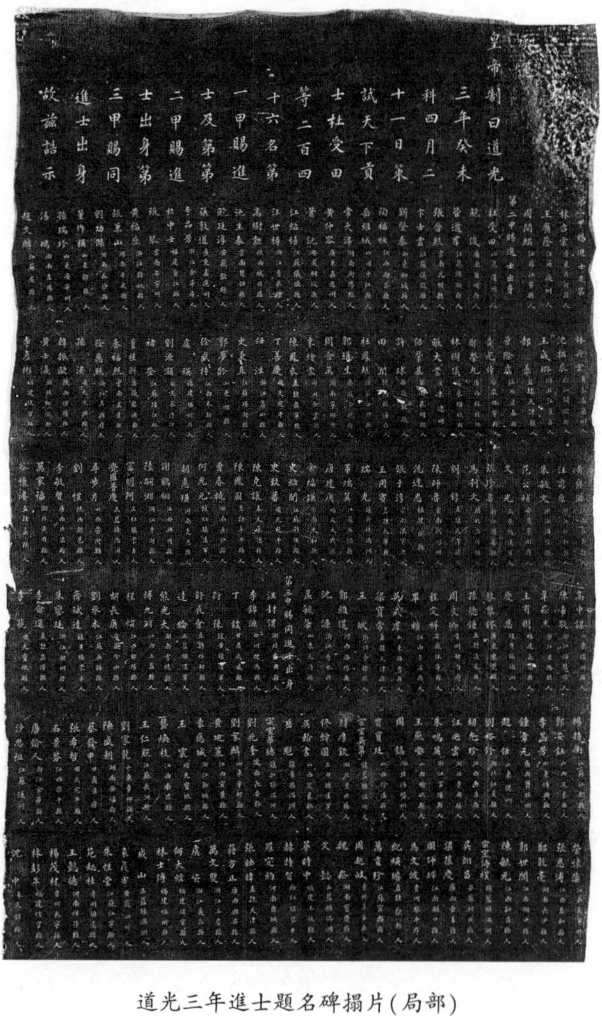

道光三年進士題名碑搨片(局部)

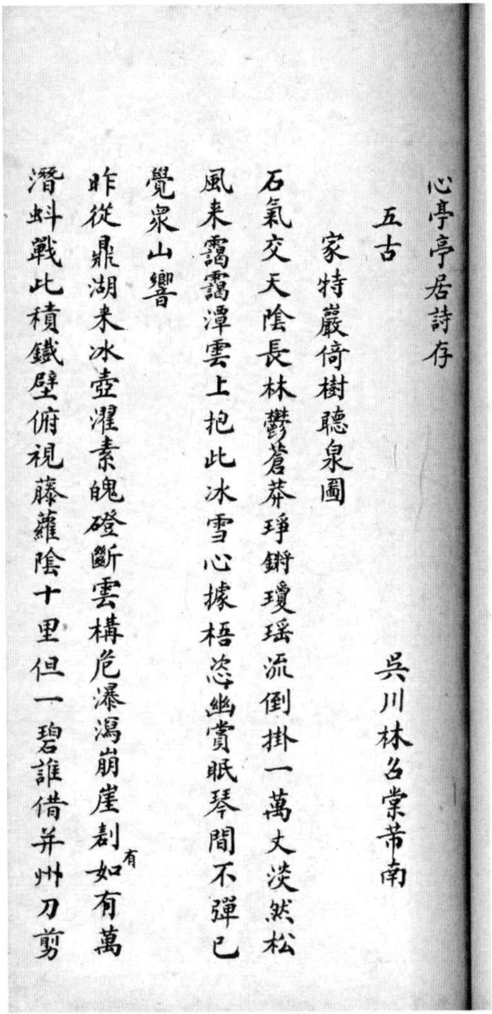

心亭亭居詩存

五古　　呉川林名棠芾南

家特巖倚樹聽泉圖

石氣交天陰長林鬱蒼莽琤鏦瓊瑶流倒掛一萬丈淡然松

風来靄靄潭雲上抱此冰雪心據梧恣幽賞眠琴間不彈已

覺衆山響

昨從鼎湖来冰壺濯素魄磴斷雲構危瀑瀉崩崖劃如[有]有萬

潛蚪戰此積鐵壁俯視藤蘿陰十里但一碧誰借并州刀剪

《心亭亭居詩文存》書影(蘇州圖書館藏)

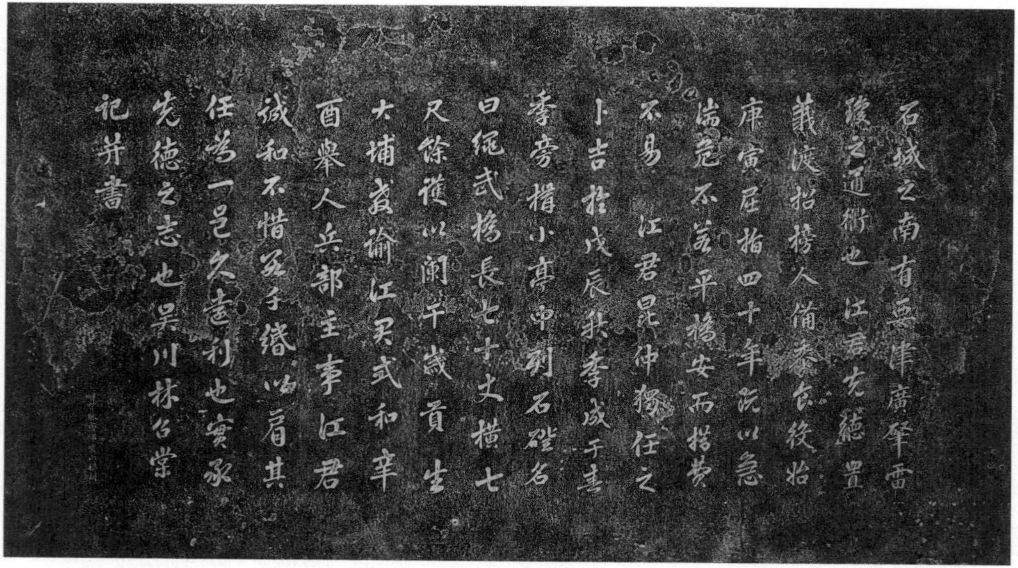

林召棠撰書繩武橋記搨片

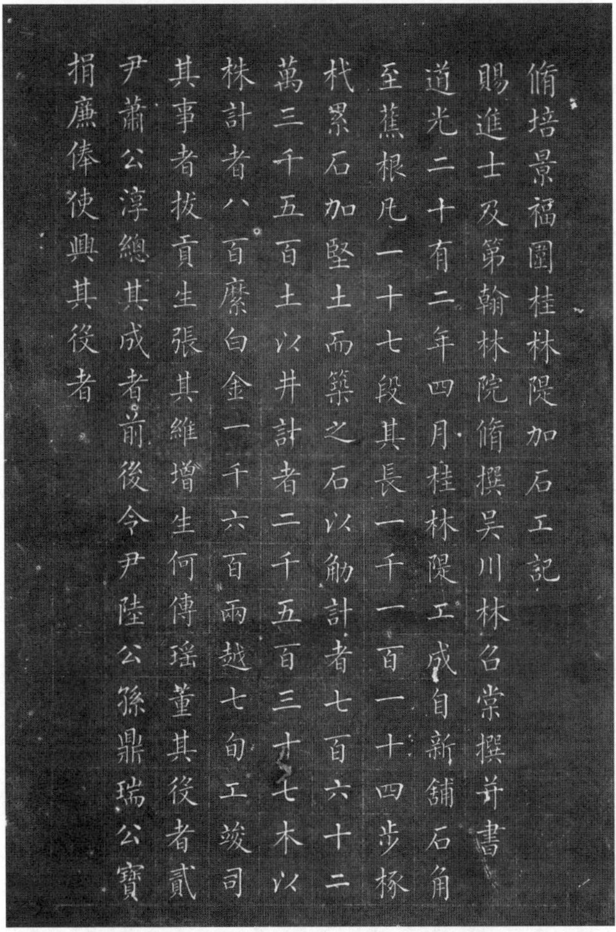
脩培景福圍桂林隄加石工記
賜進士及第翰林院脩撰吴川林召棠撰并書
道光二十有二年四月桂林隄工成自新鋪石角
至蕉根凡一十七段其長一千一百一十四步椽
杙累石加堅土而築之石以觔計者七百六十二
萬三千五百土以井計者二千五百三十七木以
林計者八百縻白金一千六百兩越七旬工竣司
其事者拔貢生張其維增生何傳瑶董其役者貳
尹蕭公淳總其成者前後令尹陸公孫鼎瑞公寶
捐廉俸使興其役者

林召棠撰書《修培景福圍桂林隄加石工記》搨片

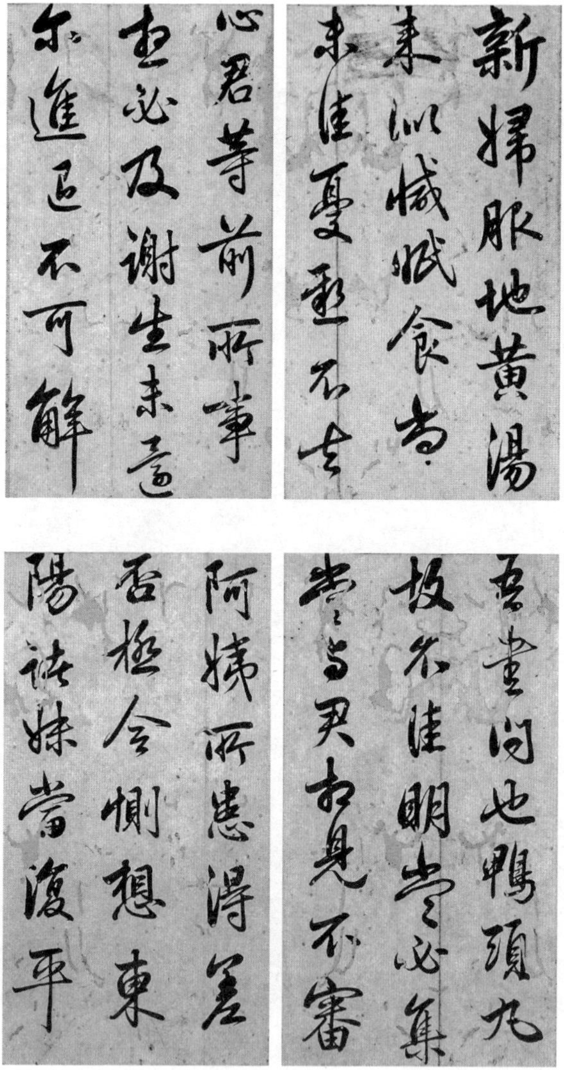

林召棠臨《新婦帖》(局部)

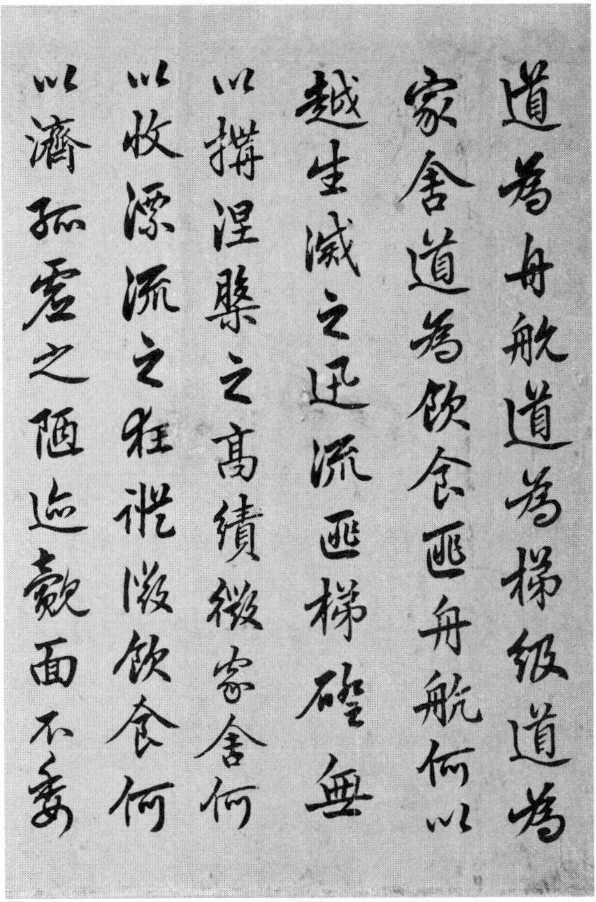

林召棠臨《勉學賦》(局部)

林召棠書“絳雲館”搨片

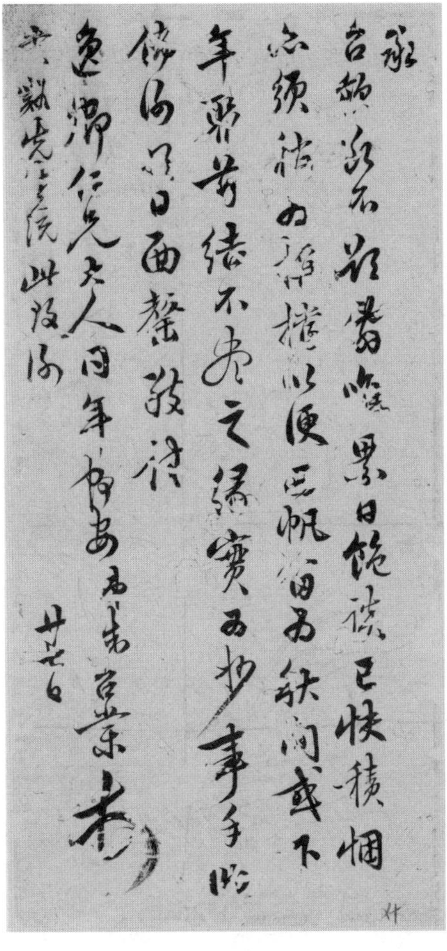

林召棠致鲍俊札

出版説明

嶺南,從早期的蠻荒之地、漢越融合,到唐宋後的經濟開發、人口南遷;從明清商業、外貿的繁盛,到近代的變革洗禮,直至新時期的改革開放,精彩紛呈,不絶如縷。嶺南的一方水土,滋養著這裏一代代生民,使這裏俊彥輩出、佳作疊現。西漢時楊孚所著的《南裔異物志》,開創了我國地區性物産志書之先河。唐宋以降,嶺南文明漸昌,産生了張九齡、邵謁、崔與之、余靖等名家。明清時期,嶺南文風更盛,幾與中原、江左相埒,産生了陳獻章、湛若水等大儒,湧現出"南園五子"、"嶺南三大家"、宋湘、黎簡、張維屏等著名文學團體和作家。及至近代,以黄遵憲、康有爲、梁啓超、孫中山等人爲代表的廣東人,以開放的胸襟,最早與西學展開碰撞與交流,使廣東領中國近代文化之先聲。

爲貫徹中共中央辦公廳、國務院辦公廳《關於實施中華優秀傳統文化傳承發展工程的意見》和《關於推進新時代古籍工作的意見》,系統梳理嶺南文脈,深入挖掘嶺南歷史文化精華,彰顯廣東文化軟實力,在中共廣東省委宣傳部指導和廣東省出版集團直接領導下,廣東人民出版社組織編纂出版《廣東文叢》。

該項目列入"廣東省'十四五'時期哲學社會科學重點學

術和文化工程項目”,計劃從2023年開始,用十年的時間,編纂出版一套以人物爲經,系統反映廣東歷史文化的經典文獻集成。

《廣東文叢》所收,主要爲漢代至1912年之前廣東人士的著述,同時酌收全國範圍内有關廣東歷史文化的重要著述,地域範圍以現今廣東省地域爲主,考慮到歷史淵源與地緣關係,還涉及海南省、廣西壯族自治區的部分市縣以及香港、澳門等地區。

《廣東文叢》的編纂,遵循古籍文獻整理方法,以點校整理爲主,個別原本影印。對文獻的整理,據底本、參校本等進行校勘標點,對底本文字的訛、奪、衍、倒作正、補、删、乙,有需要説明的,則出校記,一般不進行注釋。每種圖書,在不與本文叢編輯總則衝突的情況下,可以根據該著作實際情況,另行制定整理凡例。跨至民國的文獻,其用語、數字、標點等,除特殊情況外,一般不作改動。

廣東人民出版社

2023年7月

前　言

林召棠(一七八六—一八七三),字愛封,又字芾南,號蓉舟,謚文恭,廣東省吴川吴陽霞街人。清道光三年(一八二三)癸未科,林召棠狀元及第,名滿天下。就粤西而言,實是前無古人,後無來者。林召棠一生經歷乾隆、嘉慶、道光、咸豐、同治五朝,這個時期清朝的政治經濟雖然由强轉弱,但中華優秀文化(包括嶺南優秀文化)已經有了深厚的積澱,這爲作爲文化人的林召棠的成功提供了充分的條件。作爲清中後期的教育家、詩人、文化學者和書法家,林召棠留下了豐富的優秀文化遺産。從中,我們不僅可以領略到林狀元的風流文采、淵博學識,更重要的是,領會其傳承和弘揚的愛國懷民、自强不息、崇德去私、廉儉貴和、尊師重教、謙虚嚴謹、勇於創新的民族精神。

一、誕生於科甲名宗書香門第

清乾隆五十一年(一七八六)正月二十八日,林召棠誕生於吴川縣吴陽霞街,小名觀育。霞街始遷祖林永,以宋進士授職,宦滿後至吴川,卜居今吴陽霞街(史有下郭、下街之稱)。永公家學深厚,教子有方,三個兒子均成材。長子屏山爲鄉舉孝廉,次子兼山、三子可山均爲解元。陳白沙先生爲永公像撰贊曰:“派分九牧,監簿流長。振鐸儋耳,胥宇吴陽。桂枝雙馥,蘭萼頻香。科名藹藹,珂珮鏘鏘。統垂未艾,緒纘無疆。珠聯璧合,照耀穿楊。"霞街林族一貫重視教育,明清時期就有書院、書房、書齋八十多間。族内有獎勵學生的機制,家中有鞭策子弟的傳統,學子有好學的風氣,故而人才輩出,科甲連登。明朝吴川縣知事周應鼇贈霞街林氏大宗匾額,赫然榜書"科甲名宗"。自永公之後至林召棠以前,霞街林族就出了十二名舉人、兩名進士。明弘治間進士林廷瓛,是陳白沙先生在粤西的唯一學生,他對林召棠影響很大,林召棠對其評價甚高,並爲其《南峰詩集》作序。另一位是清乾隆間連捷進士林闌階。他是林召棠的叔祖,林召棠父親曾經跟他學習作文。林召棠祖父林邦瑞是國學生,在林召棠三歲時就教他讀《三字經》。林召棠父親林泰雯曾兩中副榜,著述頗豐。林泰雯爲塾師時,林召棠常侍館受教。不難看出,林召棠有著深厚的家學淵源。

二、從俊才奪魁到斗南一老

林召棠除了受到良好的家庭教育外,自幼就廣從良師。他在《自記》中寫道:"五歲,上學,師省三叔;六歲至十歲,師廷孚伯;十一歲,師省三叔;十二歲,師揚武兄。"後來至考取秀才之前,他一直隨父在教館就讀。

嘉慶八年(一八〇三),林召棠十八歲。當時林泰雯在吴川平澤李家祠教館,他也跟隨學習。得知學使姚文田將前來主持院試,林召棠積極備考,一日作文,一日作賦。經考試,林召棠以入學科試一等第六名考取秀才。姚文田對林召棠賞識有加,稱其爲"海濱俊才",並悉心指導。每收到試卷後,必叫林召棠立於案側,指出答卷的優缺點,循循善誘。姚文田是大名鼎鼎的嘉慶己未科狀元,被譽爲"拔真才"的學政,官至禮部尚書。林召棠後來回憶説:“我入學文四百餘字耳,批云:‘氣體甚佳,勉力爲之,當有成就,勿隨風會爲轉移,在其人能立志耳。’亦賞識於牝牡驪黄之外者矣,前人眼力好如此。”嘉慶十一年(一八〇六),林召棠二十一歲,應學使茅元銘歲試,成績優異,以一等一名補廩。

嘉慶十七年(一八一二),林召棠二十七歲,就學使程國仁試,歲試、科試、優生都是第一,而自應姚文田學使試以來,先後試古學七次都是全郡第一,被學使程國仁選拔爲貢生。程國仁以“必入翰林”許之。此後,林召棠隨程國仁赴京,再赴山東。時以光禄少卿任山東按察使的程國仁,請秦漆漁教導自己的兒子和林召棠。嘉慶二十一年(一八一六),林召棠三十一歲,由山東到北京,參加順天府鄉試,中第二百二十八名舉人。

道光元年(一八二一),程國仁出任廣東布政使。林召棠前往飛來寺接官船,並隨至廣州官署。程國仁書“心亭亭居”四字相贈。漢代大學者蔡邕《釋海》文末云:“歌曰:練予心兮浸太清,滌穢濁兮存正靈。和液暢兮神氣寧,情志泊兮心亭亭,嗜欲息兮無由生。踔宇宙而遺俗兮,眇翩翩而獨征。”“心亭亭居”不僅是林召棠的居室名,他後來的詩存、文存、筆記等均冠以此名,可見程國仁的教誨對他來説是多麽的銘心刻骨!程國仁這次見到林召棠,鼓勵他再次北上會試。

道光三年(一八二三),林召棠三十八歲,會試中式第二十八名。其會試文《入則孝出則悌守先王之道》寫得很好,得到諸如“握題有力,扣題深穩”、“亦雅亦莊,胸次高朗”、“例入正大,非取制局之緊也”、“對勘醒透,文情並茂”,“醖釀深醇,可覘文福。縝密以栗,純粹以精”等許多好評。及至殿試,林召棠寫出了名副其實的“天下第一策”。林召棠的對策不但展示出其如詩似賦的文采、如淵似海的學識，而且見解精闢、思想深刻，勇於創新。諸如他提出“致治本於育才”，並進一步説“此誠致治之首務也”。對於節儉，他提出要從上面做起，這是“正其本”。對於納諫，他提出“必先窮理”，“必先去私”。這些都是其他對策所莫及的，已經突破了道光皇帝在策問中所提示的了。正是這篇策論，使林召棠爲讀卷官尚書盧蔭溥、黄鉞所拔，奪得進士一甲第一名，成爲新科狀元。林召棠的殿試對策進呈道光皇帝時，御批：“今科得一佳元。一字筆誤，無關學問。”林召棠中狀元後，例授翰林院修撰，同時任國史館協修。林召棠等人合著的《館課詩鈔》、《館課賦鈔》、《同館賦鈔》等，均是其在翰林院任職時所刊刻的。

道光十一年（一八三一），林召棠四十六歲，奉陝甘典試之命，額取舉人六十五名。解元爲呼延甲，後三年考取進士，入翰林。其餘多人先後考取進士，成爲循吏良臣。事畢，林召棠到京復命，呈《陝西鄉試録序》。是序充分表明林召棠矢勤矢慎的態度、不任私心的品格和不拘一格選人才的思想。他還提出對考生要觀其志識，驗其才猷，要求他們品性不偏、持躬不苟、修身踐言、讀書經世，使之他日處爲端士，出爲良臣。

從陝西到京復命後的第二年秋天，林召棠即告病南旋。道光十三年（一八三三），林召棠四十八歲，受兩廣總督盧厚山聘請，出任端溪書院山長，時間長達十五載。作爲教育家的林召棠，亦顯示出其過人之處：一是他對教育的重要性有著超乎常人的認識，這從其殿試對策就可以清楚看出；二是他有著正確而具體的培養和選拔人才的標準，在《陝西鄉試録序》中已作過明確的闡述；三是他有著豐富的教育工作經驗，在山東隨侍程國仁時，他就多次參加縣試或府試的閱卷工作，在東安他曾兩度設館授徒，後又主講過高文書院；四是他培養出衆多的高素質的人才，在高文書院培養了太史梁巍、大令劉汝新，在端溪書院培養出到朝廷任職的尚書、御史等文武官員三十多人，特别突出的有巡撫馮譽驥和尚書羅惇衍，一時英彦，多出其門下。

在林召棠擔任端溪書院山長期間，中英鴉片戰爭爆發了。對待禁烟抗英的態度，成爲了衡量每個中國人愛國精神的繩尺。林召棠旗幟鮮明地支持禁烟抗英。他把鴉片比作“蛟涎蜃霧”，必須要清除掉，希望抗英鬥爭早日取得勝利，並肯定了林則徐查禁鴉片的政績。林則徐也向他諮詢民生吏治。這是林召棠愛國精神的一次光輝展現。

這期間，嶺南發生了一件文化盛事，那就是重啓老坑，開採硯石。從此，原本不懂硯的林召棠逐漸成爲端硯的收藏家、鑒賞家、硯銘作家，而且是嶺南硯銘第一家。

道光二十四年（一八四四），林召棠五十九歲。生母陳氏去世，林召棠在家守孝三年，端溪書院山長一職虚位以待。此後，林召棠退居林泉，吟詩梅下，耕硯窗前。

道光二十七年（一八四七），林召棠六十二歲。“出筆高超，吐詞秀拔”的林召棠，將自己的詩作編成《心亭亭居詩草雜存》，並作自記。陳其錕爲之序。陳其錕説，林召棠爲詩，“沖淡如王孟，幽深如韋柳”。李長榮稱“芾南先生詩，如孤花醉露，一潭空秋”。李文泰則説林召棠的詩“清超拔俗，恍聆九天鸞鶴之音”。林召棠爲人很謙虚，但他對自己的詩還是很重視的。他説：“布衣無他，亦無一物可留於後。止詩數十頁，未必可存，子孫姑留之而已。”

咸豐三年（一八五三），林召棠六十八歲。其書題巨額“大江浦”三字，爲當代書家王楚材極口稱道，評曰：“大筆淋漓，浩浩蕩蕩,頗有翻江倒海之概。始知先生奪魁後,入而能出,進而能退,靜復能動,醇而後肆,一股清剛峭拔之氣,非俗流可共語。”

咸豐六年(一八五六),林召棠七十一歲,書“自强不息”横幅并跋云:“精神日用即日生,日耗則日怠。自奮則百事可成,自棄則置身無所。成敗之機,斷之自我。能自振勵,此其時矣,不容緩也。”

同治五年(一八六六),高廉道陸心源上表奏請批准旌表林召棠所居爲“高賢里”,建坊里門,以爲矜式。其表曰:“修撰早掇巍科,名滿天下;壯辭軒冕,高卧滄江。孝友著於家庭,賢聲孚乎鄉里。其科名之盛,人品之高,學行之純,出處之潔,可與焦弱侯、羅念庵諸先生相媲……洵爲當代之靈光,無愧一鄉之碩望。”這可以説是當時官方對林召棠的評價。

同治十一年(一八七二),林召棠八十七歲,學使何廷廉贈送“斗南一老”匾額。是年十二月十五日(一八七三年元月十三日)林召棠逝世,各界同悼,老幼皆悲。

三、豐富的精神文化遺産

林召棠辭世後,留下了許多優秀的文化遺産。就著作而言,林召棠次子林詒薰在《先考翰林院修撰芾南府君行略》中説,林召棠“所著有《心亭亭居詩鈔》、《文鈔》、《賦稿》、《制藝稿》、《雜録》、《日記》若干卷藏於家”。到了光緒十三年(一八八七),林詒薰請吴宣崇撰《林芾南先生家傳》。該傳説林召棠“所著有《心亭亭居詩存》若干卷、《文存》若干卷、《筆記》若干卷”,光緒《吴川縣志》林召棠傳亦持此説。至於《賦稿》、《制藝稿》、《雜録》等均未提及。另據林召棠孫晉堃所作《林召棠年譜》，林召棠出任陝甘鄉試主考期間著有《闈中瑣記》，五十歲時又作《趙松雪年譜》，今亦未見。由此可見，當時林召棠著作就已經散佚不少。這有其複雜的原因。林召棠生前曾叮囑子孫："我生平手筆，日成即於百日内料理，宜焚者必當焚之，可存者令人抄寫料理，不可輕刻。"焚燒了的自不必説，未刊刻的也難以保存，尤其是在氣候潮濕的嶺南，手抄孤本極易散失。林召棠之所以如此做，一方面多因其老實厚道，不務標榜，另一方面也可能與當時文字獄的社會背景有關。此後，由於種種原因，林召棠著作繼續散失，諸如《筆記》若干卷就僅剩下林谷所輯的《心亭亭居筆記拾遺》了。當然，也不排除有人收藏這些孤本而秘不示人的情況。

我們此次編纂出版《林召棠集》，是試圖對林召棠存世詩文進行第一次較爲全面的收集整理。此舉能成，主要歸功於陳品良先生。他十分崇拜狀元林召棠，十數年如一日，行程近萬里，進出衆多圖書館、博物館，閲書無數，並走訪了許多城鎮鄉村的有關人士，查找到許多我們難得一見的林召棠著作。諸如，蘇州圖書館收藏的《心亭亭居詩文存》，爲晚清抄本；廣東省立中山圖書館收藏的《高涼耆舊文鈔》爲清光緒刻本；長沙圖書館收藏的《館課賦鈔》爲清刻本；還有許多載於方志、譜牒、名家著述、祠宇題記中的詩文。以上這些，加上我們先前所掌握的，林召棠詩文結集之事就大體可成了。

從《林召棠集》來看，林召棠的文化創造主要在清中後期嶺南文化領域，包括教育、詩詞、方志、譜牒、姓氏、人物、端硯、楹聯、書法等方面，這爲我們研究嶺南文化、廣府文化提供許多深刻的見解和豐富的資料。

在這裏，我們想凸顯的是，我們編輯出版《林召棠集》的重要意義還在於,藉此以弘揚林召棠所傳承的中華優秀文化精神,從而增强國人文化自信。作爲清代優秀知識分子,林召棠所具有的高尚品格,至少有以下幾點:

一、愛國懷民,自强不息。大一統是中華民族精神的核心内容,維護國家統一是民族大義,是愛國主義的重要繩尺。在這個問題上,林召棠向來是旗幟鮮明。他在《冼太夫人張繖行軍歌》中道:"繖中人仰雙蛾眉,繖外弓飛萬霹靂。生平百戰協師貞,羣羨夫人勇無敵。我道夫人勇勝人,識在機先尤絶倫。偏師不作女天子,乃率子孫稱外臣。"這對冼太夫人維護國家統一之大義作出了高度的評價。如果説,第一次鴉片戰爭時,林召棠支持禁烟抗英是現實的愛國行爲的話,他在《吴川八景》詩中描寫港門(限門)的抗倭故壘,就是提醒我們不要忘記愛國傳統了。民爲邦本,真正的愛國者必定關愛人民。林召棠在《河東》等多篇詩作和家訓中,都表現出對勞動人民的關懷和同情。林召棠所傳達的中華優秀文化,文字精練而内容深刻,以精闢著稱,可謂屑玉碎金。作爲中華文明重要源頭的《周易》,提出了"自强不息"的宇宙觀、人生觀,成爲中華民族精神的重要内核。林召棠爲自己的榜書"自强不息"作跋,對"自强不息"作了深刻的闡述。他在遺囑中也教導子孫要"奮勉自立,勿畏辛苦","豎起脊骨,立志爲之"。這是林召棠斬釘截鐵的文化遺訓。

二、崇德去私,廉儉貴和。中國人崇尚道德。林召棠提倡"蓄德",爲道德高尚的人物作墓誌銘是使其"永垂德聲"。與此相聯繫的是,他提出了"去私"的思想。在殿試對策中,論述到如何納諫時,他明確提出"欲其能斷,必先去私";在《陝西鄉試録序》中他又强調録取舉人要"不任私心"。爲政清廉,是官員首要的政治道德。恩師程國仁爲官清正廉明,林召棠對其十分崇拜。他在《敬和鶴樵夫子珠泉原韻》詩中寫道:"騰輝要使寰瀛遍,漫作廉泉一勺看。"他自己也是廉潔無貪,在辭官之後,也不領取經朝廷批准發給的鹽圍補給銀。在對策中,他就節儉問題作了獨到的論述,自己也謹守儉德,還教育後代要"勤儉樸實"。禮之用,和爲貴。林召棠在處理人際關係時講求和睦。他在《勸修吴川城垣序》中,一開始就引《孟子》的話説:"天時不如地利,地利不如人和。"在家訓中,他也教育子孫"朋友相處,須忠厚和睦"。

三、尊師重教,學以致用。林召棠深知自己之所以能夠鼇頭獨占,是得益於程國仁等師長的培養和提拔,這就直接培植起其尊師重教的思想。對於尊師重教,林召棠在殿試對策中作過深刻的闡述。他指出:"崇儒重道,久且馴至乎太平","致治本於育才",學校教育"誠致治之首務"。推行教育,要使學子"讀書經世"、"通經致用"。在殿試對策中,林召棠有"研經而砥行"的提法。他在《陝西鄉試録序》中又説:"惟欲因文而求其所以爲文者,庶幾修身踐言,讀書經世。"他在端溪書院當山長時,"與諸生研究經義,務爲實學"。在《重建尊經閣記》中,他再次强調要"通經致用"。這些思想是立於當時學術思想潮頭的。

四、謙虚嚴謹,勇於創新。林召棠爲人十分謙虚。林聯桂説他"風味依稀似秀才"。當高州太守蔣叔起稱讚他爲"魯靈光"時,他卻説:"慚愧草螢沾露點,敢同卿月説光輝。"在治學上,林召棠極之嚴謹。他在整理父親《四書纂言》時説:"損失苟多,則仍其缺,不敢臆測。"林召棠的學術在嚴謹的基礎上又勇於創新。在殿試對策中,他所提出的"致治本於育才","此誠致治之首務”,納諫必先去私,節儉必先自上等等,都是有突破性的建議。在書法上,他一點兩用,既有佈局上一點兩用,如榜書“大江浦”的“江”字第一點;也有結字上一點兩用,如對聯“有經術通知時事,近文章砥勵廉隅”中“術”字的一點。這都體現了林召棠的創新精神。

二〇二三年是林召棠逝世一百五十週年暨其高中狀元兩百週年,我們謹以《林召棠集》的結集出版作爲紀念。

林卓才

二〇二二年夏

整理説明

本書爲林召棠詩文之整理本。林氏傳世詩文集,約有以下幾種:

一、《心亭亭居詩草雜存》,清鈔本,國家圖書館藏。該書爲林召棠之孫林晉堃謄鈔,扉頁有"先大父殿撰公詩集貳卷,恭呈大人鑒定,敬求寵賜弁言,韶州府英德縣訓導林晉堃謹啓"字樣,前有林召棠之自記及陳其錕序。簡稱"晉堃鈔本"。

二、《心亭亭居詩草雜存》,清鈔本,廣東省立中山圖書館藏。該書題名與"晉堃鈔本"相同,然無序無記,所録詩作亦多有出入,詩作數量較"晉堃鈔本"爲完備。簡稱"中圖本"。

三、《心亭亭居文存》,清鈔本,廣東省立中山圖書館藏。該書收録林召棠各體文四十四篇,簡稱"文存"。

四、《心亭亭居詩文存》,清鈔本,蘇州圖書館藏。該書詩文兼録,簡稱"蘇圖本"。

五、《心亭亭居文鈔》,清刻本。該集收録於許汝韶輯《高涼耆舊文鈔》,選録林召棠各體文共三十九篇。簡稱"文鈔"。

六、《狀元林召棠著作拾遺》,林谷主編,爲内部刊物。該書收録"中圖本"外之林召棠部分詩文。簡稱"拾遺"。

七、本書以上述各版本爲基礎,以散見於總集、方志、碑帖、書跡等處之林召棠詩文爲補充,對林召棠詩文作一全面收集整理,全書共分爲“心亭亭居詩存”、“心亭亭居文存”、“心亭亭居筆記”、“心亭亭居聯語”四部分。《心亭亭居筆記》原書已不存,今所存者爲林谷所輯録,具載於《狀元林召棠著作拾遺》。“心亭亭居聯語”原散見於各處,爲陳品良所輯録。

八、本書附録“傳記”、“諸家題贈”、“林召棠年譜”。“傳記”收録與林召棠有關之傳記資料;“諸家題贈”收録林召棠友朋門生題贈之詩文;“林召棠年譜”爲林卓才在《狀元林召棠著作拾遺》所附年譜基礎上,根據蘇圖本所載林召棠《自記》一文以及新近發現之材料編寫而成。

九、本書所録詩文,按創作體裁分類,“心亭亭居詩存”依五古、七古、五律、七律、五絶、七絶次序編排,“心亭亭居文存”依策、制藝、賦、議、記、序、壽序、跋、頌、贊、書札、墓誌銘、傳、行狀、祭誄、雜文次序編排。

十、林召棠存世詩文集有多個版本,所録詩文來源不同,整理時均於作品之後標明出處,録自同一版本而作品數量不止一篇者,僅於最末一篇之後作出標示。另取其他版本進行參校,遇校本之有文字出入者,則酌出校勘記。校勘原則:底本文字不誤而校本有誤者,均依底本,不出校勘記;底本與校本不同,而二者文義皆可通者,不改底本,出校勘記;底本文字有誤而校本不誤者,據校本補正,出校勘記;遇明顯之誤字、避諱字,則徑改之,不另出校勘記。原鈔本、刻本中之異體字,除人名、地名等特殊用字外,爲便於閲讀,均按古籍整理規範統一字形。

目　録

七　古

五　律

七　律

心亭亭居文存

策

制　藝

賦

議

記

序

壽　序

跋

心亭亭居筆記

心亭亭居聯語

附録一　傳記

附録二　諸家題贈

序

陳其錕

從古高尚之士,朋風月,友烟霞,放情於寬閒寂寞之濱,以自適其泉石山林之性。其爲言也,談討芝桂,嘯詠荔蘿,闇然日章,夷猶宕往,彼豈樂於忘世哉?誠有所不得已也。至若李密陳情,尹焞罷舉,則又有不以禄養而以孝養者,顯晦之跡雖殊,高尚之情則一也。吾友芾南先生,掇大魁,司文柄,道光辛卯科奉命典試秦中,試蕆還都,一日過余,喟然曰:"讀《詩》至'王事靡盬,不遑將母',未嘗不廢書三歎也。某遠離親舍,曷嘗須臾忘歸哉!"予心韙之,則曰:"君去,吾亦不久居此矣。"甲午奉諱南歸,是時先生主講端州,間來會垣,得一晤語。無幾何脱屣旋里,而予橐筆羊城。十餘年間,濤驅雲湧,風聲鶴唳,始而西戎搆釁,兵連禍結。疆事甫定,紅巾賊起,城以北戈鋋簭空,鎗礮雷殷。圍城内籌餉倉皇,日不暇給,至於病。病幾殆,卒弗獲引身而退,爲可慨也。先生行誼甚高,言吶吶若不出諸口,然中懷坦蕩,表裏洞徹,久與之接,和氣盎然。棄官歸養,超然遠引,終其身足跡不入城市,其寄託高遠矣。今年秋,郵所作古今體數十首寄予,且曰:"斜景易頹,修名不立。"讀其詩,出筆高超,吐詞秀拔,五言尤工,具體唐賢。蓋先生倫常之地,知大本之所存,於世間一切富貴利達,漠然無所動於中。故其爲詩,沖淡如王、孟，幽深如韋、柳。雖所作不多，譬之享太牢者，得一勺之泉，一杯之露，飫而甘之。至泉之清，露之潔，本原具在，自有脱然於埃壒之表者。予生平交游，於先生服膺最深，故爲述其出處梗概如是，是可得作詩之旨矣。番禺陳其錕序。

自　記

林召棠

予少頗喜爲詩,中間怠廢,遂無成業。舊章皆紙片零碎,遺失者多,少作不復可見。丁未夏被病,歸自端州,海氛惡甚。十月避地,居横塘吴婿翥雲書齋,攜敗簏檢查,録此不堪問世,略存故吾而已。十一月十七日芾南自記。

心亭亭居詩存

五　古

家特巖倚樹聽泉圖

石氣交天陰，長林鬱蒼莽。錚鏘瓊瑤流[一]，倒挂一萬丈。淡然松風來，靄靄潭雲上。抱此冰雪心，據梧恣幽賞。眠琴閒不彈[二]，已覺衆山響。

昨從鼎湖來，冰壺濯素魄。磴斷雲構危，瀑瀉崩崖剨。有如萬潛虯，戰此積鐵壁。俯視藤蘿陰，十里但一碧。誰借并州刀，剪取半幅帛。五月生清秋，掩卷夢泉石。癸酉六月，與特巖游鼎湖觀瀑布。[三]

〔一〕錚鏘，蘇圖本作“琤鏘”。

〔二〕閒，蘇圖本作“間”。

〔三〕詩後小注録自《拾遺》，晉堃鈔本無。

峽山飛來寺

蕩日委雲流，入天鑱鐵壁。偉哉兩蟠虯，勢與洪濤敵。

何年蓬萊股,擘此巨靈蹠。山光劃然開,古寺構山隙。磴斷懸蒼藤,簷虚墜危石。雲氣釀山翠,霏霏洩靈液。石梁架虚空,飛泉盪相激。俯視交青蒼,但聞瓊乳滴。邃室深窌窱[一],南樓敞開闢[二]。照人萬松枝,寫此一江碧[三]。冬梅破雪花,庭桂香覆額。幽造未云已,陰巖閟寒夕[四]。摩挲蒼崖題,不讀嗟可惜。遙知峻絶處,不著謝公屐。千年阮俞蹤[五],蕭蕭寒蘀積[六]。潭犀沈不波,嶺猿嘯無跡[七]。南風催下山,一帆厲征翮[八]。

〔一〕窌窱,《拾遺》作"窈窕"。
〔二〕開闢,《拾遺》作"闔闢"。
〔三〕寫,《拾遺》作"瀉"。
〔四〕閟,《拾遺》作"蔽"。
〔五〕阮俞,《拾遺》作"阮籍"。
〔六〕寒蘀,《拾遺》作"寒籜"。
〔七〕嘯,蘇圖本作"笑"。
〔八〕征翮,《拾遺》作"鷖翮"。

廷試被黜諸君荏苒南返僕將有山左之行秋夜不寐感觸別懷追寄張瑞庵李郁門兩同年

涼風入庭柯,梧桐夜蕭槭。河漢清且高,玉除宵漏滴。攬衣起徘徊,躊躇感靈匹。星娥罷鴛機,銀漢接翔翼。念我素心人,道遠爲惻惻。執手送登車,欲語恐傷臆。言笑猶昨歡,音容杳難覿。孤燈耿離夜,誰與共今夕。長途多風塵,慎子好顔色。夜久衣露寒，脂車待何適。願隨明月光，照見板橋跡。

吟螿怨夜長，絡緯含秋絲。愁人煎百慮，一夕千里思。思君何能已，别遠會面希。結交日以淺〔一〕，契闊日以滋〔二〕。伯勞雙紫燕，各自東西飛。我瞻泰岱雲，君歸越江湄。秋風變百草，鶗鴂驚芳菲〔三〕。夕露落芙蓉，嚴霜凋桂枝。物理有榮悴，慚非盛年時。何用持相慰，努力副前期。

棲烏繞寒樹，三匝求其安。征夫懷夙心，遠道何漫漫。男兒各有行，安得長爲歡。兩君盛文采，粲粲雙鵷鸞。窮淵淪夜光，燕石韜璵璠。匿質有時耀，疇能識其端。苟貴何足榮，志行夙所敦。抱此金石心，出處兩不刊。行矣各勉旃，前路多艱難。感詠谷風篇，悵然摧心肝。

〔一〕以，蘇圖本作“已”。
〔二〕以，蘇圖本作“已”。
〔三〕驚，《拾遺》作“警”。

步　月

深林静夜籟，虚池生夕烟。明月墜水底，照見池中天。游魚行有聲，緑縐波紋圓。霜高木未脱，叢篁尚娟娟。夜久露華冷，微風淒楚綿。誰家一枝笛，發聲何翩翩。吹予千里心，飛落晴雲邊。

開建令尹蕭澄溪橫琴圖

昔聞單父宰，日晏彈清琴。名賢接冠蓋，宵漁肅淵潯。豈無盤錯材，懋以淳和心。始知鷹隼擊，不如鸞鳳吟。慘緑君少年，妙質雙南金。旋風掃塵牘，清言穆蘭襟。三年山水縣，民歌邑中黔。問君何能爾，古調彌愔愔。信美嶧山材，足爲炎嶠霖。西江日滔滔，崧臺翠嶔崟。招我玩烟景，緩帶斜冠簪。焚香展玉軸，過眼千烟嵐。人生有離合，快意惟登臨。北池尚未花，緑波今淺深。攜柑約舊侶，枉渚聽鳴禽。期君流水操，一撫青松陰。他年甘棠茇，當流絃頌音。

杜蕉林同年讀書秋樹根圖

秋風來何時，流光不可駐。繞屋青玉柯，丹黄變朝暮。志士惜寸陰，深心寄竹素。開軒掃落葉，瀟灑涼巾屨。下有寒蛩啼，上有疎螢度。鏗訇出金石，逸響叶韶頀。夜靜幽香發，階蘭足風露。時聞眠鶴警，秋聲在深樹。

君昔承明直，曾讀中秘書。搖筆散錦繡，春葩麗不如〔一〕。胡端粉闈牘，不曳鳳池裾。君才如騏驥，不受銜轡拘。刷燕朝秣越，恣意騰天衢。雄詞陋章句，逸氣陵古初。高步追賈晁，俯視超嚴徐。百卉爭春妍，霜風爲掃除。君看百尺幹，將傲霜雪餘。何時蔭交讓，來就慧曉居。

〔一〕春葩，蘇圖本作"春色"。

九曜石

九曜石舊在藥洲，今爲廣東督學使署〔一〕，南漢王故趾也。其一移藩署，有米元章題廿五字。翁覃溪先生視學粤中〔二〕，索歸使院不獲。嘉慶丁丑，趙篴樓方伯來藩是邦。先生年八十有五矣，自京師寄詩爲藥洲請石。方伯覆石以亭，求文爲記。先生欣然命筆，並賦七古一章及二絶句寄焉。辛巳秋〔三〕，棠隨鶴樵夫子至署，觀石讀刻〔四〕，因紀以詩。

煜煜天上星，墜地化爲石。濕雲凝不飛，靈氣猶絡繹。鋭抉怒猊爪，矯厲翔鴻翮。染爲榕烟青，濯以竹波碧。何年涻涯尉，筆鋒鋭劍戟。遂令藥洲旁，貴與瓊瑤敵。蓬萊失左股，風雨飛霹靂。齊烟九點分，靈鷲一峰隻。蘇齋魯靈光，雅有米顛癖。八年駐軒輶〔五〕，苔蘚幾剜剔。十夫致未能，耿耿在胸臆。錢辛楣宫詹視學粤東，先生致書云："米題藥洲一石，不過煩十夫之力可致歸於學廨，耿耿寤寐，至今未果。"語具載《辛楣筆記》。過此五十年，遙心飛雁磧。詩人趙倚樓，政餘蠟雙屐。亭闌翼然開，花藥紛如積。妃以英州奇，慰此太湖魄。篴樓方伯置英石於曜石之側。蘇齋萬里外，一笑岸冠幘。記筆窮搜討，詩情老婉嫿。精刻上貞珉，並峙聯雙璧。我來重摩挲，懷抱感今昔。平泉散爲烟，艮嶽掃無跡。況此降王餘，千年卧榛棘。顯晦物有時，英華天所惜。罔鸞呼不來，田花香可摘。此石久無言，興亡如過客。惟應文字光，夜作晴虹赤。

〔一〕督學使署，蘇圖本作"督學使者署"。

〔二〕粤中,蘇圖本作“粤東”。

〔三〕蘇圖本無“秋”字。

〔四〕中圖本無“觀石”二字。

〔五〕八年,蘇圖本作“八十”。

待　閘

通河如穿珠,蟻行歷詰曲。閘河如勒馬,驥材困羈束。節節爲灌輸〔一〕,潭潭爲渟蓄〔二〕。初來噤無聲,明月寫澄緑。漸滿滑初瀉,輕風縐紈縠。奔騰尋罅隙,噴薄散珠玉。龍驤萬斛舟,連檣亘如矗。喧豗鴨鬥闌,迫狹牛量谷。我行類賈胡,到處爲信宿。歸心安可圉,萬里付黄鵠。將飛翼先斂,作雨雲待族。片帆轉瞬去,尺蠖一申縮。

〔一〕爲,中圖本、蘇圖本作“相”。

〔二〕渟蓄,中圖本、蘇圖本作“停蓄”。

放　閘

落日鉦一鳴,舟人語相警。舟舟倚篙立,未動意先騁。晴虹斂長橋,轆轤引修綆。冰夷相娱嬉,鳴戛瓊佩泠。雲旗忽有無,追風逸奔景。小舟巧得間,一去走鹿鋌。大舟互岌嶪,枝拄困骨鯁。初如鼠鬥穴,猛勢不得逞。終如鴉銜尾,後行踏前影。投梭目不瞬,破的括須省。一一匙勘鑰,轍外無餘境。最後數天妃,憑高俯深井。入險增心舂,臻夷脱途梗。會當挂長風,玻璃破千頃。歌呼快神速,帆柁須安整。迴看上閘船,邪許力方併。

飲　酒

落日下平蕪,風生萬株柳。浮雲忙送迎,好月出牛斗。灩灩玻璃杯,皎皎珠胎瀏。清光迸灝氣,呼吸入我口。一澆冰雪腸,愁魔困奔走。况此鄰船絃,亂撥曹綱手。廣寒在何許,羽翮俄生肘。嬋娟紫雲曲,十分爲我壽。狼藉木犀香,衣襟一抖擻。歸來問君平,酒星君識否。

金謝堂太守塵緣未了圖

冥坐觀吾心,萬念紛起伏。離塵塵根存,諸緣那可逐〔一〕。至静不辭物,了了明鏡燭。萬象各妍媸,一過物無宿。古之經世人,豈受世網束。出岫雲無心,霖雨遍百族。勳名偶然遭,性分本來足。如彼水月相,圓明不可掬。先生宰官身,妙悟南能續。偶來過曹溪,水香勝薝蔔。曇花隨手現,棠陰已如幄。披圖契真如,塵襟浣澄緑。

〔一〕那,蘇圖本作"卻"。

司馬温公故里

宋宗洎真仁,遺澤極深厚。裕陵亟振刷,意欲致康阜。

金陵最得君,言僻學記醜。招徠新少年,章吕爲左右。黨魁聚朝廷,怨府逮畎畝。觥觥司馬公,起自居洛後。遭逢際二聖,歡呼騰衆口。新政一掃除,快若洗瑕垢〔一〕。民方思太平,天不慭耆耇。當時熙豐黨,含沙聚儕偶。豈忘觸禍機,誠斷故无咎。後來誰調停,爲謀毋乃苟。時事遂反覆,正坐公不壽。天將禍人國,必有所假手。羣賢中自涣,紛紛易擊掊。遺孽勢方張,狺狺隨指嗾。黨碑再盪滌,時已迫陽九。九原公有知,難免爲疾首。中條傑樹標,涑川清吐溜。我來景遺徽,生平誦服久。學道標榜無,文章資治有。醇行先家庭,誠心逮朋友。我欲拜祠墓,潔齋陳一卣。徘徊白日斜,清風激林藪。

〔一〕瑕垢,中圖本、蘇圖本作"塵垢"。

曉食坡洞岡岡頗高大自趾至頂皆耕爲田登巔造峻平遠彌望

村人居澗底,扶犁上山巔。登高見百頃,一碧平鋪氈。穲稏吹涼風,緑浪搖青天。卧龍萬鱗甲,一一皆蒼然。盎漿自湧溢,四落旒珠圓。挂高虹飲澗,赴深驪走淵。盈科遞灌輸,高下皆豐年。稻人稼下地,厥種宜低田。胡爲山上苗,乃有濫出泉。叱犢朝上隴,呼龍曉耕烟。羨彼足穀翁,仍作地行仙。我行富登陟,傳翮思騰騫。飢來得一飽,浩歌春風前。歸耕力未能,且快腰腳便。

彭春洲梅花月人圖〔一〕

春洲有"簾外梅花簾内人"之句,陳雪樵作圖。

我本孤山人,家有香雪屋。十年一梅樹,枝作虯松蹙。霜風破蓓蕾,玉塵三萬斛。誰與共明月,翠袖或倚竹。有時照雙影,參差出深緑。翩然風前片,點我杯中渌。冰齒寒可厲,詩腸飢不俗。先生神仙侶,葛鮑繼前躅。萱蘇讀書處,然藜陋天禄。萱蘇閣,春洲夫婦讀書處。畫圖寫新句,韻事開尺幅。羚羊峽江清,倒映千株玉。天公遣冰娥,良夜伴幽獨。香中時得句,並笑回冬燠。吾儕例清寒,種花便奇福。何時雪夜棹,繫舫硯洲曲。問君簾外花,應識林君復。

〔一〕蘇圖本題作"彭春洲梅花人月圖"。

高小雲寶月臺消夏圖

東風燒痕青,歲歲踏春草〔一〕。朱顔暗催换,爲樂苦不早。端州五管中,萬峰曲屏抱。崧臺古石室,遺刻恣搜討。胡不日夕來,仄徑阻淫潦。何如城北寺,青鞋近可到。高樓隔炎曦,長林散鬱燠。雖非華構舊,彌覺野趣好。吾儕三五輩,素心以爲寶。手談冷梧楸,茗鬥選梨棗。飲豪劇嵇阮,吟險雜郊島。從容襟帶緩,散誕巾幘倒。興酣招長風,涼影颭蘋藻。香浮柄柄荷,碧湧畦畦稻。出罾躍魴鯉,傍沼立鵠鴇。雨聲撒隋珠，雲縷曳魯縞。螺鬟翠新沐，蛾黛淡初掃。遙嵐落酒波，如雪沃熱惱。所嗟人事殊，盍簪詎長保。驪駒一告别，我心惄如擣。君情雅惓惓，畫手倩荊浩。遠勢尺幅論，熟境生意造。他年君卧游，草堂懷舊老。一杯屬故人，綿綿思遠道。

〔一〕春草，中圖本作"青草"。

金蓮庵遲友人不至

韶光引閒客，步屧尋招提。薄雲斂晴景，春氣交暄凄〔一〕。夭桃尚餘花，新柳亦已稊。微風緑陰涼，好鳥如黄鸝。土岡狹可登，草色含萋萋。行人小於點，遠樹搖烟姿。演漾江潮生，婀娜蒲帆移。良友遲不來，茶具聊自攜。據梧我欲瞑，一蝶趁人飛。

〔一〕春氣，蘇圖本作"春風"。

載　花

貧游豈無裝，詫客花兼兩。年年改輕齎，都籃换盆盎。小舟不盈丈，人與花相讓。早行避風日，清泉爲供養。譬如待年媵，婉嫿偶相傍。妄意傾城姿，先擬十斛償。愧無千匹錦，爲爾作步帳。塵宵薛夜來，紅淚一悽愴。僧園涼十弓，位置得閒曠。春風來何時，紅紫各爭放。歸橈巧配汝，幸有三斛釀。好填白石詞，付與小紅唱。

舟　行

我行本無事，扁舟自偃仰。中流清風來，柁尾蒲菰響。秋暑去如掃，茗椀有餘爽。波光照人涼，日影搖篷上。杳杳望烟村，迢迢脱塵鞅。不受麴蘗醺，獨契冰雪賞。披卷時一吟，明月破坱莽。

將至錢塘舟中偶作

春流平若鏡，遠山淡如霧。一帆天際來，蒼蒼入江樹。斜照抹殘紅，寒烟引輕素。日暝棹謳歇〔一〕，雪痕點孤鷺。

碧雲染流水，淨緑無纖塵。微風與之會，萬壑生魚鱗。岸遠含秀姿，始知楊柳春。雨氣交青蒼，漫漫天無垠。

〔一〕棹謳，蘇圖本作“棹歌”。

十八灘

五丁力不到，陽侯騁神威。波濤怒薄蝕，斷此荒山基。洪荒少人跡，況乃交茅茨。猿猱麋鹿麞，虎豹犀象獅。連臂日夜渡，布滿江之湄。真人欻來游，叱咤生風雷。屹立不敢動，千載猶躨跜。蜿蜿尾鬣張，嶄嶄頭角奇。欲與百斛舟，爭此九達逵。篙聲入積鐵，洶洶怒相持。我來值嚴冬，驚風生湍漪。張我數葉帆，不激亦不隨。談笑狎猛毅，出險殊委蛇。迴首望連岡，插天鬱厜㕒。愧無驅石鞭，役使千熊羆。

石　山

一石成一山，特立絶憑託。衆山共一石，根株互聯絡。其巔披蒙茸，其下露斷齶。奇爲夏雲峰，拆作蓮花萼〔一〕。盤空鶻翅倦，攀枝猿臂愕。青條走石罅，寸土不得著。惜哉棟梁材，止以尋尺度。風霜巧設色，丹黄細交錯。故鄉千頃波，極望無邱壑。焉得夸娥子，飛空立崖崿。一雨落深青，照我桃花閣。

〔一〕拆，中圖本、蘇圖本作“坼”。

鶴樵夫子望雲圖〔一〕

浮雲戀故山，游子行路歧。豈不懷二人，勳名當及時〔二〕。登高望故鄉，浮雲冠崔巍。吾親舍其下，欲去行爲遲。千載狄梁公，此意今誰師。吾師古孝子，色養志不違。寫圖寄深慕〔三〕，望遠情依依。早歲奏明光，五色彤霞披。一再驅秦蜀，雲棧連厜㕒。京江挽天儲，千舸行如飛。八桂賦皇華，珠浦收玕琪。立朝志無忝，慎行親所遺。蒸爲泰山霖,灌溉蘭與芝。持此獻皇猷,紆縵卿雲辭。十丈瀧岡碑,泉壤慰融怡。豈知愛日誠,猶含風木悲。艱難況賤子,萬里始自茲。室中甑生塵,堂上髮垂絲。含涕拜膝下,身逐孤雲馳。回頭盼親舍,遠在天一涯。何時竊升斗,少遂烏鳥私。循陔采白華,英英雲露滋。安能報春暉,寸草心自知。峨峨狄公門,慚愧桃李枝。願受蓼莪篇,束裝歸敢遲。借蔭西方雲,幸潔山中薇。

〔一〕《拾遺》題作“寄鶴樵夫子望雲圖”。

〔二〕勳名,《拾遺》作“功名”。

〔三〕深慕,《拾遺》作“中慕”。

辛山兄以詩贈行次韻奉答

經旬結勝游,一朝理輕舸。鷁首行已催,鴻爪留亦可。速客追鋒車,選花傳羽笴。言尋一笑歡,開我兩眉鎖。預愁魚鑰關,詩符速如火。

看花如看月,可愛不可摘。使酒如使兵,番休亦良策。春潮上頰紅,珠氣蕩江白。釵光寒照人,歌喉嬌趁拍。小語逗清歡〔一〕,有如得泉脈。

月落酒星高,宵分榜人迓。欲將珠江珠,敵此明月價。秋飈涼卻扇,歌船小於榭。驚坐陳孟公,知名杜子夏。相與心期傾,不遭耳語罵。明朝唱渭城,送別如清灞。黄鶯惜頻啼,驪駒不能駕。

吾家陸士衡,才名三十載。交情如蘅杜,書味等牲醢。夢筆江淹先,彈冠貢禹待。名場槖筆同〔二〕,征途脂舝每。俄驚雲雨乖,暫喜琴尊在。佇看長安花,馬頭絢香海。新詩如驪珠,袖中落光采〔三〕。

〔一〕逗,蘇圖本作"透"。

〔二〕槖筆,蘇圖本作"給札"。

〔三〕落,蘇圖本作"發"。

再次前韻贈潘虛谷

秋風如故人,飄然泊輕舸。欲尋開口笑,如君可人可。清言實起予,有若弦激笴。滿握靈蛇珠,文采葳甤鎖。應有宿世緣〔一〕,靈山結香火。

微雨壓城來,九星青可摘。時時事勝游,相邀理輕策。君才美如玉〔二〕,虹氣入天白。爪倩麻姑搔,肩許洪崖拍。吐詞爲文章,交綺復注脈。

貽我一卷詩,開編古人迓。讀詩飲美酒,共樂真無價。飄如貫月查,爽若淩風榭。皎潔爲清秋,恢台似長夏。勿作貳負拘,無學山膏駡。黄河匯衆流,一一納溓灞。愈唱乃愈高,曹劉可方駕。

聯袂近十年,分襟踰半載。心期勿參商,臭味等菹醢。讀書行萬里,京華爲君待。人生如萍梗,别離亦每每。迴首玉屏山,知有停雲在。我如隨風蓬,茫茫涉塵海。君如出水珠,瑩瑩發光采。

〔一〕宿世,蘇圖本作“夙世”。

〔二〕美如玉,蘇圖本作“如美玉”。

河　東

淫潦昔所瀦,河東有棄土。嘉禾種不生,厥性爲鹹鹵。風日暴之乾,掃鹽不用煮。貧民千百家,負販雜商賈。但云食其力,錙銖累勤苦。豈知侵官引,司農所不許。大吏擇循良,斟酌爲綴補。民田租安出,官輸代貧户。仍歲與三金,計畝指可摟。官藏幸有羨,間款河東取〔一〕。河東一萬兩,歲以備築堵。既饁蓈屋鍾,將歇河干杵。况聞六萬畝,支給難十五。官民授受間,吏橐或中貯。貨惡棄於地,因民語自古。不聞絶利源,反以供少府。商窮固當恤,民饑亦難撫。寄言良守令,利害幸細剖。

江淮榷鹽利,歲居天下半。奢淫逞豪商,侵欺恣巧宦。餘波到賓客,筐篚競燦焕。物豐在節制,理極漸消散。昨者司農籌,專握水衡筭。脂膏絶旁潤,綱領整紛亂。商漏及民私,二者法並按。官消既有程,課額自難逭。昔以煮海饒,今反多爲患。頃聞江岸溢,山積並散涣。丁煎供商運,勢應就條貫。吏道戒束濕,令行恥反汗。幸門如鼠穴,此言可深玩〔二〕。書生愚何知,自發一笑粲。

(以上見晉堃鈔本)

〔一〕間款,中圖本、蘇圖本作"閒唤"。
〔二〕可深玩,中圖本、蘇圖本均作"深可玩"。

題陳克岡小照〔一〕

元冥送寒氣,朔風日以厲。泊舟金閶門,琴川凍流細。握手故鄉人,刮目得澄霽。示我尺幅圖,牙軸解錦繫。松風何瀟瀟,濃翠落襟袂。旁羅千竿竹,下樹一畝蕙。天籟擺琅玕,香氣鬱迢遞。中有據梧人,斜簪解散髻。芰裳白蕉衫,瀟灑如楚製。紀羣盛門譽,研桑精心計。每歲丁沽游,兼鼓吴門枻。山塘七里春,花枝密蒙翳。嬋嫣攜蛾眉,一飲掃愁箒。我頻歌驪駒,塵鞅困曳掣。焉得築行窩,勞薪迄可憩。連牆種桃柳,傍池栽薜荔。吾家泡影園,結撰在空際。憑誰繪此圖,攜手等蘭契。

〔一〕蘇圖本作"題陳三克岡小照"。

蟒袖二十韻 效韓孟聯句體

螭陛敞經筵,虬鐘散晴旭。官聯肅鵷行,袍褵紛雕縟。制分虎蜼章,錦並羔豹續。吐珠驪蟠挐,掉尾鯨蜷跼。夾配文斕鮮,如披雲仙録。豪鬚抽鼪鼯,碧眼浸鸛鵒。雁頭絶鵶青,犀株勝蛾緑。繡以平原絲,藏以須彌粟。蜿蜒錯其中,華采互相屬。射笴蛇文交,旌杠鴻脰束。筆陣丈蛟騰,墨池尺蠖促。吐含麝月馨,鮮淨魚網浴。斑爲錦盤雕,白如袍立鵠。黜勝魯朱丹，不數晉偏裻。垂豈句邊句，挽非曲袷曲。捧日龍顔喜，籠烟鵲薰足。羣仙揖浮邱，列聖緬軒頊。九霄宣綸綍，妙論振金玉。虎觀談靡矜，鹿角戢不觸。拜手皋颺言，虹輝九霄燭。

西施舌

昨見覃康侯先生《北食詩》。予南人也，賦詩不出《鄭志》。新正小病，數日淡食茹素，每憶江鄉風物，輒用朵頤。偶舉小品，弄筆遣悶，呈辛山先生正之。〔一〕

黄坡通海門，兩山互帶鉤〔二〕。就中西施舌，江瑤難爲侔。雪色一寸餘，脱甲瓊漿流。宛如新脱口，老饕爭迴眸。將無隨鴟夷〔三〕，去泛五湖舟。唾香落水底，種情生芳洲。不然烏喙忍，致令甬東囚。惜哉浣沙姝，不白亡國郵。化身恒河沙，解説大千秋。是爲善説法，玉版禪師儔。瀹以蟹眼湯，吸之雪花甌。入齒脆無聲，坐令吾舌柔。酒闌望青天，吴越連斗牛。疑有苧蘿唱，枯腸發靈謳。

〔一〕蘇圖本無此小序。

〔二〕兩山，蘇圖本作“兩沙”。

〔三〕將無，蘇圖本作“將毋”。

醉　蟹

執杯持蟹螯，足了一生事。況此酒與蟹，醞釀使之醉。

或言此君横,介胄凛可畏。將無灌夫豪,更爲酒所使。豈知中聖人,一醉絶嫵媚。爲君築糟邱,一月美清睡。睡餘更登筵,風骨絶深至。深宵銀燭張,列坐金釵侍。紅粱試一酌,領略春風味。骨醉美人香,身酣暴主肆。君恃麴生豪,我將口腹累。俱入無功鄉,幕席視天地。何曾真俗物,糖使門生議。時無畢茂世,安識此中意。

刀　魚

范文獲雙鯉,冶之成雙刀。斫山山爲開,拓境鄰哀牢。英雄去騎鯨,神物誰能操。晴光掣如電,萬里歸波濤。夜静斗牛澄,明月霜天高。出網三尺雪,凛凛寒生毛。歸懸梁柱間,疑有蛟龍號。江衢今如砥,銷兵賦載櫜。化爲繞指柔,委身於脂膏。談笑匕箸間,尚憶專諸豪。

海豆芽

漬豆出其芽,蔬食亦云旨。麻姑到東海,狡獪偶爲此。兩旁削蟬翼,黛甲有文理。中央迸春纖,玉尖嫩無比。數錢青出貫,一筐翠歸市。今朝太常齋,有教赦魴鯉。釜熱醋花紅,刃薄薑芽紫。條冰碎有聲,松風爽牙齒。沃以燒青春,能令此公喜。翻嫌過門嚼,乃真肉食鄙。

沙蟲

穆王昔南征,一軍化沙蟲。何時隨膠舟,俱入江海中。懷沙古君子,唯汝非其宗。含沙實小人,諒汝無此衷。胡爲濡於沙,如含瓦礫同〔一〕。將挹聰明泉,爲洗芥蒂胸。使爲無垢人,居我光明宫〔二〕。吾聞蜿蜒物,變化固無蹤。勿竅如秋蚓,勿吟如寒蛩。蛟虬爲筆陣,鴟夷爲酒雄。鬱律爲龍鼎,鏗鏘爲鳳笛。陶汰瑩冰雪,奮迅隨濤風。雕蟲非壯夫,願吐氣如虹。

〔一〕瓦礫,原作"瓦鑠",誤。
〔二〕光明宫,蘇圖本作"明光宫"。

曉行二首

蒼蒼霧氣涼,天淡月欲曙。晨起理輕策〔一〕,悠悠就長路。曉風吹寒衣,夢逐馱鈴去。荒雞號古原,棲烏戀寒樹。萬物各有息,吾身獨馳騖。道遠何時窮,安能畏行露。去去從緇塵,慎保衣中素。

驅車困登頓,徐步偕笑言。行行十餘里,曙色開平原。千林尚含烟,餘陰翳朝暾。人影帶叢薄,鳥啼知遠村。風平沙痕淺,露重麥氣寒。愛此景物好,不知足力殫。柳陰獲小憩,汗體變朝喧。登車雜坐卧,辛苦得所安。人生無定適,快意從艱難。

〔一〕輕策，蘇圖本作"征策"。

昭南族叔祖夫婦九十餘並康健作詩紀之

我聞老人星，春秋丙丁方。南行薄海隅，其人多壽康。往者有梁叟，百有三齡强。少子七十餘，相扶毛髮蒼。前年及第歸，結組來高涼。觀察爲我言，此邦多殊祥。夫妻陳與廖，百歲同闈房。此事實古稀，史册所未詳。封章告九重，瑞錦頒天閶。今齡又增二，眉壽偕未央。豈知矍鑠翁，乃我大父行。香山老經師，七十歌弄璋。滿堂點頷時，公也始扶牀。迄今霜虬枝，九十經星霜。羣從孫曾元，雲礽皆趨蹌。鶴髮兩皤然，鴻案仍相莊。唱隨互依媚，紱佩交環瑲。有時策扶老，健步登我堂。視我猶童稚，愛我爲琳瑯。和風被百卉，曉日升扶桑。爲我説先民，杳然如羲皇。祝公更期頤，紫目雙瞳方。丹山老雙鳳，節足鳴歸昌。視彼梁與陳，松綺相頡頏。秋風吹河漢，玉露傾壺觴。仰視七寶宫，縹緲聞霓裳。年年人與月，共此明鏡光。

發趙城縣雨中至霍州晚風雪二首

一岡復一岡，十里更五里。兩崖如夾牆，天光尺有咫。雲陰蓄不洩，朝嵐昧曦晷。微風振林薄，密雨萬絲委。往來錯蹄輪，爭此一車軌。飛塵揉爲脂，萬杵搗未已。我馬旋不前，我僕仆復起。笱輿寄兩夫，登頓聽所使。取途累錙銖，用力過倍蓰。爲問霍州城，尚指空濛裏。

我起雞初鳴，我憩日已晡。敢言飢未餐，即次聊歡娱。銅爐爇獸炭，香醪傾玉壺。北風吹雨凍，忽作瓊花粗。穿簾映燭光，點上紅氍毹。夜深雁南翔，汾水秋風徂。繁華且不待，石槨一何愚。我歌慰劬勞，且復盡一觚。馱鈴催夢醒，萬峰當前途。

旦峰叔課孫遺像題句

玉筐啓禎符，仁聲播重葉。喬柯榮東南，奕奕光華牒。叔也實宗英，高步廚及躡。早年夢鸑鷟，壯采驚蝴蝶。慧珠照心胸，朗月挂眉睫。六經富山淵，三冬足漁獵。筆端萬牛迴，詞鋒五鹿懾。總角馳文壇，羣英隨步屧。聲華振芹頖，精言謝蓂莢。謂當登閬風，蓬瀛理舟楫。何意三山阻，靳此一戰捷。皓首健論文，雕龍繼劉勰。蘭階何猗猗，雅佩雜觿韘。含飴恣歡娱，圖卷復稠疊。家聲蔚鳳毛，書城高雉堞。小子阿咸列，恩義夙淪浹。宿草俄驚新，馳暉不可接。披圖景遺訓，神明仰毫頰。高標騫鶴氅，勁節聳松鬣。即今渥洼産，天衢已蹀躞。轉盼春風新，柳汁染袍褶。峨峨瀧岡阡，不數丙舍帖。楹書謹護持，勿使亡三篋。

陳沛泉椿蔭圖

君才快騰躍,少如天馬駒。旦燕夕秣越,萬里無長途。門前舊通德,家與青箱俱。季長起扶風,希文在南都。説經擁重席,入座握蛇珠。君時方總角,剡屩作鯉趨。手中青鏤管,落紙風雨驅。城隅一水曲,萬峰環西湖。訪古六如亭,芳春花蘂敷。撰杖奉游燕,攬藻飫芳腴。便當一戰霸,射策凌天衢。一朝風樹泣,襹褷丹穴鶵。歸舟鬱林石,入網珊瑚株。難得萊蕪甑〔一〕,煮字供朝餔。炎郊重英簜,幕府開芙蕖。長揖從諸公,鑽策襄紆謨。宜隨處士温,薦綰專城符。不樂復歸來,仍讀潁上書。高才無不可,山雲隨卷舒。階前三株樹,金莖仙露濡。鑿楹出遺書,字字珍珣玗。定知令公孫,不愧升卿虞。君也屢浮白,掀髯笑軒渠。時來顧蓬徑,出没隨鷗鳬。作圖攜示我,孺慕猶瞿瞿。握手四十載,積雪封鬢鬚。怪君鋭意氣,剛勁如湛盧。知君先德賦,英名被八區。我家舊青氈,繼起誰良圖。

〔一〕難得,蘇圖本作“難將”。

新興江行雜詩七首

山泉常戀山,旋盤不肯去。羣山亦多情,重重爲遮護。嵐光欲娱客,片帆屢洄泝。回轉换烟巒,參差錯雲樹。況當微雨交，雲水氣參互。輕風一披拂，濃緑無層數。天外一峰晴，朝旭翳初吐。

叢竹生峭崖，崖傾塞清川。綢繆豈不固，託根危易顛。新松蔭青草，草焚松枯煎。擇配既不慎，良材中棄捐。君子審所處，貴在防未然。不見百丈峰，盤柯鬱蒼烟。石泉潤其根，珍鳥棲其巔。赤日發英秀，嚴霜老蒼堅。棟梁不見採，巖阿終千年。

怪石欲絶江，奔流不相讓。輕舟乘噴薄，一落已千丈。石怒猶未平，磨厲作奇響。積靄横我前，松光翠摩盪。尋隙困迴轉，遇險輒奔放。誰能遣夸娥，徙此千重嶂。

積鐵不容趾，上戴千仞峰。藤蘿蔓纓絡，躑躅開深叢。豈無姬姜姿，甘處菅蒯中。東風被百卉，巖谷紛青紅。妍媸各有態，發舒爲春容。欲持斧與斤，刈彼蕭與蓬。移花貯金屋，護以雕簾櫳。美質不擇地，并容乃化工。對此傾一樽，豁然開心胸。

嘉我庭中樹，名梅以珍珠。色香頗不倫，兹名無乃誣。嚴冬衆葉脱，附柯起粟膚。初春紅蓓蕾，圓豆紫珊瑚。文杏削尖瓣〔一〕，櫻桃累重跗。英英朝日暉，叢叢華露腴。時有紫蝶雙，斂翅探花鬚。尚恨庭陰多，花意頗未舒。佳人住空谷，安得紅顔姝。況此庭中人，方春每飢軀。所歡既不存，巧笑誰爲娱。舟中一杯酒，因風酹庭隅。努力保容華，歲寒終不渝。

江禽覘潛鱗，翼閃身不動。翩然投梭下，鋭喙必命中。

俊鶻麈鴉羣,健翮猛揮弄。所當折肩臂,陷堅出空洞。殺機駭偶伏,快意豁一縱。即今固太平,衛霍閒不用。豈無小狐鼠,草間偶喧鬨。所資在勇決,迅疾匪恃衆。應機速風霆,無厚入罅縫。書生鑽故紙,豪横出飢凍。安得飛將軍,一躡千里鞚。

舟行不見人,人語落天半。移舟出石棱,人與松影亂。崎嶇劚磽确,焉得山石爛。懸隴青崖高,分畦白雲斷。新苗遠如點,離立翠初粲。渴烏飛不到,天漿自澆灌。危陟晨筋疲,飢墾冬背汗。飯甕有時香,石田爾何憚。敢怨行役勞〔二〕,捫腹輒三歎。

〔一〕尖瓣,原誤作"尖辨",據蘇圖本改。

〔二〕怨,蘇圖本作"忘"。

羅蒲洲同年以水災詩見示作此答之

歲亥月在午,丁壬更讎嫉。水犀百萬軍,渴忿肆剽疾。羚羊挾連岡,欲以簣土窒。小扼勢愈驕,陽侯不可律。尺隄限洪波,萬矢集椹櫍。覷瑕專穴堅,重險一朝失。號咷雜雞犬,奔走盡圭篳。一門爭玄冥,時惟北門未築。游縫溷蟣蝨。哀彼當湍衝,枕上聞泌汩。豈知魚夢酣,已入鮫人室。雲陰作霖零,露處愁啾唧。迴頭千頃黄,旦夕失穫秷。所恃長官仁,升斗得撫卹。琳宫游燕處,崢嶸耀初日。登城望汪洋,簷瓦如比櫛。輕橈狎閭巷,巢居恃綆繘。崧臺百神觴,玉屏數峰出。馮夷方沈酣,魚龍恣狂獝。野人鷗鷺蹤,解簪此槖筆。哀鴻災已三,磨牛歲凡七。予七載端州,景福隄三決矣。飢驅愁對女,濡沫苦無術。先生萬間廈,比賙當首率。況有賢箕裘,皇華馳佩韠。便宜粟可發,勿鼓膠柱瑟。美哉汲節持,詎宜嫠緯恤。

大洞山

萬松冒山巔,微徑轉山腹。谺然洞壑開,一寺蔭寒緑。入門清磬斷,木樨散奇馥。新蘚滋朝嵐,叢蘭散春燠。茶香清晏坐,鳥啼破幽獨。山僧頗好事,疎池更補屋。桃柳被隄灣,芙蓉罩湖渌。爲約三年來,勝賞一朝足。清風送歸鞅,細泉走鳴玉。雙流交會處,羣巒迓遙矚。何當結小亭,飽看螺峰蹙。

曉起游荷塘遂觀海而歸

晨雞喚人起,殘月尚在樹。筍輿恣攲傾,溝塍莽迴互。星芒溪水寒,夜氣稻花吐。數里達陂塘,雲紅天欲曙。披披萬葉舉,曉涼香暗度。密疎無位置,野逸縱天趣。今年花太晚,苦被狂飆妬。數莖含未拆,娉婷怯風露。稚顔倦羅綺,未騁淩波步。銜杯足歡意,沿海得歸路。驚風雪山湧,浴浪金鴉翥。野人鶩魚蝦,散影雜鷗鷺。海高天下匝,一痕劃蒼素。誰言天吴驕,遠有收束處。兹游情所愜,奥曠美雙具。乘槎問天孫,雲錦應無數。

羅玉符梅花村尋夢圖

我夢游羅浮，直到飛雲頂。蛺蝶導我前〔一〕，五色爛烟景。君昔蠟游屐，五言最清警。石橋蒼蘚路，我夢君親領。得隴復望蜀，此意宜自省。兹圖何荒寒，毋乃真夢境。美人顧我笑，目成心已訂。逝將買筇枝，快踏梅花影。尋君尋夢處，殘月挂淒冷。天風吹晨鐘，大醉霍然醒。

〔一〕蛺蝶，蘇圖本作“蝴蝶”。

泊佛山崧

崧臺百神觴，水市佛山棹。我行一日耳，速與飛鳥校。潯鬱號驚湍，猛勢陽侯效。笑看上水船，兩帆豁張珓。勇如强弓挽，終若置杯膠。岸逼萬簷羃，江溢千楫鬧。蟠空蜃吐樓，奪險牛奮淖。宵深人氣定，初月涼稍稍。夢中纖絃語，雜以腰鼓敲。鄰船忽驚呼，猛犬吠如豹。

題孫君南瀛焚香讀易圖〔一〕

元黄昔未判，何物名乾坤。陰陽相盪摩，日月如彈丸。上古無文字，一畫肇其端。聖人遞衍之，爻象十翼全。洛龜與河馬，能洩造化根。圖書乃晚出，後儒致紛紜。爻辰康成始，卦氣京房尊。三家有九師[二]，七竅鑿渾沌。何況方圓圖，迺自希夷傳。易理如竹籠，骨去光明存。善易不言易，余服膺斯言。哲人契物始，下簾寂無喧。但聞旃檀香，了了清心源。萬境皆雪亮，不知羲與軒。

〔一〕《唐基孫氏譜》作"題南瀛先生焚香讀易圖"。

〔二〕有，《唐基孫氏譜》作"與"。

除夕感懷即用寶月臺韻書示兒子

半生逐薪勞[一]，一出愧小草。量才庶知止，努力苦不早。憶當趨庭初，望古寄懷抱。山光照書几，一編静探討。汲深乏修綆，濬源恥行潦。譬行萬里途，策蹇何由到。匠門幸見收，負笈十寒燠。幾忘頑鈍姿，欲試雕鐫好。館閣濫齊竽，輶軒問陳寶。游子覓珠桂，高堂乏栗棗。不如竟投檄，抽簪謝蓬島。一笑慈顔歡，生計尚潦倒。歸來食無魚，焉用芼蘋藻。便當躬力農，歲收百畦稻。依然出負米，慚歌集栩鴇。蹉跎歲云暮，素髮颯如縞。萬花照清寒，落雪未忍掃。庶幾妄緣空，頓破俗塵惱。人生貴晚節，忠信勉當保。菜根堅能斷，齏臼辛可擣。無爲復咄咄，書空學殷浩。貧居簡節物，辛盤隨意造。一枝獻堂萱[二]，眉壽祝難老。書此付羣兒，慎履坦坦道。

〔一〕薪勞，蘇圖本作"勞薪"。

〔二〕枝，蘇圖本作"卮"。

黄貞女詩

莫樹儀聘妻黄貞女，年十三樹儀死，十七歸莫奉寡姑，又十年而死。婢梁月蘭，從女誓不嫁，皆奇女子也。樹儀高要人，舉人元伯之孫。元伯號善齋，以學行稱。

月黑女貞林，悲風鳴空村。夜夜飢烏啼，無乃貞女魂。貞女年十三，兩髦髧不識。可憐未雙棲，已作孤飛翼。十七入君門，爲君奉阿姑。堂蕙與砌竹，霜霰慘不舒。晨機春星殘，夕紡秋月墮〔一〕。瘦骨劇香桃，賣珠供藥裹。朝夢陵丹霞，云是鏡臺人。相思會相見，含笑歸秋墳。回頭顧姑泣，欲語哽咽久。夫亡兒有姑，兒死姑無婦。小時垂髫婢，廿載形影隨。誓心古井水，羈雌真爲誰。他年鴛鴦塚，雙梓枝交錯。應有陵霄藤，纏綿吐春草。

〔一〕墮，原作"墜"，不叶韻。

太平道中

百篙爭迅流，曳舟如登山。十夫頂肩輿，毛車渡飛湍。我行一昨日，兼此水陸艱。浩然無津涯，平地生波瀾。冥行踏虚空，欹傾困蹣跚。人生本浮漚，一笑付等閒。迴視後來人，毛髮凛以寒。疾風吹急雨，雲氣仍漫漫。

金蓮庵逭暑

言尋野寺涼，觸熱先一里。譬如結網勞，所慕在魴鯉〔一〕。浮雲知人意，作態遮炎晷。涼聲忽馳驟，萬緑鱗鱗起。碧暈落衣襟，石牀淨如水。蘧蘧一夢覺，禽言自圓美。夕陽杳無際，淡染千頃紫。晚飯隨梵鐘，月痕趁歸屐。避喧耽一寂，頗悟棲禪理。明朝踏白露，來嗅青蓮蕊。明日白露節。

〔一〕慕，蘇圖本作“務”。

九日邀家福屏李杏耦及弟子輩登高歸飲寄廬土山上〔一〕

遠心鷹脱韝，幽居蛙處井。生平壯游志，佳節每一警。昨朝黯欲雨，霜氣作淒冷。何期得快晴，招呼競游騁。村南沙積雪，岌嶪比峻嶺。踏虚步疑退，躋巔力愈猛。黄雲捲平野，穲稏熟千頃。腰鐮乍聚散，人影如蚱蜢。東迴瞰扶桑，天低海波永。潛虯閟深黑，陽烏射光炯。軒然百尺帆，淩空蔽光景。將毋鯨鯢徙，鴆毒伺隙逞。航琛禮久絶，納幣政誰秉。怒如抶藩羝，和亦困喉鯁。漏卮塞何曾，尾閭洩還併。遂令蒲菰人，望遠憂心怲。須臾還自笑，塵網早除屏。萬釘彼方貴，一邱我何幸。清言訪支許，物外得張邴。晚風怯羅綺，花態自孤耿。佛界喜清嚴，秋光領深靜。崇臺尋丈增，椔翳手親整。憑兹攬衆妙，已若裘挈領。閒情付頹波，緩觴看倒影。團坐歡正酣，觥政苛可省〔二〕。林繁葉未脱，清輝漏金餅。歸路短童扶，庭陰踏藻荇。醉思枕月眠，烟中移舴艋。

〔一〕弟子，蘇圖本作"子弟"。
〔二〕"團坐"二句，蘇圖本無。

就黄萬石借書小詩酬之

戰鼓催行人，衣囊攜筆匣。長途無顧藉，輕比蜕蜩甲。一杯洗塵埃，友朋荷歡洽。招呼數觥籌，五木出新法。看場溢歌鐘，僧樓訪梵夾。林果珠摘虯，池萍茵藉鴨。霜風掃炎序，短檠涼可狎。澄觀愧未能，登陟老頗怯。惟有書破閒，差勝棋算劫。目耕久已荒，腹笥尤苦狹。詩人得涪翁，牙籤架堆鄴。時寫玉腰奴，題句滿紈箑。荊州君可借，酒鴟我猶乏。短童一帕攜，小篋五雲押。日長揩倦眼，久坐困臂胛。欣然恣披擷，豈復勞記劄。微言索淵深，糟牀滴宵壓。長篇瀉雄快，河溜放朝牐。題糕節方近，菊花香可插。同取心目娱，雲烟過一霎。震鄰尚戈矛，元戎親韎韐。未作燕尋巢，猶虞虎出柙。與君約周旋，鷗盟不用歃。

送潘荻舫四首

曉汲藕心井，玉屏落空青。我來歡奉杖，君少方横經。

蹀躞宛駒足，蕭疎仙鶴翎。烟巖有殘刻，人説新宫銘。

萬里望京國，挂帆珠江秋。停杯惜遠别，輟棹仍夷猶。朔雁度銀漢，霜楓明碧流。一篇在懷袖，已隔千山郵。

故山歸負米，訪硯來羚羊。聞道詩人屋，新開紅藕莊。泛舟遲剡水，卧病劇清漳。藥裹纏綿意，宵分撿禁方〔一〕。

五載秋螢别，跫然聞履綦。驚心問朋舊，握手看鬚眉。露甕細傾釀，霜花初滿籬。送君遠回首，重憶趨庭時。去秋，甘露降君里松葉上，君收以爲酒，遠攜見貽。

〔一〕宵分，蘇圖本作"宵燈"。

金蓮庵看菊課植桃樹數有燕集是冬香雪館庭梅遲未作花醉中戲成貽會中諸君子〔一〕

寒梅我家花，未冬先吐白。今年況添閏，南陸日已迫。未睹蕊横斜，但見枝交格。徘徊霜幾晨，延佇月數夕。巡簷笑空索，哦詩韻難摘。悵望雲中君，環佩杳無跡。一杯私酹奠，幽恨殊摽擗。珊珊入我夢，丰茸何婉嫿。捹顔含微赬〔二〕，反脣頗嘖嘖。自來羅浮村，久託伯皋宅。不惜散天葩，與君布瑶席。伴君鶴影雙，侑君象觚百。攀條泫風露，當君灞橋策。臨窗墜粉絮，借君壽陽額。炎方謝六花，添君戲玉劇。妍詞乏三影，助君瓊箋擘。周旋入醉夢，氣味等肝膈。豈期孤山人，忽隸蓮社籍。枯禪亦何好，荊榛自剪闢。

當時五柳君,緺眉不肯適。胡爲玉版師,强使黄花厄。何況倚春風,紅顔豔秦虢。君看天台姬,熟與姑射謫。擬將銀管吹,準備紅牙拍。吾當絶齊交,君復謬秦責。書空偶咄咄,尋芳時脈脈。猶希竹外枝,欲選尊前客。爲君數斷金,何處獲聯璧。遠哉雄鵠舉,不受腐鼠嚇。幽夢忽驚醒,愧汗膩如積。熊魚妄兼營,漆膠宜見隙。緬懷當世英,穴金門畫戟。交袿曳明璫,燕秦美兼獲。可憐圭蓽士,庭前幾弓窄。充飢指畫餅,數枝錯紅碧。尹邢忍交妬,燕雁竟代易。誓將滌塵襟,中夜叩靈魄。瑤姬忽破顔,來乘白鸞翮。銀雲厚無縫,曉風送狼藉。健步急招君,髠能飲一石。

〔一〕諸君子,蘇圖本作“諸子”。
〔二〕揜顔,原作“拼顔”,當誤。

三月十二日病起寄廬一坐不到此半載矣

故居如故人,經時快良覿。雙蝶導我前,依依似相識。樹陰濃匼匝,人影間深碧。時雨久不降,百卉渴膏澤。殘紅三兩點,衰顔倦修飾。惟有春禽聲,嬌喉自啞咤。昔當經營初,花藥紛如積。我老僧更慵,大半付枯瘠。趣新有餘歡,事往勞深憶。未能竟日留,聊作寸陰惜〔一〕。我來尚能幾,徘徊戀陳跡。涼風吹袖輕,多情爲送客。

〔一〕聊作,蘇圖本作“猶作”。

飲酒三首 丁巳三月病中作

南山麴糵佳,東皋禾稻美。水火互醖釀,成我杯中旨。人生亦湊合,血肉傀儡耳。大化一斡運,蠕動若蟲螘。無端相爾汝,妄自生怒喜。須臾大夢覺,一笑如脱屣。餘氣還太虚,北邙寄遺骴。去來一呼吸,造化無停軌。直當付一醉,濁醪有妙理。

有酒固陶陶,無酒亦兀兀。但令心無著,豈必杯中物。是非與毀譽,千古費轇轕。大風一掃蕩,了不見纖末。時放大光明,皎皎若冰雪。洞見無物初,但有日與月。是中可游處,天地自寥泬。太初有無無,此境先禪悦。

嚴霜隕敗籜,和風扇柔條。不聞去冬稟,再來絢春韶。而云昨死魂,受生當今朝。豈其天地力,不如百尺喬。芸生競嗜欲,蹄嚙誰相饒。錙銖論報復,纏糾無時消。是誰司此獄,册籍干雲霄。衡石程文書,何由了旰宵。積冤甚秦獄,安得酒車澆。乾坤本簡易,大化常均調。

純士博士小像

美兹英妙年,衣冠何偉麗。出爲多士模,早儲五經笥。彭觥金石聲,輝煥瑚璉器。梓材待樸斲,和璞資磨礪。問君胡能爾,先德藴醲粹。寶章有遺集,金籯傳累世。何止侯芭酒,來問子雲字。君才尤卓犖,青氈豈久滯。功名際期會,時事頗如蜩。手握昆吾刀,胡不自斷制。智囊富籌略,武庫凛鋒鋭。建封從判官,高適起書記。吏材習趙張,戎功敏英衛。高步出宏域,萬里不難致。贈君繞朝策,便騁天衢轡。無爲守蠹簡,老戀青燈味。

題龐靜山行樂圖

避地寄密戚,與君比鄰居。日夕相過從,無事成歡娱。高齋既軒爽,嘉樹仍扶疎。掃地少纖塵,插架多異書。時時得商質,妙義稍爬梳。談笑破跼促,飽醉豐芳腴。諸郎方少俊,妙質洵玕瑜。文采如鳳翔,循謹學鯉趨。浴德珠玉瑩,振藻風雲驅。君懷最篤厚,僕老忘疎迂。一昨披圖畫,老鳳見將雛。似知風塵中,振翮淩天衢。舊情來縈襟,潛德誠不渝。

江　行

曉風生漪流,撥霜蕩雙槳。岸狹連山陰,雨歇寒雲上。炊烟滿墟落,孤罾間漁榜。時聞斑竹林,格格野禽響。

(以上見中圖本)

捫　蚤

冬夜寒不寐,苦雨宵及晨。跳踉者何物,居然乘我茵。

燕頷擇肉食，咄咄飛將軍。既似鋭頭白，又如長腳秦。公然肆大嚼，快意如屠門。剥牀災以膚，爬搔終夜勤。冥思得良將，推轂予股肱。妙手空空兒，白戰勇無倫。彼徒懼侵軼，勿用囂且塵。雪夜入蔡州，潛師破崑崙。謂誰攻不備，入壘而搏人。豈料楚囚逸，翻作天驕嗔。玩之股掌間，鉤檻不能馴。下教更大索，冥搜擒其元。縱横蟻戰息，齟磔鼠獄陳。偃肉仍腥臊，搖牙不可吞。邯鄲口中蝨，況爾么麽身。從此劉伶褌，永絶蠻觸氛。

羚羊峽

曉行入羚羊，連山自綿絡。凍崖草木拆，兩岸峭壁削。嶄巖無寸膚，飛鳥不敢薄。拔地勢巑岏，鑱天立垠堮。危石互撐牙，熊羆怒相搏。潯鬱挾衆流，日夜此濬瀹。孤舟爭迴湍，正與石稜錯。平流忽盤渦，峻起凛鋒鍔。篙痕入積鐵，萬孔類鐫鑿。始知春漲高，没此盤石腳。我來值嚴冬，微風兼雨作。山樹莽離離，江雲低漠漠。兩崖拆天罅，曦晷昧難度。盲進若無路，一轉快開豁。會當卸蒲帆，枕濤樓下泊。

碧虚巖

連山走東南，崖谷互吞吐。兹峰特岸異，傑立無寸土。造物鬥奇闢，神工揮月斧。遂令積鐵壁，窪然作堂宇。森森石笥垂，墜地不及武。想當胚胎初，陽風結靈乳。我來值新晴,春煦日卓午。陰崖閟晴曦,仄徑炳列炬。險與虎豹爭,幽答鬼魅語。沖烟散飛鼯,投瀑振棲羽。摩挲古石盤,蛟龍此穴處。何年劈山去,遺蜕雜狐鼠。疑有頷珠存,深沈不敢取。解裘雜坐卧,氣候變寒暑。穿漏見星辰,玲瓏豁牖户。天風劃晴雷,嵐氣洩霖雨。窈窕復開霽,紅藤映清渚。神仙幾福地,僻壤翳榛楛。誓將誅茅茨,補綴萬花塢。山靈勿獻嘲,來作烟霞主。

家述軒小構書屋顔曰且住爲佳

男兒事長征,策杖行萬里。胡爲營菟裘,偃息數椽裏。君曰倦飛還,且住爲佳耳。六月乃一息,妙有動静理。庭前地十弓,幽蘭間芳芷。露團秋桂黄,日薄山茶紫。呼童瀹清泉,睡足松風起。啼鶯破清晝,冰簟涼如水。抱琴來何人,足音跫然喜。宵雨蒼苔滋,緑印幾屐齒。不妨雄飛人,暫作巢君子。

題陳金門對廬書屋圖

我嘗艮嶽游,一撫甘棠枝。我昨江南來,三復瞻園詩。獨有廬山夢,真面慚未窺。披圖發長慨,慰我平生思。

千仞匡廬山,飛瀑濺晴雪。泉流向前溪,偏繞幽人宅。幽人宅何似,門對匡君廬。宅中何復有,中有萬卷書。

積善遺子孫，書圃芬如馥。卜築近名山，山古森喬木。雲開九疊屏，護此山間屋。人道太邱家，弟兄方穆穆。

題家香畹愛蓮圖小照

微雨藹然歇，柳風生晚涼。淡烟澄晴波，淨緑敷銀塘。娟娟菡萏花，清露含秋芳。叢篁自陰翳，翠石如鱗翔。臨流開小軒，窈窕朱闌長。中有臞仙人，田田芰荷裳。誦罷冰雪文，庭院流餘香。濁穢既蟬蜕，蕭然塵慮忘。何當寄芳草，令人憶沅湘。

將至雄州陸行十餘里待舟不至而反

川途倦舟楫，策杖陟前嶺。望遠目漸舒，造幽志彌騁。谷風何蕭蕭，亂拂寒翠影。山陰雨欲來，濕壓萬松頂。嵐氣倍蒼涼，掠面酒初醒。榛莽翳荒村，牛羊下樵徑。平沙帶行人，野渡喚笭箵。溪迴抱僧庵，小憩得靜境。歸岸夾深箐，鳥啼渚烟瞑。

覆　車

我行未十里，車覆乃三次。陟阪輪爲摧，下谿力彌悴。鳴鸞舞水曲，我僕未知御。謂公無渡河，偏用水策驥。時前驅埋輪,遂冒險踰隄而過,誤入坎窞,旁觀皆止之,而御者勿聽也。馬皆旋濘止,輪竟河干寘。居然槐本乘,不作金泥繫。我時方卧游,落水知章醉。坎坎險且枕,需泥致寇至。蟻穴誰夢因,鮒轍匪枯肆。一車豕負塗,爭首牛浮鼻。如吐丞相茵,未折三公臂。昨宵卧明月,冷夢落山翠。入險情更怡,清興平生慰。苦樂更迭爲,顛覆忽不意。枕流借洗耳,頗識淄澠味。攬轡思澄清,愧乏范滂志。前夕露宿景州野,月色絶明。

病　起

紅日上芭蕉,一鳥啼殘緑。晨起理輕策,逍遥散游目。蒼苔亦被階,蕙草仍豐縟。徑盡小門開,諸山亘雲矗。怒勢蟠鷩虯,孤標擘翠玉。遠岑烟蕩摩,危峰藤結束。叢樹綴丹黄,清輝散林麓。生平幾兩屐,嗜好康樂篤。一别竟累月,尺蠖困局促。朝來忽拄笏,故人宛欣矚。物態有餘悦,吾身健亦足。小坐拓明窗,簷馬鳴相觸。

(以上見蘇圖本)

七　古

黄九峰秋水談禪圖[一]

殘月墜水天濛濛，雲海盪漾青芙蓉。霜高木落雁信斷，烟外隱隱聞清鐘。誰傳此境得禪悦，蒲團枯坐隨天龍。九峰吾兄少密友，早歲無雙江夏童。爽氣英英撲眉宇，玉山相照何玲瓏。三千水犀敵文陣，八九雲夢吞心胸。酒酣耳熱忽大笑，解衣磅礴真豪雄。前年相遇鑑江曲，春流碧玉鳴琮琮。微雨捲簾柳絲緑，東風吹面桃花紅。鈿箏夜促秋雁柱，洪梁笑勸海蠡鍾。蜀山夢短宿酲滯[二]，銀燭送曙窗曈曨。溢浦哀絃一朝絶，桃李衰歇餘丹楓。雪泥爪跡剩幾處，舊游零落春天鴻。火宅回頭即彼岸，金繩覺路資無窮。朅來示我縹錦軸，青鴛蘭若藏靈宫。拈花微笑坐盤石，菩提明鏡窮南宗。齊烟九點現泡影，心燈無盡光熊熊。優曇鉢花時出世，水月鏡象都虚空。皆大歡喜善知識，度一切衆頑與聾[三]。周妻何肉本非累，汝心有佛靈山同。朝來獻賦再被刖，十斤金盡裘蒙茸。得道文人須慧業[四]，豈屑得失爭雞蟲。僕久迍邅困塵鞅，綺語自懺難爲工[五]。歸去秋山買鴉嘴，參禪玉版甘長終。他年結廬訪慧遠，軒渠大笑虎溪東。

〔一〕蘇圖本題作“題黄九峰秋水談禪圖”。

〔二〕滯，原作“帶”，據《拾遺》改。

〔三〕《拾遺》作"回度一切頑與聾"。

〔四〕文人,《拾遺》作"之人"。

〔五〕自懺,原作"自讖",據《拾遺》改。

明日何子實以詩見投次韻答之〔一〕

看山興發如飢饞,吞九雲夢胸中涵〔二〕。城中百日困塵土,曷不洗濯臨澄潭。桂源精舍小結構,巖壑高下隨精藍。匆匆一過已五載,有約詞客同幽探。昨宵簷溜放急瀑,江流猛漲篙踰三。故人折簡邀踐諾,扁舟出郭漁蓑參。烟嵐轉眼風掠耳,落帆已露雲中庵。吉羊亭小蔭萬緑,詩人團坐如香龕。飛泉散瀉珠琲沫,怪石或似瓊瑤函。百壺攜酒上高榭,快意豁若翔鸞驂。驚波際天莽空闊,四山雨勢來方酣。兜羅雲起萬象失,浮圖微影標峰南〔三〕。羚羊北折控潯鬱,彷佛巫峽開魚竈。蕩雲沃日洩不及,江童炫惑河伯慚。雷霆日夜戰積鐵,非鎮龍象何由堪。江山勝概發吟嘯,盡解蕙帶兼蕉衫。主人昭諫富文藻,坐中水部尤雄談。君家求點各豪俊,皆工絶藝無乃貪。剜苔剔蘚分篆籀,秀氣落落交松杉。舟人畏晚催不去,卧聽山溜調雲咸。明朝下山踏鯨背,大聲風浪鳴空嵌。輕舟逆流困牽挽,疲馬上阪嚴鑣銜。險中取樂意未已,如飲美醞留餘甘。寶山空回無句寫,題名石上供鐫劖。憑君傑筆狀奇偉,倚天猶夢青巉巉。

〔一〕中圖本題作"雨中游龍華寺明日何子實以詩見投次韻答之"。

〔二〕吞九雲夢,蘇圖本作"八九雲夢"。

〔三〕中圖本作“浮屠微影標東南”。

何石卿鑒石圖

石卿之生有石僻〔一〕,端静堅貞石之德。鍼之砭之能濟物,石猶生我固其職。石卿精醫。羚羊一峽洪潮敵,大波淵淪小泌泊。星月光入蛟龍窟,更千百年孕精魄。揮刀割雲雲五色,靈氣奔聚黄赤碧。珠輝玉瑩不容拭,昧者矘視若面壁。卿也指揮别白黑,隃麋流瀋轂輠炙。縱横揮毫對坐客,小篆臣斯會稽嶧。八分風落大小翮,奮藻爲石攄胸臆。石之視卿馬伯樂,不爾隋珠卞和璧,千金在握人不識。

〔一〕僻,中圖本、蘇圖本作“癖”。

朱寅庵都戎射虎圖

可亭相國曾孫,世襲騎都尉〔一〕。

天低月落陰風號,殺氣凛凛生蓬蒿。飢虎夜吼山石裂,快馬怒出雕弧操。虎驚欲起箭欲下,巧力迸注窮秋毫。將軍意氣俠且少,結束似是幽并豪。豈知門前舊霜戟,青箱世業追夔臯。班超投筆作都護,景宗拈韻餘詩騷。别來五載更把袂,興酣九日仍題糕。昨來兩篇馳示我,迅勢欲捲秋江濤。將軍使筆如使刀,雄豪不數高敖曹。何况烏號萬鈞力,下屠猛獸如豚羔。微聞羽檄馳臨洮,會須衛霍驅旌旄。君當手握虎豹韜,羽林萬騎寂不囂,平沙漠漠霜天高。鬼方遺孽視此虎,洞胸抉臆安能逃。功成下馬草露布,雪花禿盡千兔毛。

〔一〕騎都尉,蘇圖本作“雲騎尉”。

莊滋圃副相授經圖公曾孫廷棨屬題

昴精夜降光如虹,騰芒八桂賁禺東。麒麟墜地凡馬空,流沙萬里馳風鬉。早歲射策明光宫,雕龍健筆摩蒼穹。花磚戛佩聲瓏璁,曉趨長樂聽晨鐘。皇猷聖藻超軒農,摹繪日月難爲工。公也卷阿賡梧桐,星輝雲縵光熊熊。藥籠十載收芎藭,再持英簜敷膚功。東南巨浸磨天銅,靈蠵象罔歸牢籠。鍤雲渠雨秔稻豐,帝曰皋陶折刑中。嘉石肺石無冤悰,前英後傑璟與崇。斟酌元化流醇醲,若廬一入含孤忠。九重日照丹葵衷,閩山彭島乘花驄。擴清霧蜃驅妖龍,要令滄海波不鴻。東鶼西鰈皆來同,萬民樂業公劬躬。翩然騎箕躡遺風,我披公像何舂容。意氣凛凛瞻華嵩,一經指授迴雙瞳。籝金世業延章縫,親仁里第猶高龐。烏衣舊燕尋遺蹤,勖哉遺笏珍魏公。蕭家八葉登勳庸,迴光珠海波溶溶,還如桑旭升閶篷。

淮陰行

明星爛爛天雞唱,漢王登壇拜大將。一市皆笑一軍驚,朝投釣竿暮將兵。丈夫豈屑嘗一飽,有時叱咤生風霆。軍行如雷幟如日[一],木罌渡河井陘出。旗門生縛李左車,氣蹴全齊無龍且。亭長將來作天子[二],王孫餓殍專城居。百金報少年,千金報漂母,君恩自薄臣自厚。項王垓下歌烏騅,漢家鍾室烹走狗。時危不相蒯通背,事定豈握陳豨手。成皋圍解困平城,四方空思猛士守。萬家塚畔草蕭蕭,行人來過跨下橋。淮流千古平如鏡[三],不作吴江白馬潮。

〔一〕軍,蘇圖本作"鼓"。

〔二〕將來,蘇圖本作"歸來"。

〔三〕千古,蘇圖本作"終古"。

題家述軒家譜畫册

岷山發源初濫觴,黄牛赤甲何汪洋。金焦兩點達海疆,上浮員嶠涵扶桑。吾宗發祥徵玉筐,八閩五管源流長。竹林阿咸來堂堂,駿骨卓立森開張。手擘太華開康莊,黄河中貫聲雷硠。叱霆驅電不可當,蛟螭鬼魅紛遁藏。犀燈下燭日月光,朱家郭解王義方[一]。上與古人相頡頏,下視擾擾如蜩螗。朅來示我縹錦囊,中有諸老鬚眉蒼。手攀蟾窟披天香,紫泥賁錫蛟龍章。最後神采何揚揚,奇氣直欲排天閶。千年玉樹垂琳瑯,定應世出執戟郎,金貂七葉方未央。題詩愧乏雲七襄,欲將彩筆濡銀潢。

〔一〕王義方,蘇圖本作"王彦方"。

鮑逸卿同年石谿聽泉圖

赤日行天火雲厚,藤枕匡牀熱如炙。故人書到喜開緘,雨氣濛濛失清晝。一峰窈窕出烟際,列磴參差窮秀緺。何年月斧削嵌空,百斛珠璣瀉巖竇。長松老竹怒夭矯,古蘚蒼藤斑錦繡。天風駭緑擘山來,翠鬣銀鱗互馳驟。大聲盤轉車轂鳴,小響清鏘浮磬扣。山人日晏抱琴來,寫入冰絃時一奏。飽餐蛾緑腹忘飢,倦枕清寒齒可漱。山人束髮早出山,工頌嘉禾歌瑞獸。瀛洲下直午歸來,九陌紅塵爭輻輳。翻思野客麋鹿姿,差勝史公牛馬走。丈夫生才貴有用,右挈雕戈左俎豆。安得水犀萬强弩,末派黿魚齊馘首。戈船下瀨最快意,不爾空山侶猿狖。謝鯤宜著巖石裏,杜甫無妨作詩瘦。我逐鷗波久浩蕩,苦乏營居好巖岫。鼎湖放棹挹飛瀑〔一〕,百丈雲深分篆籀。期君共瀹小龍團〔二〕,細品山泉看火候。時有夷患。

〔一〕飛瀑,中圖本、蘇圖本作"雲瀑"。

〔二〕期,中圖本、蘇圖本作"邀"。

七月十日夜大風作歌

炎天一月旱不雨,田坼龜兆如瓦功。昨宵新涼透絺綌,星月黯淡天冥濛。三更急瀑迸簷溜,海藏輸瀉煩龍公。桃笙失眠不知曉，朝來淡日燕脂紅。雲脚垂垂忽倒捲，飛廉作勢驅祝融。大塊噫氣久不洩，一朝噴薄開心胸。遠如車聲何隆隆，千乘萬騎來從東。前麾鳴鏑一相觸，金戈鐵槊交錚鏦。昆陽鉅野勢無敵，氣溢河洂傾華嵩。敗馬羣鳴散四野，捲甲疾走如趨風。異軍特起横貫陣〔一〕，鐵騎蹂踐千貔熊。百丈古榕怒拔地，三山駭浪高摩空。忽憶西羌正薄伐，雪山鐵嶺高巃嵸。安得猛勢恣豪横，犬戎迅掃摧秋蓬。我今縮瑟寄窮巷，卧聽滄海翻蛟龍。急傾斗酒作鯨吸，恥吟蚓竅隨秋蛩。明朝酒醒風亦止，起看碧海磨青銅。平疇遠翠交芃芃，戰士鑄劍皆歸農。

〔一〕特起，中圖本作"疾起"。

中秋後一夕泛月珠江代柬寄何秋梧兼酬紅藥老人

秋風吹月月又缺，雙星迢迢怨離别。一枝柔櫓劃江來，握手一笑肝腸熱。畫船爲我重徵歌，冰絲銀管金叵羅。酒潮上頰生微渦，夜深霜重愁雙蛾。明朝貽我雁頭紙，字字驪珠溢清沘。船窗起讀唤奈何，清風竟趁蒲帆駛。交衢織轍塵漲天，遙心飛墜明月前。故人知我長相憶，一篇書札情綿綿。就中老阮更豪儻，雄鐘鏗訇發奇響。深情遠比桃花潭，逸興遙飛木蘭槳。我生浩蕩如飛鴻，爪痕去住隨天風。蓬萊何處路杳杳，珠江欲渡波溶溶。溶溶江波夜方半，明月團團在銀漢。花田獨弔素馨魂，玉笛無聲香夢斷。庾樓今夕定何如,水禽雙宿聲相呼。君家竹林興不淺,清歌婉轉勸提壺。重展君書誦君句,明月欲斜江畔樹。何時招我旋碧園,雙柑再聽春禽語。

井陘縣將軍廟

傳籌破趙朝會食,二千人持一赤幟。堂堂旗鼓出井陘,勢壓邯鄲氣如墨。成安儒者賤奇策,逐利空城歸不得。左車解縛爲上賓,將軍何人乃死國。想當血戰怒橫戈,慷慨歸元面如拭。興亡幾世一坏存,躑躅空山生歎息。嬴顛項蹶五年間,六國倉皇勢孔亟。匆匆扶立席未暖,豈有深仁浹肌臆。古人感恩報一飯,況乃策名曾面北。六王雖畢遺民存,往往風飆思奮翼。窮途壯志恣激昂,古木啼鴞助悽惻。碭山雲起拂欃槍,泜水波寒長荊棘。不見田橫五百人,島上悲風日無色。

葉雲谷藏翁覃溪先生搨林和靖書用東坡韻補題其後

前年挂席珠江曲,疎林蕭蕭墜寒緑。故人把酒散秋懷,萬軸當筵燦珠玉。吾家處士西湖仙,筆下瘦硬清不俗。剡藤一幅搨蘇齋,得意幽窗炳明燭。孤山鶴夢寒可憐,溪畔梅花香自足。攝將清景入毫楮,不比驊騮空畫肉。珍藏應作墨妙亭,傳玩定增揮麈録。當時索詩詩未就,笛聲送我關山曲。一緘萬里寄鴻雁,又是霜飆撼修竹。想當展卷風雨來,一尊還酹東籬菊。

題孫南軒曉度盧溝圖〔一〕

來時月落西山樹〔二〕,馬蹄踏雪寒橋路〔三〕。去日春風萬柳絲,橋邊柳色縈春旗。使君種花河陽縣。一路飛花掠人面。五更迴首望盧溝,五雲晴擁雙鳳樓〔四〕。

(以上見晉堃鈔本)

〔一〕《拾遺》題作“題孫南瀛大焜縣令曉渡盧溝圖”,並詩後有注:“孫南瀛,黄坡塘基村人,嘉慶十三年戊辰恩科舉人。”《唐基孫氏譜》作“題南瀛先生曉渡盧溝圖”。

〔二〕西山,《拾遺》作“千山”。

〔三〕踏雪,蘇圖本作“凍踏”。

〔四〕《唐基孫氏譜》作“曉雲晴擁五鳳樓”。

舟中重陽寄東安諸弟

前年重陽峽山寺,天風鏗訇落空翠。去年重陽陶然亭,野色蒼茫收遠意。今年扁舟弄秋色,緇塵頓換秋波媚。霜前疎柳萬蟬鳴,天外斜陽亂帆織。櫓搖不見黄花開,酒人誰遣白衣至。安遂趨庭二十載,羣峰繞郭森如刺。每逢重九必嬉游,鳩杖居前雁行侍。俯臨晴澗弄虹尾,高出飛巖接雁翅。玲瓏穿穴帶浮嵐,琅玕擺空劃清吹。菊花滿插襟袖香,茱萸碎揉珊瑚墜。自從飢驅困奔走，齊樹燕雲幾征轡。黄金臺古弔興亡，歷下亭空折荷芰。數逢佳節不歸來，移文恐被山靈棄。爲問山中何第五，三徑猶存舊風致。白華共潔堂上觴，青雲應念天邊翼。作詩遠寄南翥鴻，爲説征帆向汶泗。

擬題鄭少谷山人自書詩册 代

天狗墜地夜有聲，鄱陽波沸魚龍驚。贛南飛檄早破賊，射蛟猶作東南行。一朝詔下六師起，貂璫緹騎交縱横。少谷山人起儀曹，抗疏嶽嶽鋒稜生。九重天高怒霆發，碧血曉裹朝衣腥。殘章碎裂不得上，挂冠太息歸遲清。遲清草堂越城畔，秋風金粟吹芳馨。螺江洗硯春水緑，鼇峰窺案烟鬟青。偶然興到得奇句，撫時感喟非求名。貧女幽棲在空谷，夏日陰翳無光晶。長笛晨悲隴水咽，觱篥暮警琱弓鳴。瘦鸞餒驥困蹩躠，筆端造化搜元精。浣花草堂杳何許，杜鵑深樹啼冥冥。千秋忠愛共肝膈，一氣噴薄詞源傾。删詩自古有變雅，豈盡和樂同咸英。苦譏呻吟學形似，何異進佞排忠誠。晉平尚書今富韓，欲與桑梓留典型。雲烟過眼四十載，搜剔蟫蠹珍瑶瓊。摩挲勁勢欲飛動，字字瘦骨騫秋鷹。武夷風雪骨已朽，胸中五嶽猶難平。豹房灰飛此卷在，虹氣夜夜騰南溟。

采菱歌

涼風一夜吹奩鏡，朝霞晃暖鴛鴦醒。菱葉菱花交曉陰，芙蓉楫短烟波深。吴姬十五雙畫槳,軋軋波光寒玉響。翠泠雲濃不見人,菱歌遠逗湖陂春。細挽柔莖出菱子,輕紅併入春葱紫。胭脂角小纖刺長,青冰簇滿筠籃香。芳心漸困嬌不語,紫霧烘衣日初午。昨宵有夢倍相思,雙雙鸂鶒趁人飛。采得紫菱誰寄與,五湖歸來滿烟雨。

鑑江行

竇江北來三百里,青山夾送蒼虬尾。鑑江東過青一彎,無數烟螺明鏡裏。渟膏蓄黛流無聲,昨朝微雨今朝晴。幾家簾幕低臨水,十里帆檣曲抱城。儂家住舟如住屋,夜泊觀山山下宿。滿江榕葉曉風多,竹枝墜地春雲緑。潘山仙去不可招,函谷關前戰戟銷。番番草碧侵衣帶,夜夜月明吹玉簫。月落寒烟引輕素,塔鈴曉唤横江渡。伊軋蘭橈去不迴,鷓鴣啼上木棉樹。木棉花開春水生,木棉花落春水平。年年春水長如鑑,願照人心澈底清。

史荔園中丞柳陰垂釣圖

瑽瑽碧玉鳴清渠,上蔭高柳交扶疎。微風落翠侵衣裾,釣竿自拂青珊瑚。圖中人豈山澤癯,垂綸似是磻溪漁。先生渥洼神龍駒,早歲蹀躞驤天衢。蓬池斫鱠分宫壺,曾持冰鑑搜河圖。赤手捧出驪龍珠,歸來按部建隼旟。滇雲浙水駪牡驅,秦關百二稱神區。甘棠分陜資鴻謨,西封萬里狼居胥。牙璋朝閲熊豹貙，寸籌夜轉芠粟芻。心如止水澄不汙，朗鑑萬彙瑩眉鬚。邊塵不起膏雨敷，垂垂四野多秔稌。豐年有夢占維魚，頗聞駭浪連荊吴。黿鼉徙宅空里閭，流民叩關襁負趨。欲留不可歸無途，饘我粥我我袴襦。窮鱗轉側相沫濡，徙之涸轍歸江湖。爲惠既溥心則劬，平泉雖好難爲娱。況能笠澤披叢書，濼泉上出清且腴。緑楊下罥紅芙渠，鱗鱗細浪風縠鋪。鵲華倒景青模糊，三年我昔隨鷖鳧。公今手握造化樞，胡爲遠夢依菰蒲，此景終讓烟波徒。中丞山東人。

宋藕塘百花卷爲葉蔗田農部題

生平愛游今漸懶，秋來又負黄花期。紙窗夜坐風色緊，鈂如街鼓催深巵。醉酣夢入衆香國，軟繡新晴三月時。海棠欲語桃欲笑，丁香紫霧吹參差。精藍一一游來遍，低簷冷月雞喔咿。曉來故人送短札，一卷入手光葳蕤。迎春獻歲水仙殿，七十二候開相隨。古人寫生最好手，黄筌最妙兼徐熙。爾來南田更秀絶[一]，宋君晚出尤多師。想當愛花入骨髓，夢化蝴蝶棲芳枝。晨風夕露恣噓吸，春意盎盎填肝脾。偶然欲作寄於手，化工自動筆不知。東坡先生昔有語，作詩何必定此詩。君得此意更巧妙，形神意態兼無遺。大朵溶溶飽濃露，小枝矯矯迎新曦。嬌紅初開緑尚濕，真堪插鏡供瓶甆。貧兒斗室詫暴富，毛施並世爭蛾眉。賞花洗盞加更酌[二]，愧無好語摹春姿。捲簾忽覺氣候改，打頭落葉風絲絲。

〔一〕爾來,蘇圖本作“邇來”。

〔二〕加更酌,蘇圖本作“更深酌”。

小　池

波底一叢紅滴滴,苔翠蘋香染秋色,映樹暉暉上初日。夭荷弱梗嬌竛竮,露光未晞鮫珠青,欲下不下紅蜻蜓。美人憑欄鏡波泠,曉夢依微猶記省,瞥見驚禽掠雙影。

高小雲荷淨納涼圖

城北一樓佇寶月,碧巘蒼崖爭秀發。勝游暇日好追尋,蘋末長風動林樾。西湖詩人高達夫,懷抱朗朗清冰壺。酒酣絡繹吐雋語,猛雨傾瀉荷盤珠。爭如此圖紅萼並,波光浣衣睡初醒。隱囊麈尾無纖塵,碧梧涼上鬚眉影。蛤蜊菰葉夢烟村,予亦歸尋荻筍園。明歲芙蕖情更好,如君畫裏約開樽。

景公祠

高風駕濤夏飛雪,長鯨掉尾隄欲裂。欲裂不裂風掣回,萬竹下揵殷金椎,高隄如鐵波如雷。百年桑麻公所福,穹碑在庭榕覆屋,夫婦雞豚巫匏竹。五更祠鼓濕不鳴,村民相顧魚頭生,公死孰與蛟龍爭。民驚呼公公慘然,公神殉民歸重淵,平沈萬瓦聲喧闐。華府潭潭朝柝動,黄紬被底人酣夢。

絳　河

絳河小别五百年,阿環顔色如紅蓮。今宵靈烏忽傳語,皆騎白鳳乘青鸞。金支翠旗光儵忽,江妃洛神相後先。管絃咿啞不得語,低鬟一笑微嫣然。天台花開又花落,石橋路斷飛紅泉。真珠密字久不啓,錦囊珠網緘靈篇。織女東足宵未闌〔一〕,天上丁丁虯漏寒,照人碧月長團圞。秋期一刻匆輕别,蓬萊清淺成桑田。餘杭沽酒成爛醉,人間甲子隨飛烟。

楊花篇

侍女誤入北里,使人囊金贖之,已從良去矣。

東風三月楊白花,隄邊點點嬌春華。珠簾十二穿不足,何緣飄墜粘塵沙。塵沙雖汙花自潔,依然皎皎如霜雪。自憐無力借扶搖,何人爲向東風説。佳人綰髻出庭除,宛轉輕盈最愛渠。細綴玉蟲搴翠袖,欲承銀繭拂輕裾。閒階小苑蒼苔路,球轉珠圓無著處。乍絆游絲繞樹飛,旋逐春雲暖空度。春來處處好園林,累榭重樓深復深。晨露微粘侵寶硯,飛花應共點瑶琴。不恨楊花尋不得,願保春韶好顔色。蜂粘蝶抱恣顛狂,鳩佞鴉媒那可識。千金一刻盡徜徉,絮果蘭因莫浪傷。縱入清漣化萍藻,還能輕軟傍鴛鴦。

觀打魚

渟膏蓄黛釀蘋萍，戲潤浮沈鐃魴鯉。季冬始漁古有訓，清曉相呼網師喜。書生窘束偶自豪，投釣欣隨任公子。今秋苦潦寒不殺，縱陌橫阡迷沼沚。輕船載罟截江來，踏波羣兒蹄更起。長網橫屬囊擁沙，兩翼手前圍築壘。指揮作勢初未合，圉圉洋洋弄清泚。鯨波忽溢虹隄高，轍鮒井蛙爭尺咫。陷堅併踴浪花白，突網俄傷鱗鬣紫。唯鐃奮迅絶有力，檀溪一躍去如駛。誰憐聚族困束縛，有似羣蜂鬧窠裏。未忘濡沫慰須臾，尚欲跳梁怯砧几。一圍更殺盡歡娛，魚舍鯤鮞事須止。迴橈洗網韡紋細，依舊斜陽照鮮玼。明年仍戲蓮葉東，更看荷花三十里。

泊桐村

四山山溜細如線，瀉向空濛大江面。百足負舟堅不行，江上白沙積素霰。蚊聲如市熱氣蒸，三更急雨隨雷霆。須臾雨歇雷亦止，萬雹飛擊山疑傾。長年喧呼兒縮慄，檣折篷飛救不得。驚魂稍定試開窗，濕雲半江月東出。奔淙折葦鳴瀟瀟，曉來枕上聞蘭橈。烟村島樹飛騰過，落帆已指前山椒。人生夷險竟安在，坎止流行了無礙。要當放眼看澄霄，未用胸中生芥蒂。

暮暮曲

暮暮新歡來,朝朝故人去。橫波一寸眸,別淚能幾許。畫橋溪水臨粧樓,吹花墜絮隨春流。前波後水自朝暮,鴛鴦鸂鶒雙悠悠。

拜　齋

萬幕匝地鵬雲垂,爐烟上裊千青蜺。金膏塗冠水碧衣,萬口伏地同一詞。春雷晴殷海濤飛,天齊大帝命所司。專精一意迎祥禨,去家千歲丁令威。鈞天夢到驚然疑,即令揮手脱俗羈。東略鰅夷渡睢淄,天門日觀高可躋。三更碧海騰朝曦,青霞布滿涼霏霏。冕旒帝座崇崔巍,珠幢玉節紾葳蕤。爲百萬姓陳怨咨,帝曰俞哉爾所祈。立命司籍更前規,蜉蝣老壽蛙腯肥。薜荔烹宰飫牢犧,五鬼睢盱金穴嬉。黔婁玉佩衣朱緋,嫫母巧笑彎娥眉。支離駘兀完膚肌,調和玉燭均四時。巫皋醫緩安所施,雙歧九穗絶饉饑。扶億兆歲太平基,卿雲扶翼汝遄歸。諭無邊衆皆恬熙,鴉忠鵲佞荒是非,鸞歌鳳舞無雉噫。

清明後一日看刺桐花

木棉百圍十丈幹,大花徑尺照天半。刺桐稍小亦具體,列樹扶疎近江岸。海仙爭獻珊枝長,天風碎剪霞絲斷。南方星躔本朱鳥,祝融晨光輝震旦。赤烏挾日上扶桑,丹鳳將雛度銀漢。緑陰肥膩曉花鮮,芳草葱蘢墜英亂。我生耽花有深癖,清明晴雨苦難判。兩年頗阻攜酒興,嫩葉叢叢少花看。今年密蕊似蜂攢,頻折疎枝供几案。連朝陰翳得晴霽,茲游亟宜勇自斷。婦孺多方相勸阻,疾病經時困羈絆。我生去留信有命,胡爲畏縮甘庸懦。攜童竟往坐花下,紅雲裹身作錦段。淋漓發興且酣歌,吐氣如虹快揮翰。

滕王閣

詞人一去不可作,雕甍際天麗朱閣。萬家春雨暗樓臺,九迭林巒繞城郭〔一〕。往時曾讀子安文,夙懷壯志思淩雲。七日投書渚傍泊,北風吹雪何紛紛。一朝風景忽澄霽,雙槳劃江破寒翠。攜朋揖侣猶未升,已覺騫騰快人意。屏間大字搖晶光,蘇翁健筆森莫當〔二〕。江山如此待彈壓,崇樓傑閣紛琳琅。畫閣朱欄一徙倚〔三〕,吴楚蒼茫落眼底。東去金踞上游旁,俯瞰甌越作邊鄙。〔四〕梅關咫尺幾曾經,梅花如雪催北軨〔五〕。絡谷包山拓馳路〔六〕,粉本飄零蝴蝶圖〔七〕。巋然剩有靈光賦,王家譽兒真天才。鬥雞一檄南荒來,盛筵風送馬當遠,落霞鬼唱秋墳哀。得附三王有榮耀,瑰詞雄筆各臻妙。鴻文星宿剩光芒,勝侣樽罍幾登眺。我來憑弔江天春,雪融萬瓦明魚鱗。匡廬望遠烟渺渺,章貢雙合波粼粼。百花洲好花開未,欲留不可風催去。銀濤無際彭蠡湖,一片征帆趁孤鶩。

(以上見中圖本)

〔一〕九迭，蘇圖本作"九疊"。

〔二〕蘇翁，蘇圖本作"蘇齋"。

〔三〕畫閣朱欄，蘇圖本作"畫檻朱闌"。

〔四〕此二句，蘇圖本作"東去金陵踞上游，旁俯甌閩作邊鄙"。

〔五〕北輅，蘇圖本作"北征"。

〔六〕此處蘇圖本作"昨宵夢踏何處路，天外一髮遙山青，憶昔剪桐分大輅"。

〔七〕蝴蝶，蘇圖本作"蛺蝶"。

冼太夫人張繖行軍歌

海日十丈蒸紅雲，繡繖高張鵝鸛羣。不識英姿出巾幗，角鳴疑下飛將軍。夫人生作馮家婦，躬提勁卒驅羣醜。陳隋之際五溪南，王李紛紛皆授首。佛智妖軍走且僵，拔蝥更報俘歐陽。羅襦濺血血光紫，染將韎韐成勁裝。一繖何足昭殊績，賜之天子曰優錫。繖中人仰雙蛾眉，繖外弓飛萬霹靂。生平百戰協師貞，羣羡夫人勇無敵。我道夫人勇勝人，識在機先尤絶倫。偏師不作女天子，率乃子孫稱外臣。貞義常使大丈夫，軍門一哭爲亡陳。

驛亭假山分體得七古

太行一峰徙崢嶸，蓬萊左股分南溟。烟鬟疊翠何亭亭，五嶽縮影環中庭。巧匠斵骨開山丁，神工鬼斧旋風霆。綿絡地肺聯天星，鉤心鬥角跗萼承。森壓坤軸弱不勝，畫闌一匝千巖扃。片片垠堮攢鋒稜,陰風吹墜鍾乳凝。牛羊下飲猿猱騰,爪抉驚猊吻厲鷹。夜叉挺臂撐竛竮,蜂房萬孔龜千齡。虯枝倒挂飛鼯鼪,連蜷老桂留巖馨。初疑嶄絶不可憑,逶迤一徑懸寒絙。幽磴曲曲嵐層層,劃斷白日中晦暝。舉足錯午心凌兢,曲房匝室遮玉屏。户牖豁達排疎櫺,步步欲下忽上升。壯觀直與高樓凭,外涵碧沼淡泓渟。石梁斜跨如渡繩,嵌空萬竅皆瓏玲。危根一髮漱清泠,蒲萄馬乳垂蒼藤。高峰擘斷莓苔青,摩挲往事填予膺。米顛之癖吾亦曾,南唐研山空自矜。贊王平泉亦無徵,艮嶽一記詳王偁。金石千卷披廬陵,聚則必散物之恒。雲烟過眼都杳冥,何况一宿如浮萍。安得剔蘚恣留停,袖中東海攜之登。百金壺華購未能,當其寓目心神傾,亦如覽勝窮圖經。我來拂拭讀舊銘,大醉觀此洒然醒。松風凜凜寒威增,凍崖懸溜垂層冰。華堂緑酒張紅鐙,紙窗雪影光嶙嶒。霏霏微雨夜氣澂,曉起滃鬱春雲蒸。

(以上見蘇圖本)

題冶門霞街林氏圖譜

博士之傳世廿一,枝條糾紛頗難識。冶門圖之要有則,勖哉後嗣紹厥德。乙未元日燈下,召棠敬書。

(見《拾遺》)

五　律

泊中宿峽

日暮碧雲合，悲風生岸林。江沈一星大，峽束兩崖陰。客路幾千里，孤舟永夜心。歲華自搖落，淒絶聽猿吟。

隨侍先君子東安學署每喜游覽所過山陂村市景物各異齋居多暇因憶所見隨紀以詩〔一〕

絶域開孤縣，羣峰束一城。雨多雲不散，村小市無聲。遠道欣來侍，幽居愜素情。風塵初浣濯，潑翠眼俱明。

振策淩飛鳥，乘風且自豪。路盤危磴小，人踏亂雲高。遠岫堆新緑，叢林捲怒濤。夕陽忽吹斷，烟雨晝蕭騷。

飛泉裂巖腹，在險已千盤。驟雨高三尺，驚雷噴一灘。迎風散冰雪，走石滑羅紈。舟楫何時賴，山中且自寒。

鐵壁忽玲瓏，神斤鑿翠通。巖寒扃石氣，山響嘯天風。乳結千年碧，藤垂半沼紅。龍蛇有遺蜕，矯矯欲騰空。

四面山如甕，東風何處來。小桃弄春色，隔歲已花開。暖翠深蕎麥，新黄上菜薹。村娃花滿鬢，也自踏青回。

燒薙村村遍，濃烟總化雲。田栽杉一半，山讓屋三分。溝水如瓴建，山城禱雨勤[二]。陂塘原可築，鄭白古無聞。

村村唤姑惡，新筍已鑽籬。晚俎登山鷓，春罝得玉貍。野雲紅近驛，仙荔紫垂枝。莫道山翁醉，猶堪進一巵。

睥睨啼鵶起，烟光面面同。山嵐晴作雨，榕葉曉多風[三]。筇竹尋禪客，詩箋付短僮。九星好巖岫，相約上珠宫。

富林古時縣，山窟有荒城。樹古雷霆劈，峰奇虎豹爭。路驚危石墜，身共片雲輕。下馬聽街鼓，深杯故舊情[四]。

三月春光暮，登城看菜花。平鋪無隴畝，生計比桑麻。靄靄油雲遠，濛濛夕照斜。化爲深夜火，明黯照千家[五]。

卓犖陳都督，南征馬援才。星飛天上壘，血迸穴中雷。壁削寒旌閃，城孤畫角哀。定軍山畔墓，華表鎮崔嵬。

曲徑雙峰抱，喬林大十圍。春苔坐磐石，深翠落朝暉。一水澄明鏡，頻年掃釣磯。記曾殘臈過，村路野梅飛。

剖璞得奇質，山光孕藻華。水波移曲折，風雨撥横斜。黯簇唐花盎，奇通粤海楂。石田堅可鑿，生計比桑麻。

栗烈宵寒甚，阿奴策竟奇。牙璋中夜發，赤幟四山馳。戰氣方淩厲，神光忽合離。紅雲低一簇，疑是列仙嬉。[六]

誰識銀河路，全憑白雪媒。彩鸞工寫韻，銅雀有高臺。紈扇三更卻，桃花一笑開。瓊漿能乞否，七步愧清才。

挂榜山前路,頻年驅馬蹄。梨花村店晚,微雨酒帘低。冷色明烟外,殘香隔水西。擬尋武陵去〔七〕,詩思轉凄迷。

緑竹夾流水,青青楊柳沙。江天明若鏡,兒女豔於花。翠草疑蘿苧,清波似若耶。年年盪輕槳,不見浣溪紗。

聞結詩人屋,開門十頃田。萬竿清渭竹,千朵鏡湖蓮。何日魚苗汛,尋君鴨嘴船。瀼西容買宅,雞犬總成仙。

〔一〕中圖本題作“東安雜詩十七首”,蘇圖本題作“東安雜詩”。

〔二〕中圖本、蘇圖本作“峭石排猿隊,飛流散鶴羣”。

〔三〕曉,蘇圖本作“晚”。

〔四〕中圖本、蘇圖本無此首。

〔五〕此首見中圖本,爲晉堃鈔本所無。

〔六〕此首中圖本多有異文,並録於此:“栗烈風寒甚,阿奴策竟奇。濕雲中夜晦,赤幟四山馳。枯朽誰能惜,葱籠又一時。神光離合處,疑是列仙嬉。”

〔七〕中圖本作“重來寒食後”。

楚霸王墓

三户亡秦日,重瞳霸楚時。氣雄吞鉅鹿,力盡泣烏騅。豁達鴻門宴,驍騰鞏洛師。江東羞不渡,到底是男兒。

馬鬣遺荒隴,鴻溝失故蹤。史先高帝紀,墓尚魯公封。叱咤原無敵,崎嶇竟挫鋒。長陵一抔土,何處覓喬松。

五龍壇 秦叔寶故宅

沙苑將軍宅,今猶近淨池。日斜芳草路,人到海棠時。月澗通珠瀑,風亭漾柳絲。竟當攜緑綺,危磴坐清漪。

歷下亭

渺渺滄波闊,迴橈溯碧潯。此亭仍海右,倦客又春深。十里柳烟起,半湖城影陰。迢迢望北渚,日暮動皋禽。

匯泉寺

七十二泉水,交流蓮子湖。衆山環傑閣,濃翠入冰壺。晚塢花猶映,芳洲跡已蕪。出林殘磬遠,烟外一帘孤。

家韓峰東皋别墅圖〔一〕

十里遠城郭,一溪開畫圖。深林得結構,暇日好招呼。舊夢洗塵鞅,新歡攜玉壺。沈吟竹里館,得似輞川無。

入門春氣暖,花放小桃枝。犖确通幽徑,便娟得淨池。樓陰涼鶴夢,蕉影潤琴絲。想像荷香發,蕭疎雨最宜。

曲蹬淩虚上,迎風盡啓關。涼雲千樹鳥,落日一樓山。野曠烟鋤歇,村遥牧笛還。漫催歸騎促,坐待月痕彎。

路折斜開圃,橋迴忽有亭。蔬香粘履碧,石氣逼人青。遠勢排雙塔,遥峰指七屏。何時容掃榻,十日卧雲扃。

〔一〕中圖本題作“家韓峰東臯别墅四首”,蘇圖本作“家韓峰東臯别墅”。

讀李湘南明府詩集卻寄〔一〕

歷下一亭古,濟南名士多。明府濟南人。遺樓尋白雪,餘響激滄波。杳杳月侵竹,微微風動荷。美人碧雲裏,環佩夜深過。

司李昔年少,蕪城留鳳音。君今臨鱷渚,手撫成連琴。鸞鏡舞花影,玉壺抱冰心。吟成一迴首,秋色鵲華深。

歲暮自茂名至信宜乘舟而歸得詩數首

憶别鑑江路,征塵又五年。亂山圍塔小,曲水抱沙圓。紅燭故人酒,清霜來雁天。宵深聞畫鼓,城近好風傳。

侵曉籃輿出,蒼蒼萬竹林。喜聞流水響,不覺入山深。喬木真堪託,桃花未可尋。何時五畝宅,買鏡聽春禽。

已動歸歟興,無端又遠征。昔聞鳳山好,今作竇江行。獨杓通溪小,梅花照眼明。疎林樓一角,誰弄紫簫聲。

日入鳥驚呼，風横雨點粗。怪林團黯黑，仄徑踏虛無。舄下江聲壯，笻邊亂石扶。解鞍欣一笑，剪燭認眉鬚。

詩人竹泉子，冰雪入肝腸。不解因人熱，獨開寒歲香。峰巒低入屋，風雪促傾觴。脱幘酣嬉甚，如君未厭狂。

積雨添溪漲，乘流好放橈。暉暉浮旭彩，稍稍動春韶。林暖通禽語，風輕上麥苗。卸帆還幾曲，秀色指單椒。

市遠聲徐斂，人歸印浦沙。小園開半畝，流水恰三叉。蛋女手如雪，凫翁毛勝花。打頭紅葉滿，羨汝繫漁槎。

壁深驚翠羽，峻上得纖鱗。文采何須貴，飛鳴自足珍。滄波寒客夢，歸路入江春。明日立春。自笑成何事，吾真淡蕩人。

舟　夜

雨歇月未上，江天空杳冥。櫓聲戛殘夢，水氣濕春星，翠被寒初覺，銀瓶酒半醒。漫須憐寂寞，鷗鷺共前汀。

新興舟中

亂石爭溪路，恬波到忽驚。行舟更淩厲，急瀨鬥飛鳴。百丈直如絶，羣篙洶有聲。磯邊孤白鷺，翹立正忘情。

冪嶺小松樹，侵天萬萬枝。晨光寫溪水，濃緑上鬚眉。

好瀹驚雷莢,因傾賽雪甆。雲腴併烟液,瀟灑入肝脾。

篷窗開四面,積翠照船寒。一水迴環去,羣峰向背看。人行到天小,樹遠與雲團。倦枕多奇趣,誰知上峽難。

萬弩射潮急,風麾掠陣齊。起看飛雨過,已在夕陽西。樹炫流光濕,雲隨遠勢低。前峰蒼翠合,遙望正凄凄。

羅玉符招同何梓墨博士龍曉堂茂才雨中游龍華寺訪何子實茂才星槎明經置酒江山風月榭因留宿

雨泛催鳴槳,春游喜杖笻。大江迴一峽,登榭湧羣峰。美酒葡萄色,詩人冰雪容。驚濤翻夜枕,寒數寺樓鐘。

何綺堂博士談西樵之勝即題其詩卷

七十二烟巒,爭開瓣瓣蓮。居人足泉石,耕鑿亦神仙。況爾烟霞侶,兼攜冰雪編。新詩一回讀,如濺萬珠圓。

普濟庵

小庵當孔道,曾記聽愁霖。凍石片雲濕,禪房三日吟。支公談已寂,山磬斷難尋。再訪招提宿,空堂雨又深。乙未阻雨庵中三日,方攜端硯,盡爲之銘。今又雨中宿此,老衲不復存矣。

羅江舟中與劉莘麓侍御〔一〕

山緑俯江漲,鏡中新畫眉。同爲寒食客,又近落花時。舊雨青燈在,新愁白髮知。殷勤問鄉信,已是隔年期。

〔一〕與,《拾遺》作"同"。

洞　口

溪水縠紋碎,兼之雨暈圓。沈沈淨緑去,裊裊山華鮮。村路暝雙犢,江烟涼一船。春帆如昨日,迎客放紅棉。

初四夕月

漸覺春宵好,窺人倍有情。纔看殘照没,已見一痕生。屋角斜孤影,花梢放淡明。和風入庭樹,遥送管絃聲。

晚泊悦城

村小市聲聚,江昏嵐氣陰。估帆爭岸泊,漁火隔烟深。道遠遲歸信,霜寒怯客心。殷勤謝鴻雁,休更促閨砧。

泊西南

一入囂塵窟，滄波無計清。江浮市聲遠，燈雜暮潮生。殘暑晚猶酷，孤舟夢不成。惟應夜來雨，好爲滌煩酲。

江山船中作

潮聲不到處，奇絶富春山。孤棹翫回轉，亂峰如玦環。英雄逝波去，高隱白雲間。唯有溪前鷺，雙飛點碧灘。

曉來青不斷，山色到桐廬。流水寫眉黛，春船聞鷓鴣。何人結茅屋，小住即蓬壺。靄靄溪雲合，桐君如可呼。

天水忽空闊，唯聞柔櫓聲。連山生曉靄，微雨失江城。晃晃晨曦動，依依松竹明。前溪去無路，蒼翠鬱縱横。

曉露浣澄緑，微風波不興。山容嬌欲語，帆影静於僧。過客閒無事，船窗盡日憑，愧無荊浩筆，寫上剡溪藤。

寒　食

格磔鳥聲午，葱蘢村路春。輕陰度寒食，芳草伴行人〔一〕。畫閣懷前夕，觥籌閲幾巡。故園今夜夢，花霧細如塵。

〔一〕伴，蘇圖本作“送”。

敬和鶴樵夫子早起勘河原韻

曉月墜流水，西風葭菼天。鳥聲喧塢樹，人語隔隄烟。防溜時增岸，通流好放船。宣勤念民瘼，回軫課秋田。

鼻　烟

彷彿聞薝蔔〔一〕，能參鼻觀無。一聲噴珠玉，灌頂即醍醐。午寂茶香歇，宵寒酒夢蘇。麝煤分點點，珍重勝瓊腴。

〔一〕蘇圖本作“薝蔔來何處”。

暮過邗江

萬里邗江路〔一〕，孤舟感歲華。烟深隋苑柳，人問後庭花。遠屋明殘雪，寒雲入暝鴉。斷腸纖月落，芳草玉鉤斜。

（以上見晉堃鈔本）

〔一〕萬里，蘇圖本作“又過”。

曉　霽

曉霽烟嵐斂,波紋湛緑苔。數花開水外,一蝶過江來。涼思浮詩棹,秋光落茗杯。俗塵袪十丈,如鏡拭靈臺。

夜抵通州

月落河流急,秋深鴻雁飛。霜華淒野草,寒色上人衣。漸與京塵隔,遥看堠火微。歸途方萬里,何日釣漁磯。

天　津

澤國雄東北,京畿左輔强。銀河通析木,海日上榑桑。夜火魚蝦集,風帆雁鶩翔。軍營新控握,水驛此巖疆。

泊老君塘夜起看月

繫棹傍垂柳,涼霄月轉幽。星河共遥夜,風露淡清秋。小徑帶茅屋,前溪見戍樓。不眠聽漏鼓,清切起漁謳。

代題劉訒篛觀察憩餘圖二首

建隼南州去,威聲動百蠻。牘塵掃風雨,詩卷挾江山。片石青雲色,湘簾碧蘚斑。定知同樂意,魚鳥亦閒閒。

憶昨宸章到,龔黄特奬才。芃苗應雨足,旌節報花開。俗化原無事,心齋絶點埃。舊時棠茇在,一一頌臺萊。

聞李郁門同年下世

問訊李長吉,驚聞召玉樓。舊游思十載,此别已千秋。燕市桃花駿,珠江明月舟。匆匆摧玉樹,絃管亦生愁。

題蘭仙讀書蘭桂林圖

君爲篤堂先生之子,雪樵同年之弟,來省哲昆,改歲言邁,屬題此卷,聊以贈行。

瀟灑開吟卷,清襟浣素秋。風傳深谷靜,露落小山幽。石磴青堪倚,雲羅翠欲流。此中塵不到,鎮日足冥搜。

絶代詩騷筆,詞壇重哲昆。芳馨傳弱季,風業繼清門。畫閣春波色,金臺夕照痕。柯亭重掃徑,珍重履綦存。

大　風

斜日孤村遠,風狂欲倒人。雷霆戰深樹,烟水蕩行塵。側側客衣薄,離離原草春。遙應羨歸雁,一一起江津。

石　門

路入蒼崖逼,風聲聚石門。激流蒼兕勇,走險白龍奔。一徑循高岸,千畦散敞原。溶溶甘雨足,不取渴烏翻。

舟行乘夜至陽春曉游崆峒巖四首

心爲看山喜,宵行夙戒舟。晨光散鴉影,風色厲貂裘。曲曲方尋徑,蒼蒼已入眸。到門輒驚詫,險絶孰雕鎪。

逌然鸞鳳嘯,鐘梵墜天風。頂壓千盤磴,中藏一畝宫。巖霏晴作雨,石氣閟潛通。徑盡疑無路,飛欄倚半空。

一柱擎天起,旁垂朵朵雲。千葩跗萼抱,半席奥堂分。陡作飛流勢,纔成古籀文。何年冰石髓,靈景尚氤氲。

飽著巖前屐,三洲又七星。兹游仍邂逅,絶勝更瓏玲。倚石朝攜翠,摩雲午綴青。耽奇歸棹晚,迴首鬱嶢亭。

縣幕沈烈小滄浙人以寄梅圖屬題

故人向何處，書札幾經年。曉月墜深塢，亂花明遠天。憶攜玉壺酒，來伴冰絲絃。臨風不可寄，驛樹隔寒烟。

中冬晦日招客飲梅花下宋笠香鹾使有詩次韻答之

我本孤山客，呼梅作玉人。倚風彌靜好，未雪亦精神。燈繞香團夜，花寒酒釀春。廣平能賦詠，清藻更無倫。

雨

畹晚春將暮，蕭疎雨尚寒。香消金屈戍，門掩碧檀欒。止酒憐愁劇，題書寄遠難。故園紅萼少，翠袖有人看。

爲葉蔗田農部題佇月樓畫册二首

如鏡珠江水，臨江百尺樓。星斜河漢夜，人靜海天秋。客思閒瑤軫，濤聲上玉虯。不知銀闕湧，櫛櫛碧雲流。

已輟金門直，應追玉斝歡。高懷散緗帙，勝侶解簪冠。簾捲人俱素，宵深花亦寒。畫欄經倚處，曾憶照團欒。

四月一日

客裏送春去,庭陰碧樹遮。香吹新竹粉,黄上小槐花。輕服將思葛,行廚乍試瓜。門前芳草路,惆悵是天涯。

許賓衢民部祖母黄太淑人五代同堂得請旌賚徵詩

桐茂乾施渥,萱榮鼎養隆。星郎新郡望,月旦舊家風。朱鳥層霄正,金貂七葉同。管彤昭淑順,履素式謙沖。蘿蔦詩初締,蘋蘩禮始崇。重闈虔棗栗,五夜肅笄緫。授筆銘徵菊,傳經訓折葼。福綏宜葛藟,學植喻麻蓬。伏莽方鳴鼓,扶桑未挂弓。鵝潭收管鑰,鯨海走艨艟。撤珥曾頒錫,分符喜佩銅。人方欽聖善,天厚集龐洪。慈筍俄成竹,孫枝早茁桐。萬言文倚馬,三策氣如虹。楊柳春袍緑,觚稜曉旭紅。瑤池章委疊,畫省轡瓏璁。珂里旋飛鵲,銅街暫輟驄。含飴思幼稚,舞綵益怡融。擎掌珠胎並,差肩玉樹叢。荀龍森雪爪,穆駿各風鬉。繡褓攜重璧,烟巒列九峻。詩篇踰白老,經舍譽黄童。最小猶雙鳳,純禧冠八鴻。瑤觥騰款密,戟第勢穹窿。曼壽符昌運,歡謡達聖聰。琳箋輝御札,仙牓降宸楓。麟趾祥金樣,雕盤瑞錦工。板輿增慶豫,珍篚溢華豐。拜列東西陸,班排大小馮。祝鳩扶寶杖,畫翟散花緵。禮法齊鍾郝,繁釐峻華嵩。婣姻聯漢杜,觴詠邁周澧。仰德搜家乘,緘詞付驛筒。二禺東企首,麗景日方中。改曾虛谷明經作,存原文十一二耳。

芙　蓉

婀娜晚風前,嬌紅絶可憐。烟波好顏色,鷗鷺小因緣。弱態含殘雨,多情傍畫船。横江催打槳,相望最娟娟。

十一月廿二日得友人札

遠信初傳雁,文簫果偶鸞。花嬌風蕩冶,鏡合月團圞。錦瑟年將半,琵琶夢未闌。幾多珠樹鳥,猶自怯宵寒。

十五夕罷燈甚早飲酒月下

遥天流素影,皎皎欲三更。轉喜華燈歇,能添皓月明。風微疊鼓遠,人靜一珠生。有放火珠者。芳節迢迢去,唯應問酒鎗。

照　眼

照眼花方好,回頭絮已飄。愁來杯灩灩,夢裏水迢迢。珠露晞華旦,銀缸冷綺宵。最憐頻唤客,鶯舌記初調。

正月五日友人同游歸飲百樓許

嫩緑有新意,殘英無故妍。庭梅初謝。雲烘試晴色,風勁欲寒天。寥落寡朋舊,淒清多管絃。尋春年少伴,相遇酒如泉。

陽春舟中

帆影遠搖漾,春江烟翠濃。連山都映水,孤石忽成峰。近郭標層塔,穿林報午鐘。花朝看收麥,壓擔喜歸農。

慈雲巖

峭壁層層樹,垂峰朵朵雲。小庭叢翠合,皎鏡一隄分。嵐氣晚如滴,市聲囂不聞。南窗誰潔洒,朱夏快迎薰。

連歲有肇慶之行花朝多在新興道中

小雨新州路,春山放杜鵑。花朝仍此地,客夢幾經年。緑鬢俄催雪,青蕪只似烟。惟應無所住,來問鏡臺禪。六祖惠能新興人。

龔韜山別駕環碧山莊晚眺圖

別駕得王祥，褰帷到海疆。春田消犢佩，夜沼肅魚梁。判筆高人乞，吟箋小史裝。千林環暮碧，心賞寄蒼茫。

將出門前一日獨坐金蓮庵刺桐花大放二首

萬樹團深綠，烏聲爲四鄰。忽驚成遠客，復此賞殘春。點點蓮浮沼，依依蝶戀人。午風柔可愛，薦爽上衣巾。

野水灣灣長，江帆片片斜。照雲開絳樹，駢萼殿春華。已寂神祠鼓，初分穀雨茶。一旗花外酒，游約記都差。

太　平

屏障千峰合，滄溟五里遙。數家依孔道，官鼓自清朝。霧重沈村竹，風輕上隴苗。看蓮僧有約，濃翠指單椒。

陽春舟夜夢侍鶴樵夫子

蟲語何清切，孤舟夜自悽。江聲翻枕近，雨氣壓篷低。記立程門雪，長寒范叔綈。西州重夢到，淚落斷猿啼。

舟破宿馬石村曉大霧

鬥石舟輪壯，驚湍枕上飛。江晴得沙步，夜久見星輝。遠岸燈孤吐，深村竹四圍。山禽頻唱曉，空翠墜烟霏。

秋日麥銘之招游寶月臺次日以小照屬題

諫欖山前路，溪光白練寒。高人抱冰雪，風采照鵷鸞。夢裏吞丹篆，毫端湧翠巒。招提游賞罷，重向畫圖看。

懷素種蕉作紙鄭虔借柹肄書杜少陵點筆寫桐李義山試墨題竹古人有例驅使無嫌清明後一日行電白道中雙榕交蔭抽條布葉新緑瑩然薛濤小箋無以踰此摘十餘葉夕至客窗揩碧揮毫題詩其上

驛路雙榕樹，芳春乍引枝。垂陰淡晴後，泫露嫩黄時。小摘添行卷，纖紋似側釐。麝梅新點染，筆采發華滋。

淨域緗桃館，窗前裊裊垂。看花時召客，小柬當題詩。入手涼雲透，鐫名碧玉宜。朝雲何處寄，種紙定饒伊。

槐卿侍御小照

放江西太守,未赴而没。

弱冠明光殿,揮毫賦日華。露盤宵飲屑,霜簡曉飛花。迴首柴桑路,關心笠澤槎。幾時開緑野,遲爾詠烟霞。

由高州歸吴川二首

羈思久無奈,懷歸今有程。放舟涼雨歇,隔樹斷霞明。杳瀰江流長,蕭條客夢清。來宵問鄉路,月落正潮平。

聞道含沙蜮,俄成跋浪鯨。居然擇肉食,無復射潮驚。節使新通牒,戈船好練兵。可能真掃蕩,海畔喜歸耕。海寇烏合,輒敢深入劫富户萬金,邑人流離奔走,比聞有投牒督府者。其實易于驅散,倘因循不治,招集無賴,後不可爲矣。

大魁閣

一閣淩霄起,千峰繞郭開。風吹花片去,人踏草痕來。春意鶯先覺,歸心雁暗催。禪關留屐齒,三度印蒼苔。

家訓庭先生十二月廿四日生日置酒桃花下口占二首

桃本爲仙友,交枝入壽筵。早春回十日,十五日立春。强仕又三年。送臘鵝兒酒,圍花卵色天。東風催得意,併入彩毫鮮。

繞籬開錦樹,村路乍陰晴。小出偕游屐,歸來問酒鎗。半酣雙鵲喜,一笑萬花明。江上飛紅滿,春帆自在輕。正初旋里。

十一月初一夜

小几瓶梅供,晴冬紙帳温。香徐來靜夜,人似住孤村。幽塢雲千點,荒橋月一痕。迢迢清夢裏,猶憶倒芳樽。

雨　過

夕陽催雨過,濕葉透林明。淡靄霏霏遠,流雲片片輕。堂虚琴思潤,人靜簟紋清。暝色簾鉤外,涼蟬又一鳴。

孫穀田靜聽松聲引鶴行小照二首

石色鑱天碧,虯松落古陰。高人聽爽籟,緩步領仙禽。

冷翠三秋影,孤雲萬里心。孫登長笑處,空際有鸞音。

題我桃花屋,詩含曉露姿。訪君竹里館,茗啜晚風時。展卷得新趣,出塵生遠思。應添抱琴客,寫韻上冰絲。桃花屋新成,君詩最工。

曾義卿遺照

跨鶴翔寥廓,雕龍憶討論。名如驃騎弟,人識令君孫。交友捐仁粟,尋書味義根。遺芳正濃郁,來葉足蘭蓀。

蕭芸湖小照

舊是蘭陵裔,高齋合署蕭。文章傳素業,才氣逼青霄。更橐枚乘筆,來觀渤澥潮。會聽苹野鹿,上苑奏簫韶。

鷹爪花

不辨香來處,依然翠作堆。人遲仙蝶覺,歌憶野鷹來。簾額風痕颭,牆腰月影偎。枕函安放處,幽夢獨徘徊。

峻雲惠五律四首作此答之二首

諸阮分南北,君家望最都。鄂跗榮五桂,階樹粲三珠。

倘不緣風鶴,何因愛屋烏。魯連天下士,玉貌正豐腴。

羈羽棲難穩,歸來尋舊枝。偶開蒼蘚徑,欣迓紫芝眉。客舍三間屋,長城五字詩。驪珠捧珍覎,猶乏借書鴟。

七弟小照屬題

季弟扶牀步,先君正六旬。最歡馨膳日,已抱弄璋人。貢士書名早,銜杯喜氣新。作詩孫尚少,風骨早嶙峋。

(以上見中圖本)

題紹祖小照

嶽嶽精神峻,披圖欲斂容。將軍知劇孟,豪士數元龍。碧樹秋霜落,黃花玉醑濃。誰言一邱壑,雲夢直吞胸。紹祖字纘徽,林香賓孫,布政司經歷職。

夜雨有懷天石

故人天際去,計日抵香河。一夜聽涼雨,澄江長綠波。片帆依浦樹,遠夢隔烟蘿。何日催歸槳,隨君發棹歌。

夜　雨

鴻雁水雲闊，蒹葭烟岸深。孤舟一夜雨，羈客五更心。洲冷木初落，川長魚易沈。寒衾有歸夢，怯度碧江潯。

春　寒

燕剪春波緑，鶯啼花霧紅。遠帆低翠岸，微雨滯芳叢。香暖淹殘夢，簾垂暗晝櫳。緗桃初謝否，小立盻闌東。

舟夜憶珠江之勝

黯黯日云暮，扁舟發棹歌。涼風動秋水，明月滿澄波。人靜荷香細，宵深衣露多。珠江茉莉市，今夕定如何。

常山縣

徑盡入雲氣，松杉無際青。山圍天一線，城險石雙扃。茗椀嬌嬈女，柳花長短亭。明朝好螺黛，更盪越江舲。

大庾嶺

萬樹皓如雪,亂峰青刺天。斷崖盤鳥道,絶徼闢人烟。地限中原險,關收百粤全。趙劉多割據,對此重雄邊。

送張竹亭令即墨

萬古膠東郡,勞心更在東。際天海波白,半夜日華紅。賢相思吴祐,鄉民説鄭崇。益州饒治譜,真繼昔人風。

義士田横島,今猶霸國資。使君能咒虎,爾俗敢張鴟。煮海豐鹽筴,承筐重檿絲。火牛原不試,歌頌遍萊夷。

曉　步

曉翠濕凄凄,莎寒一徑迷。野田兼樹種,幽鳥隔山啼。衰草黄初遍,新松碧欲齊。江天回望迥,杳杳片帆低。

冬杪往來東安道中得詩二首

一徑纔通鳥,亂山爭趁人。懸崖深斷燒,幽草凍留春。繞足澗泉響,沾衣嵐翠新。東峰破晴旭,漸覺近暄辰。

水聲幽絶處,竹屋兩三家。地暖不知雪,山香時有花。雞豚穿樹熟,童稚見人譁。記取桃源路,重來繫釣查。

舟　曉

長江風浩浩,短棹自孤征。曉樹增寒色,危灘挾雨聲。沈山亂雲重,入峽一帆輕。歲晚客心惻,歸途記水程。

泊珠璣灘聽濤聲

水枕不成寐,風雷萬壑奔。濤聲爭一石,雨氣失孤村。露下諸禽動,烟移漁艇昏。四更見明月,淒絶照啼猿。

晚　步

無事理輕策,尋幽晚興濃。閒雲低遠樹,斜日半孤峰。人緩荒塍犢,烟昏野寺鐘。徘徊不知暝,露草有吟蛩。

江行雜詩

杳杳孤烟起,江雲曉日蒸。灘舟爭市渡,沙渚集魚罾。水縠晴微蹙,山嵐翠欲凝。僧庵轉幽僻,危構靜堪凭。

到處小勾留，孤村偶泊舟。篙痕爭劃石，帆影不驚鷗。老屋依危巘，叢篁映亂流。夕陽殘角斷，暝色上江樓。

（以上見蘇圖本）

新闢大豪巖題詩〔一〕

異境仙靈秘，幽扃久未通。何人開窔奧，妙手剔玲瓏。素瀑墜深樾，蒼雲搖半空。憑君蠟雙屐，更與闢蠶叢。

（見劉鎮福輯《封川大豪巖題詠録》，清光緒元年刻本）

〔一〕篇名爲編者所擬。

雲隨波影動

水色涵羣動，天光互盪摩。雲晴時倒影，風軟正隨波。芳潤時皴縠，秋空細捲羅。潤如含玉葉，淡憶渡銀河。鷗夢閒相伴，魚鱗蹙更多。紅宜花苑點，青認酒旗訛。似鏡搖詩棹，非烟染釣簑。瀛臺邀御藻，糺縵續虞歌。

（見竹屏居士輯《試律大觀》，清道光五年刻本）

桃爲仙友

偶坐夭桃下，相看意似仙。便教呼小友，從此訂長年。竹外枝三兩，花開歲幾千〔一〕。詩心誰雜得，人面故依然。舊雨來何處,餐霞别有天。聯芳應共譜,對酒不須禪。豔錦留秦樹,瓌詞麗蜀箋。瑤池雲五色,慈慶啓瓊筵。

〔一〕開,《近科館閣詩續抄》作“間”。

入簾風絮報春深

柳院垂簾坐,沈沈翠滿襟。微風吹絮入,小苑報春深。似雪辭輕縷,如綿脱遠林。恰逢珠箔捲,巧向玉鉤侵。暮影迷紅雨,涼波冪緑陰。幾番催别意,一樣惜花心。頓覺鶯聲老,重隨燕剪尋。踏青橋畔路,策馬又駸駸。

故燒高燭照紅粧

最愛紅粧好,看花夜更嬌。欲憑銀燭照,試爲海棠燒。錦樹排雕砌,銅荷出綺寮。風痕三尺漾,粉態一分消。庭院金樽酒,簾櫳紫玉簫。花明能借月,春暖不知宵。晴駐虹輝久,光憐蝶夢饒。鈿箏頻按曲,狎坐到明朝。

楊柳風橫弄笛船

小港船横處,垂楊婀娜中。好攜斑竹笛,來試落梅風。吹到濛濛雪,低藏短短篷。十分春蕩漾,一尺玉玲瓏。流水三篙碧,飛花數點紅。淡烟蘭槳外,明月畫橋東。塞雁音微肖,檣烏信暗通。龍池青正合,聽共鳳笙工。

(以上見《館課詩鈔》)

瑞亭太翁七十壽詩

德耀長庚朗,佳辰上巳先。人間歌曼壽,日下聚羣賢。福溯三槐舊,家從八桂遷。香潭深漱滌,銀甕鬱連卷。吉協祥麟夢,華騰舞象年。百家歸橐籥,衆響入匏絃。絲竹恭王宅,蘋蘩闕里籩。一夔聲最雋,萬里勢無前。逞驥知長道,探驪不隱淵。箱餘王氏業,囊溜沈郎錢。頓鬱青雲抱,彌懷介石堅。書田爲耒耜,平地亦神仙。馬鬣封存魯,鴻原遠望燕。黄金都此粟,錦瑟不題篇。妙達靈樞和,功参輔相權。鵲回雙印破,蛇抱一珠圓。窮鳥張羅畔,枯魚涸轍邊。最難恩浩蕩,出自性纏綿。迅駛龍門箭,崢嶸華嶽蓮。龐鴻詒福祚,雛鳳必騰騫。華館翹林闕,仙曹粉闥聯。楂浮銀漢水,星近紫微躔。帝里春三月,東風錦一筵。花浮紅友盞,佩點緑楊烟。鳩杖時輕健,鶯歌門靜便。烟霞鋪綺繡,日月住璣璿。此景宜壺嶠,何人似偓佺。好憑都荔曲,摹繪紫泥鮮。

(見倪鴻撰《桐陰清話》,民國三十年石印本)

紅樓夢百詠

貴戚椒房寵,賈元春。萱堂老更賢。史太君。黄粱仙鶴夢,癡夢仙。香稻美人田。李紈。舌可調鸚鵡,王鳳姐。魂猶怨杜鵑。林黛玉。紅裙能大雅，香菱。素絹薄春綿。邢岫烟。客在芭蕉下，賈探春。人依芍藥邊。史湘雲。何年鴻案舉，傅秋芳。今夜鵲橋填。賈巧姐。碧藕吹香地，賈惜春。紅梅詠雪天。薛寶琴。三更枯井月，白金釧。一劍暮雲烟。尤三姐。薔字憑誰畫，齡官。環兒未解憐。彩雲。妾心清似水，金鴛鴦。郎性急如弦。賈迎春。情向紅衣女，襲人姨表姐〔一〕。詩來水國船。真真國女兒。草螢新得謎，李綺。脂虎借分權。秋桐。幾斛明珠换，珍珠。斜簪玳瑁妍。玳瑁。宫袍留夜半，抱琴。春事送秋千。偺鸞。巧侍丹青畫，入畫。名宣翰墨編。侍書。芳姿爭似杏，文杏。小步可生蓮。蓮花。舞袖垂纖腕，玉官。蒼顔飾小鬖。艾官。素雲横翠鬢，素雲。碧月映金鈿。碧月。字憶銀鉤美，篆兒。人疑射雉旋。笑兒。甌擎翻玉茗，茜雪。盤遣汲湯泉。豐兒。佳菓徒教索，青兒。嘗糕未許先。小蟬。情緣通邂逅，嬌杏。花樣倩描傳。綺霞。扇誤楊妃覓，靚兒。錢教姹女穿。佳蕙。羹嘗荷葉美，白玉釧。釵已鳳絲全。繡橘。擎拿珠成寶，寶珠。描娥黛小卷。小螺。性同獅子吼，夏金桂。槌愛美人拳。琥珀。舞鏡推雙羽，藥官。泉臺約比肩。張金哥。此卿真命薄，秦可卿。阿姐爲情纏。尤二姐。曲度銀雲遏，文花。簫吹碧月圓。佩鳳。同生憐此夕，四兒。獨秀豔他年。賈喜鸞。初試繅車轉，林頭。憑誰彩線牽，彩霞。壺將温酒送，寶蟾。恩賜舊衣偏。秋紋。嬾侍蓮花座，彩屏。癡參玉版禪。紫鵑。虚無神女賦，若玉。妙悟伯牙絃。妙玉。花愛陰陽瓣，翠縷。情歡水月聯。智能。鴛鴦原野宿，鮑二家。仙鶴也雙眠。鶴仙。佳會遺香帶，司棋。癡心寄紙錢。藕官。何人憐病骨，柳五兒。之子是情顛。晴雯嫂。蕙徑遺巾在，林小紅。蘭湯出浴嫣。碧痕。薇硝香悄贈，蕊官。花塚淚誰濺。傻大姐。竊得蝦鬚鐲，墜兒。持來雁字箋。翠墨。閒拈花姊妹，豆官。偏有玉姻緣。薛寶釵。小院調瀉鵪，寶官。鄰牆認紙鳶。嫣紅。肩歌蛱蝶舞，李紋，臉愛海棠鮮。芳官。偷繫鮫綃帶，花襲人。歡喧紫蟹筵。平兒。關心頭似靛，麝月。得意體如棉。多姑娘。絡結梅花外，黃鶯兒。春歸燕子前。春燕。錯扶新婉孌，雪雁。藉伴畫嬋娟。萬兒。荳蔻花三月，雲兒。芙蓉誄一篇。晴雯。恨天留未補，賈寶玉。一夢悟情仙。警幻仙。

（見孫天倫、林受祺輯《紅樓夢百詠》）

〔一〕《拾遺》作“襲人姨妹子”。

七　律

鶴樵夫子旬宣嶺南遠聞喜賦

又唱彤騶湞水濱,曉霞十丈擁朱輪。人如卿景爭先睹,帝識皋夔是舊臣。粤海濃波涵渥澤,珠江明月記前因。秋來無數芙蓉發,一路吹噓有腳春。

一舸翩然載鶴琴,雄藩幾度建牙臨。湖西楊柳春風樹,岱頂慈雲渴歲霖。又拜新綸趨桂水,緩驅征轡度棠陰。遥知竹馬歡迎處,别有攀轅卧轍心。

桃李千株手自栽,曾攜玉尺渡江來。秋毫洞照然犀窟,春穎爭抽啓蟄雷。繁劇勢應迎刃解,節旌祥又報花開。翹材蓽屋皆沾溉,調鼎功期遍八埏。

詩情指點嶠雲邊,雁信重來又幾年。有夢祇緣樞侍久,不才真愧受恩偏。祝公福壽如生佛,何日聲華玷列仙。嶺上梅花三萬樹,春風有分伴吟鞭。去秋,棠下第南旋,夫子賜詩二章,有"嶺上梅花三萬樹,何時攜手賦重游"之句。今果奉命南來,棠歡迎舟次,前詩實爲先兆也。

下舉東歸席間留别程小棠世兄

朽木空勞大匠雕,青衫歸去劇無聊。驅來久作羊公鶴,此别重謀季子貂。唾玉辱承蘭臭合,心灰肯共燭痕銷。殷勤爲勸玻璃盞,幾日相思隔暮潮。

平泉亭館暮涼生,把酒依然共穗城。半載九華壺裏住〔一〕,使院有南漢九曜石〔二〕。明朝孤棹鏡中行。江天木落分帆影,水國霜寒有雁聲〔三〕。短笛微吟迴憶處,碧池朗月夜三更〔四〕。

〔一〕壺,《拾遺》作"門"。

〔二〕蘇圖本作"使院池中有南漢九曜石"。

〔三〕水國,《拾遺》作"水閣"。

〔四〕碧池,蘇圖本作"清池"。

夜聽泉聲有感

卧聞流水細泠泠,心共寒燈一點青。清絶欲呼鳧雁語,夢迴好作管絃聽。藥洲掃石波生榻,歷下烹泉月滿亭。十載游蹤寄烟水〔一〕,蒹葭歸去覓漁汀。

〔一〕游蹤,中圖本作"浮蹤"。

題張梅莊詩卷

牂柯上接鬱江流〔一〕,如雪驚濤落硯洲。千里相思烟水闊,十年爲客菊花秋。君材豈效毰毸鶴,我意真成浩蕩鷗。

欲借鱗鴻通尺素，鯉魚風起枕江樓。

九旬老母健加餐，雛鳳淩晨刷羽翰。班馬風乾能草檄，慈烏秋老倦彈冠。山嵐遠近歸圖卷，江月清寒照肺肝。儘有才華收不得，小詩隨地湧波瀾。

〔一〕牂柯，中圖本、蘇圖本作“牂牁”。

冬夜與内子小飲

簾垂丈室暖香蒸，淺酌閨中自結朋。簷影梅横初夜月，剪聲人靜小窗燈。圖書暇日聊須遣，饁餉春疇愧未能。長伴硯屏看撥墨，藉卿螺黛助飛騰。

鳳英女史爲彭春洲作萱蘇詩影圖春洲以湅石雙印答之系詩圖册屬友人題句

金莖露洗軟紅塵，一笑靈山種夙因。萬卷閣前蠲忿草，九英梅下比肩人。春洲有《梅花月人圖》。〔一〕詩情窈窕原多態，夢境虚無未要真。憑仗散花天女手，輕綃著意染韶春。

絃絃掩抑思縈紆，讀罷庭梧唤夜烏。月魄新貽雲剪素〔二〕，茗華珍報篆盤朱。秋懷縹緲湘靈瑟，江露玲瓏粤女珠。莫遣清才妨豔福，驪駒何日迓羅敷。

〔一〕梅花月人圖，蘇圖本作“梅花人月圖”。

〔二〕貽,蘇圖本作“移”。

答張始園明府見贈之作

雨後嵐光翠欲流,攜壺欣共習池游。金貂舊識張公子,竹馬重迎郭細侯。五管關河通驛騎,七星巖岫倚江樓。政成此日宜高詠,珠玉毫端落腕遒。

一割寒氈歲月徂,頻年握管濫齊竽。逢春慣作尋巢燕,掃榻真同愛屋烏。池館叢篁聽露響,水巖凍石截雲腴。從容畫諾能相過,瀹茗相看兩澤臞。

怡悦亭郡尊贈石鳴岡邑侯詩六章次韻繼賦

楚騷遺響續靈均,捧檄來觀渤澥春。度嶺客隨征雁遠,入關詩共早梅新。一同初試栽花手,廿載曾多立雪人〔一〕。簿領先休羣吏散,清風自拂印牀塵。

蜃雲如霧晝陰陰,積潤微生畫閣琴。日暖常飛風雪影,春晴不散海潮音。誰言飲水能移性,自闢齋居好問心〔二〕。一瓣名香趙清獻,延華池畔月初臨。

南琛航海劇縱横,天遣公廉宰此城。地僻山無珠寶氣,官清家有管絃聲。但能安靜斯爲福,難得循良不近名。細揀珊瑚誰入網,一時豪俊盡心傾。

賓榻人稀上緑苔，虚堂朝敞鏡輪開。收綸早遣陽鱎去，美蔭能招澤雉來。芃黍膏流郇伯詠，豐年玉稱庾家才。輸將遥想窮簷樂，當獻吴江水一杯。

鉥筒投訴各紛綸，静夜驚波定有因。盡道出塵須鷟翮，誰憐觸網是窮鱗。清霜柝静嚴城暮，靈雨人耕緑野晨。鴞鳥革音桑葚美，春風著物遍陶甄。

咫尺仙山聚德星，共將舟楫濟滄溟。薔薇露浣傳書札，棠棣碑留記典型。幾日慈雲還駐影，祝公春罼願遐齡。題詩遥答康衢壤，回首螺峰海角青。

〔一〕中圖本、蘇圖本有注："公爲廣文垂廿載。"
〔二〕中圖本、蘇圖本有注："公堂顔曰問心。"。

買舟將發移泊海珠寺側重登葉蔗田佇月樓逭暑邀同鮑逸卿謝静山披閲收藏各種夜飲極歡即用壁間陳棠谿韻留别

火雲洗露氣初清，傑閣登臨俯大瀛。折簡喜招詞客到，倚欄同聽暮鐘聲。圖書静對真成僻〔一〕，花鳥重來倍有情。風度晶簾鐙一笑，酒波相映緑盈盈。

蓮漏迢迢報幾籌，布帆將挂更勾留。迎來桃葉舟難繫，吹到梅花笛亦愁。夜半催人潮滿渚，夢中迴首水明樓。黄姑斜倚冰娥上，共記珠江此度游〔二〕。

〔一〕僻,中圖本作“癖”。
〔二〕此度,中圖本作“幾度”。

寄何秋梧同年

春陰連日過花朝,倚棹空江落暮潮。千首詩傾名士酒,一船花載美人簫。京華游屐思前夢,珠浦銀燈豔此宵。錦瑟酣眠拚醉卻,俗塵如海仗君消。

萬花圍繞看揮毫,雲母窗中樺燭高。客思正宜歌管寫,酒懷端爲故人豪。前途我愧隨雙鵠,巨手君期釣六鼇。他日春明約比舍,文章壇坫重枚皋。

楊柳春城啼夜烏,欲眠鸜鵒語含糊。扁舟小似同功繭,羃囊傾難十斛珠。倦枕最憐聞粲玉,哀絲重與勸提壺。蘭橈到曉催難發,知否江潮信有無。

夾岸修眉不斷青,翠簾遙捲認娉婷。殘春絮已留難住,釀雨天如醉不醒。遠道無情輕五兩,秋期有約拜雙星。憑君爲説長相憶,酒冷香消录曲屏。

七月十五舟至微湖觀水燈

十里微湖烟水生,蘆花如雪露華明。平流忽湧星千點,秋氣初涼月二更〔一〕。佛鉢幽蘭供節物〔二〕,畫船清管報新晴。故園今夕催刀尺〔三〕,碧漢微雲有雁聲。

〔一〕秋氣初涼,《拾遺》作“秋色無邊”。

〔二〕節物,蘇圖本作“節事”。

〔三〕刀尺,《拾遺》作“針尺”。

贛州道中

兩岸青山束怒濤,舟行終日滯江皋。片雲巒岫午陰薄,獨鳥盤空秋氣高。十八灘頭長烟水,八千里外寄魚舠〔一〕。荒洲木落多鴻雁,夜夜霜華上鬢毛。

〔一〕八千,蘇圖本作“二千”。

過大庾嶺有懷鶴樵夫子

天風吹我上崔巍,萬朵芙蓉對面開。驟雨松間飛白過,亂山海外送青來。一關遠控梯航路,此險曾雄割據才。今日昇平資幹濟,曲江祠廟重徘徊。

冉冉征塵逼歲華,人隨鴻雁又還家。天涯飛雪不到處,嶺上寒梅無數花。香國憶隨雙節度,夕陽吟共一鞭斜。萬株尚有羅浮約,吩咐春風待使車。癸酉十二月隨夫子北行度嶺,夫子得詩十章,命召棠賡和。壬午,夫子《自粵藩建節關中留别》詩有“何時重踐羅浮約,補種梅花十萬株”之句。

晤葉璞庵先生時官嘉應州學正〔一〕

坐老書巢雪滿肩〔二〕,詞人八十尚青氈。一經教授孫明復,五字詩名孟浩然。程水波寒聽雁語,玉屏山色隔秋烟。重來問字元亭客,記昔趨庭尚少年。

〔一〕官,蘇圖本作"作"。
〔二〕坐老,蘇圖本作"老坐"。

敬步鶴樵夫子清源見賜原韻

岱雲海日萬餘里,喜向春風坐一生。梅嶠吟鞭香雪動,珠泉茗椀碧波清。霜鐘應候蟲能噪,宫樹思巢羽未成。輾轉自慚敦琢意,滿簾槐影月三更。

敬和鶴樵夫子珠泉原韻

池外輕風動竹竿,盈盈如露走荷盤。鏡塘寫月明千點〔一〕,玉椀分濤貯一簞。靜浥靈源常抱慧,光能澤物不嫌寒。騰輝要使寰瀛遍,漫作廉泉一勺看。

〔一〕寫,蘇圖本作"瀉"。

敬和鶴樵夫子黄沁東注籌運張秋感賦原韻

津亭伐鼓震靈鼉,玉節珠幢曉視河。九曲濤聲秋雨壯,千艘帆影夕陽多。茭隄版築虹縈帶,蔀屋綢繆燕覓窠。别有閒情寄烟水,蒼蒹紅蓼詠漁蓑。

敬和鶴樵夫子張秋水溢漕艘改道西陂安穩巡行喜而賦此

西去陂寬好放船,危檣高挂月輪圓。鷺濤不礙雲帆駛,鸚粒先輸御廩全。翔泳可孚臣志慤,懷襄先慰聖心懸。秋風直到清淮浦,兩岸蘆花聽扣舷。

寄　内

寒梅開到幾枝花,屋角香清月欲斜。涼夜剪刀應未寢,深閨兒女静無譁。秋蛩一任催心織〔一〕,飛雪休教點鬢華。今夜歸舟何處泊,累卿魂夢遍天涯。

前年辛苦勸征行,點檢囊金篋盡傾〔二〕。一第豈能償久别,冷官無計可營生。雪鴻爪跡仍無定,秋燕巢痕竟未成。輸與田家小夫婦,牀頭歡喜説春耕。

〔一〕秋蛩,中圖本作"秋蟲"。
〔二〕點檢,蘇圖本作"檢點"。

曲阿舟中逢何均水李郁門夜話

鵝潭分棹記殘秋,鐵甕城南遇不謀。故國鶯花春夢斷,客心日夜大江流。中泠泉味饒三椀,甘露鐘聲共一舟。明夕疎篷期對宿,浦雲汀樹認瓜洲。

虎邱五人墓

陰風獵獵閃靈旗,貫日精誠尚斷碑。錮黨幾人如孟博,青山終古傍要離。此時市井饒豪氣,一代公卿是義兒。碧血至今消不盡,杜鵑啼上萬花枝。墓地今爲花市。

登金山絶頂

萬里洪流湧碧岑,長空風急晝沈沈。長江波起無天地,絶巘人來弔古今。雙塔紫浮京峴近,一峰青入海門深。松寮閣畔疎鐘起,吹墜人間鸞鶴音。

樓臺金碧影崢嶸,吴楚風濤一帶横。山擁六朝餘王氣。雪消二月長江聲。遠帆微雨瓜洲渡,落日寒潮鐵甕城。擬放靈槎催北去,秦淮楊柳暮烟輕。

雪　晴

筆牀茗椀有餘清，坐對篷窗雪乍晴。暝色壓雲千片闊，霜風吹月一江明。輕寒已逼香篝膩，遠影猶封釣艇横。忽憶故園春釀熟，梨花招客醉銀罌。

過淮安

鷺堠迢迢送去程，行人到此忽心驚。緑楊村落低於水，斜日帆檣遠上城。昔説飛升到雞犬，今憂平地踊鯢鯨。年年漕挽千艫上，一線隄長雪浪横。

静海舟中

如鏡江流打槳過，風平微縠不生波。夕陽穿漏柳陰薄，野色蒼茫歸鳥多。秋入蒹葭正蕭瑟，古來燕趙足悲歌。歸期又近重陽節，好洗羈愁伏叵羅。

碧湫寺

消受招提半日涼，行人三伏憇塵裝。短簷樹樹金爲粟，小盎花花玉吐香。十載勞薪依淨域，五更殘月憶禪房。曾寄宿一夕。晚鐘欲趁闍黎飯,飽食翻嫌衲子忙。

(以上見晉堃鈔本)

輓戴暢村先生殿撰戴湘浦前輩太翁二首

蕭蕭密雪糝輕寒,蕙帳無聲鶴夢殘。一夜仙雲騎白鳳,九霄儀羽失青鸞。高門已見于東海,醇德誰如管幼安。留得瀧岡阡表在,蛟蟠千古照峰巒。

珠樹扶疎捧日輪,九重天語最温醇。令子湘浦殿元。扶筇健愛銜花鹿,繞膝祥徵瑞世麟。猶憶商顔芝草秀,俄驚燕館薤歌新。丹旐千里桃花水,鏡裹芙蓉慘不春。

同年王進士价臣歸娶賀之以詩揚州人,未殿試二首

廿四橋邊璧月晴,玉簫風度紫鸞聲。東牀舊是烏衣客,彩字新題雁塔名。袍柳痕分眉樣淺,宫花光映臉波生。合歡拜賜鴛鴦綺,捧出雲中五色明。

繪日雕雲筆一枝,催妝新樣色絲詞。可曾翠被薰香夕,笑問紅綾賜餅時。魚藻歡娱饒夜永,螢窗辛苦讓人知。從今穩到鼇峰頂,鏡畔簪花寫側釐。

宿許滇生師澄懷園直廬〔一〕

九陌緇塵到此删,天開圖畫出林巒。雨晴荷葉楊絲外,人在冰壺玉鑑間。入座星辰臨北斗,隔窗嵐翠接西山。宵來别有烟波夢〔二〕,彷彿江南消夏灣〔三〕。

〔一〕許滇生,原作"許鎮生",今據蘇圖本改。

〔二〕宵,原作"霄",據蘇圖本改。

〔三〕消夏,蘇圖本作"銷夏"。

同年汪寅禾母陸太宜人壽詩宜人爲汪雲壑殿撰元配二首

折得春風杏一枝,天香馣馤上瑤池。新從北闕頒雲錦,歸向南陔捧壽巵。庭草已開雙萼蕙,堂萱常映萬年芝。遥知玉女窗中宴,定有蟠桃爲介眉。

天風環佩自鏗然,作儷蓬瀛最上仙。燈影昔曾思荻畫〔一〕,日華重喜到花甎。榮承芝誥鸞迴紙,載頌葩經燕喜篇。翹首鴛湖雲五色,文昌如月映珠躔。

〔一〕荻畫,蘇圖本作"畫荻"。

春　柳

垂楊垂柳一絲絲，傍水臨風窈窕姿。似倩人扶初睡覺，不禁春困小腰支。飛花幾日逢寒食，細雨無端綰别離。惆悵一聲羌笛脆，緑波南浦共參差。

張文獻公祠

萬樹寒梅破雪香，穿花一路上祠堂〔一〕。人誰風度如夫子，天遣文章破大荒。軍法若行張節度，戎功不獎郭汾陽。千秋金鑑空相憶，蜀棧鈴聲最斷腸。

〔一〕上，蘇圖本作“人”。

辛山遷橋兩兄小集觀山辛山以詩見遺次韻奉答即送之官楚南二首

勝地簪裾舊結儕，甲申及第歸，友人見觴于此。重來仍喜雁行偕。青山向客如相識，暇日登樓亦復佳。小坐江城雲易合，卻尋丹井草初埋。禪扃静掃無人跡，好共伊蒲一供齋。

捧檄豪情孰與儕，歸鴻催共客心偕。陽城撫字今誰是，楚國風騷古最佳。才比春波隨處滿，名如劍氣不能埋。洞庭我欲搖詩棹，來謁官寮畫舫齋。

大雪夜過韓侯嶺

雲陰風勁路崢嶸，壯志翻從險阻生。鞍馬千盤天上去，燭龍一道雪中行。深沈冰谷寒無底，蹴踏銀沙碎有聲。到此欲論投筆事，裹氈萬騎憶陰平。

馮默齋教授招集鳳凰臺

崔巍蛟室聳層臺，四面滄流曉鏡開。雲勢遠浮雙塔去，酒波青納萬峰來。過秋未了看花約，導滯還資扶漢才。如此江山容一醉，又留鴻爪鳳城隈。

馮默齋招游韓江樓迴欄亭繞城至西湖諸山二首

拂袖蕭條萬壑風，危欄幾曲倚晴空。儘教巖岫排青出，小有亭臺鑿翠通。我欲弄珠游汗漫，人來驅鱷亦英雄。只今如鏡三江水，曲抱蒼山繞向東。

明漪一曲帶城西，詰曲行蹤屢欲迷。何日沿隄種桃柳，初生春水弄鳧鷖。雨亭釣渚皆陳跡，翠石蒼苔有舊題。更上危樓俯城郭，萬家烟樹綠雲低。

龔芷舫沅屬題簪花並照圖即用原韻二首

三山海上證神仙,試飲瓊漿有夙緣。心共秋蛩終夜織,人如璧月一時圓。鏡波寫豔知誰好,玉樹交柯絶可憐。指點君心螺黛色,吹簫同上洞庭船。

虎頭妙手獨傳神〔一〕,畫裏眉痕十樣新。蚨蝶花濃甘作夢〔二〕,鴛鴦波暖不知春。如何秋燕仍爲客,卻使啼烏解怨人。我亦鳳城新放纜,亂山孤棹一吟身。

〔一〕獨,蘇圖本作"與"。

〔二〕蚨蝶,蘇圖本作"蛺蝶"。

十月十五友人招飲韓江舟中戲呈坐中諸君二首

矮桃花下六篷船,故老詩情尚儼然。放棹恰隨秋雁到,開樽況值海蟾圓。一雙剩解明珠佩,五十無端錦瑟絃。他日天涯重相憶,眉峰青到畫橋邊。

坐中誰識許飛瓊,鶯語綿蠻最有情。豔極轉愁花易落,小時曾見月初生。頭銜兩字誇年少,爪跡重來証夙盟。檢點鬢絲銀燭畔,惟應百罰倒深觥。

贈黄香初明府

曉月初斜照綺疎,行行鵠立侍階除。處囊今請從毛遂,橐筆誰能賦子虚。魚鑰宵嚴森鎖闥,蠶聲春健起深廬。明珠一一公能辨,豹管旁窺誤到余。

幾多桃李屬春官,席帽來從百屋寒。繡帨但知塗澤易,斵輪須辦疾徐難。最憐玉筍抽萌早,喜遍金篦刮目看。從此萬間開廣廈,瑯嬛秘籍縱奇觀。

戴白扶攜介一觴,牧民先去敗羣羊。罰章何取牛毛密,選俊無留驥足良。此日飲泉丹井洌,當時浣筆錦江長。定知世德生賢相,國手還須繼扁倉。

鑑江春水正澌車,采采南蘋引接余。俎豆潔修高朕祀,圖書商妥子雲居。分秧野潤雲隨笠,繅繭宵涼月滿梳。東閣政成能嘯詠,才華誰得似黄初。

茂名道中

片片飄花點客衣,歸耕又與素心違。青蕪重擬尋丹井,春水無端别釣磯。銅鼓澗邊朝雨細,木棉江上鷓鴣飛。鞭絲帽影催人老,已見紅疎緑漸肥。

過新洞

長林夾路晝冥冥，十里肩輿曲折經。日影衣邊浮淡碧，松聲天外落空青。木奴幸可收千絹，寶帶何須覓萬釘。欲問橐駝求種樹，荷鋤長擬學園丁。

雨

陽烏清晝忽潛形，蓬勃風來勢未停。挾樹濕雲奔兕象，吞橋飛溜鬥雷霆。全沈秔稻畦畦碧，頓失峰巒點點青。貼水肩輿低似艇，雨聲真作短篷聽。

題沈端洲松菊猶存圖

涼聲策策響疎林，有客懷歸動越吟。風雨南交朋舊夢，江山北固壯游心。安排酒畔陶潛菊，檢點囊中陸賈金。君到鄉園定回首，虯珠千樹火雲深。

步韻答姚子俊錫範見投二首

鸞鳳鞭笞作散仙，萬言倚馬孰爭先。賦才共説何元幹，詩格羣推沈下賢。京國琴尊生舊戚，珠江風月入新編。哀箏清瑟俱千古,多少英名仗爾傳。

氈毾頻經翰墨場,遠游櫜筆海雲長。秋蟬自解吟風露,歸雁誰從覓稻粱。小院芰荷欣共對,美人錦段豈能償。買鋤我本歸耕去,終擬看君六翮翔。

十二月初五夕與詹希陶鄭畹香飲梅花下得燈字醉中率成

殘冬候暖苦薰蒸,斗室開樽喜得朋。五夜天光韜璧月,千枝花氣逼銀燈。不妨捲幔看逾好,便説衝寒飲更能。迴首燕臺頻掃雪,玉簫金管醉瞢騰。

林賁園廣文植芳屬題小照

石經三體嵇中散,太學兩齋胡翼之。緹素誰能存古法,範模真合作人師。試圖風詠娱懷處,已具松筠閲世姿。絲竹後堂無客到,唤來巖畔采靈芝。

清明日訪德公梅庵

紫楝風柔柳絮輕,春光容易過清明。五年不踏松楸路,今日聊爲郊郭行。竹筍鞋香芳草軟,木棉花放亂山晴。〔一〕

〔一〕原注:失二句。

吴川八景詩

延華弄月

碧甃朱欄定有無,一灣清絶照塵區。人來海上看明月,秋到波心湛夜珠。水態風情參更活,天光雲影淡相娱。源頭汩汩憑誰濬,斷碣牆陰長緑蕪。

一覽凭高

十丈城頭落翠陰,偶披蒼徑上烟岑。雲浮估客天邊棹,濤湧仙人海上琴。萬頃緑秧鋪錦繡,雙峰青黛映波深。使星正好憑高處,想像虚堂鏡彩臨。

極浦漁歸

蘆荻初花楓葉黄,卸帆收釣好相將。雨來雁外羣蓑響,月上鷗邊一笛涼。遠火有時明蟹簖,小亭真合唤鱸鄉。羈臣莫便輕吟嘯,一枕滄波夢正長。宋相陳宜中過此有詩。

麗山樵唱

夕陽何處下歸樵,裊裊清歌度遠飆。野色蒼涼兼牧笛,嵐光濃麗上烟霄。聲含樂歲豐魚稻,夢有奇情幻鹿蕉。倦斧好留棋畔坐,人間棲鳳愛長條。

文翁聳翠

誰戴奇峰海上浮,我來真欲踏鼇頭。掌中沆瀣三霄露,寫下滄溟萬里流。寶鼎神丹俱寂寞,琪花瑤草自春秋。仙人好作遼東鶴,華表歸來盡古邱。

通駟垂虹

塵土頻年踏軟紅,澄流一笑俯清空。綠楊送客鞭垂馬,錦帶裝橋澗飲虹。十里稻花搖穲稏,幾人蔥轡戛玲瓏。長卿舊日曾題處,歸狎烟波戀釣篷。

港門飛雪

颯颯驚沙白日昏,飢鷹瑟縮下平原。玉龍噴沫晴吹雪,白馬驅濤險作門。萬古飛揚塵劫換,雙丸激盪夜潮喧。雲帆魚榜謳歌路,誰信當時戰壘存。

東海朝陽

九州南盡水漫漫,雞唱潮生渤澥寬。四野天垂星采白,五更波浴日輪丹。排雲仙出開金闕,貫月槎回湧紫瀾。欲訪榑桑更東去,珊瑚磊砢拂漁竿。

肩輿行山中乘高忽見海

山徑籃輿幾折紆,乘高忽見怒潮趨。蕪平樹盡餘空闊,天遠帆來乍有無。春氣暖將蒸沆瀣,霞光晴欲暈珊瑚。蛟涎蜃霧宜清廓，近已金鵝謝貢輸。近禁洋烟，絶英夷互市。

大　風

昨宵微雨卸行輈，今日開帆遇石尤。避凍人如深閉蠹，送風船似曳奔牛。呼號老樹臨危岸，飄泊江禽傍淺洲。屈指經旬四百里，我行真作賈胡留。

偶　成

重煩象罔覓元珠，入掌光芒迥未殊。十里寒波秋渡雁〔一〕，三更涼雨夜啼烏。冰輪玉斧催修就，雲錦仙機罷織無〔二〕。銀漢橋填精衛石，憑君好去問黄姑。

〔一〕十里，蘇圖本作“千里”。

〔二〕仙機，蘇圖本作“天機”。

九日家日初招飲荷塘既歸大雨

開樽不見東籬菊，走馬來尋北渚荷。野水縱横迷宿莽，曉花欹側怯寒波。天遲風雨憐佳節，人豁襟懷好放歌。明歲扁舟容盪槳，早盟鷗鷺狎烟蘿。

庭梅作花招鮑東方小飲

折枝手種十星霜,好與幽人伴此堂。盡日晴霄澄水碧,一梢斜月蕩花光。芳情漸逗何嫌晚,老境差强未厭狂。無事能從犀首飲,請看鮑老又當場。

辛丑元旦

麗日卿雲喜放晴,壽觥堂上點梅英。老憐爛漫兒童戲,閒見豐穰里社情。上相虎符新授鉞,小夷螳臂敢稱兵。何時朱鷺鐃歌曲,譜入嵩呼雅頌聲。

燈節飲酒步月江滸二首

懶從童稚競喧譁,獨對澄鮮弄月華。星宿天低浮遠漲,管絃村遠有人家。連宵燈放惟宜酒,一日春遲未有花。明日立春。夜半歸來清不寐,滿庭樹影走龍蛇。

綺陌相逢憶少年,試燈時節嫩寒天。衣香五里紅塵路,酒夢三更錦瑟絃。火樹不知蓮漏曉,銀濤長湧月輪圓。東塗西抹今誰在,學種桃花伴夜禪。

夕飲菊畦今秋花至少攜酒慰寥落也

蕭疎數點倚危欄,也作東籬爛漫看。花到空門如避世,人歸遠道勸加餐。一更燈影簾櫳靜,半畝秋聲蟋蟀寒。記得去年開笑口,幽香壓鬢插團圞。

太華庵

初地重來結淨緣,香中徐證木犀禪。捲簾餘韻猶飄磬,繞屋濃陰欲化烟。便入銀蟾嫌太冷,偶騎白鳳亦游仙。瑤臺露氣清寒甚,應只風旛夜寂然。

紅花道中

連宵雨足村村水,壓隴珠垂穗穗秔。雲過暫收桑旭影,風來涼送筍輿行。道逢農語知官好,人值年豐有笑聲。只有禽言泥滑滑,不堪辛苦是長征。

乙卯除夕

明日七旬兼有一,去年雙影已成單。匆匆歲月背人去,漠漠雲烟生晝寒。河曲層冰橫斷港,蘭陽河決斷溜。楚天大雪壓征鞍。湖北江南尚爲賊據。胸中五嶽崢嶸甚,萬里寥天把盞看。

謝靜山梅屋敲詩圖 圖中紅梅

一夜春風珠水湄,園林殘雪已流澌。起看亂蕊開官閣,都似明霞照玉肌。斜月寒烟中酒後,錦屏紅燭捲簾時。巧從姑射侔妍色,賴有元暉絶妙辭。

移居小樓

吸露餐霞對杳冥,冬宜温暖夏清泠。日斜樹影蕩深碧,天末潮痕生遠青。偶喜放懷攜白墮,長須默坐念黄庭。山禽欲語瓶花綻,一榻茶烟夢乍醒。

早晴

略略清風上柳條,行縢輕爽試今朝。薄雲穿漏日光嫩,宿翠葱蘢山態嬌。客夢無端墜烟水,禽聲正好如笙簫。料應小閣人初起,潤上衣篝香半消。

黄液洲同年惠詩二章並示近作次韻答之

磨牛塵跡踏年年,晤對無如叔度賢。成佛分居靈運後,著鞭何必祖生先。花開十尺紅圍峽,木棉花大枝。雨過重巖翠掃天。借得三間參佐廨,詩筒新許結因緣。

涙落西州感舊蹤,十年空憶坐春風。記曾馬帳趨游共,仍喜鷗波浩蕩同。細揀隋珠歸獨握,碎裁紅錦豁羣矇。我如石鼓無聲久,尺鯉憑君扣蜀桐。

居化州六十日喜晤家心農比部

廿年來往幾揚舲,鳩拙營巢得暫停。曲曲帆收雙港緑,叢叢山抱半城青。一廛分住仍編竹,兩月羈棲恰似萍。猶喜故人頻問訊,軟紅香土記曾經。

賴家園遇黄嵩嶽孝廉留飲

一半山猶隔苑牆,高低林塢復陂塘。倚欄波緑鳬鷖亂,壓樹霜黄橘柚香。城僻不嫌藏曲徑,我來頻欲借匡牀。扣門恰有涪翁住,細酌松醪月色涼。

從化八景詩

五指淩雲

摘盡星辰曉氣蒸,五更初捧日華升。浣從銀漢疎堪數,撑出青霄屈未能。仙掌露徒擎沆瀣,老人峰尚減崚嶒。拏雲心事真雄甚,扶正乾坤定有憑。

百丈飛泉

何處風濤噴薄生,銀河一派下瑤京。垂來天外雙虹影,碎作波間萬玉聲。舊雨更添今雨壯,出山不改在山清。尋源待蠟雙游屐,會向巃峰頂上行。

榕根駕虹

虯枝百尺鬱蘢葱,下蔭清流卧彩虹。抉石舊留荒蘚碧,横波分送落花紅。記來司馬題橋日,猶憶將軍倚樹風。樹在東山祠前,東山平賊,初建縣治。認取霜痕沽酒路,一帘低挂緑陰中。

豸角插天

淩空一角矗河西,遠勢峥嶸碧落齊。上殿威棱誰敢觸,去天咫尺不能低。爭高衹許横霜鶻,倒影猶疑照水犀。指點雲箋排雁字,尚如白簡赤墀攜。

鳳山返照

百丈丹霞散錦章,九苞仙羽共翱翔。劃分碧落雙峰翠,閃出斜陽半角黄。餘景人間增絢爛,晚晴天外現文章。相逢更有風雲會,山之西有風雲嶺。應媲岐西叶永昌。

龍湫霖雨

蒼烟一縷擢巖根,咫尺風濤怒欲奔。倒海驅來雷借勢,抱珠眠處水無痕。在山已副雲霓望,及物都成雨露恩。變化有時聊蠖屈,南陽抱膝共誰論。

藍田春暖

綠陰如畫到藍田,百五春光分外妍。細浪揉來濃醮黛,盈襜采處嫩成烟。寒消麥隴條風裏,晴入桑疇穀雨前。啼鳥聲聲催種玉,量珠翻雪屢豐年。

魁樓夜月

梯青幾疊足盤桓,繞郭烟嵐湧翠巒。百尺元龍高意氣,三秋顧兔皎團圞。斗杓光燦珠垣麗,水調歌成玉宇寒。此去大羅天不遠,霓裳一曲記乘鸞。

張貞女詩

貞女張氏,字鄺,于歸前三日鄺死。女泣不食,暈絶數次,誓歸守節。父母成其志,遂素輿而歸。時己酉十月也。

鳳履鸞釵事事成,閭闗車輦待親迎。誰知奠雁先三日,已作單鳧過一生。半面竟無緣邂逅,兩髦惟有夢分明。他年共入鴛鴦塚,連理枝枝互結縈。

秦樓鳳管罷孤吹,淨洗鉛華入素帷。有志竟成歸趙璧,他年應許續曹碑。獨甘冰蘖持倫紀,多少衣冠愧女兒。太史輶軒廛問俗,從陽重續柏舟詩。

無端生死兩參差,正是夭桃待嫁時。身已許人無可貳,

心真匪石不能移。春蠶未死愁成繭,杜宇初啼血滿枝。霜竹由來堅晚節,最難稚筍有貞姿。〔一〕

〔一〕此首録自《拾遺》,中圖本、蘇圖本均無。

城東兩園梨花各數百樹久雨初收已多墜片矣詩柬黄萬石昨日邀飲約看花不果

漸覺枝頭鳥語繁,尋芳游約試重論。兼旬倦客春分雨,千樹梨花郭外村。欲倒清樽歌白紵,難邀明月共黄昏。歸來落漠香雲路,又過詩人栗里門。

並蒂蓮 癸丑四月

誰將江錦結雙窠,水佩風裳互盪摩。承露盤高爭切漢,浣紗人好並臨波。紫藤碧柳垂垂處,鸂鶒鴛鴦對對過。天上有情相妬否,月斜銀浦冷星娥。

七姊妹花

夭桃不放刺桐謝,萬朶娱人未厭遲。銀漢秋期逢七夕,玉真仙子豔諸姨。聯簷碎纈團宫錦,數日輕寒滯酒巵。三月杪,數日甚寒。風雨匆匆春易去,倚闌猶似看花時。

鄴中懷古四首

淮泗真人語不誣,黄門遺孽起當塗。三分鼎在孫劉共,九錫文成晉宋摩。珍重高臺留碧瓦,虚無荒塚遍青蕪。休同典午論攘奪,殘局猶完赤伏符。

破車惡犢信豪强,三斗灰誰與滌腸。百戰山河同四塞,一家梟獍遍諸郎。蛾眉千騎裁宫錦,玳瑁層樓散寶香。西去瞿曇先葬石,九龍翁仲泣斜陽。

韓陵片石抵燕然,有客彈箏借箸先。敕勒牛羊空滿野,河邊羖攊已飛天。台星自拆誰匡鼎,明月俄沈歎逝川。尚有無愁天子曲,忍從膝上聽哀絃。

大行西峙走嶔巇,脊背横分嶂一支。南帶黄流聯汴鎮,北扃緑野壯燕陲。艱難歸國田宏正,慷慨論兵杜牧之。今日昇平閒管鑰,漳河風細寫漣漪。

花　氣

小白長紅萬種饒,釀成蓊鬱度疎寮。緑陰罨徑涼仍逗,紫霧薰衣暖未消。廊曲簾重勤護惜,蜂酣蝶醉過春韶。五更夢斷撩人處,鐵作肝腸亦易搖。

柳　陰

雨過涼生小苑東，隄邊晴色畫葱蘢。低籠流水三分碧，遠露高樓一角紅。曲路鶯聲聽歷歷，離亭騎影去匆匆。龍池翹首濃雲裏，五柞長楊望未窮。

生　日

十年歸卧瘴江湄，神馬尻輪任所之。儉歲難期庚癸諾，同人久笑甲辰雌。孤他荔子罍中物，落盡桃花竹外枝。誰紀夢中雲糺縵，赤金龍色照晴曦。余丁未自端州病歸，春來米價翔踴，望雨至急。同年中高位多歸道山，余最劣矣。篤軒遺荔酒大罍而不敢飲。昨折桃花數枝供几上，零落矣。廿四夜夢天上雲皆作赤金蟠龍，上復有薄雲罩之，自南而北，飛行頗速，夢中以爲祥瑞矣。時予自一大門出，日光在左而意在未位，殊未了了耳。

四月初喜孫致白菊二盆甚佳

秋色無端到畫欄，兩叢素菊放團團。誰將松徑白衣酒，來供櫻筵赤玉盤。幾日輕風吹絮過，二更新月捲簾看。緑陰初合清無暑，閒伴佳人小扇紈。

四月二十八日圓妙明室閒坐

漸近浮瓜擘荔天，曉來風物最清妍。盆池碧藕香微覺，棐几幽蘭靜可憐。安養心源如活水，掃除妄境欲參禪。明窗涼簟饒餘趣，勿著緇塵一點緣。

端　午

病裏仍看艾虎懸，綵絲能否祝長年。難期儉歲人喧渡，依舊清江浪拍天。俊果名醪俱寂寞，香羅細葛尚遷延。新桐數葉知餘閏，五月有閏，時尚未暑。留在仙壺晝景綿。

丁巳閏月晦日偶有所寄先生行矣小留爪跡杳矣飛鴻尚記香痕翩然夢蝶安知乘雲步月不作扁舟訪戴耶二首

記曾迷路到天台，十里夭桃爛漫開。花下有人攜玉手，夜深清管送金罍。欲詢舊雨音塵隔，多恐繁霜鬢髮催。聞道九琳仙館好，寶雲璧月共徘徊。

耽閒不住鬱金堂，自卜梅花花下莊。畫閣琴絲清曉夢，小樓梵夾供名香。舊游未歇青驄馬，仙侶新騎白鳳凰。獨有文園消渴甚，玉京無路寄瓊漿。

去秋一到荷塘潦退花少約今年再游病不諧矣

七里荷塘萬柄荷，鷗汀鷺嶼幾經過。十年不到人空老，二度來尋花未多〔一〕。雨態烟情今正好，紅扶翠擁定如何。誰能强起攜樽酒，便覓輕船理釣蓑。

〔一〕二度，蘇圖本作“一度”。

盆池白蓮一花甚大

移種蘋洲荻渚旁，一花開足壓羣芳。淩空不散晴雲朵，破曉惟聞瑞露香。紈扇有人頻徙倚，冰壺照坐共清涼。短蓬卻憶明湖宿〔一〕，鷗夢三更月似霜。

〔一〕短蓬，蘇圖本作“短篷”。

簡王蘭汀

荷塘五里去城近，豔絶天機雲錦如。但有淩波浩蕩鳥，惜無繞樹扶疎廬。酹花一斗作生日，擷藻千言隨意書。爲報詩人好游賞，月斜將曉露涼初。

次韻王蘭汀鹺使重陽游金蓮庵見懷之作二首

壺觴佳節集華堂,結佩茱萸紫拆房。豈意詩人耽寂寞,愛來苔徑踏荒涼。懷人句就珠璣好,夾岸風傳穲稏香。小玩檀欒歸騎晚,亂帆葉葉下斜陽。

寄廬十笏傍禪堂,遑問辛楣與藥房。風定桃花春酒熟,月明荷葉露珠涼。主人久示維摩疾,佳客少於優鉢香。前度劉郎誰復問,亂蟬殘葉送重陽。

久不到金蓮庵

小傍僧廬結數椽,芒鞋不踏草芊芊。人如白社逃禪客,身似黄楊厄閏年。五月閏。細竹想侵荒徑路,刺桐曾看暮春天。重陽已近能來否,菊蕊萸房舊醉筵。寄廬新成,重陽飲此,已過十稔矣。

十月初四夜病寒戰慄悵然有懷

藥店飛龍病久侵,被稜如鐵苦呻吟。何年竟拆同功繭,此夜真同踏凍禽。只有蛩聲催斷壁,更無蝶夢戀重衾。牀頭敝絮團團在,尚憶秋宵聽搗砧。

桐谷與蘭汀過金蓮庵有詩見示步韻作答

禪棲仍似白鷗家,近狎漁樵樸不華。小徑掃苔容坐石,詩人看竹當尋花。斷雲戀樹閒僧磬,落日低帆估客槎。爲待吟箋春未去,剌桐千片豔朝霞。

王蘭汀鹺尹再到金蓮庵有詩并示留别之作和韻作答二首

蓬蒿深處蔣生家,暫借幽庵轉法華。客到禪堂初放梵,春深桃徑已飛花。重來尚憶題糕節,此去當乘貫月槎。萬里蓬瀛須作楫,輞川休問況丹砂。

拄笏看山似昔賢,荷花香裏小游仙。烟波遠趣饒清賞,鹽筴新籌減往年。榕葉緑摇詩客夢,荔枝紅送使君船。何時再拂籠紗壁,尚有龍華會上緣。

舊館師年五十餘矣有願爲夫子妾者除夕前三日迎之從一丫髻女

香車欲駕頗踟躕,桃葉迎來歲已徂。耐久情人終合併,于思夫婿足歡娱。絲桐三疊凰求鳳,梁杏雙棲燕有雛。大婦綺羅勤夜織,定饒交甫玩明珠。

爲友人題行樂圖

令子垂紳趨畫省，諸孫玉立更神清。阿翁齒髮剛强仕，早歲聲華重膳卿。幾曲欄隨花掩映，九枝燈敵月光明。玉堂他日金蓮炬，尚憶攤書此夜情。

偶　遣

玉妃兩載返瑶池，豔雪寒香又一時。月季經霜尤媚好，菊英怯雨故低垂。不嫌寂寞無人問，尚有芳菲足自怡。世事盈虛何足計，殘年酒盞正堪持。

歲暮雜憶五首

試燈天氣正新春，曼衍魚龍不計巡。星漢有光連火樹，綺羅隨處動香塵。此時直轉宵爲晝，欲睡真愁月笑人。豈料姮娥今寂寞，二更潮長浴冰輪。

涼宵卧看月華流，歲樂情閒放楚謳。幻想忽開天亦笑，曼聲徐裊石俱柔。不須按節調絲管，直恐深情動女牛。四十年來歌響絶，霓裳仙府再難游。

少日槐黄逐隊行，輕舟歸自五羊城。吴儂老矣偏多感，楚些居然發妙聲。涼浦鷗梟初睡穩，中宵金石忽鏘鳴。最憐宛轉關生處,水咽雲寒别有情。

少年頭角各崢嶸,硯席頻年得合併。雨夜檢書同秉燭,風簷校藝每聯名。參差簾影花雙笑,狼藉衫痕酒共傾。幾度别離俱宿草,老人誰共賦鶯鳴。

局促蝸廬意不舒,雙提壺鳥曉呼余。小除日近春將動,絶妙人來玉不如。布襪青鞋行步好,短籬曲徑看花初。講堂兩樹桃剛放,留客香醪赤鯉魚。

和蔣太守留别詩三首

才名端不愧盧前,旌旆迎來有夙緣。宵燧正當戎事亟,長城端賴使君賢。乘墉强暴終銷鑠,中澤劬勞荷愛憐。右粥左饘仍故我,無勞更賜大官錢。

晝錦裁雲紫滿城,萬家簫管祝長生。文鵷吉羽留華彩,班馬羣鳴有遠聲。禾黍幾經資渥澤,梓材多少荷裁成。青雲驥足誰能附,定有提攜慶彙征。

仙山樓閣自清涼,執雉摳趨愧未遑。賜錦已同喬嶽戴,捧箋猶喜惠風當。定知紫誥聯三錫,遥企彤雲祝一觴。慚愧草螢沾露點,敢同卿月説輝光。來詩末句:"如我微名何足道,吴陽今有魯靈光。"

(以上見中圖本)

北行至淮安卻寄黄九峰

雞壇年少舊同盟,桂海洪潮萬里情。春草烟深枚叔宅,秋風人夢尉陀城。曾同湓浦哀絃泣,獨對淮南桂樹生。此去九重閶闔迥,故人何地説長卿。

寄李實甫

别來沈約瘦生初,碧玉山房自掃除。衰柳園林殘照晚,黄花時節酒杯疎。秋聲一夜來南雁,尺素誰人附鯉魚。問訊潘郎年最少,芙蓉帳底近何如。實甫秋間新娶。

曉過大紺嶺

城西十里上嵯峨,侵曉肩輿拂霧過。初日蒼涼蕩雲海,亂山濃淡見烟螺。風酣衆籟笙簫答,絢麗叢林紫翠多。萬里經行玆險少,擬將棧閣比如何。

平原驛題壁間畫竹用盱江道人韻

旅亭春暖卸重裘,一夕瀟湘夢放舟。淡淡烟雲初落紙,蕭蕭風雨作新秋。三更玉露涼侵袂,數點流螢緑上樓。阿閣西來巢未穩,清泉好洗待鵷儔。

題家辛山珠江鼓棹圖出都前一日也

牂牁南下尉佗城,萬里朝宗浪不驚。路去蓬壺三島近,君原滄海一珠明。揚帆風日晴留影,得句魚龍夜有聲。待與横汾賡睿藻,鳳池春暖玉珂鳴。

珠灣小别已經年,幾度東風緑染天。金碧樓臺環曉郭,淺深楊柳護春船。花田微雨都如畫,水調新歌亦可憐。此日披圖一回首,明朝歸夢隔江烟。

(以上見《拾遺》)

題鶴樵夫子京江春漲圖敬步原韻

春水如天放畫舲,江山第一此曾經。中泠曉沸濤聲白,瓜步晴分樹色青。楊柳緑烟雙槳過,杏花紅雨片帆停。蕭梁勝跡雞園在,好向金焦識地靈。

六朝春色近如何,北固樓前弭節過。幾處啼鶯芳草合,古來名士渡江多。蘭橈盡日游香界,桃葉當年記豔歌。更訪妙高臺畔路,一番吟興似東坡。

秋　雁

荻花吹雪晚冥冥,塞北江南幾度經。千點月涵汾水白,一行天斷楚山青。蛾眉舊恨絃中識,馬首新愁笛裏聽。我亦十年湖海客,秋風君莫歎飄零。

交河道中遇瑞庵同年

一别金門忽異鄉,黄塵烏帽又斜陽。平生壯志成雞肋,萬里秋心附雁行。霜阪行人明月遠,燕臺回首暮雲長。前途爲語青衫客,莫聽哀絃枉斷腸。

梅關寄内

苦憶深閨設帨辰,鈿釵光映酒生鱗。最憐珠海挑燈夜,預説京華旅食春。多病豈能忘弱女,别懷强慰爲慈親。歸來明鏡知腸斷,休遣梅花瘦似人。

十四夜月泊舟章江西岸

西山日暮碧烟輕,城郭樓臺一帶横。水閣銀燈排岸出,春江明月共潮生。客衾永夜霜風度,畫舫誰家玉笛聲。爭許虹橋天半路,百花洲畔踏歌行。時泊章江七日,欲游百花洲不果。

十五日南昌舟中立春有懷

東風初入豫章城,客路孤舟又遠征。帆逐歸鴻兼雪度,愁如青草共春生。雨餘南浦烟波闊,腸斷珠江璧月晴。彩勝燈輪相對夜,暮寒知否有人行。

大風過金陵欲游秦淮不果

大江東去古今遙,流水無聲送六朝。桃葉桃根杳何處,秋風秋雨送寒潮。青山渺渺横天末,衰柳絲絲拂畫橈。未許登臨歌玉樹,布帆無恙到金焦。

題海幢送別圖送韓桂舲中丞入覲

霓旌重駐粤江東,蓋代勳名仰魏公。萬里嚴霜清豹節,一輪卿月照鮫宫。輕裝肯載端溪石,偉績留銘馬援銅。奕奕韓侯初入覲,綏章元衮荅膚功。

飾館華林待大賢,聖朝方召重旬宣。嶺環節度州三十,帝錫靈椿壽八千。中丞留别詩有“親年盡君賜”句,自注:奉硃批“汝能盡力王事,汝父壽無涯”之諭。綺閣凌烟人入畫,珠江弭棹水如天。廣平遺愛憑誰寄,瘴雨蠻風盡管絃。

中秋日李玉坡孝廉招同程實圃先生泛舟大明湖

淡蕩西風浣素襟,芳蘅采采暮烟沈。秋來水木都明瑟,歷下亭臺自古今。勝序未妨高會在,客懷須仗酒杯深。此宵明月知多少,付與扁舟玉笛吟。

墨 香

墨香茶韻篆烟斜,小院簾垂靜不譁。朗月照人涼似玉,淡霞烘雪嫩於花。清歌窈窕思蘭槳,薄醉瞢騰隔絳紗。一度銷魂一回別,此中容易損年華。

春 陰

養花天氣半寒暄,碧樹深沈濕不翻。十里低烟紅豆國,三分釀雨緑楊村。波生楚水迷帆影,簾捲吴山認雪痕。一笛江樓催暝色,暮雲微透月黄昏。

燕 影

夢回曉日漸曈曨,小檻迴廊處處通。芳草緑烟低繞繞,落花飛絮太匆匆。差池遠道無窮别,掩映湘簾不住風。惆悵樓頭歌白紵,漢家舞袖似驚鴻。

己巳二月自東安歸吴川經螺珠村店壁間題詩贈四卿校書者駢敘小佳問其人則粉褪脂消閉門花下矣悵然書一律于左癸酉十月自珠江買舟歸東安篷窗淋漓題字殆滿款書招芥山有和韻一章而附録紅蘭原唱乃予詩也感賦一首即用前韻

前度劉郎是少時,看花欄外柳陰遲。已非荳蔻含胎日,誰賞芙蓉絶麗詞。銀燭易消春夢短,琵琶重感客心悲。斷腸今夜孤舟月,又聽誰家玉笛枝。

賣花聲

小樓微雨昨宵晴,第一關心是此聲。夢覺偶然傳到枕,春來不待聽啼鶯。預籌鏡裏安排處,想得街頭爛漫行。不是今朝驚早起,鴛衾猶厭緑窗明。

七　夕

渚荷纔謝夕烟收,蕭瑟梧桐起暮愁。瑶軫冰絃彈别鶴,畫屏銀燭望牽牛。微明漢影横初雁,何處砧聲報早秋。腸斷深閨刀尺罷,玉階簾捲露華流。

寄湘帆九峰

錦瑟年來共醉眠，枇杷門巷暮春天。翠簾斜隔櫻桃檻，紅豆閒抛玳瑁筵。越紵新衫沽酒後，謝家殘夢落花前。迢迢此恨誰緘寄，笛裏清霜一雁邊。

（以上見蘇圖本）

題岐陽洪族祖象〔一〕

鍾郝風規□畫圖，隴西舊閥毓名姝。丸熊午夜經傳子，挽鹿丁年業相夫。彤管自堪宜象服，荊釵端不羨羅襦。桂蘭繞膝渾常事，克紹徽音嗣乃姑。

不接芝顏已數年，丹青宛肖畫圖前。四昆邁跡稱難弟，七子蜚聲裕後賢。善氣近人容可掬，春風坐我意如仙。笑君貌瘦心非瘦，滿腹珠璣繪莫傳。

（見岐陽洪族祖象手跡）

〔一〕詩後落款："道光壬寅中和節林召棠拜書。"

五　絶

爲友人題畫册八首

明月墜江水,海天青漫漫。何處蒲牢聲,幽人方倚欄。

楊柳散烟絲,溪流漱鳴玉。曉風吹天衣,人影出寒緑。

幽香破清曉,四山羣玉冷。不知香雪深,散作明霞影。

水沈吐微縷,層雲胸自盪。晨鴉寂不喧,霜葉空階響。

寥寥太音稀,絃指了不著。天風吹海濤,松陰露雙鶴。

涼雲浴秋魄〔一〕,蕭蕭萬竹陰。誰家一横笛,時作水龍吟。

水激風生衣,澗石踏赤足。本是在山清,莫唱滄浪曲。

雙槳劃明流,晨漪吹不起。何須宗少文,乘風破萬里。

〔一〕涼雲,蘇圖本作"涼露"。

趙紉秋女士畫册二首

朱柯與靈草,仙氣交氤氲。微聞珠露馨,上有寶蓋雲。

霜風捲雲錦，湖坡莽蕭寂。璇閨歇秋砧，夢涼疎雨滴。

（以上見中圖本）

秋海棠

釦砌烟蕪碧，玉壺珠淚紅。秋風一夜至，吹作小芳叢。

（見蘇圖本）

七　絶

題李葩樓先生歸耕圖時予將束裝行矣

流水聲中曉荷鋤,春風吹緑上衣裾。栽成桃李閒無事,剩欲披尋氾勝書。〔一〕

秋風短棹又天涯,檢點霜華鬢有絲。苦憶深林呼買鏡,年年春雨杏花時。

〔一〕此首見中圖本、蘇圖本,爲晉堃鈔本所無。

韻香仙子畫蘭陳棠谿儀部屬題

秋風秋露一番多,瑶島靈根近若何。愁向塵寰論小謫,湘江昨夜有微波。

楚　歌

楚歌楚舞淚沾膺,黄鵠烏騅恨不勝。末路英雄半兒女,雀臺月半望西陵。

秀子璞聽春韻秋二圖

絲絲楊柳送人行，十里長隄春水生。惆悵珠江容易別，不曾疎雨聽啼鶯。

黄葉林中自著書，蘆簾竹屋淡相於。詩人一枕秋眠覺，又是芭蕉暮雨初。

露筋祠

春風剪剪柳絲絲，花外輕寒到子規。十里盂湖霜月曉，征帆初過露筋祠。

（以上見晉堃鈔本）

古意二首

一庭涼月捲湘紋，寶帳深沈護緑雲。夜半髮香人夢醒，涼秋天氣似春分。

擘折文犀唱竹枝，海棠初起玉簪欹。腸斷臉波金雁驛，青山一路似蛾眉。

家天石孝廉花嶼讀書牀圖二首

蜂鬚蝶翅繡成堆，录曲屏山曉色催。昨夜彩毫剛入夢，簾前齊報萬花開。

夢醒青門又隔年，春陰小院聽啼鵑。乞君一斗蒲桃酒，來就櫻桃樹底眠。

題畫四首

遠山鑱碧入新烟，一道飛虹漱玉泉。我欲把琴泉上坐，盡收嵐翠上冰絃。

拏山赴壑走虬龍，鱗鬣蒼蒼百尺松。無數層巒絢金碧，千林殘照一聲鐘。

昨宵霜信入疎林，點染丹楓色漸深。好拓明窗延夕爽，殘蟬初雁共秋吟〔一〕。

瀛州萬疊足孱顔，畫裹依稀認翠鬟。明日片帆江上去，推篷好看米家山。

〔一〕秋吟，原作"吟秋"，據蘇圖本改。

十一月初九日舟中檢得深碧巾子繫之以詩

揉藍一幅剪江波,脂印芙蓉緑暈螺。莫怪斑斑烟竹色,昨宵秋雨泣湘娥。

題葉蔗田民部漁家樂圖

千樹濃陰罨碧流,夕陽人影雜沙鷗。鱸魚正美香醪熟,我欲攜家上釣舟。

竹　徑

夜静疎螢數點流,水邊涼信欲成秋。碧闌干外朦朧影,緑意蕭疎月一鉤。

贈羅浮載山上人二首

聞道羅浮四百峰,洞天幽閟足靈蹤。就師乞取笻枝去,千樹梅花萬壑松。

昨宵夢到飛雲頂,蘸墨親題羅漢巖。萬疊彩雲飛不散,化爲蝴蝶繞春衫。

己亥正月八日有以便面索書者率書三絶句

才過人日喜新晴,又聽簷前雨點聲。小閣夢回雙燕語,緑柔紅膩壓簾旌。

毶毶楊柳已多情,幾日腰支便鬥輕。最是春風難忍俊,教他眉眼太分明。

閒來聽撥紫檀槽,夜半寒深酒價高。老眼逢春須一笑,有人爭説鄭櫻桃。

曉睡半醒聞舟石相磨之聲數里不絶

危灘舟石怒相爭,夢裏春雷格格鳴。卻憶寓園枕馳道,萬蹄輪過五更聲。

丙辰除夕偶爲命兒孫和之二首

一冬晴色連除夕,緑葉繁花尚滿枝。止酒淵明兼善病,斷橋風雪憶尋詩。

駒光卅載似風馳,香雪館梅樹於今卅年。盈尺苔枝手種時。歲事已闌人欲去,爲君小立一開眉。

答少子穆孫和作

勿徒無益費奔馳,愛取光陰似璧時。儉德永懷勤不匱,勉教老父皺愁眉。

答次孫德員和作

意馬心猿戒外馳,操持端在少年時。一朝驥足騰千里,方信人間有白眉。

新江竹枝詞四首

郎住上灘妾下灘,下灘容易上灘難。連宵急雨灘如箭,飛送郎來那得還。

繫船月下暫經過,又趁晨星發棹歌。比似牽牛見差數,生憎門外是銀河。舟人多住勒竹,到家一宿而行。

龍華會上好相尋,灌佛雙雙纏臂金。莫向金臺寺裏去,怕郎無住又生心。金臺寺舊名聞經寺,昔六祖負薪過此,聞人誦金剛經云"應無所住而生其心",豁然頓悟。

去年花下送郎歸,又見青青草岸齊。照水千枝杜鵑血,記曾紅淚滴青溪。

閏六月初七客館有感二首

宵深孤館候雙星，又展佳辰一月經。望斷銀河清淺水，卻教添葉怨仙蓂。

銀屏深掩聽瀟騷，猛雨孤燈助鬱陶。咫尺靈禽無信息，衹應星漢亦風濤。

羅江舟中

羅江江水漲初平，暮雨瀟瀟愴客情。乍見泠陶驚節物，故鄉明日又清明。

悼亡後正月九日再到金蓮庵花片墜地如積爲之悵然二首

零風斷雨苦迷離，前度劉郎到已遲。狼藉春風無著處，又扶新綠上疎枝。

大似人間有別離，濃花總付曉風吹。黃鶯困坐都無語，愁見殘紅委地時。

正月六日獨坐小室憶寄廬桃花二首

如雪新甆瀹小團，熏爐餘焰炷沈檀。水仙綻素山茶紫，簾外春陰正薄寒。

僧廬西畔草萋萋，已有桃花落滿蹊。碧樹陰陰人不到，儘教春鳥盡情啼。

殘冬晴暖庭中梅樹緑葉皆發繁花粲然二首

緑鬟素面下粧臺，姑射仙人拾翠來。何似貞姿傲冰雪，千林僵立萬花開。

三十年光去似馳，苔枝盈尺手親移。淵明止酒相如病，又是寒香撲面時。

性嗜鮮果今歲荔枝酸桃皆美病不得食

餐霞嚙雪芳鮮甚，病眼看人興最饒。何似香山老居士，春來空對小蠻腰。

兩歲梅開皆病不飲

小寒節後冬逾暖,兩度梅開覆酒巵。老去相如消渴甚,撩飢空看遠山眉。

花朝二首

芳辰容易到花朝,古寺殘紅已寂寥。閒卻春風無著處,染成流水碧迢迢。

老去逢春不自休,偶攜童稚水邊游。風柔日暖正駘蕩,自在一雙雄鴨頭。

桃花謝菊開正佳

紅雨飄殘委綠苔,秋英得露競春開。桃源路杳初成記,恰好東籬送酒來。

嶽蓮再姪奮池三兄之孫又予外孫女婿也閏上巳邀飲齋中率成小詩二首

梅福仙人有婿鄉,門楣相次得佳郎。銜杯又值重三節,同聽雙鶯話晝長。

朗陵舊住西豪里,諸子才名號八龍。膝上當年文若小,珠垣廿四已羅胸。

閏月望送春日一行

刺桐花落緑陰肥,卓午潮平没釣磯。春去人歸嫌寂寞,小斟春釀看薔薇。

相逢二首

相逢一笑拂塵紅,小院濃陰罨畫中。棐几湘簾清不暑,絲絲香透桂花風。

瑤臺不見許飛瓊,玉女雙來花下行。卻伴朝雲共歸去,薔薇深院記吹笙。

閏三月病起静對書案

玻瓈瓶水浮花片,斜插湘蘭静吐芬。春倦美人憑繡榻,羅衣紺碧石榴裙。

讀李義山金徽卻是無情物不許文君憶故夫之句題其後二首

子虛賦就氣淩雲，錦水鴛鴦豔結羣。不是金徽能道意，白頭誰識卓文君。

竹竿嫋嫋魚簁簁，蓮臉佳人絶妙詞。韻事流傳箋十色，蛾眉仍畫老蹲鴟。

三月十六日

胡牀斜倚待涼飔，小袖輕衫候最宜。碧落無雲清似水，薔薇開到十分時。

聞鷓鴣

一路春山放木棉，四山風雨鷓鴣天。珠江盡道春濤急，莫更聲聲誤客船。

友人畫册題句

百花飛墜曉風前，茵溷何曾有夙緣。避溺山隅嫌太峻，不妨仍傍酒鑪眠。

（以上見中圖本）

戲贈黄九峰[一]

玉貌潘郎最少年,新詩如錦酒如泉。杜鵑聲裏春寒淺,醉倒櫻桃花下眠。

〔一〕蘇圖本題作“贈黄九峰”。

春禧雜詩[一]

東風作意弄韶華,才放夭桃幾點花。記得去年紅照水,短籬茅屋數枝斜。

臺上輪飛舞袖長,家家小隊賽康王。麻奴觱篥花奴鼓,排子當中最擅長[二]。迎神之樂,舊止金革,近加觱篥,聲調翕張,小鐃疊發[三],音尤爽烈,名排子[四]。

霏霏小雨潤瓊酥,羅襪香泥汙損無[五]。乍喜曉窗紅半幅[六],春風送暖聽啼烏[七]。

春禽學語漸綿蠻,遠遠螺峰作黛彎。一樹橘花香罩屋,春波緑上小沙環。

白沙灣上白沙岡,巴字川流幾曲長。指點三鴉江外路,亂帆如葉下斜陽。

穀穀啼鳩弄午晴,暖風初透夾衣輕。沙隄雨過平於掌,已有盈盈淺緑生。

天風吹下紫鸞笙，湘瑟秦簫總廢聲。不向丹臺通譜系，人間爭識許飛瓊。女伶晚姑，丐族叔爲乾女，歌喉之妙，冠絶儕輩。

回身垂手趁鳴絃，傅粉搔頭亦可憐。零落霓裳第三拍，少年誰似李龜年。女伶之後，吴伶爲最，今皆成廣陵散矣。

笙歌如沸鬧香塵，鳳輦龜山劇鬧春〔八〕。行到火城光斷處，江潮十里爛如銀。

花凫雙戲縠紋開，小步弓彎滑緑苔。笑解明璫弄流水，卻教龍女獻珠來。

去年偷解牡丹球，吉夢雙占玉燕投。佳兆今宵應更好，玉梅花下賭藏鉤。一種賭具，一種游戲。

搓香倚玉笑齊肩〔九〕，火樹光闌醉不眠。正是今宵春最好，蛾眉底事不團圓〔一〇〕。

（以上見中圖本）

〔一〕春禧，蘇圖本作“嬉春”。

〔二〕擅長，蘇圖本作“擅場”。

〔三〕鐃，蘇圖本作“炮”。

〔四〕名排子，蘇圖本作“名曰排子”。

〔五〕汙，蘇圖本作“涴”。

〔六〕乍，蘇圖本作“忽”。

〔七〕春風送暖，蘇圖本作“春林朝旭”。

〔八〕鳳輦龜山劇鬧春，蘇圖本作“鳳輦鼇山别鬬春”。

〔九〕齊肩，原作“擠眉”，據蘇圖本改。

〔一〇〕蛾眉底事，蘇圖本作“素蛾爭忍”。

披閲安堂家乘小隱山圖爲四世祖妣黄太安人墓是山也林柏蒼森雲霞維護天留吉地肇造黄太安人棲神之府保世代而昌後也因紀之以詩焉

氣聚佳城小隱山，山如屏翰水如環〔一〕。安堂歲歲清明日，羅拜依依衣錦還。賜進士及第、翰林院修撰、辛卯科陝西正考官、宗姪孫召棠拜題。

（見《中山安堂林氏族譜》）

〔一〕原作“屏幹”，詞義未允，據詩意改。

泊廣陵

一路垂楊學舞腰，飛花點點落紅橋。不知今夜揚州月，曾照何人按玉簫。

燭　光

二十九日分題三首，得陽、元、真韻。

海棠花底照紅妝，一炬金蓮穗燼長。斜隔銀屏不知曙，水晶簾外月如霜。

憶三塘

蠣殼窗明射緑波，螭頭小舫滿官河。幾年載酒三塘路，醉聽吴娘鴨子歌。

感　舊

寶鈿銀箏歲月殘，流鶯無復語雕闌。東風不鎖棠梨怨，一枕蕭蕭暮雨寒。

江半坡寒食

棠梨花發野鶯啼，寒食年年苦憶歸。今日蠻江聽餳鼓，落紅如雨上征衣。

行次大庾嶺寄東安諸弟

一從瀧水歎離羣，千里梅關踏暮雲。鴻雁不來飛雪斷，壁劖“雁回人遠”四大字。鄉心都向此中分。

東安道中

石泉終日聽潺潺,一徑高盤鳥道還。啼斷鷓鴣烟雨暝,萬松林盡是青山。

吴門楊柳枝詞

春到河橋翠欲流,麴塵初起颺芳洲。瀟瀟昨夜江潭雨,散作吴宫一片愁。

漠漠輕陰小苑西,春風依約杜鵑啼。殘紅流水桃花塢,一帶珠簾捲未齊。

采香欲動木蘭舟,淺白長紅付亂流。見説東風吹不斷,絲絲縮恨上高樓。

寄題吴柳君夢華後録

少日吴歈絶有情,輕輕没後更無箏。唐句。采菱重唱江南曲,暮雨瀟瀟白髮生。

凌雲拊石子登璈,瑤島春歸落碧桃。誰識參禪老摩詰,當年曾唱鬱輪袍。

斑斑苦竹似瀟湘,憑弔湘娥一斷腸。花泛柳塘風不定,那將雙影照鴛鴦。

紅梅花下水心亭,側帽人來畫舫停。繡幄藏春歌管暖,啼鶯時誤觸金鈴。

碧雞公子自才華,孤艇尋春到館娃。檢得深閨金剪格,西風簾捲對黄花。

罷賦凌雲又泛槎,臨邛未識酒人家。龜年玉笛延年曲,愁殺春風荳蔻花。

越江江水膩春波,寶鏡奩開豔影多。只愛桐君一峰好,彎彎眉黛淺於螺。

霜華一枕夜迢迢,夢遠江南碧玉簫。彷彿解鞍春曉處,數聲杜宇緑楊橋。

芳草橋南蕩槳遲,壓簾微雨柳絲絲。記從西子湖邊過,碧水涼雲白紵詞。

菖蒲花發暖春烟,彩鳳銜來尚錦箋。迴首曉風殘月路,不堪腸斷柳屯田。

琴心一曲夜無聊,玉盌題詩麗紫綃。可似當年姜白石,小紅低唱我吹簫。

鵲華風雪糝征衣,十日聯牀願已違。昨夜珠江夢明月,一聲水調送君歸。

寶帳珠簾夜復朝,别來佳句抵瓊瑶。無端又入烟花録,重向秦淮問板橋。

昨宵芳信逗深叢,自揀桃花小院東。忍逐流波歸別浦,一簾紅雨怨東風。

步屧廊虚草似茵,劍池波動碧粼粼。尋芳興懶春猶淺,一樹梨花忽照人。

玉屏春翠滴疎櫺,曉起焚香讀道經。一别文房消息斷,亂山如馬入蠻青。

羅江明月正秋分,熱惱匆匆又訪君。十盞頗梨拚一醉,殢人香夢楚山雲。

金閶門外木蘭船,楊柳風輕度管絃。花影迷離春不定,碧紗窗格淡如烟。

瀧東竹枝詞

露落芙蓉村名香滿湖,濃華得似曉妝無。新移楊柳洲邊住,井畔人猶説緑珠。楊柳沙,飲此水者,自然姣好。

百尺高臺豔綺羅,春游人向柳邊多。紫雲法曲疑天半,卻是佳人踏臂歌。

藕井人家映沼居,鴛鴦春浴縠紋舒。年來不寄郎消息,二月桃花錦鯉魚。城南錦鯉峰,濃翠突然,環以碧沼,其旁即藕心井。

火樹新正結幔亭,簫聲風暖玉蓉屏。翠巖相映生金碧,石磴春蕪好踏青。

(以上見蘇圖本)

梅關步武圖詠二首

翠巘鑱天路幾盤，飛花萬點簇征鞍。憑誰寫出尋詩境，立馬雲峰雪海寒。

湘江福曜惜沈淪，一曲霓裳易斷魂。珍重百花頭上放，公才今合付龍孫。

（見伍東坪輯《梅關步武圖詠》，清道光三十年刻本）

題林子青檢書看劍小照

子青名廷選，刑部小京官林中慶子。

胸中武庫器縱横，南面仍看擁百城。堪笑虞姬夫婿拙，學書學劍兩無成。

人面如花花似錦，高燒銀燭注觥船。瑤編玉字芙蓉鍔，再作長虹夜屬天。

萬卷家藏鄴架多，少年鋒穎淬秋波。讀書東觀他年事，莫作王郎斫地歌。

歌成子夜四時俱，壁月金尊興不殊。更倩劉褒傳彩筆，遍摹雲漢北風圖〔一〕。

（見黄鶴儀撰《羅江外紀》，清光緒十九年鈔本）

〔一〕摹，原作"幕"，詞義欠通，不合詩律，據詩意改。

吾邑西齋老師莫淡庵先生碩儒也今告歸里無以爲贈聊賦二絶用志企慕之懷

木鐸聲傳自瓊臺〔一〕，先生在瓊設教多年，海外名士多出其門下。春風吹暖桂花開。長子詒燕蒙先生特報優，因得奏貢廷，故云。他年桃李成陰處，猶記先生著意栽。先生訓導吴陽五年，諸生登龍虎榜者五六人，故云。

芝蘭玉樹滿階生，一奮風雲萬里程。先生子姪輩皆少年英器，前程未可量也。今日歸來無别事，義爲播種禮爲耕。先生動循禮法，以身率物，非嚚嚚者比也。

（見《海南定安大觀堂莫氏族譜》，一九九二年）

〔一〕此句不合律，原文如此。

題吴家駿像〔一〕

夢中錦段贈邱遲，年少才華玉樹枝。猶憶揮毫珠琲粲，長廊風定日斜時。

牙籤觸手富琳瑯，氣吐晴虹夜有光。壯志生平酬未盡，楹書留付白眉郎。

（見光緒《吴川縣志》卷七）

〔一〕篇名爲編者所擬。

心亭亭居文存

策

道光三年癸未科殿試對策

臣對：臣聞致治本於育才，正俗先乎謹度，聽箴規斯能綜衆善，勤疏濬所以慶安瀾。稽諸往籍，《詩》詠作人，《易》嚴節制，《書》著從繩之美，《禮》有修防之文，茂矩崇儀，秩然賅備。伊古帝王斟元立極，握符闡珍，庠序修明，軌儀端肅，詢事與考言並慎，隨山與導水兼宜，皆本持盈保泰之心，以懋咸五登三之治。用是漸仁摩義，聖化隆焉；去華崇實，民風茂焉；集思廣益，政理平焉；陂澤滌川，地利盡焉。猗與盛哉！所爲被潤澤而大豐美，受厚福以浸黎元者，恃有此道也。

欽惟皇帝陛下，布辟雍之雅化，敦渾穆之醇風，酌衆論以權衡，登寰瀛於清晏，固已臻淳熙而還質愨，賡喜起而奏平成矣。乃聖懷沖挹，葑菲不遺，體至善之無窮，冀邇言之可采，進臣等於廷，而策以講學、崇儉、納諫、治水諸大政。如臣檮昧，有若涓流撮壤，奚補海山，顧當對揚伊始之辰，敬附敷奏以言之義，敢不勉述前聞，備陳誦習，以效管窺蠡測之一得乎？

伏讀制策有曰：學校者人才之本、風化之原也，化民成俗,實基於此,而因求輔世長民之道、明德新民之學,此誠致治之首務也。

臣考米廩虞庠,教胄聿開乎嬀典;東序右學,隆義嗣啓於兩朝。鄉詢五物,士論三升,咸莘莘而濟濟矣。《詩》曰"於樂辟雍",文王之學也;"鎬京辟雍",武王之學也。古者,天子有視學之典。燕禮食禮,四代兼修;合舞合聲,三時備舉。發德音,記惇史,所由朝廷有菁莪之化,多士美藹吉之譽也。西漢三雍,興於孝武之代;明堂辟雍,修於元始之年。建武中興,投戈講藝,車駕親臨。中元之間,其禮備舉,橋門圜觀聽之人,羽林悉通經之士。其後順帝陽嘉、靈帝熹平嗣舉隆儀,勿替敬典,降及魏晉唐宋之間,餘風猶被焉。夫王者講學行禮,所以訓迪多士,使知嚮方也,豈徒美鼉鼓之於論,誇鸞旗之焜耀云爾哉!禮明樂備,所以防民;一德同風,所以正俗。重師儒之選而論道秉德,萬方有歸化之誠;謹庠序之修而教孝勸忠,天下明人倫之義。崇儒重道,久且馴至乎太平;講讓興賢,即以潛消其匪僻。建首善以勵天下,而是行是訓,咸遵王道之蕩平;端士習以振民風,而無黨無偏,悉納羣倫於軌物。時雍風動,不即在環林璧水之間哉!聖天子闡千古之心傳,邁百王之治法,賢才蔚起,仁讓風行,復臨雍講學,明至道以示羣英,海澨山陬,有不研經而砥行者哉!

制策又以自古求治之主,罔不躬行節儉,以爲天下先,而因考心跡誠僞之判,此返樸還淳之至意也。

臣謹按,《逸周書》曰"不爲驕侈,不爲靡泰",《禮記》曰"國奢則示之以儉",是豈愛財惜費,爲唐魏儉嗇哉?蓋民生有欲,聖人不能絶之使無,而以禮爲防,先王所爲節而不過。因其情,制其物,與之等級,戒其侈淫,自古範民之道,未之有改也。然制之於下,防其流,非以清其源;謹之自上,正其本,即以禮其末。《禹謨》美勤儉之訓,《商書》崇儉德之言。《周禮》王后服膳有不會之文,而司服、膳夫各有成憲,則其謹而不過可知也。各守爾典,無即慆淫,天下所由式化乎!

夫茅茨土階、紩衣攣領之世尚已,三統以降,可得而言。漢文帝衣綈履革,蒲席韋帶,屏雕文之飾,惜中人之産。其時家給人足,幾致刑措,非節儉之效歟?厥後令辟,亦知克己,焚翟裘,毀筒布,以蕭何壯麗之對爲非雅言。又其甚者,一冠三載,一衣屢澣,可謂儉矣。而或盛衰殊途,始終異轍,非儉不足示國,則務名而不求其實耳。夫儉出於誠,則心無逸欲,而天下皆化其風;儉飾於僞,則外矯紛華,而兆人且窺其隱。心術所存,從違即判已。皇上躬堯舜之温恭,崇夏商之忠質,黜華敦樸,已風行四海矣。

制策又以郅治之世,必有論思獻納之臣輔翼左右,將求上下一德,民受厥福也。

臣惟堯舜之聖,度越臣工,可以獨行不惑矣。而《典》、《謨》所載,曰疇咨,曰弼諧,戒面從美,師錫罔非求善,納誨冀臻上理。衢室之問,總章之訪,所由開萬世帝王之大法也。三代之隆,夏禹聞善則拜,商湯好問則裕。文王詢於八虞,咨於二虢;武王訪《洪範》於箕子,受《丹書》於尚父。明試敷奏,非帝王御宇之先務哉!夫獨斷者勇於自信,而聽言太廣,用人太驟,又無以核其實,而或失所折衷。故必先明而後能察其言,至斷而後能行其言。隱惡揚善,執兩用中,決擇所以能精也;翕受敷施,九德咸事,推行所以盡利也。欲其能明,必先窮理,而後不惑於疑似之交;欲其能斷,必先去私,而後不溺於依違之見。惟明且斷,聰明斯稱天亶,勇智乃爲天錫也。豈慮旒纊上闢,而芻蕘猶下遺哉! 皇上聖德日新,淵衷下濟,人無不盡之懷,亦理無不析之藴矣。

制策又以大禹盡力溝洫,以備水旱之虞,而因求興利除害之善政。

臣惟畿輔地勢廣衍,諸川巨海匯於津門,隄防疏導,厥功要矣。諸川之中,滹沱、漳河最大。滹沱,即《禹貢》衛水,水勢湍急,同於桑乾,源出山西繁峙縣東北泰戲山,曰青龍泉,迴環九百里,入直隸界,會井陘水,至獻縣分爲二派。一派東流與漳河合,至青縣與運河合,至天津合白河、桑乾諸水入海。一派北流徑子牙河,至靜海縣與清水河合,至西沽北與白河、桑乾合,又東南合運河,而二派復合。合流既衆,橫溢之虞所當備也。漳河,舊名葫蘆河,爲滏、洺諸水之委,清濁二源,分流至交漳口而合,至廣平縣分爲二,至天津而俱入於海。源委既遠,疏導之方,所宜詳也。夫治河之吏知有隄而不知有河,密於修防,疎於濬導;營田之吏知有田而不知有河,利其淤墊,忘其漲塞。將因勢利導,並收厥功,如虞集之議海田、何承矩之耕水田,可倣其法矣。皇上俯念民依,勤求底績,不且安流如鏡,資灌溉以爲豐年哉! 若此者,承明、金馬不足言選俊也,沈珠、抵壁不足言返淳也,肺石、路鼓不足言達情也,鄭渠、蜀堋不足言興利也。蜚英聲,騰茂實,備哉燦爛,真神明之式乎!

抑聞荷帡幪之化者,則仰天之彌高;感光大之恩者,則冀地之彌厚。臣伏願皇上教思加廣,儉德永崇,理明而研益精,軌順而防益豫,則我國家萬年有道之隆,基諸此矣。臣末學新進,罔識忌諱,干冒宸嚴,不勝戰慄隕越之至。臣謹對。

附《策問》:

奉天承運皇帝制曰:朕仰承昊蒼眷佑,祖考貽庥,履位以來,於今三載。幸海宇乂安,國家無事,思與天下臣民同樂太平,允臻上理。而朕懷兢業,惟慮風化之未淳,主術之或怠,聽言之未廣,民生之未裕,周咨博采,罔敢少康。爾多士彈冠而來,必有嘉謨,用裨朕治。

學校者,人才之本,風化之原也。《虞廷》有教胄之訓,《周官》重成均之職。化民成俗,實基於此。朕躬臨辟雍,講學興禮,非徒盛三雍之上儀、修漢唐之故事也,亦惟多士觀聽,庶知嚮風耳。夫禮樂何以防民?教訓何以正俗?師儒何以有得民之責?庠序何以爲明倫之地?崇儒重道,何以馴致太平?講讓興賢,何以潛消匪僻?建首善以勵天下,何以遠邇會歸?端士習以振民風,何以本末維繫?輔世長民之道,明德新民之學,必有能識其要領者。毋第以環林璧水,徒以揄揚之詞進也。

自古求治之主,罔不躬行節儉,爲天下先,然考其心跡,誠僞判焉。茅茨土階、紩衣攣領之世尚已,三統而降,可得而言。漢文帝衣綈履革,蒲席葦帶,屏雕文之飾,惜中人之産,其視初元、建平之代罷齊三服官,易帷幃、去錦繡者何如也?厥後令辟,亦知克己,焚翟裘,毁筒布,以蕭何壯麗之對爲非雅言。又其甚者,一冠三載,一衣屢澣,儉矣。然或盛衰殊途,始終異轍,豈徒儉不足以示國歟？抑務名不求其實歟？朕仰思《禹謨》勤儉之訓，永懷《商書》儉德之言，欲使天下黜華屏欲，治登淳古，何道以致之？

朕觀郅治之世，必有論思獻納之臣輔翼左右，而人主亦復虛衷下問，翕受敷施，所以上下一德，民受厥福也。堯有衢室之問，舜有總章之訪；夏禹聞善則拜，殷湯好問則裕；文、武諮詢於虞虢，訪問於箕子：帝王御宇，未有不以詢事考言爲先務者。後世令主非無懃懃之言、懇懇之求，然或旒纊上闢，芻蕘下遺，白獸之尊徒設，胇石之函莫啓。即有聽納，或慕虛名急於進言，未遑詳察。蓋非明不足以察其言，非斷不足以行其言。若泛然受之，而無所別於中，將亦悠然容之，而莫能區處於外矣。取舍之宜，厥維艱哉！明斷之本，可得聞歟？

昔大禹盡力於溝洫，以備水旱之虞，其功尚矣！然因其利而利之者，代不乏人。故鄭渠鑿而秦人富，蜀堋成而沃壤興。漢唐循吏所以衣食其民者，莫不以行水爲急務。畿輔大川有五，南北運河、永定、清河、滹沱是也。今欲南北運河入海之路暢達，何以使下游無阻？滹沱會合之水甚衆，何以免横溢之虞？清河以兩淀爲渟畜，何以疏瀹深通？永定爲山水所會歸，何以沙淤不積？或者又謂治河之吏知有隄而不知有河，密於修防，疎於濬導；營田之吏知有田而不知有河，利其淤墊，忘其漲塞。夫五行之材，水居其一，用之善則灌溉可資，用之不善則泛溢爲患。將欲興利除害，何道而盡善焉？

凡此四者，皆經國之大猷，立政之本務。夫蓄疑而不問，主術之疏也。博學而不達，士林之恧也。考之於古，驗之於今，何去何從，孰得孰失？多士其悉言無隱，朕將親覽焉。

（見《歷科狀元策》，清光緒刻本）

制　藝

入則孝出則悌守先王之道〔一〕

行己先盡倫，而道統有攸託矣。夫道在人倫，孝悌其大者也。入焉出焉，先王之道，不即守之弗墜哉！且夫天經地義之著於古今也，其理原於天，其事成於聖，而敦行不怠者，必賴末流特立之一人。世俗不察，猥以虚名無實，致誚儒修，不知世無其人，則宇宙之大防、聖人之大法，其維繫而不墜者幾何矣。

梓匠輪輿，且得邀子之食。子亦思於此有人者，果何如人哉？其人不爭技藝之末也，並不爭才智之名。謙卑自牧，獨行人所不能行。一身也，有千古之道統以察之，則自立有不容苟者矣。其人不儕百工之賤也，並不儕卿相之榮。韋布無權，能任人之所不敢任。儒生也，有先代之聖王以懍之，則仔肩有不得輕者矣。

自有先王，而道乃炳著於宇宙間也。無往非道，而孝悌爲大，且於入焉出焉觀之。爲我兼愛之言，盈於天下，則以孝悌爲矯飾，而廢棄不爲。不知末俗所謂矯飾，即先王所謂倫常也。入焉雞鳴修典，循彼蘭陔；出焉雁序修儀，毋忘棣鄂。堯舜之道不能外，禮樂之實由此生，惟本孝悌，以爲百行之原而已矣。辟土强兵之説，遍於諸侯，則以孝悌爲迂拘，而鄙夷不屑。不知今日所視爲迂拘〔二〕，既先王所垂爲訓典也。入則所生無忝,能守身斯能致身;出則天顯長懷,無犯齒必無犯貴。細而日用飲食之質,遠而聲名文物之垂,皆奉孝悌爲推行之準而已矣。

是道也,何道也?先王之道也。然而先王往矣,敢不兢兢焉守之哉?守之事與創相因。唐虞之際,道統已開,殷周之朝,道法大備,創之者非一日矣。令其中絶,焉敢乎哉?獨是先王創於明盛之會,衆賢翊贊而不勞;今人守於殘缺之餘,百年修補而未足。而又當文獻之無徵,師友之俱絶,在守也而幾同於創。先王在上,應默鑒此耿耿之衷。守之事又與攻相持。竊吾道者陰潰其防,叛吾道者明樹之敵,攻之者不遺餘力矣。不爲之防,焉忍乎哉?惟是攻之勢既處盛,肆排擊者異喙而同聲;守之勢常處危,樹干城者獨行而無與。而惟有賴天心之未泯、民彝之未息,則守也而不病於攻。先王有知,應共相此綿綿之緒。後之學者,由孝悌以求先王之道,非守之者之功也哉?

(見《明清會元狀元科舉文墨集注》)

〔一〕此文爲道光三年癸未科會試試題之一。

〔二〕拘,原作"物",據上文改。

草木生之禽獸

先即植物之生以論山,可進念乎動物矣。夫生於山者,固不獨草木也。乃即草木之生以論山,不可並觀禽獸乎?

嘗思至誠在上,而菁莪棫樸,教澤覃敷。一時關睢爲之衍慶,麟趾亦復呈祥矣。若乃維天維喬,先睹滋生之盛;而善飛善走,復念物類之繁。則仰觀焉,而植物可徵者;斯俯察焉,而動物足念也。

如山之廣大,於何見之哉?夫岐山則有鳳鳴矣,南山則有豹隱矣。乃論山者,未言乎禽獸,盍先觀草木生之乎?鴻薈、梟萇,草亦標乎禽之名,則草之生於崇山峻嶺間者,已足增山之輝,故呈拂地之姿,蔥蘢可愛。虎櫐、鼠梓,木亦擅乎獸之名,則木之生於深山窮谷中者,已足增山之景,故抱參天之質,佳蔭翹然。

草木生於山,已見山之廣大矣,然山豈但生乎草木哉?使有草而無木,山之生者易窮;有木而無草,則山之生者亦僅。且有草而無木,則灌木無黄鳥矣;有木而無草,則茁葭無五豝矣。豈知雀弁與羊棗同生,亦猶飛禽與走獸同類乎?惟然,則禽獸可念矣。

茅鴟、桑扈,禽亦取名於草木,而觀其戾天,幾疑禽與山兩相離矣,豈獨鳳畜而鳥不獝,堪爲至誠進岡陵之頌也哉!毛刺、枝蹄,獸亦取名於草木,而觀其走曠,幾訝獸與山兩相棄矣,豈獨麟畜而獸不狘,足爲至誠擬嵩嶽之呼也哉!然則禽獸與草木同生於山,而禽獸之居,何異草木之生乎?

(見李崇忠輯《小搭清真》,清同治刻本)

郊社之禮

推所尊以言禮,郊社其首重也。夫禮之所繫,固不僅郊社也。以言乎禮,郊社非其首重乎?且一人首出,而羣奉之爲天子。天子者,父天而母地者也。况我周之興,卜世三十,卜年七百,惟天地之眷佑我周家者,至天子而不克報焉。達孝之謂何,抑亦制禮之猶未備也。

而吾試進窺之,則見其燔柴泰壇,而郊之祭舉焉矣。泰壇者,其位南,王服大裘,北面而立,大司樂奏黄鐘以下之樂,樂六變則天神降,可得而禮也。

且夫言郊者,亦不一矣。曰析穀、曰大雩,因時而祭也有郊;曰肆類、曰大旅,因事而祭也有郊。而不若冬至之郊爲最鉅。故杞之郊也惟禹,宋之郊也惟契。外此,馮生雖共戴蒼穹,列辟總難因青土。撫兹盛典,又豈六宗所得而從、四望所得而並乎?所謂禮行於郊,而百神受職,職以此也。然非孝思所達,無能侈厥升中矣。

又見其瘞埋泰折,而社之祭舉焉矣。泰折者,其位在北,王服衮衣,南面而立,大司樂奏函鐘以下之樂,樂八變而地示出,可得而禮也。

且夫言社者,亦不一矣。爲崑崙、爲神州,社也而或混於方;爲類祭、爲禋祀,社也而僅同於稷。而不若夏至之社爲獨尊。故里爲社事而單出,國爲社田而畢作。推之友邦既各表其宜木,方澤猶特隆以荅陰。撫此宏規,又豈封禪所得而擬、懷柔所得而同乎?所謂禮行於社,而百貨可極,極以此也。然非孝思所達,無能彰此美報矣。

讀《昊天》爲郊祀天地之歌,遂疑郊有舉而社即從,不知其詩之用以祭天者,亦並用以祭地,安必郊、社之共一祭乎?雖大告武成之日,柴望並行;新營洛邑之年,牲牛用一。而要之告祭之期促,促則合之,而禮從而殺;正祭之時豫,豫則分之,而禮極其隆。蓋鴻規特建,有不僅在陶匏繭栗間者,然後知武周制禮之備也。

讀《思文》有"克配彼天"之文,或疑郊有主而社無匹,不知其德之可以配天者,亦有可以配地,何嫌郊、社之同一配乎?雖姜嫄肇禋,司樂或言右享;勾龍命祀,昭代勿用疑遷。而惟是稷爲大官,大官位稱,侑食克當夫地祇;稷爲皇祖,皇祖分親,居歆悉從夫氣類。蓋大典攸關,有不獨在蒼璧黄琮内者,然後知武周制禮之精也。嗚乎懿哉!宜其昭事上帝,而孝思維則也。

(見《鼇峰課選》,清刻本)

子以四教文行忠信

約舉聖人之教,内外交修者也。夫文行,修於外者也;忠信,修於内者也。子之四教,不已約而該哉!且聖人有教育,而後天下有才人。聖人者,以道成天下才者也。顧愚陋者不足以明道,惰私者不足以弘道,浮與僞者不足以盡道。聖人惟明乎循序漸進之方,兼備乎内外相資之益,俟天下之才,皆知所勉以至於道,而道統傳諸無窮矣。

古者,君師之權操於上,而教化行;樂正之職修於下,而教術備。其時羽籥、干戈有學,而成童習焉;德行、道藝有書,而鄉黨稽焉。且節性防淫,著誠去僞,而司徒、司保之屬董焉。《王制》、《周官》詳哉言之,實自辟雍鐘鼓之澤衰,而教之責在夫子。夫子明嚴異端曲學之辨,而立萬世之大防,必先取高明篤實之英,範以一人之至教,約而言之,蓋有四焉。

一曰文。雖有聰明之士,黜其耳目則亦愚;雖有質魯之姿,養以詩書則能儀。文者,行之所從入也。圖書闡何疑之精,禮樂爲德義之則,教之以文,道之燦然者在是矣,豈有記誦之失哉!

一曰行。一日有虧,君子愧儒林之望;獨行可紀,匹夫登節義之書。行者,文之所實踐者也。物恒守當躬之範,倫常踐天地之經。教之以行,道之秩然者在是矣,豈有堅辟之患哉!

然外雖無不盡之事,而内容有不盡之心。一念或踰,則行皆僞矣。以心赴理,而好惡之用必誠;即事課心,而晦明之地無疚。忠告盡交友之事,忠恕爲求仁之方。忠者,道之至誠無妄者也,夫子之教有其一。

然始念雖期於自慊,轉念還即于自欺。一念或踰,則忠已得矣。力自絶乎巧令之節,而由中以運;識縱歉乎權宜之方,而主一所貞。信則禮義可學,信則蠻貊可行。信者,道之得主有常者也,夫子之教又其一。

其在夫子,文章皆性道之華,□德立彝倫之極,而至仁盡聖之詣。已泯□必而出因口體備當躬[一],四者固同條而共貫。其在吾黨,野喭者,澤躬爾雅;愚魯者,勵志姱修。而文學政事之才,各斂英華而爲和順,循序曲赴,四者皆成德而達才。

自有子之四教,吾黨英才,所以比隆郅治。聖人既往,聖道常昭,後之學者,可以識所宗矣,非道統之所由勿替哉!

(見張奪鼇輯《試草》,清末鈔本)

〔一〕原文如此,疑有脱衍。

子貢曰詩云如切如磋如琢如磨其斯之謂與子曰賜也始可與言詩已矣告諸往而知來者

賢者由處境以通諸學，聖人嘉其悟焉。夫切磋琢磨之詩，非爲處境言也，而子貢爲處境引之，非告往知來，而善於言詩者哉！且天下無窮之詣，非可以一端竟也；而天下無窮之理，未始不即一端悟也。功之所已至，而詣有進焉。即言之所未至，而理已通焉。有能者於此引而伸之，觸類而長之，而賢者聞一知二之資，與聖人誘掖獎勸之意，直相契於無間矣。有如子貢論貧富，而夫子告以樂與好禮。斯言也，殆將引其所已知者而進之耶？然子貢所言處境而已，夫子亦與之言處境而已。

夫天下之有加無已者，獨一處境乎？天下之每進益上者，非即處境例乎？吾生心性之業，克治之而愈精，學人攻錯之能，淬發之而彌奮，非斯之謂乎？子貢所以觸於切磋琢磨之詩，而恍然悟也。

今夫名理之無盡也，歷一境又有一境以待乎其前。是故徹乎其粗，而精者出焉；徹乎其精，而精者又出焉。舉凡澡身浴德，無不可即處境以觀其通。古賢侯砥礪姱修，圭璧以束其躬，金玉以式其度，所爲詠有斐而弗諼者此也。

而會悟之無方也。解一義又有一義，以旁通乎其際，是故學者所見及，而教者進於所未及焉。教者所示及，而學者又進於所未及焉。舉凡因端竟委，無不可即處境以會其全。

古詩人旨遠詞文,借物以託興,比類以寓言,所爲感人心而興起者此也。

今子貢遂知磋磨之進於切琢也哉,遂知切磋琢磨之通於貧富也哉!夫樂與好禮,夫子所已告也;切磋琢磨,夫子所未嘗言也。而由往得來,子貢之恍然悟於詩者,非可即其可與言詩也哉!

夫即詩言之,衡門泌水,可以樂饑;伐木之乾餱無宴衎,非不足爲樂與好禮者説,而獨於淇澳有會心。甚哉,子貢之善言詩也!且即衛武之詩而會通之,懲淫樂可以誦賓筵,飭德隅可以追抑戒。即可由處貧富一途,以漸底於金錫之純粹。甚哉,夫子之善以言詩誘子貢也!不然,切磋琢磨之詩,豈真爲樂與好禮言者,何子貢忽引之,夫子忽許之也哉?

(見林氏後人所藏林召棠手稿)

子曰我

聖人自有所以爲我,因即我而自明之焉。夫夫子之我,非猶乎人之我也。然夫子之我,何異夫人之我也?故即我而自明之,且聖人者無我者也。自人有高視聖人之心,而聖人不得不轉念乎我矣。自聖人有自爲聖人之實,而聖人愈不得不自明夫我矣。

曰:天下皆知有我,亦知我之所以爲我乎?我有心思,我自致之;我有才力,我自竭之。我之視我亦何奇?乃人以爲我之心思,不同乎人之心思;我之才力,不同乎人之才力也:則羣然震驚乎我。我有耳目,我自啓之;我有見聞,我自擴之。我之視我又何異？乃人以爲我之耳目，非猶是人之耳目；我之見聞，非猶是人之見聞也：則僉然駭異乎我。

然而震驚夫我者，已昧乎我之爲我矣。夫删《詩》、《書》者我，訂《禮》、《樂》者我，贊《周易》、修《春秋》者亦我，我之生平約略可指矣。而一念乎我，奚可昧乎我之爲我也？而震驚乎我者，顧昧乎我之素也，則安得不即我而分明想之。

然而駭異夫我者，愈失乎我之爲我矣。夫問禮老聃者我，問官郯子者我，學琴師襄、訪樂萇宏者亦我，我之得力有自來矣。則一思夫我，奚可失乎我之爲我矣？而駭異夫我者，偏失乎我之真也，則胡得不即我而確切指之。

我何爲知商羊，我何爲辨萍實，人皆訝我之爲我，然而我無可訝也。從聲稱藉口之餘，反觀乎我，覺人之視我爲甚異。我之視我，不容誣也，我敢自詡其爲我也。

我有時而發憤忘食，我有時而樂以忘憂，人不知我之爲我，然而我無不可知也。從畢生得力之後，反勘乎我，覺我之於我可自信，我之於人亦可共喻也，我幸自全其爲我也。

生知云乎哉？好古敏求之者也。彼震驚乎我、駭異乎我者，亦知乎我焉否耶？

（見曾檐福所藏鈔本）

興於詩立於禮成於樂〔一〕

（上闕）形容得力所由，約略可指，因舉其効，以□□□學者，莫要於興立成矣，而亦知所由致哉！

今以人入於善惡之中，而莫適從也。吾曰：盍誦《詩》？

然執《緇衣》、《巷伯》之篇,以爲可懲而可勸;泥《小雅》、《國風》之什,以爲不亂而不淫。吾恐精神志氣之未能振也,烏乎興?

今以人入於邪正之交,而不能守也。吾曰:盍由《禮》?然强循於周旋進退之文,以束其手足;驟置諸玉帛冠裳之地,以收其放心。吾恐肌膚筋骸之未易檢也,烏乎立?

今以人涉乎理欲之途,而未能純也。吾曰:盍學《樂》?然試習乎羽籥干戈之器,而亢戾猶滋;與游於辟雍鐘鼓之間,而陶鎔有待。吾恐蕩瑕滌穢之難驟致也,烏乎成?

有如一旦改過遷善而不能已也。知之即履之,履之即安之,畔援去而瑕纇捐也。夫非由是向之惰私而勤苦也哉!顧何以奮於晏安偷怠之中,而懦者忽勇;貞於客感物交之會,而靡者忽堅;純於省察克治之功,而艱難者忽渾化輝光而進於篤實,亦勉强而出於自然。乃得欣然自慰曰:"已興也,立也,成也。"夫豈自然而致也?

於是知其涵濡諷詠之爲功大也。莊敬以持其外,和樂以安其内,秩敘昭而聲明發也。夫非是向之小學所循習也哉!顧既以得於感發懲創之久,而鬱勃於不自知;密於齋莊中正之餘,而檢束於不自知;深於鼓舞詠歌之致,而陶淑於不自知。從道成德立以還,追思樂正司徒之教,乃得一一指之曰:"此於詩也,於禮也,於樂也。"夫豈一朝之故哉!

(見林氏後人所藏林召棠手跡)

身體髮膚受之父母不敢毁傷孝之始也立身行道揚名於後世以顯父母孝之終也〔一〕

(上闕)論道,六卿分職,近臣盡規者,吾身果居何□也?惟是寵利不敢自居,髮膚不遑自愛,而進思盡、退思補者,更黽勉於鞠躬盡瘁之餘,欲稍存顧惜焉而不能□。論資父事君之義,則四方宣力,亦爲無忝所生,而專所事□□□,欲以馳驅鞅掌之勞,遺憂將母也。

夫就□□□□□□其奔走,乃有晨昏色笑,力以鼓舞□□□□廪憂危,力以艱難而畢出,而孜孜不倦,並不僅執業則投,在口則吐,□常論移孝作忠之文,則明哲保身,亦不愧靖共爾位。而忠所事者,初不敢援全受全歸之説,以寬吾靖獻□□□□□□誰敢外於臣憐,乃有憂盛危明(下闕)

(見林氏後人所藏林召棠手跡)

〔一〕篇名爲編者所擬。

直方大不習無不利〔一〕

(上闕)未始非性之欲,要其所以順性而養之,與矯性而化之者,以爲性之自然乎?抑猶待繼起於性者乎?然則謂性固有大相懸者,性弗受也。無他,性相近也。

若夫"直方大,不習無不利",則言性不言習可矣。而成於情志之所溺,則念釋在兹;積於耳目之所親,則涵濡易入。習者之與物交化焉者也。

夫率性之謂道也,本於天者率復不越矣,定於命者範圍不過矣,無異性寧有異習乎?然心之神明,用而愈出,仁義禮智之性,遂精而彌明也;物之憧擾,感而愈紛,聲色嗜欲之性,遂久而益肆也。雖由衷達外,無非自遂其本懷,而順理從欲之餘,判然者習見焉矣。其潛滋暗長而不能已者,習所以日起有功。其潛移密奪而不自知者,習所以變陽矣,或偏剛□偏柔矣。

人不齊而謂性能齊乎?然理不能有純無雜,而未習乎人心道心之變化,則理猶樸而内含也;氣不能有清無濁,而未習乎人情物欲之紛乘,則氣猶澄而弗滓也。雖由寂而感,終必達於事爲,而人生而靜之始,淵然者性涵焉矣。

其或□乎爲善而遂無不善者,性之才;其或從乎惡而卒流於惡者,本加厲。其終至於習善而化惡,習惡而化善者,以爲既習之後而始然乎?將未習之先而已然乎?然則謂習弗能增損乎性者,習弗受也。無他,習相遠也。

夫惟君子,窮理以知命,慎獨以謹幾。識幾希之不可去,而務反乎有物有則之原;察聖狂所由殊,而惕然於如墜如登之懼。盡性以至命,行察而習著,然後相近者不患其相離,而相遠者亦不至於相悖也。人可不勉哉!

(見林氏後人所藏林召棠手跡)

〔一〕篇名爲編者所擬。

賦

治河賦

寶圖貢瑞，榮光吐輝。納星辰於襟抱，應風雨而指揮。太華既擘，脱筈如飛。浮天無岸，行地知歸。馮夷不怒，陽侯戢威。九派安流於帝寓，萬艫銜尾於皇畿。

考黄河源之發始，實甘思朵之偏隅。其流則忽闌里术之别，其名則阿剌赤賓之殊。崑崙神域，上帝仙都。由西戎而積石，入赤縣之隩區。汾洮湍激，瀍澗縈紆。泲漯清駛，漆沮膏腴。淵渟川瀉，電邁雲驅。羣峰巑岏以束轄，萬谷噴薄而爭途。出華陰而一折，如建瓴而直趨。騁怒流以齧浮岸，譬疾風之振生芻也。

禹跡洪荒，横流偃蹇。君歌瓠子之詞，臣下淇園之楗。材盡青茭，璧沈黄琬。樂浪、王景，暫奏厥功；賈讓、馮逡，未探厥本。漢開屯氏而其道即湮，宋築六塔而其害未遠。及澶淵之南決，合淮流而不返。不徒用爲宣洩，兼且資其輸輓。蓋自元明所侜張，皆由清黄之含混。

昔之治也，以河赴海，如矢注鵠；今之治也，以淮刷河，如石攻玉。其合而和也，鵾絃之調；其來而繼也，鸞膠之續。其蓄勢也，風負翼騰；其去淤也，雪消湯沃。匪河泲之貫，伏地而潛；匪穀洛之鬥，狂奔而觸。物有遏之而愈通，疏之而愈足。彼千艘之安行，渺滄海之一粟。

借清水以治黄,在高家之一堰。隄之而湖之勢盈,牐之而淮之力健。準啓閉於歲時,較羸縮於分寸。淮長則諸湖洩其餘波,河漲則巨防守其成憲。逮水到而渠成,儼風馳而霧噴。紅洗桃花,碧騰瓜蔓。放之以東瀛,操之若左券。吞雲夢者八九,濟生靈之億萬。

功勿求奇,論勿可喜。勿狃久安之策,勿敗已成之美。勿執己見而良法輕違,勿任羣疑而道謀蜂起。復禹跡者,刻舟而求劍;開新河者,截趾以適履。議濬而深者,犀照誰窮?議分而疏者,巵漏奚恃?成淮病於黄,則民棄於水。道阻黿鼉,隄潰螻螘。鴻基一傾,鯨波千里。

效有先奏,道必萬全。障決以塞,築浮以堅。使淮之力足以達河,而有來不拒;使河之力足以達海,而所向無前。杜入海之旁溜,畢致力於中權。海通而河流允翕,河順而淮流晏然。苟蓄洩之有術,豈横暴而爲愆。此河防所以靜治,而漕運所以綿連也。

方今聖人御宇,德水呈祥。秘探寶笈,治炳珠囊。值偏災之偶告,殷軫恤之周詳。命臣工而籌度,俾迅濟乎舟檣。所以拯億兆,裕倉箱。宸衷密運,湛澤汪洋。何弗澄清應千年之運,如帶縈萬里之疆也哉!

詩牌賦

客有書裝玳瑁,筆架珊瑚。文澄雪椀,思朗冰壺。出新篇之麗巧,得文玩之清娱。無須搦管,别妙操觚。殊詩成而題竹,類簡脱而編蒲。何所取材,樓可修乎五鳳;合而有助,裘非集於一狐。

夫詩牌之爲製也,角截犀黄,牙裁象白。帶銙齊方,書簽比窄。寸準印模,銖均錢幕。字取周沈之編,文方邈斯之畫。雜配筆牀,匀排琴席。斷縑零素,撿丹篆而都殘;錯宿繁星,捫青天而欲摘。

則有蘭臺雋彦,杏苑清游。樓停馬勒,酒勘鸘裘。鉤嚴觴政,花遞觥籌。鉢敲而響捷,燭刻而光留。心犀四照,思繭頻抽。何須十樣蠻箋,爭揮鏤管;比好一奩暖玉,散布文楸。

爾其英姿擅敏,妙想窮微。情來拾取,興到指揮。儷采則截凫續鵠,摛華則翥鳳飛翬。出翻新之花樣,成無縫之天衣。信手拈來,靈璣已得;慧心巧合,完璧而歸。乍看部次别居,意殊落落;豈識綺交脈注,想入非非。

至若刻意搜奇,苦思協律。心抉冥鴻,技精貫蝨。欲去仍留,將升復黜。初馬羣之驟過,緑耳難求;終虎穴之深探,蒼頭特出。冶幾躍而成金,柱頻移而調瑟。珍奇必偶,環求鄭而雙雙;沙汰綦嚴,竽吹齊而一一。

至於雜坐鄒生,遍延謝客。各欲探籌,並思挾策。始畫界於鴻溝,繼交通於鳥跡。或彼棄而此收,乃蹈空而抵隙。機在胸而錦織,日新又新;蓍揲手而卦成,交易變易。幾番錯綜,乃鬥角而鉤心;一氣貫穿,遂洞胸而達腋。

此則無資玉版,不假毛錐。成如即目,粲若列眉。歌散雪之一章,鸞膠接得;築長城於五字,雉堞憑兹。大珠小珠,順而摭也;斷竹續竹,神而明之。極合合離離之妙,非枝枝節節而爲。用資雅集,亦佐新思。然而蕭閒之小製,究殊拜獻之雄規。豈若珂鳴池鳳,筆珥坳螭?摹鈞韶而振響,儀紀采而敷詞。金和玉應,日繪雲摛。共瞻楓陛之光華,颺皋賛益;詎比松陵之唱和,酬陸賡皮。

(以上見《館課賦鈔》卷一)

楊柳共春旗一色賦

考華林之軼事,有開府之文章。溯佳辰於洛浦,齊勝賞於羽觴。鳥歌乍囀,桐乳初長。射正設而雲麗,金埒開而草香。塵清繡轭,花點游韁。一桁風絲,春色漸籠於平樂;九斿雲影,天光低度乎長楊。

則有宛宛臨流,纖纖垂柳。混麥浪兮疑無,拂桑枝兮乍有。一夜龍池新沐,穀雨晴初;幾番鳳禁輕陰,杏花飛後。押金縷於青衫,綰翠條於碧綬。攙春弄色,倩羌笛之吹回;望幸多情,問玉驄之來否。

時則校射儀嫺,春蒐典重。三日當祓禊之期,一游洽輿人之誦。五鐘金鏗,千乘雲擁。鳴蹕龍行,飛鞭鳥共。鬥春物之葱蘢,有旗章之導從。珠幢玉節,麗旭采以爭浮;藻野縟川,雜花光而無縫。

爛斑霞駁,委宛虹申。蹙五花之羽騎,漾七寶之雕輪。初飄上苑,漸出重闉。烟霏緑潤,露泫青勻。輦路逶迤,入長隄之曉靄;芝華深淺,分碧樹之濃春。

徐穿繡陌,全亂柔枝。羌行行而且止,弄裊裊以多姿。一路交龍之影,千條繫馬之絲。縈屬車之豹尾,映纖葉之蛾眉。麴塵吹而欲起,蘭旌動而輕移。度來雲罕星施,都迷緑柳;占斷水村山郭,不辨青旗。

於時瓊苑祥飆,瑤臺暖日。帷殿錦張,瑤葩花密。騕褭候蹄,笙簫協律。魚須細綰,交燕剪以全低;鶯語初調,雜鸞鈴而間出。何處黛螺分得,染成珂佩雙雙;翻疑翠鳳飛來,銜遍絲縧一一。彼夫籬落孤村,關門絶域。灞岸魂消,隋隄愁織。遮別浦之蘭橈,送離亭之珠勒。何如沃壤春濃,禁園路直。三眠三起,晴分御仗之烟;飛絮飛花,影混翠華之色。

皇上甫草時田,橋山永慕。既謁珠邱,載巡玉輅。從七翠以安行,按六飛以徐度。景物暄妍,恩膏布濩。梧桐翽鳳,宜賡召伯之詩;華蓋風烏,不數子山之賦。

(見《同館賦鈔二集》卷十三)

議

防海盜議

粵東海盜起於嘉慶五、六年,極熾於九年、十年,以後至十五年,張保投誠,烏石二等誅死,民始高枕。聞盜初起時甚懼官兵,有猝遇之者,僞爲官兵之狀,盜皆懼,叩首而去。數年大熾,民舟或可苟免,遇官兵必盡殺之。客舟額納稅錢,盜給文書一紙,數盜首列銜會印,即恣商販,遇盜呈文書驗實放免。盜劫村莊不取物,專擄人。被擄之家,求岸匪之往來盜舟者通信,先送厚禮,再議價贖,取其家資之半,限幾十日贖,不至則刖之。屬人求展期,又不至,則不知死所矣。是時海旁游民,無不拜會,無不與海盜狎,誇於衆以爲榮。盜所需,皆載以往,得值數倍。鄉村之民以耕爲業,各顧廬舍,每村一旗一鼓,刀槍牌棍皆具,稍有力之村皆有鳥槍、子母炮。一村被劫,建旗鳴鼓,鄰村鼓盡鳴,以旗致人家,一丁肩兵器以往,不得以傭奴代行。民不畏死,而盜富逸,反易敗去。城市之區,游民無業,無所顧藉,不能固守,多助盜張聲勢,冀收盜之餘利,其匪徒更代盜偵探,分贓要賞,其常態也。百制軍齡來督兩粵,嚴絶岸上輸物於盜者,禁客舟不得出海。盜不得食,大肆蹂躪廣州,瀕海州縣,頗被其毒。大帥嚴檄舟師,無得爲盜運物資,張保遂降,而烏石二等,誘擒誅死。嘉慶間海盜之大概情形也。

海盜熾時,岸上游手之人,無不結天地會者,有業之民亦間爲之。其中愚黠不等,有實與海盜聯絡者,有喜其黨之多爲熱鬧者,有形勢孤弱被挾持不得免者。桀惡者與盜爲耳目、作線引,岸上曲折,盜無不周知。此輩倚盜爲聲勢接應,有急則恃盜爲逋逃淵藪,官不得捕,公肆鴟張,無敢攖其鋒者。然其勢隨海盜爲消長,海盜既息,會匪亦自消散,不煩捕治。蓋緣吴川地狹平廣,村莊稠密,無深山窮谷可以盤據藏匿。江流二三處,皆源委分明,並非支港多歧,得以東西躲閃。苟海盜無警,向無會黨搶劫藏匿拒捕之事。又其類至多唯拜會,而不皆爲匪。即在鄰里習熟之人,灼知其素非安静,亦斷不能確指其與何人結會,在何地聚謀。如果得其簿籍,懲治魁首,解散徒黨,固爲大喜。若憑空查訪,易啓挾嫌誣攀、詐贓妄指之弊,兼之株連蔓衍,輒易驚動,或轉生事端。竊意捕治難得善法,莫若當海寇萌芽之時,舟師勤緝,海氛既静,會匪亦稍釋於無形者,至爲上策也。

目下聞海盜已起於吴川縣南十里之港門外,頻有劫掠,居民懼復如嘉慶年間事,各有戒心。人情習俗,又不知昔日。無業游民好亂樂禍,每煽危言,以恐嚇婦孺。各族慮游民乘間爲匪,議合錢雇爲鄉勇,資以禦盜,誠不得已之舉。細思此事不易行,海盜一日不滅,則鄉勇一日不息,無時日之限,經費何以能繼?且統率以何人?訓練以何法?一旦海盜至,招集守戰,誰號令之?所用兵器,擅爲之歟?抑請於官,既許而後爲之歟?有與此物私鬥殺人者,誰任其咎?招集之始,稟官與否?苟私爲之,有坐以大干例禁者,何以爲解?他日解散,一旦停其廩給,此曹驟不得食,是否怡然?

能聚不能散,自古以爲患,此皆不可不經劃始終者也。

又聞近日海盜尚無炮火,多係拖風魚船,三五爲羣,或遇孤單客船,即使行劫,既劫客貨,並取客人船牌,所過近海小市村莊,將貨售賣。竊想此等漁船,各就地方領牌出海,可否令其同幫漁船互相保結,每船首尾兩旁及風帆上面,皆大字書明某縣某字號,每歲限以某月一歸水次,或地保、里正查驗稟報,或官使查驗,皆令在近海地面捕魚,毋使行出外洋。被劫客人倘能指出漁船字號,既易跟捕。營官出海巡緝,如遇此等漁船,看明字號,即令呈出船牌,查驗人數是否相符,有無私帶兵器及可疑貨物,如情理灼然可疑,就近移交地方官查辦。

以上四條,無事戲爲剖析,未嘗示人。或間問有識事者,可以互證是非,未嘗無益於聞見。

(見《拾遺》)

記

信宜縣重修學宮記

非聖人,不能覺萬世之蒙;非盛世,不能同六合之化;非士君子之鼓舞奮厲,不能興起於君師之訓導。羲農以還,河洛吐符,人文漸啓,遞闡遞繹。至唐虞之平章昭明,惇典庸禮;禹湯文武,禮明樂備,懿矣茂矣!而人亡籍去,異説蜂起。

孔子生於周季,取古人之《詩》、《書》、《易》、《春秋》,而删訂論正之。使好惡之正、是非之公、修己治人之要,粲然大著於天下。後世雖楊、墨、佛、老迭起爭鳴,而斯道昭垂,如日月常懸,非風霾霧霿之所能湮晦。自漢高帝始祀孔子,武帝搜求遺經,至宋始令郡縣立學宮,元明以來,漸遍天下。而訓迪課試之方,詳之俟其時,舉之俟其人,久且奉爲故事。

齊魯之傳,吴越之秀,中州清淑之氣,英俊之域,紱冕所興。而際山瀕海,遐壤邃隔,舀爽闇昧,罕耀於光明。唯我朝累洽重熙,西被東漸,聖天子章明軌物,極日月所照臨,罔不端簡奉册,絃歌諷詠,頌聖人之言,以爭應同文同倫之盛治。聖訓彰矣!皇風洽矣!而百卉之榮,不能不殊於温肅;羣倫之奮,不能不察於運會。山川精華,鬱積旁魄。大畜之極,亨於天衢。爭自濯磨,追金琢玉。乃始發皇耳目,昭赫赫於閟宫之侐;恢張舟霖,頌峨峨於作人之化。維人宏道,咸與維新,不其然乎?

信宜,古梁德郡,宋太平興國始以名縣。廟學始元至正間,明成化、嘉靖再經遷建,我朝康熙間復遷之。自雍正乙巳繕修以來,餘百載矣。歲久頹敗,議數不決,艱於費,怠於習,因循遷延,而人心之積而思奮久矣。逮道光甲辰,明府李君大根、陸君敏務、孝廉何君文瀾,始習衆議,鼎而新之,侖焉奂焉,嚴整軒豁。復建尊經之閣,屏擁於後,形勢既壯,輝光日新。

夫聖道之昌,固不藉於祠廟。而車服禮器,高山之景行寄焉;几筵籩豆,人心之誠敬將焉。學其學而思其人,思其人而崇其居,精神之澡雪,訓行之砥礪,胥於是乎在。兩紀以來,多士駸駸,度越前軌矣。由是求踐於身,而不徒以其言;求施於事,而不徒以其位。慕聖人之金聲玉振,以崇德廣業;敷聖朝之鴻藻景爍,以熙載奮庸。家修廷獻,承君師之澤,嘉惠於無窮,非諸君子之責乎?

(見《文存》)

肇慶府重修文廟記

昔柳柳州有言:“聖人之教,與帝王之德俱遠。”肇慶,古端州,粵東之中,嶺南一都會也,衣冠氣盛,人物殷軫。前明中葉,粵西蠻猺蹂踐數郡,戈甲屢動。豹節所駐,嚴軍重鎮,居中爲聲援,熊羆虎貔之訓練,殳甲芻茭之征發,輪輓旁午,地迫不足以廣黌舍,遂遷文廟於城東,因時徙建,蓋未美備也。我朝文軫南暨,舟徼投鋒,鏡清砥平,外薄海甸,重熙累洽,播爲絃歌,山川清夷,靈淑鍾育,端州人物,遂蔚爲英俊之城。而廟學之制,興廢者屢,猶未崇赫。

道光己丑,觀察許公、郡伯珠公、邑侯葉公,先後振興,與郡諸君子大庀材鳩工〔一〕,夷故基而新之,崇如廓如,孔曼且碩,殿廡宏顯,庭塗開明。遷校武之場,以正其基;廓南達之衢,以通其氣。規橅既壯,形勢益遠。聯峰莊嚴,屏匝扆負,羚羊控其東北,大江輸其西南,顯川阜之崇深,增日月之輝朗,昭明有融,舒瀉滌蕩,豈非人事之隆與文明之運相助而興者乎!

今天子發潛闡幽,屢詔增祀兩廡,所以陶冶而儀型之,有加無已。多士涵泳聖涯,囁嚅道真,益講貫於明德、新民之旨,必將琢磨圭璧之躬,黼黻丹青之化。盛德大業,發抒其間,所以彰南極之休明,翊萬年之昌運者,於是乎在,豈特縉簪笏、盛文藻而已哉!

(見《宣統高要縣志》卷十二)

〔一〕庀材,原誤作"芘材"。

重建尊經閣記〔一〕

將欲崇德廣業,端本善則,重人倫而厚風俗,舍聖人謨訓,無以適蕩平之軌,經明而聖人之訓著,尊聖故尊經也〔二〕。

《易》、《書》、《詩》、《春秋》,皆孔子手定〔三〕。《禮記》雜出漢儒,多聖人之微言大義〔四〕。昔聖門通六藝者七十二人,達天知命之學〔五〕,從政之士〔六〕,爲邦之彥,皆於經得之。去聖日遠,灰燼於秦,搜羅於漢。東西京盛訓詁之儒,南北朝異博要之尚。唐代《正義》,包孕繁富。我朝列聖相承,歷有御纂《折中》、《義疏》之刻。注疏擷其粹,宋元諸儒採其精,以天亶之聰明,闡尼山之淵奥,比於石渠、虎觀,超邁等倫,發揮旁通,炳如日星矣。

郡縣廟學之後〔七〕例建尊經閣,按《高州圖經》〔八〕,尊經閣在明倫堂後。閣廢,其地爲府、縣兩學署。道光壬寅,太守馬公郁齋歎爲闕典〔九〕,顧限於地,且絀於費,又數年,學署圮〔一〇〕。教授羅公家政至〔一一〕,始與水部陸君敏務、孝廉梁君汝瑛共襄厥事,建閣於崇聖殿後〔一二〕,間以貫道門,兩學署翼之,巍然焕然,增崇覽秀〔一三〕。於以尊藏古經,崇奉列聖所頒經訓政典,而羽翼經義,羣籍備焉,俾士人涵濡浸潤其間〔一四〕,以窺内聖外王之學,豈不懿歟?

尊經閣成,因以餘力兼修學宫,鄉賢、名宦兩祠〔一五〕,考棚、瓣香樓諸役。學宫葺其敝。兩祠拓後牆,以避霖雨之注。考棚去複壁,升棟宇,昔之暑暍閉晦者,導涼風而延曦晷。瓣香樓祀明太守曹公〔一六〕,後之賢監守皆祀焉,改爲前後兩層,易前屋以建屏牆,辟左肆以啓大門,增後兩楹,居守祠人,且納其租,以供祭祀。工役之資〔一七〕,凡九千緡〔一八〕,捐於六邑。其兼舉諸役也〔一九〕,妥聖崇德,且升俊焉,皆尊經之餘事也。

考明成化初,城陷於賊,學廢〔二〇〕,副使孔公鏞修復,邱瓊山相國記之,謂取材於力絀之餘〔二一〕,措置爲難,而卒告成功者,尊聖重道、樂善好義爲之也〔二二〕。今役興而郡適有大寮、安峨之寇,其難如孔公時,而諸君子之尊聖重道、樂善好義〔二三〕,是可嘉也。閣成,信宜梁君巍射策甲科,入詞垣,適應文明之運〔二四〕。他日士人通經致用,上副聖天子作人之化〔二五〕,爲醇儒,爲良吏,彬彬乎三代之隆,皆由尊經裕之也〔二六〕。

(見光緒《高州府志》卷十三)

〔一〕《拾遺》題作"高州府學建尊經閣記"。

〔二〕尊聖故尊經也,《拾遺》作"是故尊經也"。

〔三〕孔子,《拾遺》作"聖人"。

〔四〕《拾遺》於此句末有"樂記一篇亦附載於戴記"一句。

〔五〕達天知命,《拾遺》作"知命達天"。

〔六〕士,《拾遺》作"才"。

〔七〕郡縣廟學,《拾遺》作"郡縣學"。

〔八〕高州圖經,《拾遺》無"經"字。

〔九〕闕,《拾遺》作"缺"。

〔一〇〕學署圮,《拾遺》作"學署就圮"

〔一一〕《拾遺》於此句首有"戊申"二字。

〔一二〕《拾遺》於此句首有"遂"字。

〔一三〕覽秀,《拾遺》作"攬秀"。

〔一四〕間,《拾遺》作"門"。

〔一五〕《拾遺》無"兩"字。

〔一六〕《拾遺》於此句末有"者"字。

〔一七〕工役之資,《拾遺》作"工力之費"。

〔一八〕九千,《拾遺》本作"六千"。

〔一九〕《拾遺》作"其廉舉諸是役也"。

〔二〇〕學廢,《拾遺》作"學宫廢"。

〔二一〕力絀,《拾遺》作"材屈"。

〔二二〕好義,《拾遺》作"好施"。

〔二三〕同上。

〔二四〕《拾遺》於此句末有"此槁矢耳"一句。

〔二五〕《拾遺》於此句末有“崇德廣業”一句。

〔二六〕《拾遺》作“皆自尊崇經術基之也”。

高要節孝祠記

昔孔子删《詩》，于二《南》首《關雎》、《鵲巢》，于《邶》、《墉》並首《柏舟》。正則琴瑟相友，美百兩之迓；變則匪石不轉，矢靡他之志。誠以人倫之始，風化所基，首揭綱維，昭示儀軌也。秦漢以降，兹義稍替。懷清之臺，行義之閭，尚猶表宅里，紀在前史。有宋諸儒，引繩批根，持議堅確。

閨闈抗志，往古罕儔。寡女之絲，孤生之竹。緘愁偶影，冒霜停雪。至于一朝抗烈，猝殞舜英；兩髦未識，誓心古井。高門陋巷，事同一軌。豈皆嫺師氏之訓，希昔賢之範哉！民有秉彝，善能自勉，綸綍以旌之，綽楔以表之，春秋俎豆，列在祀典，凡以闡幽翳、勵風化也。

高要舊有節孝祠，在明倫堂西，圮廢已久。邑侯長白瑞公，以名進士來治兹邑，清勤明斷，惟民之恤，顧兹墜典，慨然興復，榱桷有儼，兼旬告成。屬邑君子遠考圖經，近稽吏牘，維桑維栗，姓氏咸在。肇祀方始，禮備樂舉，百年闃寂，一朝炳赫。自非賢令尹講求民瘼，百廢具興，曷克綏既往之貞淑，振方來之風烈哉！

至若窮閻狹鄉，孤嫠饑凍，茹荼白首，情尤艱劬。蔓草拱木，雖隔日月之光；井洌泉寒，尚嘖婦孺之口。擬搜羅之并及，格定制而難渝。有惻仁心，足慰幽素。侯核實而上請，可升祔而隨時。衆志允孚，成規足式。邑君子志侯之德,欲後之莫敢廢也,屬予記之。

道光二十有五年八月十六日吴川林召棠撰并書。知高要縣事長白瑞寶獻亭甫重建。

(見《宣統高要縣志》附志下)

麥烈愍公祠記

麥公,諱而炫,高明人。明崇禎辛未進士,官御史。鼎革,與陳公邦彦、陳公子壯並抗節死。乾隆四十一年,賜謚烈愍,敕所在建祠。廣天地覆載之量,矜匹夫成仁之志,不以爲勝國之頑民,而以爲前朝之義士。褒一字之華衮,植千古之綱常,義至宏,典至渥也。况生其地者,能勿過故墟而留連,景前徽而慨慕哉!

麥公没,子孫遷徙,宅里更數姓。李梓山廣文族人得之,以遺其祖夏雲公,欲祀麥公而未果,梓山建樹人堂焉,將爲麥公建祠,求其子孫主之,奉俎豆於勿替。

昔宋武北伐,修卞忠貞之墓;子固異代,勒顔魯公之碑。忠烈遺風,聞而興起,古今一概,事異情同。梓山此舉,奉明詔也,慕前哲也,承先志也,三善具焉,故嘉而豫爲之記。

重建金蓮庵記〔一〕

吴川城南二里金蓮庵,倚阜臨溪,向稱淨刹,圮廢三十餘載,歲租一百三石。梅菉永壽僧盡攘之,棲佛牆隅,榛楛蔽塞。歲戊戌,得乾隆九年重修碑及庵僧量周手記,言康熙初,吴川官紳捐資建庵市租,延實虚和尚主之,弟子量周避海寇,居永壽,蓋兼攝之始。然田以奉佛,非僧私産,僧有轉移,田無他屬。邑侯馮公關拘永壽僧,質責租入,僧遂遁去〔二〕。斷租還寺,始募營建。庚子冬落成,梵宇三層,廚井粗備。庵東喬林數十,足爲勝概,力不及治。

召棠傍庵爲桃花屋,前爲荷池,又前爲花畦,又前爲平臺,可登眺,又前爲菊田〔三〕。屋東爲茅亭,爲石几,爲曲徑。崇垣夷塗,删翳植嘉。其樹桃、梅、槐、柳、芙蓉、佛桑、刺桐,其花荷、菊、葵、蘭、桂、梔子、茉麗、錦藤、鳳仙、玫瑰、百子蓮、秋海棠,及他瑣不可紀者。時偕朋好游息其間,一蕊一葉,與衆共之,與衆惜之。守護仍責庵僧,佛壤不可穢,而爲樂與人同也。

先是,永壽僧將遷佛,以杜衆口,十餘人舁佛,堅不可動。老人親其事者爲予言,頗近語怪。而靈異之跡,古籍恒紀,意者佛戀舊廬,知廢興有時乎?既成,當以田專畀僧,節縮以備修補。而僧之賢否去留,公論得白於官,庵僧戒之哉!毋怠而雜,毋蕩而費,毋詬而諠,得正人規扶之,使毋爲永壽僧之續,亦無少侵其入,爲僧藉口,庶久而不墜乎?總其事者,林封君高翔、貳尹林君元龍;終始其勞者,黄君本遠也。庵租:宿江七十九石九斗,馬禄二十三石四斗,并著於石。

(以上見《文存》)

〔一〕重建,《文鈔》作"重修"。

〔二〕僧遂遁去,《文鈔》作"僧遁去"。

〔三〕菊田,《文鈔》作"菊畦"。

虎邱西子祠記

古之淑姿華寵,醉心於當時,低徊於千載者,不獨色而已,必有過人之情焉。情因乎境,境遷乎時。情之所歡,舞榭花開,吹臺月曉,不足爲其愉樂也;情之所悲,金鋪風冷,玉階塵生,不足爲其哀怨也。歎盈虚於璧月,思榮謝於春花,古今類然,無足怪者。即或新寵舊恩,笑啼不敢。公主題詞於破鏡,洛神感夢於驚鴻。楚國夫人,淚含花蕊;齊王妃子,腸斷琴絃。國破家亡,傷心至此,哀則哀矣,然尤今昔殊時,悲歡代謝也。

若乃林方春而思墜絮,歌未闋而念啼烏。菀枯早識於慧心〔一〕,推挽有謝於綿力。有姜后之亮哲,有樊姬之譎諫。其臣種、蠡,用散宜生故智,得夷光、鄭旦於苧蘿山下,教之三年,以女戎於吴,而卒以沼吴。

或曰:"西子以與種、蠡比而亡吴,吴亡於色也。"予竊謂不然。夫西子窮鄉浣紗之女耳,非有根柢於越也。一旦得當人主傾六宫而寵之,其不欲吴王死非一日矣。女子以專一爲行而已,二禮掖殺國子,君子非之。李陵既降匈奴,欲得當以報漢,史以爲誚。烏喙忍人,與其臣二三狡猾之徒,用心或出於此。西子擅椒房之寵,所與共休戚者也,豈容有貳心於越哉? 且吴之亡有自來矣。人主溺惑嬖妾者,多亡於逸樂而不恤其政,故豔妻煽處,則我王不明。若後世至尊屠肉,潘妃沽酒,棄邊書於牀下,窺頭顱於鏡中者是已。

夫差馳驟於齊、楚、晉、魯之邦，戰艾陵，盟皋鼬，長黄池，内狃於越，外輕强敵，介於蠻夷而長寇仇，弗戢自焚，戕民以逞，持其力盡而斃之，是以無拯。是夫差者，劉曜、苻堅之流，而非李煜、孟昶之輩也。其時伍相忠烈，深省敗亡之故，未嘗指斥中宫；即至理窮勢極，甬東豪傑不聞建一言，請馬嵬之誅以謝衆者，則不得指西子爲禍水亦明矣。

蓋西子者，深識遠見於吴之亡而無如何者也。少長於越，知勾踐之處心積慮，而成於豢吴也久矣。夫差長惡不悛，罷民於高高下下，以樂優而召禍，此西子所流涕諫之而不能得也。欲孤恩而不忍，思放節而無從，惜忠臣之屬意，瞜姑蘇之麋鹿，抱高臺曲池之痛，含金牀玉几之淒。當其吴苑看花，具區待獵，烏啼月落，愴然向隅，白苧歌殘，紅袖淚濕，是以象牀鳳錦之側，不宜笑而宜顰，終至於病心而矉其里也，豈非情之使然哉！迨至國亡主滅，終不能毁司馬家兒以媚戎羯，輕舟一葉，泛宅隨波，沅芷湘蘭，淒然欲折。抱華屋山邱之慟，依急流勇退之人，粉冷脂消，不忍復歌《河滿》，是靖節白社而文山黄冠之意也。以五湖爲靈均之汨羅，西子特少懷沙一死耳，而其情則愈可悲矣。至於風流歇絶，而餘膏剩馥沾丐後人，至今吴越女子多綽約婉孌者。惜當時勾踐之金獨鑄鴟夷，而六朝詞人亦未聞以金屋貯之也。

予游虎邱，劍池波曉，鶴澗苔春，步屧之廊已空〔一〕，采香之洞久閉，慨然想西子之故跡不可復得，是彤管之闕興也。而姑蘇之女史緑雲、錦雁等，獨能倡始是役，瓊宫轆簷，環佩鏘如，甃以鴛鴦之磚，覆以文思之瓦，璇題、璧璫、銀釭、藻井之飾並麗，忘憂、含笑、宜男、女貞之卉畢植，爲堂四百二十，以工計者三十五萬。余喜二美之並豔前徽,而佳人之餘韻未泯也,於是乎書。

(見《拾遺》)

〔一〕菀枯,原誤作"苑枯"。
〔一〕廊,原誤作"廓"。

寧濟廟冼太夫人碑記

譙國夫人者,吾高州冼氏女也。幼賢明,多籌略,撫循部衆,壓服諸越,信義結於遐邇,海南儋耳歸附者千餘峒。及歸高涼太守馮公寶,約束本宗,政令有敘,人莫敢違。在梁,知高州刺史李遷仕欲反,則設計破之;知長城侯陳霸先能平賊,則厚資之。至陳,除歐陽紇。至隋,定王仲宣。勳猷炳著,更僕難終。

當嶺南未有所附,數郡共奉爲聖母,保境安民。及歷朝封賜,率忠貞以報。有叛亡,親披甲,乘介馬,張錦傘,歷十餘州,諭諸俚僚,使遵朝化。時得開幕府,置長史以下官。大吏貪虐,論治其罪。竊以中原多故,使嶺南無夫人,吾見日事攻殺,民無孑遺矣。猶欲率鱗甲,被以冠裳,烏可得矣?綱目三書,國史列傳,用是廟食千秋,非偶然也。

吾弟湘源,秉鐸古儋,云:"夫人專祠,海南少見,豈以非德教所及耶?"考蘇長公寧濟廟詩:"馮冼古烈婦,翁媼國於兹。"則海外猶宇下耳。惟儋有廟,士民知所報矣。至在儋靈跡,官軍征黎,匪以草斷隘縱火,衆籲夫人,即大雨,火滅。

又黎飢出掠,適刈稻,男婦數千,見夫人招令過河,渡盡而水深不測,匪懼而去。其護國庇民,隨在皆然。

維時湘源弟謀所以新之,且捐捧金百兩,置祀田焉,囑召棠爲之記。弟此舉,其所爲風勵者大矣,其志事亦於兹可見矣,豈獨誼重梓鄉云爾哉!

(見民國《儋縣志》卷九)

修培景福圍桂林隄加石工記

道光二十有二年四月,桂林隄工成。自新舖、石角至蕉根,凡一十七段,其長一千一百一十四步,椓杙累石,加堅土而築之。石以觔計者七百六十二萬三千五百,土以井計者二千五百三十七,木以株計者八百,縻白金一千六百兩。越七旬工竣。司其事者,拔貢生張其維、增生何傳瑤。董其役者,貳尹蕭公淳。總其成者,前後令尹陸公孫鼎、瑞公寶。捐廉俸使興其役者,觀察使今署監運使王公也。

先是,道光十二年冬,公來巡肇、羅。明年七月,西江異漲。公督僚屬救護,風雨立隄上,人力卒不能施。公適權南韶連道而去。是冬,捐一萬三千金,爲肇慶災民屋材饘粥費。明年春,公旋節,議改築舊隄避湍悍。豪民以田税告營弁,以武場告衆,齗齗然公力持之,事始決。冬春田事少休,公省騎從,往來周視各隄,飭父老先事培築,必堅實乃已。西江來數千里,挾萬山之流,夏久雨水,悍甚,漫且決,勢不可禦,非迅補築,夏敗稼,秋禾不得種。民方艱阨,公力主借公帑,需費浩大,民逡巡不敢復請。公探其意,先發之,俾材裕而工固。每水暴至,民曰:“公在,力能完,我無恐。”即不幸決,民曰:“公力盡矣,天災無可尤者。”民之恃公,篤信於公,固如此也。

二十一年夏,公權都轉,晉權臬事,將及一歲,慨然念肇之民,恃隄爲命。高要圍二十有五,而城垣、倉廪、營署所芘。上游一决,水建瓴下,盆塘等八圍皆不可保,惟景福圍要且鉅。景福之西曰桂林隄,當小湘、香爐二峽之中,水始放而怒不得騁,隄土鬆,易滲洩。隔江隄勢斜下,溜直如箭,水割岸陡,則隄根必危。既防於微矣,不計其久可乎?命一再勘議,必籌其備,曰:“肇之民與吾同安樂,勤苦於隄,工且十稔矣。今一載不得親其事,吾心缺然。慮之所及,力之所能,不圖其安,吾可以無疚乎?”隄成,咸歌舞之。既崇既固,惟民之依;有田有廬,惟公之賜。

公平日視民之事,如飢渴之於飲食;去民之患,如疾痛之在其體。其鬱於中而發於外也,如矢激於機,迅駛不可遏;如河注於海,百折而必達。矢之以誠篤,而行之以果斷,蓋公素所蓄積然也。公名雲錦,河南固始人,嘉慶辛未進士。

(見肇慶博物館所藏原碑)

新建繩武橋記

石城之南有要津〔一〕,廣、肇、雷、瓊之通衢也。江君先德置義渡,招榜人,備黍食,役始庚寅,屈指四十年。既以急湍危不若平橋安,而措費不易,江君昆仲獨任之。卜吉於戊辰秋季,成于春季[二],旁構小亭,中列石磴,名曰繩武橋。長七十丈[三],横七尺餘,護以闌干。歲貢生大埔教諭江君式和、辛酉舉人兵部主事江君誠和,不惜數千緡,以肩其任,爲一邑久遠利也,實承先德之志也。

(見原碑)

〔一〕石城,《文存》作“石邑”。

〔二〕《文存》作“卜吉於戊寅秋仲,成於逾年春季”。

〔三〕《文存》作“十八丈”。

肇慶那黄嶺茶亭記

道光己酉,吴君昭念修那黄嶺道,削石補險,上下四里,寬七八尺,築亭高處,煮茶飲行者。昔日巉險,化爲坦途,泉香茗甘,勞渴皆解。吴君僅中貲,獨任濟物,爲德甚鉅。某年月日,吴川林召棠過此記之。

(見《文存》)

姜邑侯治績記

公治縣如富人之治家焉,纖悉皆知,一事必周,一物必恤,年富力强,不辭勞,不畏難,不邀譽。

公初至,城西南盡圮如平地,西北亦斷缺,無人敢作修完之想。公善於籌費,力均而民不病。公日親督功,口講手畫,一律高堅。從公一周行,大石厚磚,完固根底,雉堞高壯。城中祠廟修完。邑中舊無試場,少時入試於倉屋,先一夕自負几桌入署,以繩聯繫之,交卷仍聯挈而出。公來,成大屋,几桌皆備。

縣東南濱大海,前數十年,海盜大熾,每坐船過黄坡,舟中人各言自到賊船,賊如何酬接,以此誇耀,招撫後,始安貼。前數年,南三一路亦微不靖。公督舟縛賊而反,遂以無警。

公自奉甚儉,與人甚優,無留事,不宿獄,開胸見誠,不挾術任數,治縣數年,循聲昭布。大憲將以繁劇屬公,不能攀轅久留矣。

公之績在薦牘,公之德在民心,公之勤在事功,公之勳猷名位遠且大,而聲名發聞自治縣始。民之戴公,長如今日,公繼此督封疆、佐朝廷,亦當不忘吴川也,以功績昭著始於此也。

公名光耀,字子輝,安徽懷甯縣人,以同治三年莅吴川,六年調茂名。

(見光緒《吴川縣志》卷三)

召棠瞻仰記

元禮部宣教郎允文公,系出九牧,始遷香邑安堂鄉家園府,澡廉君之始祖也。肹蠁流輝,椒蕃衍盛。棠在案師倫□澡廉,雒誦清芬,性廉恬淡,塗商自樂,有幽人之高風焉。洎今詩書綿世,閥閲蜚聲,共知祖澤之垂裕後昆者遠矣。甲申春,澡廉挈棠主香邑,仰瞻桑梓,肅拜遺像,山水漁樵,共指先人棲隱之地。棠敬識之,不敢忘也。時道光十五年,辛卯科欽命甘陝主考、翰林院修撰宗裔召棠頓首拜撰。

(見《安堂林氏族譜》,鈔本,中山市安堂林族收藏)

萬壽恩科陜甘鄉試題名碑記

題名之記,爲記名乎?曰否。士之能顯當時、傳後世者,其功業文章,彪炳史册,膾炙人口,没世不忘也。烏恃此爲?且是舉肇於唐,沿於宋元明,以迄本朝。以今計之,有不朽者矣,有著於一時者矣,有磨滅不彰者矣。若是乎名之不係乎記也,若是乎記之無助於名也,亦概可見。

歲辛卯,余偕侯太史奉□試秦中,得呼延甲等六十五人,副榜楊逢泰等十二人。諸生晉謁,以勒記請於余。

余惟大上立德,功次之,言又次之。文詞者,行之發於言者也。今諸生理必宗乎正,辭必取乎醇,余將因其言以觀其所以爲言者。他日爲名臣,爲鉅儒,庶乎恩榜宏開,不負壽考於人之意。汝士風持正,預儲閭閻造命之勳,道德功名,咸足不朽。然則是記也,不以名相榮,而以名自勖焉,是余之厚望也夫!

(見原碑搨本)

自　記

乾隆丙午,先君年四十有二,召棠始生。是年,先祖母去世,年七十四。

召棠四歲,先祖教以《三字經》,略上口。是年,三弟召棣、五弟召梧生,先祖去世,年七十六。先君館白沙和直公祠,召棠時侍焉。

五歲,上學,師省三叔。

六歲至十歲,師廷孚伯。

十一歲,師省三叔。

十二歲,師揚武兄。四月,先君呼歸,與日亨兄同聽講書,隨先君於塘基孫氏館。

乾隆甲寅、乙卯。先君館新場鄭氏祠中,召棠九歲、十歲。冬至後,隨先君到館。前此,先君館何處不可記矣。

丙辰。館塘基。冬,召棠亦侍焉。

戊午、己未。侍先君館於大珊園陳家,東家待師意甚厚。

庚辰。侍先君館於黄都闔公祠,兩就學使試,被黜。

辛酉。侍先君仍館大珊園陳家。

壬戌、癸亥。侍先君館平澤李家祠。

癸亥。二月,學使姚文田秋農歲試,入學。科試一等第六名,秋農先生頗加賞識,有"海濱俊才"之評。每試卷入,必出召立案側,賞駁之語諄諄,惜未達官語耳。是秋,七弟召桐生。

甲子、乙丑。侍先君館黄卿才伯家。甲子秋試被黜,十月,娶妻孫氏。乙丑九月,長子詒燕生,時先君年六十有一,見孫甚喜。

丙寅。二月,先君選東安縣教諭報到。召棠應學使茅元銘耕亭歲試,補廪生,一等第一名也。四月初,先君晉省考驗,到東安任。召棠秋應學使陳嵩慶荔峰科試,一等第二名。

十月，先母率兩弟往東安。

丁卯。三月，召棠偕庶母、七弟、妻子往東安。秋，侍先君送科舉，秋試被黜。

戊辰。始讀諸經，借得御纂諸經讀之。夕覽古人詩，署齋靜極，胸中無一塵。夕臥未熟，朝醒未起，將日間所閲之書，默加循省，蓋十得七八焉。戊辰秋試被黜。是年夏，庶母卒於署中。

己巳。春，與三弟歸試，應學使胡長齡錫庚歲試，二等第一名。試詩賦亦不録，科試一等第一名。三月，三弟娶婦陳氏。

庚午。四月，長女生。秋，侍先君送科舉，秋試被黜。

辛未。二月，夜飲畢，忽口張不能合，屢治不效，多服驅風之藥，頻發熱。至八月喀血，止藥，口漸合，而前齒不相對。是年，五弟歸，娶婦鄭氏。

壬申。正月，與三弟歸，就學使程夫子試，國仁，號鶴樵，河南商城人。歲、科試並第一，優生亦第一。自姚學使以來，試古學並闔郡第一，凡七次也。選拔貢生，既入謁，夫子以"必入翰林"許之。

癸酉。五月到省，程夫子召入署中。秋試被黜。九月歸東安，東安士人爲先君慶壽。十一月，仍侍夫子北上。

甲戌。二月，到京，寓夫子宅中。五月，夫子以光禄少卿任山東按察使。六月，廷試被黜。七月，隨師母洪夫人到山東臬署。夫子延秦漆漁先生金匱人，甲子舉人，范縣知縣課三世兄，家頲，號小槐，癸酉舉人。召棠同學焉。

乙亥。安邱明府王元輔延看縣試卷，青州太守錢俊、濟南太守胡祖福延看府試卷。

丙子。五月,從山東至京,寓高州會館。秋舉順天闈,二百廿八名。主考太保大學士董誥蔗林、侍郎黄鉞左田、左副都御史陸以莊平泉、房考陳俊千萸坪,安徽定遠人,乙丑庶常改部。是秋,程夫子升甘肅布政使,入都得謁見。

丁丑。下第。秋歸到東安,隨到家拜祖,復至東安度歲。

戊寅。館於學署右文昌宫,弟子八人。是冬,次女生,仍北上。

己卯。春,謁程夫子於浙江巡撫署。下第。偕小槐世兄至程夫子山東巡撫署。

庚辰。會試下第。程夫子左遷員外郎,適中風愈,入都。七月,考教習被黜,歸東安,仍館文昌宫,弟子五十餘人。是年弟召棣入學,次兒詒薫生。親老,擬秋間攜兒子修屋,爲先君退歸之計。九月,程師授廣東布政使,謁於飛來寺舟次,隨至署中。程夫子切使北上。冬,偕族姪鳴皋同行。

道光壬午。下第,計癸未可大挑,留京候之。八月,鳴皋没於會館。九月,程夫子入都爲刑部侍郎,仍居夫子城内宅。

癸未。春正大雪,痛飲而病。二月中,程夫子官貴州巡撫,送於城外,夫子以召棠病初起而癯,又數失意,厚慰之而别。會試中式第二十八名,總裁太傅大學士曹振鏞儷笙、尚書汪廷珍瑟庵、侍郎王引之伯申、穆彰阿鶴舫、房考編修許乃普滇生。殿試一甲第一名,讀卷官尚書盧蔭溥南石、黄鉞左田所拔也。朝考卷進呈成皇帝,御批:“今科得一佳元,一字筆誤,無關學問。”論中一字誤偏旁。八月告假,十二月至東安。

甲申春,至省、新會、東莞各處。三月,侍先君歸里。先君官東安十九年,官況清貧。先君節縮用度,時時會客,興致不淺,喜與友人詩箋往返,衆情甚洽。小城圍萬山中,城西玉屏山石壁峭立,石罅小卉蒼然,雨後青照一城。先君春秋佳日,攜諸子孫山行,往返恒十餘里,坐危石,蔭嘉樹,與田夫野老課晴雨,過友人家,小流連而歸。春間登城看菜花,四野彌望,城外小池疏籬,時有桃梅數枝。兩山之間,大石平方可一丈,大樹交陰,平池清澄,紅豆垂垂。春夏之交,喜與諸弟盤桓於此,既别,猶夢寐思之。孝廉葉荊璞庵能爲王孟體詩,古君子也。明府陳大勳垂石,能人也。茂才潘世清荻舫能詩,厚於故人者也。四月八日,侍先君至家,適久不雨,市幾缺米,買舊倉穀食之。先是,七弟已於壬午歸,就親化州黄氏。癸未,長兒詒燕歸,娶婦易氏,兼修故居。先君歸,年八十,時時步履存問,親故舊友,往來歡洽。五月,召棣補廩,詒燕入縣學第六名。先君乙丑年生,甲申年入縣學第六名,適相符也。秋攜妾南海區氏、兒詒燕入京,冀散館後告歸侍親也。冬至京,寓内城。

明年秋,三兒詒燾生於京寓。十一月,聞訃,先君以八月廿七日棄養。次弟召棣亦鄉試未歸,唯梧、桐兩弟侍含殮。先君一生貧苦,召棠少時不肯留心時藝,比成進士,已近四十,欲營雞豚之養,先君已不能待矣。是年春,得程夫子去秋之訃,哭於京邸。夫子以甲申得少腹疸疾,告病卸事,行二百里而終。後數年,小鶴觀察世前輩以夫子詩集屬校對。既晤觀察,言夫子之終,遺産二萬四千金,爲太老師建祠之外,所存甚少,夫子之清操可見矣。夫子鞠召棠如子，一第後遂不獲瞻謁，梁木其頹，無所仰矣！夫子靜而敏，和而介。每閲文字，速於人數倍。事來畢照，刃迎理解，而藹然可親。公事畢，哦詩改文字，精神沛然有餘。忙中覓半刻靜坐，澄養元神，蓋兼得道家之妙也。

丙戌。正月出都，四月初八日到家，秋冬間覓葬地，兼至始祖以下各先塋。

丁亥。就高州書院之聘。五月，詒燕補廩生，姪詒杰入學，學使翁心存遂庵也。香雪館落成。六月，長孫晉圻生。

戊子。七月，葬先君於下寮。由潮州入京。詒燕得優貢。

己丑。散館，一等第五名，留館。

庚寅。詒燕到京朝考，弟桐入學。

辛卯。六月，奉陝甘典試之命，副主考爲編修侯桐葉唐前輩。八月初二到陝西，闈中額取舉人六十五名。解元呼延甲，始弱冠，名下士也。甲辰翰林。十一月到京復命。聖顔和悦，聲音洪亮。是夏，三女生。妾保安楊出。

壬辰。詒燕瘰癧，治之不效。時先母七十有五，秋遂告病南旋，十二月至家。

癸巳。春，四兒祖壽生。制軍盧坤厚山延主端溪書院，以母老之故，春去秋歸，凡十五年。

丁酉。弟桐補廩。五月，祖壽殤。是兒魁偉能記，已知人世事，不使長年，真吾大不幸也。先是，甲戌冬舉一子，半年殤，吾方在外，既歸，内子語之而泣，一目重瞳云。

己亥。五兒應庚生。

壬寅。詒薰入學。

癸卯。秋初歸,老母生一對口瘡,半年而愈,精力大減。甲辰二月八日遂棄養,年八十有七。乙巳二月,葬茂名杜村後嶺。召棠視葬壙,功畢乃歸。

先祖中年歲租尚及千石。先祖坦易好施,先伯雲巖公,少豪宕,家業遂罄。先君幾不能學,已入賈區,不樂而返。先祖母乃經營,使從師,歲暮師歸,先君泣而送之。二十始就試,因痘而歸,半載始能行,適更换學使,十月入學。廿六歲補廩生,學使皆翁方綱覃溪也。庚寅中副榜第六名,主考主事陸錫熊耳山、簡麟昌玉亭。辛卯中副榜十一名,主考庶子曹文埴近薇、御史胡翹元羽堯,皆未刻硃卷,學益鋭。獨居白沙古興龍寺,日課一文。缶中芋苗,酒、飯皆此物也。每科屢薦,卒不遇,過四十,絶意進取。前母楊早卒,未有子,先君鬱鬱。時先叔祖邦珧官江西分宜縣知縣。先君往寓署中一載,年三十二再娶先母,歸年十九。既先伯移居鄉間屯穀村,舉家皆往。先君館於家授徒,年四十一奉先祖父母歸家,以館穀營養,力備飲饍,衣服時送質肆。先祖母多病苦欬,恒需糖果,先君先母每更代按摩。召棠始生三日,先君自館歸,先母已在先祖母房中扶侍按摩矣。先祖父母喪葬,一切備禮。召棠數歲時,先君就館,留錢數百,爲家中蔬薪膏火數月之需。召棠姊妹兄弟六人,身中一絲一縷,皆出先母十指。先伯子婦有時至,先母周旋委至。先業所餘薄田,悉以遺之,先母絶口不道也。性端重,坐必正,恤奴婢,和親黨。長姊,先母出適貳尹黄岫孟遠。姊少慧,召棠數歲,先君口授唐人絶句,姊悉記誦百餘首。先君往東安,餘錢交姊經理,子母楚楚不誤。黄姊丈朴直迂篤,至孝,先父母喪事,姊丈竭盡心力襄助。詎意先母未卒哭,姊夫妻十日間先後皆没矣。次姊,庶母出。姊丈德慶訓導詹時風湘帆,十餘歲失怙,依先君讀書,與召棠偕往東安,到官數日卒。姊貧苦,撫養子女。今年正七十,尚健,寡居三十九年矣。

乙巳。姪詒炘、子詒燾入學。

丙午。詒燕營新居。五弟、七弟,皆營居移住。

丁未。五月,余病於端溪,詒燕偕姪詒杰往治之。六月,辭館歸,至河頭聞家人已避海寇於高州矣,余亦至高州。既而内子與兩婦皆歸。嫁三女。余至九月歸。冬,與庚兒往赤嶺吴婿家。

戊申。二月,歸。是年,燾兒補廩,薰兒一等,待廩缺。己酉乃補廩生。長孫晉圻入學,詒燕九月挾眷赴從化訓導任。

己酉。三月,復避海寇至化州城内,歸度重午節。

辛亥。燕兒使晉圻歸,迎予夫婦往從化。既檢行裝,而内子小疾不行。予獨與晉圻孫行。四月初九,至從化學署,秋菊甚佳,城外荔園,桃、梅、梨花皆繁,時與友人觀之,燕兒甚與友朋洽。山縣亦頗佳。圻孫秋與孫婦歸。

壬子。正月初一日,曾孫元陸生於家。圻孫正月仍到從化,予遂率長婦孫輩於二月廿六日登舟旋里,三月十六至家。五月,燕兒調儋州訓導,亦歸。五月,孫女于歸李氏。燕兒九月往儋州,仍歸度歲。

癸丑。二月,再往寓府城。内子素壯,丁未歲忽作氣疾,骨節並痛,卧牀兩載,近好如故矣。予自丁未一病,遂耳聾不能愈。燕兒婦易氏,三子二女。薰兒婦黄氏,二子二女。燾兒婦陳氏,養渠次兄一女。明年當爲庚兒完娶,了此兒女債也。長女適四會教諭陳汝蕃,四十寡,有三子四女。次女適鄭徵蘭,有二子一女。三女適茂才吴士彬,有一女。圻孫娶婦黄。予長姊孫女有一子二女,今年六十有八矣。

記吾父母之德,以遺子孫,慮後生輩不及知也。召棠以先君力學而遇絀,荷先德之庇,幸一第,而仕學兩無所成,負父母師長之訓誨。已無所及,早衰待死而已。已寫終制遺諸子,身後殮以時服薄葬,百日後,以主祔神堂,撤几筵,勿用僧人道士,勿送訃,勿受祭。兒子能自勉與否,渠自爲之,予無復贅也。

(見蘇圖本)

序

高州府志序〔一〕

今天子御極之元年,余以分巡來粤,適制府芸臺阮公有《廣東通志》之刻,命余總理其事。次年下車高涼,政理之暇,詢其圖籍,舊刻已五六十年,漫漶不可辨,其近者多闕而待補。始與黄霽青太守議舉厥事,既而霽青太守量移潮州。又二年而刻成,其部分體例,一準《通志》,而甄録加詳焉。

考高州於古爲象郡,徙屬合浦,復更高興、高梁,大概曠遠,罕漸聲教。隋、陳暨唐,馮氏世撫其民,鞏固疆圉,以聽朝命。元以後文物始彬彬焉。明洪武間,定郡邑所屬如今制。我朝垂二百年,怙冒涵煦之澤,純熙休烈之化,外薄海甸,耀於光明,亦既砥德振藻,比於鄒魯矣。

顧其境西鄰粤西,犬牙相入,山谷深阻;南際大海,瀇滉灝渺,舟師巡警。歲有恒制,大抵六邑皆土薄以瘠,而吴川民尤艱食。歲比豐稔,猶待轉輸。今雖纖波不揚,餘糧棲畝,然撫綏教養之方,不可以治平懈也。其民皆土著,俗習儉樸,無象犀珠玉華靡之尚。士多自愛,拘守繩檢,其翹然秀出者,復克自振拔,苟廉静以理之,較於他邦爲易治。

夫士大夫學古入官,受司牧之寄,鮮不以致治爲急。顧因革之權,寬猛之要,因勢利導,相宜而施。狃於成法,往往齟齬不合。而今世宦轍,動數千里,其於風尚,非數習見而數聞之也。按籍而稽之,與閲時而驗之,其難易有辨。則志書之作,惡容已哉!

余久官斯土,樂其俗之無事,而通志郡志適成一人之手,喜與此邦多士釐定其文章典故,以垂信於後,且幸循是而施其士民,皆不吾悖也。後之官斯土者,按諸故籍,驗諸民情,其政理之宜,有不下堂階而得者。而此邦士民亦各浴德率行,遵司牧之化,導以鼓舞詠歌。夫重熙累洽之休,此余所厚望也〔二〕。

〔一〕蘇圖本題下有“代”字。

〔二〕也,蘇圖本作“也乎”。

東安縣志序

昔班《史》志地理、風俗,於山川之險易、民俗之奢儉、物産之饒瘠,詳哉言之,非夸示侈贍,明政理所宜施,爲後世守土者龜鑑也。

東安舊雜猺寇,明萬歷間,以兵夷之,土其地。及我朝垂二百年,聖人淳熙之化,外薄海甸。循良之吏,梳櫛而撫摩之。去其螟螣,烝我髦士。昔所謂林深嶂阻、蜂屯蟻聚之區,既養既治,比於沃壤矣。

然其境羣峰阻天,鳥道險絶。西山一司,孤懸數百里,犬牙差互,錯於他壤。沿江諸戍,斗入絶壁,境分而崖峻,巡警稍懈,剽艫胠篋,狐鼠竄逸〔一〕,不可究詰。田廬夾兩山間,瘠雜沙石,夏雨驟至,水建瓴下,悍不可禦。十日不雨,源竭無餘,水旱之劑恒難。貧民耕富民田,彼此更授,主不得問,黠者更相欺匿,訟由是興;其民俗尚敦樸,而待澤於禮讓;其士志在奮發,而亟需乎鼓舞。故地雖僻小,非精明勤敏者爲之治,恒不易。

邑侯汪公,以名進士來令兹土,下車一期,民歌於塗,秔稌告豐,獄靜無事,暇乃披圖考典,補其缺略。邑諸君子踴躍橐筆,從公指授,典實贍舉,燦然大明。

夫世之爲吏者,日勞於刀筆筐篋,每以志書爲餘事。不知政理之宜、寬猛之要,不因其俗無以施其宜,不綜其成無以酌其變。且高行懿跡,久就湮没,使後來者靡所勸效,豈治之要乎?今公日不懈於政,而以其所治者筆之書〔二〕,循良之績,於是乎在。後之官斯土者,披是書而所以爲治者不外得矣。昔宰相名臣多起於守令,他日公之治及遠且大,而實自東安始。則是書者,公治行之初基,即東安人士所志勿諼也夫!

〔一〕原作"狐鼠逸",無"竄"字,今據蘇圖本、《文鈔》補。

〔二〕此句《文鈔》無"者"字。

石灣林氏族譜序

林氏,本商少師,盲左所書,龜蒙最著。漢興,太傅以經術貴,平棘以武功侯,沛南、亢父,猶齊望焉。唐以後,始大顯於閩。儋州教授居吴川者諱永,爲唐端州刺史葦後。以廣州别駕居東莞再遷南海者諱喬,爲唐賢良方正藻後。葦公、藻公爲兄弟，世所傳九牧者也，並自莆田移粤，其來皆以宋相後先也。歷載五百，凡數朝而後彌繁，世德之貽，可勿紀乎？

歲甲申，余假歸，品石昆仲見邀，因拜别駕公祠。時迪園先生自安陸守歸，覯亭、黼文兩明府皆官於外，棠棣之碑，紀德政焉。又三年，余奉諱家居。黼文先生久鼓祥琴，將復從政，修輯族譜，專使示予。述先烈，明裔次，所以正倫理而垂示勸戒，至無窮也。

夫古人知族之遠而勢將漓也，有大宗、小宗之繫，有親族、睦族之誼。慶則同其喜，凶則同其憂。合之食以聯其情，制之祭以作其敬。義莊、義田以溥其恩惠，家儀、庭誥以齊其志行。善乎蘇允明之言曰："親盡而同於衆人者，其初皆兄弟也，兄弟其初一人之身也。無以譜之則涣而無統，可乎？"

吴川譜亦久缺。余讀禮之暇，父老每以相屬，亦欲綴拾次序，存爲家乘，而枝條扶疎，序代遐邈，支分本繫，促促未易卒業。今黼文先生以馬帳餘閒，又驪歌將發，而瓜綿葛施，縷析條分，靡惟恩篤，亦其才敏也。君子之施於國也，由施於宗始。他日本棣華之愛，流甘棠之慈，能上繩九牧勳名以垂裕於後昆者，將蔚爲粤望，即同譜之光也乎！

岐嶺江氏族譜序

《周禮》九兩繫民，宗族之重，至與君師並儷。春秋，大夫以王父字爲氏，芘宗收族，文物彬彬。爰自東京，逮於江左，膏粱華腴，互相矜炫，亦以才華勳伐，世載令名。韋鼎奉命，乃締於世康；正倫已貴，見擯於杜固。導流泝源，清嚴不苟。唐初尤重譜學,李淹守素,擅美淹通。太宗時詔岑文本、高士廉,責天下譜牒,檢正真僞,以崔幹爲第一。至中業教衰,圖録都廢,訖無考按,混爲一區,史臣著之,以爲太息,豈非以世德國華、家修廷獻相需以爲隆替哉!古譜既湮,宋代歐、蘇特顯於後。歐譜載《文忠集》中,紀述頗爲簡略。近世惟景城紀氏譜例至爲該核〔一〕,文達協撰之博雅不可及已。

岐嶺江氏,衣冠文采,著于高涼。予所知交,並兼才行。其先由閩徙茂名,再徙石城,世有文學,不失譜系。旭初廣文少承先緒,加續釐訂。上思堂構之隆,旁念葛藟之芘。京兆之阡,標揭乎先烈;河東之誡,貽矩於後昆。信足以衍派靈長,著徽景爍矣。予所服膺尤在傳疑必闕,良以隆隆之家,羣情依附,倘隴西、趙郡二李不分,太原、瑯琊兩王並載,將恐驥騄駑服,狐裘羔袖,朱紫混淆,見譏前史,自非英識,罕能截斷衆流。他日槖筆木天,三長表譽,此足徵威鳳一羽也。

〔一〕至爲,原作"致爲",據上下文意改。

吴川易氏族譜序

古者世家鉅族,與國終始。至於更革,則解析分張,以殺其勢。而新立之國,又因其資而樹建焉。周之興也,殷民六七族,分封魯、衛,九宗五正,終勤翼侯。漢初,徙齊諸田、楚、昭、屈、景以實關中,强幹弱枝,銷釋氄萌〔一〕,於此爲兢兢焉,非以族大勢强、枝葉扶疎之故歟?

古有《世本》者,詳諸侯卿大夫之族。杜元凱據以注《左氏傳》,姓氏字謚,親疎分合,源流畢貫。六朝以前,諸史舉其人,必系以郡望,而《新唐書》至爲宰相立世系表。唐代諸儒,李淹、柳沖、韋述諸人專精譜學,以名其家。蓋古人氏族譜牒,若斯之重也。宋以後,圖牒散亡,士夫仕宦,輕去鄉土,故宗族失紀,而公卿大臣家廟之制,屢講求而不能舉。獨范文正忠宣之後,立義田以衈其族,宗子正位於廟,長幼咸受約束,治以家法,不犯於有司。近代言族制者以范氏爲法則,其恩足以相聯,其義足以相率,其尊卑疎戚有統紀而不紊。甚矣,圖譜之不可以苟也。然非祖宗之澤垂於久遠而代有文學,則不能遞加修輯,以傳於勿替。

若易氏者可紀焉。易氏始商、周間,若雄、若重、若贇、若袚有名跡於晉、唐、宋之世。至司馬象入粤,支庶蕃衍,房分衆多。儀賓公仕熊復遷我邑,子孫至今廿餘世,亦分十餘房,其譜修於前者屢矣。

今鳳山孝廉,予姻親也,又修而加詳焉。京兆之阡,通德之門,弁以圖,溯源也;圭田之疆,飾簠之典,詳其物,志恪也;餕餘之均,烝髦之奬,厚其頒,示惠也;庭誥之嚴,夏楚之誨,臚其目,昭戒也。靈運著《述德》之詩,竇氏刻《連珠》之集,遺編副墨,紹遺烈也;中郎撰有道之碑,延年贈太常之什,投縞獻紵,褒懿美也。敘次有紀,甄録咸宜。依託傅會之談,諒在必黜。若正倫近託於杜固,武襄遠希於梁公,吾知其免矣。使有族者,皆如易氏之敬宗收族,以上媲於古人之譜牒,其庶幾矣乎!

(以上見《文存》)

〔一〕旣,原作“既”,蘇圖本同,《文鈔》作“旣”,可從。

什鄉派王氏重修族譜後序

族不可無譜，譜也者，譜其所自出也。世之久遠，昭穆之序，戚疏之辨，非譜帙何以徵矣？長江之流，千派萬衍不同，而同於一源；百圍之木，千枝萬葉不同，而同乎一本；故家舊族，蕃衍盛大，雖枝分派别之不同，而同本乎一祖。故族大不可以無譜，世遠譜不可以不重修也。非賢子肖孫重水源木本之思，不忘尊祖敬宗之心，其孰能之？

王氏，自周靈王太子晉公，傳宗敬公爲周司徒，世人號曰王家，願以王爲氏。唐時曰吉，任吉州刺史。吉公子曰該，字元仁，太原人。唐末避黄巢亂，遷蜀，後以父舊守吉州，奉母曾氏命南徙廬陵之何山。好善樂施，鄉稱長者，遂爲王氏。僞吴順義年間，復徙安城北之蓮嶺，又爲安城王氏。其遷七里鎮、游鎮、湘袁州、永興、葛州、連村、長村、黄牛石、什鄉、下塘、塘尾，與宋敷文閣學士諱庭圭號盧溪公茅塘族者，皆蓮嶺分也。盧溪有集列《四庫全書》。宋祥符中，信豐教諭兼理主簿仲深名充者，自安城蓮嶺徙東向，遷廬陵儒行之什鄉。

按仲深，系長者之十世孫，晉公之五十世孫也。仲深生三子：曰大明、大光，居東向；曰大聰。大明字彦昭，生子伯玉，居什鄉，生子曰知清。知清生子曰紹。紹公生友輝。友輝生克俊。克俊生正卿。正卿生薰公，贈中議大夫。薰公生大璋，宋誥封中議大夫。大璋生繼宗公，神童，進士，官任汀州刺史。其兄建宗儒隱，曰啓宗、興宗、慶宗兄弟免解進士。繼宗生三子：長伯一，名黼；次伯五，名黻；三伯七，名猷。黼公生三子：長均用，擢元科，任福建寧州學正，住鳳凰山寧化石壁寨；次曰均德，任武平撫民令，總督兵民一十八寨，兵民服其德政，因留豐田桑梓坑居焉，是爲武平一世祖。茲米溪、永定瑤上、會昌左田、上杭梅溪，廣東興寧、惠州、嘉應州、平遠，及誥封武翼大夫居松源口，到官莊、大灣、瀏陽、萬載、寧州、靖安、分宜、新喻、高村、寒嘴嶺等派，皆其所分也。黻公長子均絢，隨祖繼宗公赴汀州任，公卒於汀城官署，歸葬什鄉，適留武平均德公署宗季兄弟禦寇，由武平僻居上杭之石牌前，後徙王公堂及大園里等處居焉，是爲上杭一世祖，今居大園里。大地鄉分派各省州郡，以及贛南吉、袁之區者，星羅棋置，惟五雲、潒水、平都之藩昌爲尤著也。次均彩及猷公仍居什鄉。

總之，文章科貢，翰苑先聲，不可數計。其次霑恩鄉宦，讀書登仕籍而不失爲儒雅，代不乏人。按長者以下，唐以甲第顯，指不勝屈；繼宗以下科第蟬聯，皆傑然表表者也。

繼宗裔太史公諱利亨，孝廉曰史華、曰紹曾，貢士曰步升、曰步坦、曰介賓、曰濟川，廩生曰德輿、曰殿元，庠生曰藩、曰廷揚、曰步恩、曰蘭華，鄉紳曰德琛，太學曰化、曰榮宗、曰元標，以徵諸余序，以傳永久。余時寓京邸，得諸君玉音，並拜讀其各派新譜帙，前賢名序，真宗、解學士先生手筆，注釋圖例編修，而殘缺者補之，失次者序之，其源流本末，備且詳矣，莫不稱羨歎賞，余奚容贅焉。

蓋君子所以重其譜也，非誇門第之盛，以謹疎戚，别同異，俾爲子孫者知其本之所由始、源之所由發也。蓋世次相傳不爲不遠,俾世世守之而不敢忽則美矣。凡爲王氏之後者,與太史公共勉之。

(見《什鄉派王氏族譜》)

茂名廣潭楊氏族譜序

楊雨田孝廉綺歲騰蛟,象齡吐鳳。方欒城之十九,翔蓬澥之三千。射策天門,著書京邸。予丹鉛借録,驚公子之才華;車笠論交,識華陰之閥閲。蓋珠胎合浦,玉毓崑墟,國器歸然,家風遠矣。辛卯、壬辰間,予恭膺銓簡,典試秦中,循彼蘭陔,旋歸嶺表。孝廉出其家譜,問序於予。予披覽之餘,喟然興歎。噫噫! 宏農之族,慤矣奓哉!

夫漓仁孝者拔其根,汩親睦者夷其幹,安樸僿者喬而野,騖聲華者嚻而賊。有一於此,難昌厥宗。今觀其譜中所載,官瓊宅茂,庇葛綿瓜,人計千丁,家敦六行。妥馨香於列祀,捐田不靳千金;分膏馥於旁支,饋粟非徒九族。范氏之義莊溥惠,謝侯則祖德揚芬。收族敬宗,將今準古矣。

且其世系典文之外,家訓家法存焉。家訓以動其天,家法以閑其放。旅人迷夜,示之道徑而知歸;大漲穨秋,束隄防而不溢。施於有政,先齊其家。斯豈非立言有用,即天下之大文章;隨地見功,徵吾儒之真經濟者乎? 彼尋常之家乘,寫依樣之葫蘆。固器識攸殊,而規模迥異也。

予嘗逖稽曩史,尚友先賢。龜山膺道統之傳,羊舌啓儒林之脈。東京相業,關西夫子無雙;北宋戎機,山後令公第一。員外郎之丹心浩氣,日月爭光;都御史之勁節剛風,冰霜表色。元文擬《易》,齊荀卿孟子之名;彩筆哦詩,擅王後盧前之目。數紛綸之碩望,欽赫奕之名宗。

今廣潭清峒之間,靈水古樓之下,雖名惟貢舉,官僅膠庠,里未鳴珂,門無列戟。然而烟皋耒耜,風近羲皇;雪案縑緗,道研朱陸。其俊雄君子,言文學必先品誼,談心術不廢猷爲。凡仲江季海之倫,多步虎驤龍之彦。兹之著作,足證懷來,意增潘水之光而振宏農之緒者,其在斯乎!其在斯乎!

(見《茂名廣潭楊氏族譜》,一九八八年)

南峰詩集序

吾族自教授公始遷,兼山公領鄉解首,六世來青公昌大之,至南峰公始舉進士,嗣是詩書之澤垂數百年。雖子孫賢愚錯出,有踰繩尺,或咸指目之〔一〕,以戒子弟,非先德之貽,曷克如此!

顧先世嘉言善行,僅傳諸故老之口,無復紀述,徵信來葉。至求其議論文章之美,雖斷縑零素,亦不可得。豈前世簡質,不欲以是侈示後人歟?抑兵燹之餘,皆歸零落也?召棠固陋,嘗欲傳述舊聞,著爲彝訓,摭拾近代文藝可傳者,裒刻之爲《籯金集》。顧里居日淺,鑒裁庸下,復縮栗而止。

今得《南峰詩集》,乃大快之矣。聞南峰公少刻苦以成其名,久游白沙先生之門,德器粹然。出宰永嘉,遷吴郡丞,皆有善政,民尸祝之。既没,而栗主祀於鄉賢之次。今讀其詩,纏綿悱惻,至性有大過人者,宜其本諸躬行,措諸政事,不期而入人之深也。召棠少時,聞公有詩集,不獲見之。今善從姪遍訪之族人,僅得此卷,序目殘缺,而詩尚完具。

嗟乎!公之盛德,不僅以詩。顧讀公詩,所謂言行文章之美,猶窺梗概,先民典型,唯此而已!然使不搜而藏之,更十數年,並此卷亦付之蟫蠹矣。召棠幸公集之僅存,因歎乎似此而不傳者固多也。召棠所居之側有坊焉,公舉進士所建也,遺堵今尚巋然。公退老鄉間,有林泉之勝。今其石盆池猶在,製作醇質,召棠每過之,摩挲不能去也,況公詩集也歟哉!

〔一〕蘇圖本無"或"字。

邵芝房詩集序

芝房先生家世,以文章品望爲吾郡重。予十餘歲時,於親串家得先生小畫幅,上題小詩,筆墨秀整,欣然愛慕。以生年少,後又隨宦從師,里居日淺,不獲從先生游處。道光癸未,歸自京師,訪先生於曲江學齋,匆匆別去。比予引疾旋里,先生已歸道山,於先生他詩皆未見也。

丙辰冬,令子墨莊以先生全集見示,述先生遺意,欲予一言。置之案頭,輟而復讀,經涉旬月,遂病半載,不能綴筆。既而思之,以愛慕先生之久,不可不述所懷也,復卒讀之。

五言樂府,運思結藻,鍊色錘響,直逼古人。其他古今體,皆清而不纖,腴而不靡,姿制明潔,規檢整齊,純乎雅音,絕無浮豔,與先生性情品格渾合爲一,所謂中有人焉,呼之欲出也。

予譾陋,不足以測先生,僅言所能言者。書以復墨莊,亦以得附名於先生集中爲幸也。

靜寄軒詩序

《靜寄軒詩》二卷,東安葉荊璞庵著。

嘉慶丙寅,先君子始官東安,先生蕭齋密邇,言詠遂契,予時隅席與聞霏屑。先生風骨迥秀,韻致蕭散,吐屬有六朝人風調。時計偕始返,山嵐江波之勝,猶在眉宇。鋪詞寄賞,恒以見惠,細楷疎淡,無世俗意,予甚珍之。繼有負笈之游,十數稔中不數相見。比引疾歸,先生歿矣。生平遺製,恒慮散落,及門潘子荻舫求其家,得詩二卷,蓋晚所自定。又於朋舊中得數十篇附焉,與同人合刻之。

先生夙嗜韻語,神怡務閒,不廢吟嘯。短章五言,體骨高秀,姿制明潔,追奇愛賞,采蒨味腴,右丞、襄陽,極所刻意,時有遒響,希蹤元暉。綺雲半空,獨鶴自矯,清泉秀石,幽竹疎花,神理興象,殆可彷彿。

憶戊子冬過梅州,嚴雲欲雪,風色淒厲,坐先生學齋竟日。齒踰八十,神爽軒邁,抗音高談,不衣自暖。今雨窗把卷,風竹蕭屑,音塵未沫,宿草已列,永言疇昔,深用慨然!

先生終日執書,不解作俗人語,筆耒所穫,以給弟妹。晚官梅州,猶手録《二十一史論贊》數十萬言,並付荻舫,良得所託,而荻舫之篤師誼爲不可及也!

(以上見《文存》)

同門詩鈔序

人生朋友之樂,而偶然得之,斯足異矣。况往來遷徙,歷始終而未嘗間隔,則尤不可必之數也。

予曩在京師,即聞雲夢劉石潼先生以耆宿出爲粤中令,有廣州四君及其門,博雅工詩,予時雖未見,已心慕之不能置。比歲來端州,梅莊以賀州倡和見寄,始有以盡悉其爲人,既又惠書與全詩,且屬爲敘其首簡。予循環維誦,不禁竊竊然歎其異也。

夫自古萃於一門,若韓門之籍湜、蘇門四君子,代不乏人,類皆楚尾吴頭,泛泛若江海之萍,一散而不可復聚。從未有生同鄉,少同學,壯同游,又同刻其詩,如今日之四君者,此豈偶然而然哉?予既感其異,又惜先生之不及見也,遂敘而還之。至其詩之足傳,固無待予之私言也。

四君者,倪君秋槎、張君梅莊、岑君鐵泉、余君勉之,即世所稱"劉門四都講"者也。

(見張夑輯《同門四家詩鈔》,清道光十六年刻本)

江燾和晨鐘録序

天何言哉?而《詩》有"帝謂文王"之詞,善善惡惡,理不可易者,即謂天諄諄焉命之可也。其間有不盡然,太史公《伯夷列傳》所以欷歔憑弔而不已也。要之一日之寒,不改夏之燠;一日之燠,不改冬之寒。且一日之寒,所以釀其暑者彌甚;一日之燠,所以釀其寒者益深。人之見者近,天之視百年猶旦暮耳。其報也愈遲,其蓄而發也愈厚。養其根而竢其實,加其膏而希其光。見於詩書史傳者,可考而知也。

石城江魯峅廣文,世厚倉廩而繁簪笏,久爲遠近所景仰。一昨來晤,出所著《晨鐘録》相示,披而讀之,知廣文家世之昌熾,有由然也。先之以神明之言,著之以積善之報,次之以先哲之文章,使人讀而快之,欽而慕之,終歡欣而不能已也。以所自勉勵者同之於人,君子莫大乎與人爲善,爲德也大而遠,其彌昌而熾者,詎能罄乎?棠老矣,不能勉於爲善,因此警戒末路,庶不爲君子之棄而小人之歸乎?皆廣文之訓及之矣。

(見民國《石城縣志》卷八)

鍾貞母吴氏詩序

《戴記》:"曾子問:'取女有吉日,女死。''婿齊衰而弔,既葬除之。夫死亦如之。'"禮爲中制,人情所難,聖人不强以待,篤於性者之自盡也。劉向《列女傳》云:"衛寡夫人者,齊侯女也,嫁衛,至城門衛君死,入持三年喪,'我心匪石'之詩所爲作也。"《禮》:"女子許嫁,笄而纓,明有繫也。"身繫之,心即繫之,改而他繫,必有惄然不安者矣。《易》上經首乾坤,下經首咸恒。笄而纓,既感矣。其感也不妄,感於其所恒也;其恒也不貳,恒於其所感也。而明歸熙甫乃謂專以身許人,毋乃非聖人意乎?

然慷慨一時易，從容而久難；潔清一身易，克濟一家難。若夫兩髦不識，柏舟自矢，扶持老疾，經營喪葬，枝柱顛危，茹荼集蓼，垂六十載，其甘如薺，嚴霜苦雪，鬱爲春陽，豈其意所敢望哉？亦誠而已。專一之致，心無不達；難苦之極，力無不濟。卒能立嗣裔、訓子孫，以名行顯於世。

若鍾母吴孺人者，非古今閨閫中名德峻節，必不可湮没者歟？學使李公既詳紀其行，邑大夫、鄉先生皆有賦詠，屬予序之。予於鍾氏有先世舊，尤樂道貞母之善，以表於世，故不敢以不文辭。

旌表吴安人節孝詩序

閨闈之懿，德言容工而已。無非無儀，才智無所見。以才智見，閨闈之不幸也。然非才無以拯阨，非智無以用才。才智之奮發，由至孝之誠篤；孝思之不匱，由志節之堅定。才智生於節孝，即以善成其節孝者也。

陳君宗虞，前書院肄業士也。母吴安人，歸贈公五年，生二女而寡，即欲以身殉。姑撫之曰："兒一死，烈矣。而翁誰葬？而姑誰養？兩呱呱者誰撫？亡人之緒誰續？兒忍以一死畢事耶？"安人垂泣受訓，毅然以艱難自任，勤劬十指，昕宵靡間，内外整肅，經畫周密。窀穸之安，誠信無悔；滫瀡之奉，朝夕必豐。翁姑無子而不啻有子，無孫而不終無孫。訓嗣裔以學行，致窮窘以充裕。"動乎險中，大亨貞"，安人當之矣。

然當其飲冰茹蘗之時，豈能逆計後日之成立哉？辛苦支柱於困頓之中，宛轉圖維於垂絶之會，誓心古井，九死不回。其濟,夫之靈也;不濟,未亡人之咎也。卒之才能濟困,智足慮善。孝用勞而養志,節苦貞而得甘。荊棘崎嶇之徑,化爲康莊;冰霜威虐之晨,易而温煦。安人之志行完矣!安人之成就大矣!

吾聞節母之後,多顯陶士行,李景讓之母尤著也。陳君熾昌未艾哉!紳佩之彦,爭爲詩歌揄揚之。陳君將付梓,以弁言見屬。予老疾,荒筆硯久矣,樂頌安人之美,不敢以不文辭〔一〕。

(以上見《文存》)

〔一〕不敢,原作"不欲",誤。

黎貞婦詩序

貞婦氏黎,故户部郎中諱正曾孫女,拔貢生龍門縣教諭諱道炳實祖,府知事諱承圭實父。貞婦幼慧,受《内則》、《女誡》,知大義,裁箋染翰,典麗有則。受黄熙正聘,届親迎而熙正卒。貞婦泣欲奔喪〔一〕,父母憐其少,諭止之,貞婦毁形搶地,以死自誓。時熙正父先卒,兩姑聞其烈,喜迎之。

貞婦入門,悲絶者數四。遇時祭及翁夫亡日,嗚咽流涕。嫡姑蕭氏病,祗奉湯藥,衣不解帶。居喪號痛,哀禮兼盡。熙正無昆弟〔二〕,以從父弟子兆書爲嗣〔三〕。貞婦善撫子,以娱庶姑謝氏,事謝氏始終恪謹〔四〕。貞婦二十奔夫喪,至今三十七年,操履純潔如一。嘉慶二十二年有司請於朝〔五〕,建坊古羅州之側〔六〕,諸文士爲詩歌頌焉,以序屬余。

昔桓嫠行義，沛相表其間；衛婦懷貞，刺史褒其節。載於前史，流譽閨闈。然皆禮備結褵，恩深同夢。未有瓊華未俟，髧髦空思，操寡鵠以終身，奉慈烏而畢世，秉節守義，從容有常，如貞婦者也。夫闡幽表微，彰美來葉，史官職也。弁言辱及，敢辭不文。

（見道光《高州府志》卷十四）

〔一〕婦，光緒《石城縣志》卷七作“女”。

〔二〕昆弟，光緒《石城縣志》作“兄弟”。

〔三〕從父弟子，光緒《石城縣志》作“從父子”。

〔四〕“恪謹”，光緒《石城縣志》作“謹恪”。

〔五〕請於朝，光緒《石城縣志》作“請於朝廷”。

〔六〕光緒《石城縣志》作“建坊在東聖寺下，建祠於古羅州側”。

館閣詩話序〔一〕

帖括肇興〔二〕，唐賢最古。觀其運思綿密，敷藻整麗，信臺閣之鴻製，方來之懿矩也。然篇幅所檢，巧力未騁，局於一體，未能賅有萬殊。我朝館閣諸公，奮龍鸞之文，耀卷握之寶，匠心獨運，著手成春，振采必鮮，生趣迴出。所謂百家騰躍，并入環中，試體之工，興歎觀止。

辛山家兄壯游日下，頡頏英賢，擊鉢揮毫，聲名籍甚。暇乃綜其衆製，别具慧裁，詩取斷章，竽工獨奏。彦國屑玉，安石碎金，都爲一編，豔如蕃錦。昔秋雲隴首，見重名流；疎雨梧桐，亦稱清絶。古人所賞，摘句爲多，未有備取登瀛，專資應制，兹之握槧，實罕前聞。

及門劉君楙堂，雅有書淫，鋟傳藝苑。比《唐詩紀事》之刻,如《玉壺清話》之編。前輩風流,沆瀣一氣;後來花樣,清新無窮。繼此入木天、登秘閣者,手是編而衆美具焉。見鳳一羽,可知其文;食雞千蹠,弗嫌其飽矣。

道光甲申閏七月弟召棠謹序。

(見《見星廬館閣詩話》,高涼耆舊遺書本)

〔一〕《文存》題作"家辛山兄館閣詩話序"。

〔二〕帖括,《文存》作"試帖"。

淡園詩話序

嘉慶辛酉,予年十六,隨先君於珊園陳氏書館,與鄭合浦先生同硯席。先生喜爲詩,手録古今人詩數册,朱墨精謹。予初涉獵韻語,時與先生談論,愧未能窺其深也。

又數年,侍先君於東安〔一〕,遂又隨師遠游齊越,留滯春明。既引疾事母,館穀端州,故鄉朋舊,遂疎把晤,先生早以明經歸道山。歲己未,麟堂世講以所輯詩話,介予婿夢陔見示,因得觀鄉邑前輩及近人之作,深用欣慰。而先生諸子並能詩,世其家學,尤可景羡。顧卷中所存予詩,並非拙作,不敢掠他人之美,因録數聯附質,未必可備采擇也。

(見光緒《吴川縣志》卷九)

〔一〕原脱"東"字,據《拾遺》補。

有竹齋時藝序

四子書時藝,蓋文章之别體,高才之士,恒不以措意。

然竊意非多讀書而能文章者,亦弗工也。

夫聖言簡約,明理而已。而言理者,必著於事。自書契以來,國事之成敗,人品之邪正,遷流之極致,情僞之幻變,以聖賢之言考之,經數千百年,若合符契,惟灼見古今、通知其意者,乃能言之深切而著明。而前哲之士,又以雄剛俊偉之筆、樸茂醇古之氣〔一〕,反復切究,章著其事之所以然,足以爲不朽之盛作。如以末流庸靡而概議之,是因屢舞號呶,而斥《鹿鳴》、《振鷺》爲非禮也,可乎哉?

香樵先生,以庚午鄉舉第三人爲尚書姚文僖公所最賞拔〔二〕。一試禮部,養母不出。今讀所作短章大篇,清深華妙,取心注手,一空依傍,研究事物之理,了然心口之間,而又按轡康莊,不爲鉤棘,馳騁於此道,信能自樹立者矣。

善夫香樵之論時藝也,曰曾、孔、思、孟之書,以八股繹之,其義日出而日新。蓋好學深思而得者,取之六籍,旁及子史百家之言,而實驗之日用,人事之閱歷,抒所會心,不必沿襲前人一字一句,而無不可與聖人之言相發明。夫時藝之所以工,與香樵之所以工時藝者,畢具於此矣,予又何言!

(見《文存》)

〔一〕氣,《文鈔》、蘇圖本作"風"。
〔二〕庚午,《文鈔》作"庚申"。此句《文鈔》無"最"字。

陽江謝開始先生時文序

昔《典論·論文》云:"文章經國之大業,不朽之盛事,年壽有時而盡，榮樂止乎其身，二者必至之常期，未若文章之無窮。”旨哉斯言，古之所謂立言者是也。至於時藝亦然。自有明以制藝取士，凡高才碩學，靡不殫心其中，以求闡發聖賢之藴。顧卓然名家，可傳於後者，代僅數十人，人僅十數篇。蓋時藝亦若斯難也，況乎士之遇不遇，文之傳不傳，亦有數存焉。

其或針芥偶投，風雲乍合，入掌經綸，出宣教令，原不必以時文見。然學博才高，識精法密，作爲程墨，四海仰風，當時稱哲匠宗工，後世奉金科玉律，斯遇而傳者也。

其或窮年章句，皓首編摩，硯食四方，目耕一室，不獲已以時文鳴。然曲高和寡，心苦工良，熱血滿腔，賞音難覓，僅可授之其徒，否則藏之篋笥，斯不遇而傳者也。

且也常人貴耳賤目，貴遠賤近。揚子雲元將盡白，阮步兵眼少垂青。縱有夜光，時遭按劍。或譏優孟衣冠，或笑酒家糟粕。其人亦復不自愛惜，隨手拋棄。及乎日月既逝，忽然與萬物遷化，向之殘膏剩馥，散爲蔓草荒烟。士之能文章而不遇，名湮没而不彰者，可勝道哉！

予承乏端溪講席，有陽江馮生汝欽，袖其師謝達泉先生文稿數十篇，問序於予。其言曰：“先生篤行君子也，弱冠食餼，有聲痒序，同邑後進，多游其門。先生力學誨人，多所造就，鄉試屢薦不售，强仕之年，已登仙籍。今門人有不能忘先生者，思裒集其遺文刻之，如聞先生謦欬也。”予應之曰：“有是哉！此先生不朽之盛事，亦諸君尊師之高誼也。”

是刻成也，二三子各手一篇，如侍講貫也；先生之知交，如親晤語也；即未識先生者，讀其文想見其爲人，無不知有先生也。予雖不敏，幸挹清芬，因文徵行，愈深欽仰。且歎文士多厄於遇而壽於文，所謂藏之名山、傳之其人者，固大有在，如先生者亦何憾乎哉！遂不辭而爲之序。

（見《拾遺》）

緘石集序

嘉慶辛酉，吾郡以拔萃科舉者，家辛山、吴香樵兩先生，皆以積學能文章鳴。辛山，予雁行，同縣〔一〕，又同居京邸，時相酬唱，甚狎。香樵先生，十年來一再晤，旋别去，即之温然。聞人之頌先生者，爲肅然，然以未數數讀其文章爲憾也。

癸卯秋，先生門下士孝廉黄君配三裒先生雜文、古今體詩示予，屬序而刻之，始得盡讀先生之文，而先生歸道山已二載矣。

辛山喜交游，自簪纓先達及詞人文酒之會，多掎裳聯襼〔二〕，探奇訪古，襆被勇往，故其文卓犖倜儻，聲生勢長，繁稱博引，以氣自豪。

先生沈潛静退，充養有道，氣和而守介，性定而神完。其於文也，取之浩博而涵而揉之，入之深微而淬而發之，滌濯於風露，而蜕出於塵滓。其他駢四儷六，鏘金悽絃，伐山取材，儀古製範，蓋應規入矩，含氣清剛，而能自運其意匠者也。

先生隱居奉母踰四十年，邦大夫、都人士奉贄幣請爲模楷。修内行，篤親故，襟度和藹，而風采軒翥。友人談其一二軼事，足追古人而從之。然則先生之可傳者，詎僅文章而已哉！

辛山中年自刻其《見星廬詩》，作令湖湘，未竟其用而没，其他續刻未之見也。安得敦古誼如配三者盡搜之[三]，與先生並傳哉！

〔一〕同縣，吳徽敘《緘石集》作“同縣邑”。

〔二〕掎裳，原作“接裳”，據吳徽敘《緘石集》改。

〔三〕盡搜之，吳徽敘《緘石集》作“盡搜採之”。

何石卿端硯辨序

予素不解硯，友人舟過羚羊，十錢市片石[一]，予試而佳，乞焉。十餘年南北舟車，矮屋明窗，相伴皆此物也。甲午來端州，水巖適啓，揮毫之士，聚必語硯，予若不聞也。既狎見之，試請質之，而遂嗜之。

聞何石卿茂才尤精識，就求商略，因得所著《硯辨》，讀之，喜曰：“此風胡、薛燭相劍之文也，吾乃今別龍淵、巨闕矣。”端州人士以藏硯相矜重，尤推石卿所寶爲冠絶。尊甫碧山先生特精鑒，馮魚山前輩謂可作硯史者。石卿既生硯鄉，承家學，又飲食嗜好於是，宜其析疑表微，校量毫末間也。

往時紀曉嵐先生論端硯云，宋人極重紫石，紫石不可得，乃貴蕉葉白，蕉葉白又不可得[二]，近人乃貴青花。近時石工以純青爲絶品，遇紫石，棄不視。好尚固殊耶？抑昔美今惡耶？

今日水巖佳石，磨瑩精好，秀氣浮動，如春烟麗波，然持校百十年前物,其渾厚堅深乃不古。若一巖所産,孕精儲氣,華樸隱顯,執柯伐柯,其則猶遠,矧咫聞影測,動曰吾意其如是,殆不爽耶?今日以此事推石卿,雖曰硯之董狐可矣。

〔一〕原文無"片"字,據《文鈔》補。

〔二〕《文鈔》作"又不易得",無"蕉葉白"三字。

硯銘序

瑩珠潤玉,文櫝之珍,而無所用。佳毫精楮,臨池之樂,而用易敝。兼斯二者,唯硯乎?硯以端最,端以水巖大西洞最。道光甲午客端州,巖適啓,市石命工,日親礱錯,鑒別色理,嘘吸精華,如嵇康之鍛,樂而不厭。是秋歸,雨滯山寺三日,擇可題品者銘之。

或哂曰:"藏不遍用,比於棄地,子殆寶燕石歟?"予曰:"人生寄耳,寄情於文,寄文於書,寄書於硯,尤寄之寄也。姑摩挲娱吾老焉!午窗乍啓,花氣入簾,淨几横陳,井華滌濯,琳腴輝焕,麝臍香流,情怡務閒,自適吾適,所得良多矣。世之謹緘縢、固扃鑰者,果可寶而非棄物哉!"

又十九年冬,故人子暢韶茂才工八法,乞其精楷以張予銘:

荻舫能詩,亦工别硯。貽我石交,圭璋之選。潘荻舫贈硯銘

屏以慧鏡,滌以廉泉。是出石畫,亦曰圭田。國人望君,如望歲然。貽厥子孫,亦有豐年。田硯贈崔聞卿賢侯先生,并

繫以銘

新霜微卷，猶作田田。留賦秋聲，夜雨窗前。荷葉硯銘

璧羡起度，是基尋丈。裁酌物理，如指諸掌。璧羡硯銘

璿源圓折，半環泮林。既澡爾德，亦沃厥心。頖璧硯銘

墨花飛騰，環以鏡檻。鴻文恣川，豈曰無範。月隄硯銘

多識蓄德，至人淵默。多其入而寡其出。探囊取之，言乃有物。括囊硯銘

青圭修禮，條風司辰。苕華發采，璧氣含春。豐年之玉，席上之珍。青圭硯銘

挈水若抽，巧言如流，唯口起羞。苟詘於理，卷舌而止，毋乃瓶罄而罍恥。挈瓶硯銘

芾南石友，周旋最久。不方不圓，靡雕靡鏤。耕無一廛，仕愧五斗。黃塵馬蹄，丹旭螭首。睎華雲霄，反璞巖藪。顯晦一操，珍汝瓊玖。石友硯銘

秋風入林，一葉翩然。悟春華之難駐，喜秋實之已堅。秋葉硯銘

桂華欲墜，松風飂飂。攝清景於毫端，如月之曙，如氣之秋。松月硯銘

江波澹涵，色如綠蕉。予不能書，愧鸜哥嬌。綠端硯銘

筆如旋風，濡染淋漓。揚仁布凱，發榮吐滋。豈徒誇穆，如之清辭。風字硯銘

處紛能斷，在制必割。優游文墨，坐以自弱。經生登鼎，金刀業削。利器在手，礪乃鋒鍔。斧硯銘

東坡文豪，三蕉能飲。汝不能文，飲此墨瀋。蕉葉硯銘

采采靈芝，敬侑壽爵。載歌笙詩，絳跗朱萼。靈芝硯銘

生昔從戎,戰血灑面。今也華紳,鳴玉清宴。振采飛毫,爛然驚電。玉帶生硯銘

求田者鄙,弄石者顛。亦石亦田,是寢邱之産,勿希不力而逢年。方田硯銘

方圓可施,勾矩具體。安石碎金,雖少彌貴。天然硯銘

彭蠡石,聲清越。寸管撞,宫商發。鐘硯銘

洪鐘萬鈞,莛撞無聲。無聲聲存,勿羨缶鳴。又鐘硯銘

雄虹垂天,下飲墨池。連蜷不去,驚采陸離。紫紋硯銘

一葉横窗,緑雲墮几。友我苔箋,同兹側理。又蕉葉硯銘

外實鈍拙,中頗清醇。涵而蓄之,墨香氤氲。蕉白硯銘

老龍移湫,蜕此片甲。雲雨所蟠,噓氣猶濕。片石硯銘

書花葉,寄朝雲。雲氤氲,駐韶春,花繁葉糾不可分。花葉硯銘

累規爲圓,日月合璧。攜上鑾坡,有雲五色。重璧硯銘

偶塵冰署,頭銜愧汝。熱客場中,心差相似。冰紋硯銘

水戒太清,况寒於水。春風入池,庚庚横理。文心似之,淪漪將起。又冰紋硯銘

冰蠶吐絲,縱横如織。言暖布帛,此焉紬繹。冰繭紋硯銘

鄒海瀾明府西行日紀序

鄒海瀾先生甫弱冠,以解元進士來令粤中,有循良稱。歲癸酉,召棠始游鶴樵程夫子之門,於先生爲同門友。始相識,時先生以卓薦入都,並隨夫子北上。先生豪情勃發,好談湖山之勝。每雲晴烟霽,雪虐風號,先生命酒賦詩,雄奇

宕往，真用世之雄才，尤宏覽之勝士也。

甲戌夏，先生别而南。丁丑予歸粵，謁蔣礪堂師，一見於廣坐中，又别去。己卯春至武林，謁鶴樵夫子，又一見於坐中。會大雪，就先生寓飲，一昔而去〔一〕。又數年，甲申二月，一見於羊城。計先生來粵近十年始相識，又十餘年，數更繁劇，以資以績，皆當遷去，蹉跎不果。而先生胸中浩然，每相遇把酒，談游屐所至，興高采烈，如往日事也。八月，再見於羊城，時先生方自貴陽使還，出示日記若干卷，行蹤益遠，胸襟益高，才氣益豪邁。出端州，至粵西，經楚南而達貴筑。凡山水雄深曲折、奇險詭譎，與夫古蹟之幽遠〔二〕、民俗之殊異，旁搜曲證，幽峭雄麗，而綜理之術，亦出其中。靡獨才學使然，其胸次爲不可及矣。

憶與先生過中宿，踰梅嶺，下章水，涉鄱陽之尾，富春之明麗，錢塘之浩渺，金山之空曠，先生雄筆獨出，余亦致師其間。斷章遺句，時時見篋衍間，而前塵如夢矣。

别後，余獨泛潞河，由衛入汶河，絶黄入淮，浮大舸泝江而上，覽燕子、采石、大孤、小孤之勝，浮彭蠡，望香爐、五老諸峰而歸。又泝瀧中，踰嶺，浮湘水，望衡嶽，過洞庭，泛小舟夏口，絶大江，登黄鶴樓，俯臨江漢。十年足跡，經六萬里，獨未至黔、滇耳。而雲烟過眼，杳無筆記，又舟中無書，不能考其本末。今讀先生是書，愧甚矣。夫先生一行役耳，猶詳核如此，况久官斯土，於民俗之利病哉？然則予之抱愧於先生，又不僅記游而已也。

（以上見《文存》）

〔一〕一昔，《文鈔》同，蘇圖本作"一宿"。

〔二〕幽遠,《文鈔》作“幽邃”。

陝西鄉試録序

道光十有一年,恭遇皇上萬壽慶辰,特開恩榜。六月,禮臣以陝甘試官,請命臣召棠偕臣桐往典厥事。臣召棠初奉恩綸,獲司衡鑒,感懷祇慄,惟不克稱任是懼,謹偕臣ㄙㄙㄙ按期抵境,時監臨臣ㄙㄙㄙ、提調官臣ㄙㄙㄙ、監試官臣ㄙㄙㄙ、内簾監試官臣ㄙㄙㄙ恪恭將事,乃進學政臣ㄙㄙㄙ所取録士若干,扃闈三試之。臣召棠偕臣ㄙㄙㄙ,承同考官知縣臣ㄙㄙㄙ、臣ㄙㄙㄙ、臣ㄙㄙㄙ詳加校閲,得士子額,擇其文之尤雅者,恭呈御覽,臣例得颺言簡端。

臣竊惟國家三年大比,試士以經義詩策而賓興之,豈驅天下之士盡趨於文藝,以爲鞶帨之飾而已哉!蓋欲因文而觀其所以爲文者,此古者詢事考言、敷納明試之遺意也。士自束髮受書,覃研聖經,考證史傳,其於是非邪正之分,廢興得失之故,罔不推求其藴,而因以發紓於文。是文者驗士之所學,而非士之所以爲學也。自捷得之心生,飾耳目以希一時之獲,於是徵隱僻以爲富,極雕鏤以爲妍,過穿鑿以爲奇,貌高簡以爲古。其文先僞,又安問其所以爲文者乎?

聖人有言,“修辭立其誠”,又曰“辭達而已矣”。有諸内而形諸外者,謂之誠;明於心而暢於言者,謂之達。苟或僞而無其誠,雖求工而愈不達矣。秦中土厚水深,風氣完固,士多敦樸,甚鮮浮靡之習。臣矢勤矢慎,詳加披校,惟其理之是而不任私心,惟其文之醇而不拘一格。於是發揮義藴,冀以觀其志識;於其敷陳事理,冀以驗其才猷;於其立論正大,冀其性質之不偏;於其植體端嚴,冀其持躬之不苟。

以臣愚昧管窺蠡測,豈能盡符。惟欲因文而求其所以爲文者,庶幾修身踐言,讀書經世,他日處爲端士,出爲良臣,以無負聖天子興賢育才之意,則行區區之心所兢業自矢者爾。惟時官斯士者,例得備書。

翰林院修撰、國史館協修臣召棠謹序。

(見《拾遺》)

勸修吴川城垣序

《孟子》曰:“天時不如地利,地利不如人和。”地利不必太行、孟門也,高城深池,足以爲固;人和不必蒼頭、奮擊也,同心一力,足以敵愾。

吾邑去京師萬里,累洽重熙,巷舞衢歌,不識兵革。近年鯨波暫息,萌蘖仍生,蝗蜂四起,疆隅相錯,風聲鶴唳,遂聽驚心。瞻烏靡止,情形漸迫,父老幼稚,遑遑然恐不獲保聚。欲謀羣姓之衛,必堅百雉之城。顧邑城自建修以來,時日既久,阤剥相繼,幾慮覆隍。前李、吕兩侯,始事補苴,費出於官,力難完備。

今邑侯鍾公蒞任兩載,公明廉惠之績,衆信以服。先事慮患,力謀庇民,周視垣墉,議築議濬,望樓炮垛,諸廢畢舉,量工計力,經度周詳,勢既孔亟,事不得緩,顧欲爲有備無患之策,必不容有愛工惜費之心,既協羣謀,宜竭衆力。凡食德飲和之士、耕田鑿井之人,各計膏腴,均供賦役。其有踴躍急公者，例得上請，邀恩優敘，以次授職。邑侯久爲上憲倚重，詳請必無寢格之虞，若等既獲庇安，仍被華紱，公私之計，莫此爲便。邑侯鴻漸之羽，非久羈百里者，而撫循志切，不肯苟且，目前勞累之餘，不惜捐俸。吾輩安土食毛，可不知自愛，勉出乃力，以仰副保惠乎？《傳》曰："民保於城，城保於德。"城之固足以保民，而侯之德足以衛城，冀由此長治久安於勿替也。

（見《拾遺》）

文廟史典序

《文廟史典》二十二卷，瓊海莫書農先生之所薈萃也。先生以選拔朝考高等，仕爲學博者已廿年，歷樂昌、欽州、南海、英德、長樂者凡五處。以經爲師，以儒爲吏，以都講爲鈔胥，以宫牆爲鄰比，以配享而溯其源流，以從祀而詳其傳志，以考禮爲習儀者三千，以正史爲取材者廿四，以古書爲編摩，以今制爲次第，匯綜一書，典禮大備。

召棠受而卒業焉，而知其體制非細。觀其鎔冶百家，範模萬類。葳蕤森列，猶一園而植衆卉也；肴饌雜俎，猶一鼎而兼衆味也；笙簧鼓吹，猶一庭而懸衆器也；錦繡纂組，猶一機而絡衆緯也。寒士力不能購者，汗牛充棟之書肆，得此而貧糧可饋也；中材過而易忘者，恒河沙數之文字，得此而事珠可記也。

召棠走京師，過魯地，登梁父之泰山，謁上公之聖裔，每欲編一集，以形容聖人之博厚高明，術每窮於畫日月而繪天地。載讀所編,羣言籠蓋,述而不作,録而兼記。以視夫宫禮樂,摩挲李藻之新編;釋奠圖,鳌正紹熙之舊例。是猶拾珠蚌而比牡蠣也,其相去豈容以道里計哉!

召棠考其意義,臚其統繫,功隆於前哲,學贍乎史事,樂爲一言以弁卷端,以告夫讀是書者於天下後世。道光八年八月六日謹撰。

(見《海南定安莫氏大觀堂族譜》,一九九二年)

白雲越秀二山合志序

學者載籍極博,考信莫難於山川。昔司馬遷傳大宛曰:"《禹本紀》言河出崑崙,高二千五百餘里,日月所相辟隱爲光明也,上有醴泉、瑶池。今自張騫使大夏之後,窮河源,惡睹《本紀》所謂崑崙者乎?故言九州山川,《尚書》近之矣。至《禹本紀》、《山海經》所有怪物,余不敢言之也。"豈不以名山大澤,多在寬閑之野、寂寞之鄉,烟靄所常封,人跡所罕至,大者或千里而遥,小者亦百里或六七十里而近,既莫測其高深,自難窮其原委。故《史記》,天官有書而地理無志,雖其軼乃時時見於他説,不綜而論之,闕其文,盖其慎也。

東粤古南交地,自秦置尉,始通中國。漢初,南越帝制自爲。迄夫五季,南漢觀亹割據,俗尚繁華,民重禮教,俊乂篤生,文明大啓。山川土宇,久入職方,番禺一都會,在盛漢已然,所由來遠矣。

學博陳君河原,好學篤志,君子也。其文詞久見重於宗匠,其言行足矜式乎士林。今秋,出其所輯《白雲越秀二山志》，因友人孫南瀛屬余一言爲序。披閲之下，見其由二山而分爲四部，由四部又分爲四十九卷。每卷末繫以跋，辯而不華，質而不俚。嘗自言采摭書籍，網羅舊聞，幾二十年所始克成書，無一事不究其本末，無一言敢涉於浮誇。其即史遷"述往事，思來者"之意歟？斯以勤矣。

夫二山近在會城，特諸山之小者耳。乃一則峙於城中，一則環乎郭外，相距僅十餘里。珠林精舍，香氣氤氲；松院竹房，清陰掩映。望之如在天上。每逢良辰吉日，柳暗花明，碧澗流香，紅棉噴火，冠蓋相望，士女如雲，何其盛也！而前朝離宫别館、舊苑荒臺，故老皆難言之，徒想像於寒烟蔓草之間，又何衰也！得是書而觀之，吾粤數千年興廢之由炳若觀火，是志山之功猶小，而比事之意尤深。昔班固稱《史記》爲實録，兹編殆有見於此乎？南瀛信士，取友必端，故樂序而歸之。

道光戊申秋月，賜進士及第、翰林院修撰、國史館纂修、辛卯恩科陝西鄉試正考官、愚弟林召棠拜撰。

（見崔弼、陳際清纂輯《白雲越秀二山合志》，清道光刻本）

壽　序

中丞程鶴樵夫子雙壽序

蓋聞勳華繼治，皋夔熙績於兩朝；謨烈宣光，畢召弼亮者四世。自古累洽重熙之代，恒毓偉人；延洪純佑之符，必歸碩德。故歌傳袞繡，鴻飛臚頌於元臣；而祥協琚衡，象服載鳌之嘉耦。使偓神稱跨鯉，靈驗飛龜。吸金莖之寶華，徵青琴之秘笈。丹房翠室，翊三島以瑋奇；洞磬雲璈，侈九琳之雄麗。雖飾窮絺繪，而義異鼎鐘，非朝夕薰德之至言，尤不足爲我鶴樵夫子暨師母洪夫人頌也。

今夫松茂柏悦，不以春秋改芳；玉潤金貞，不以燥濕易節。古今之都景祚、流華慶者，皆始之以艱虞，歷之以盤錯。識練而敏，才峻而整。其神凝者，其所受也大；其志和者，其所造也遠。若鑑不爽，其概可言。

我夫子珠躔毓德，銑社抽英。慧擅雞碑，聰踰雀對。讀書而十行並下，握筆而三賦皆成。固宜其藻羽夙騰，蘭筋早騁矣。乃伯鸞少孤，相如未達。琴囊朝典，歡喜而奉蘭羞；帶孔宵寬，辛苦而謀藥裹。烏巢旋感，馬磨彌貧。而夫子蓼集能甘，麻生自直。節皎皎其若月，氣英英以如雲，偉抱清裁，定於此矣。

逮夫鹿苹首唱，鶯榜旋題，賦日披華，臚雲協瑞，佩銀魚而登秘閣，乘驄馬而掌憲臺。冰鑑掄才，風檣轉粟。象刑明允,虎拜旬宣。珥筆而再入雲亭,按節而屢移繡甸。去天尺五,晝日接三。此亦極際遇之隆,而未足見經綸之大也。

花磚翔步,芸册攸司。時則嬀室授圖,首紀欽明之典;姬宗繼序,先編耆定之謨。夫子鴻筆獨扛,龍文自絢。發揮聖緒,潤色帝猷。羣欽朝鳳之騰聲,遂晉夕烏而執法。蕪城轉漕,政敝粃生;桂海衡文,人工李代。夫子注心以水,著手生春。察及秋毫,帡同夏屋。遂使金焦兩點,載帆影而遄飛;孔翠十洲,鬱霞光而蔚采。可以表繡衣之亮節,彰軺傳之清風矣。

然而頭冰自貴,但富詞條;心鑑空懸,徒工甄藻。則雖登鼇峰而紆金紫,無以敷駿惠而澤蒼黎。而夫子驟以清卿出膺劇職,摶風愈上,游刃有餘,厥有數端,皆不可及。

從狼俗靡,風鶴警餘。苟勇莠鋤,必連株送。而且譸張爲幻,慣指弓蛇;顧盼自雄,尤憑社鼠。夫子照之業鏡,嘘以惠風,次第而清其牘塵,梳櫛而長我田穉。惟寬以濟猛,故刑亦稱祥。

今者蘭州,古稱榆塞。兵屯戍校,地困庚呼。州縣爲無米之炊,將軍乏量沙之智。因金穰以平糴,散泉府以備儲。累清而吏爲良,士飽而民不困。宏兹石畫,穩若金城。既而湖心佇月,方頌廉來;岱首希雲,旋思寇借。建宣風之簜節,問昔日之棠陰。維時鉤稽罅漏,利孔牛毛;兼且疏瀉殷盈,河翻馬頰。夫子目披萬牒,手障百川。櫛沐星霜,指揮風雨。綽有餘暇,供其清吟。任彦昇之彈文,英詞譻譻;陸敬輿之奏議,清辯滔滔。此則勤且忘疲,忠不知謗者矣。

今天子乾符在手,鼎輔簡心。畀以雄藩,仍紆文軫。人作爽鳩之貳，出兼司馬之權。布德而金筑騰歡，宣威而夜郎懾化。擁麾千里，儲曜三能。宏覆載以舟霖，頌碩膚之袞舄。勳猷炳矣，福禄宜之。

惟我師母洪夫人，尤秉淑行，以爲内助。鳴雞結佩，肅事三朝；鳲鳩在桑，愛均七子。處約而有愉色，既貴而無怠容。每四牡載馳，雙旌並擁。戴星靡瘁，如玉能温。繡梵夾以棲禪，擘花箋而贈句。冠堪屨繶，每不懈於針神；婢膝奴顔，動必繩之矩法。

今者鸞封晉賁，鴻案相莊，才盡觥觥，福來鼎鼎。觀察公早登鼇禁，操玉尺以繼冰壺；中書君夙振鳳儀，對紫薇而吟紅葯。穀貽孫子，椿壽春秋，置象笏以盈牀，酌獸樽而飲玉矣。

而夫子城意愈嚴，宅心彌粹。功在萬物，而沖然若無；智綜羣倫，而澄之益謐。清言振藻，如春方花；和氣煦人，如露膏樹。蓋能矢兢業者，其能享勳名者也；能慎細微者，其能臻期艾者也。鶴算永綿，鴻疇便錫，其以是乎！

棠等自愧凡姿，輒邀英盼。飢烏假羽，涸鮒分波。取之桐爨之餘，責以莖咸之奏。戴恩若栗，飫德如蘭。幸與錦筵，敢陳綺説。以壽人爲壽世，遂芳獻都荔之詞；惟齊德更齊眉，難老晉馨椒之酒。謹序。

少宰王伯申夫子壽序

蓋聞召伯、畢公之翊運，皆勳在累朝；濟南、沛郡之傳經，並年登大耋。誠以器不宏者，不足以任鉅；量不遠者，不足以鉤深。而事每分塗，美難合璧。未有泰階炳曜，文昌即上相之躔；帝座依光，奎璧拱壽星之次。三公加一命之衮，用舞萊衣；九功繼五老而歌，克諧夔石。清華備歷，福慧雙修，如我夫子者也。

夫子江東獨秀，斗南一人。嗣鳳閣之家聲，作烏衣之羣從。鏤攜管兩，香飲爻三。固已五經紛綸，九變復貫。逮夫鹿苹奏雅，鶯榜題名。臨試而策萬言，臚句而雲五色。翔步八甎花影，履上金鼇；遍探十乘瑤華，筆騰彩鳳。

既而賦成春殿，職掌頭廳。銀臺虛不次之階，棘寺弼敷寬之典。中丞威重，宗伯班清。山巨源鑒重人倫，特司銓部；程叔子行爲士則，入侍經筵。夫子則爲官擇人，抵爵以德。臣心似水，帝載用熙。以皋颺益贊之衷，弼堯醲舜薰之治。清通簡要，夫子有焉。

夫一封軺傳，首重掄材；三入承明，恨不知舉。夫子星軒屢賁，月鑑親操。銅鼓巑岏，鐵溪清駛。采越吟於湖柳，摘楚豔於湘蘭。南都擷平子之華，東巡第崔駰之頌。一旋夏篆，再領春官。玉筍班齊，李宗閔後先典試；新昌第啓，楊嗣復上下門生。並皆一過羣空，更番珠熟。滌雪椀冰甌之筆，風露俱清；誦鯉庭鸞掖之篇，雲霞並絢。萬流仰鏡，多士舒翹。稽古之榮，即今誰比？

若夫葱珩曉戛，宮漏初殘；蓮炬宵歸，牘塵仍積。從來作吏，絶鮮紬書。即或聽長樂之虯鐘，寫重宸之鳳綍。唐惟燕、許，宋則歐、蘇。雖有瓌詞，無關奥義。將毋麟臺握管，未遑涵泳聖涯；虎觀談經，無事昭宣帝采乎？

夫子則五日休餘，十行並下。高堂奉杖，列几陳編。細析毫芒,浩窮淵海。燃犀照洞,足令天禄失玄;折鹿鋒銛,能使侍中避席。何啻《禮》傳二鄭,《詩》著兩毛。夏侯傳都尉之百篇,劉歆校更生之《七略》。且書有假借,算有重差。苟三蒼五雅之未精,或六間七衡之尚略。何以津梁瑶檢,儀軌珠垣。夫子續揚子之《方言》,小名著録;倣張衡之《靈憲》,太歲無差。鑽研則陋彼孤聞,厭飫而兼其衆有。名山之業,名世之勳,並堪千古矣。

今者三月春融,九衢風暖。祥凝週甲,候屆生申。百僚仰潞國之精神,四海重魏公之德望。蓼蕭露湛,傾入壺觴;華蓋雲高,鋪成錦繡。夫子室莊鴻案,家有鳳毛。韓絳任居鼎鉉,捧鳩杖而鳧趨;王溥貴陟台司,侍燕私而鵠立。方將酌昌辰之元化,永弼重熙;奉愛日之慈暉,遍覃六幕。此則仙如壺嶠,罕此歡嬉;即使頌製淵雲,難摹樂愷者矣。

某等品愧葭苓,識同蠡管。敬修觥獻,敢飾巵言。繪熙天耀日之華,極含甘吮滋之願。用蘄麋壽,以八千歲爲春秋;永讀鴻編,振五六經之羽翼。謹序。

宫保師相七秩崧辰序 代

道光九年秋九月,爲我相國夫子大人七十誕辰。天子寵念元臣,優隆上壽,特頒御書聯額、内府珍奇,以賚勳庸,以錫純嘏。虹光上燭,戴雲漢之天章;月采圓舒,捧華嚴之寶相。五光十色,七采九華。勝蓬壺醽醁之香,邁縣圃芝英之燦。洵熙朝之盛事,播仁宇之庥徵。寮寀榮稱,士林歡抃。

雖夫子銘心篤棐,方履寵其若驚;而天下額手明良,已聞風而交慶。自昔槐廳重相,鶴禁元僚。西京則位埒蕭、曹,北宋則名齊韓、富。兩宫祝哽,賜几杖以入朝;五等稱觥,班臣鄰而陪位。鋪張勳績,或謂過情;援據嘉祥,時聞溢美。孰若我夫子崧生嶽誕,鳳峙鸞騫。東岱興雲,不崇朝遍於四海;南離捧日,維夙夜媚兹一人。望重兩朝,勳高百辟。敘功述德,事事堪徵;載筆擩毫〔一〕,言言紀實者乎?

恭惟夫子以韋平之世胄,擅燕許之文章。弱冠登瀛,早注蓬山之籍;華年儤直,即參鳳沼之班。朵殿晨趨,玉音恒捧;樞廷久直,温樹不言。荷九重特達之知,使星頻出;契一德咸孚之盛,卿月南輝〔二〕。以明允而奏功,以慎勤而著績。納言丹匭,爲昭代之夔龍;掌誥紫庭,作盛時之麟鳳。由是内參機幄,外奉旌麾。遂擢貳卿,洊周六太。光依日月南宫,宿應文昌;履曳星辰北斗,位隆喉舌。明白山濤之鑒,經綸武庫之才。清望擅於一時,心盟白水;諳記綜乎庶績,胸握靈珠。至於朱點濃題,紫荷疊佩。早見沙隄之築,共慶羹調;宜添海屋之籌,咸思爵獻已。

且夫于公寬厚,宏開駟馬之門;不疑平反,盡雪覆盆之牘。人望益州之氣,宵明天節之星。固已獄成而甘雨隨車,筆下而陽春煦物。况復鳴枹息警,懸鏡觀心。百郡率先,三輔奏最。久擅撥煩之譽,咸欽裁遣之精。又已電肅邦畿,風清輦轂。趙閲道焚香中夜,天鑒其衷;吴隱之飲水澄懷,帝嘉其德。固宜宫銜晉錫,經幄承恩;簡在彌隆,鈞衡任重。金甌枚卜,爲國幹楨;玉尺頻操,作士模楷。紫垣倚畀,台階允慶昇平;黄閣訏謨,柱石實資亮弼。每當禁城春曉,馬色初分;史局宵長,魚更暗躍。瞻曲江之風度,識潞國之精神。

遥知廿四考中書,錫福定膺百福;八千春嘉樹,紀年同證大年矣。

廣蔭等學慚薄植,久荷甄陶。瞻馬帳而傾心,望鱣堂而引領。伏願德輝日著,寵禮彌優。九五福次第駢臻,三不朽潤色鴻業。酌斟元氣,平格符徵;調燮太和,延洪篤慶。永祝恩隆闕北,拱北極而調元;更瞻瑞耀弧南,望南山而獻頌。

〔一〕擩毫,蘇圖本作"濡毫"。
〔二〕南輝,蘇圖本作"高輝"。

蔡巨峰太翁壽序 代

龍集單閼,月旋敦牂。仙壺永而雲融,薰琴和而風霽。及門蔡槐卿比部,將爲尊甫巨峰先生稱六十慶辰,康爵既陳,絃匏互進,郵書歷下,索爲壽序。憶昔星軺,曾涖桂海,采風表德,職司係焉。是宜祛哇滌浮,揚詡清懿,不揣弇陋,援翰序之。

先生籍隸莞城,舊爲士族。世承清德,家有藏書。一經表其芳型,七葉振其華采。尊人某甫先生輝映先達,楷模後來。健筆扛龍,雄詞折鹿。富羅胸之丹篆,遺上選之青錢。文戰不售,筆耕自給。先生堂鱣摳侍,庭鯉翼趨。少稟淳和,夙姿英亮。有讓棗推梨之美,鮮車鳩竹馬之嬉。爰在蠵辰,已占驥跡。而江郎坐處,并乏氈寒;范氏塵生,難將字煑。映螢窗而月落,鑿蚌壁以燈微。起班生投筆之心,爲許汜求田之計。君平隱士,入卜肆而怡然;梅福仙人,過會稽而不去。槐黄半市，柳緑一廛。心計偏閒，牙籌小試。門掃塵而自遠，簾垂晝而長慵。茗椀烹雲，棋枰坐月。十竿五竿之竹，一甀兩甀之書。雖逐跡於蠅營，仍棲心於蟫蠹。蓋一闤無市魁之習，而三倍仍君子之行者也。

於是萊衣春麗，蘭膳晨馨。銀絲膾姜婦之魚，玉版炙孟宗之筍。服勤三里，孺慕一心。適尊甫先生二豎夢妖，三蟲告厲。居肓中而難治，覓肘後而無方。而先生願減已齡，爲延親算。私祝金縢之册，果蒙蒼綍之庥。斯則焠掌呼燈，刲肌飲藥。以今况古，如判合符。

至於蘭昆恭厥，棣弟友于。荊樹花濃，葛藟根固。寒共姜肱之被，隘分參佐之居。家無閒言，鄉有令譽。聽鳩鳴而瑟友，警雞旦而琴諧。獺髓醫難，搜殘蓋篋；蠶絲淚盡，感甚遺簪。伉儷篤焉，恩義兼矣。他如解紛排難，喜義好施。新梴桷以肅几筵，潔脯脩以敬師傅。生平梗概，檃栝於斯。

夫芝華三秀，靈根之榮也；竹箭九流，星源之導也。今槐卿慧府淵鏡，華標玉映。鼠獄雞碑之智，方在綺年；龍文虎脊之奇，已騰弱齒。鞏虯材於翹館，奏鼉鼓於璧雝。作賦殿前，飛英日下。御題露濕，分職雲司。既趨鸞鷺之班，仍奮鵷鴻之采。行且振迅六翮，淩摩九天。紆紱螭坳，鏘佩鼇禁。知于公之後必大，皆燕山之訓有方。

今上壽宇躋民，湛恩錫類。先生宫錦一襲，板輿雙輪。看兒行努力雲霄，容老子婆娑風月。以永暇日，以娱高年，可謂榮矣。而每當芝雲南望，竹報北來。猶且夏葵訓忠，秋荼戒酷。去鸇鷹之鷙，勉爲鳳儀；靖雀鼠之爭，取法麟定。所謂仁爲壽券、數以理符者，不其然與？

兹者景週花甲，福賁林壬。春酒醴甘，晝錦霞矚。此日兕觥介壽，已徵松筠永固之祥；他年鸞掖承歡，更誦桃李新陰之句。請以爲頌，并於槐卿期焉。謹序。

馬郁齋太守壽序

聖天子總輯堯圖，經綸禹跡。丕冒暨乎日出，恩澤洽而雲翔。凡《鴻烈》八賁之區，洎騶衍四瀛之外。莫不誕資監牧，懋簡賢良。芃黍能膏，味道腴而飫德飽；甘棠小憩，納壽宇而躋福林。仁義積於漸摩，謡俗溢爲歌頌。鳴禽在泮，食桑葚之芳甘；酌兕躋堂，美臺萊之愷悌。穆鳴絃於千室，祈景福以萬年，於我郡尊郁齋公見之矣。

公紫泉飛溜，丹穴騰英。荊山篠簜之材，澧浦芝蘭之氣。弱齡染翰，綺歲裁箋。白虎有論德之章，雕龍擅衡文之譽。一戰而從秋賦，再試而第春官。畫省香含，薇垣星拱。裴叔則英姿越俗，山巨源雅操邁時。固已二美兼并，六曹稱儁。

既而進參密勿，入贊樞機。聽虯漏而晨趨，賜鳳團而夜直。紫荷橐筆，繪五色以宣麻；丹禁摳衣，秘一言於温樹。遂從南省，晉亞中台。人瞻桓典之驄，朝重崔洪之鷂。軟紅晝静，聽厲響於騶珂；澹墨宵題，贊搜奇於鶯榜。固宜簉羽鵷鷺，接武夔龍。聽履而上星晨，結佩而登台衮矣。

然而唐休璟之選臺閣，必試理人；張九齡之論邊州，尤資才望。蕭望之既推心朝宁，出蒞齊藩；宋廣平亦銘績鈞衡，首臨嶺表。此我公所以熊轓而至，吾民欣然騂篠而迎。

吾郡高涼故壤,合浦分疆。北連白馬之山,西距銅魚之水〔一〕。江潮生而鷺起,海氣合而鯨呿。地薄而民醇,俗樸而事簡。長孺卧治,自能旁洽祥和;石建到官,豈復上煩條教。顧絶幹穿石,漸靡使然;而錯節盤根,鋒芒斯見。當甫停乎夏篆,已畢察乎秋毫。試酌羣言,備臻四善。

屬當禁令,妄借司巡。設水馬之輕橈,比舟鮫之竭澤。苛窮吸髓,疵索吹毛。弊深燭於犀然,奸立袪乎龍斷。此公之明也。

比因潟雨,災在狹鄉。亟資及絳之舟,用佐生金之術。伏萑苻而草竊,飽囊槖而瓜分。商既艮腓,民乃枵腹。威行拔薙,克通交午之途;瑞比歸禾,用拯呼庚之衆。此公之仁也。

案多留牘,狴積繫徒。吏艱株送之繁,民苦蔓抄之累。色詞兼聽,昕夕忘疲。沈懷文之決郡囚,九百三十;狄仁傑之判寺獄,一萬二千。肺石無冤,心金不匿。此公之斷也。

海氛歛�章,募餉罷支。散爲沙蟲,佐之游蠹。探赤丸而暮聚,列青燧而宵驚。先射隼而乘墉,譬澆螢而捧海。犀渠盡屏,揮鶴扇而銷鋒;犢佩都更,化鴉鋤而覛土。此公之勇也。

至於飛翹揚滯,宏珊網以掄才;茹蘗飲冰,瑩玉壺以化競。並屬循良之美節,悉該碩德之庸行。

夫曰期曰耄,庸人所以享年;立德立功,君子恃爲不朽。仁者壽徵,素王之詞;恭則壽應,丹書之訓。公以恬養智,由敬日彊。陶士行之萬緒罔遺,劉穆之則五官並用。宏濟已周於保赤,殊祥必迓乎彼蒼。固宜三壽作朋,百禄是荷。象服有偕臧之耦，麟趾毓瑞世之奇。他日黄霸治行，由潁川而登宰輔；弱翁威重，起淮浦而踐台槐。佇看丹扆書名，紫泥晉秩，節樓出建，梅鼎入調。固知汝潁求借寇恂，淮平難留侯霸。而韋丹鏤篆，仍勒洪都；仁愿歌謡，終留鞏洛。攄兆人之積悰，臚鴻龐汪沛之恩；合千里之歡聲，頌耆艾綿長之福。

兹恢台之首序，際誕降之令辰。進象觚者，不介而交孚；製鴛錦者，殊詞而合旨。爭擷雲霞以掞藻，願傾鑑水以沃觴。輿議僉同，觚操遠屬。是用儀霄繪日，衍九五福洪範之疇；味道飧和，上八千歲大椿之壽。

〔一〕西距，蘇圖本作"西拒"。

家述軒參軍壽序

士有大德，有小德。誦詩書，守繩墨，被服必於儒者，考其門内之行，不足爲法，取舍之際，齪齪不可語人，可以爲君子乎？輿高采烈，我用我法，準諸古人繩尺，時或不合，而門内無間言，遇事磊磊明明，可謂非君子乎？德之本，孝弟是已；德之施，濟物是已。大德不踰閑，小者始可觀也；大德不踰閑，小者可無問也。持是説，可傳述軒，可以爲述軒壽。

述軒者，袁絲所稱季心、劇孟之倫也。處稠人廣衆中，翹然自異。數百里之内，欲爲非常之事者，必求述軒；爲而不可成者，必求述軒；紛不可治、屈不可伸者，必求述軒。述軒至，相其事之可否，必以自任。其計於心也，如犀燈之照水怪;其析於口也,如昆刀之畫塗泥;其發於事也,如迅風之掃秋籜。濤奔電驟,機關開闔,不可端倪。

前署觀察雙郡伯特器重之,曾委協辦軍船。述軒督工,計日而就,不惜千金之費。其生平所爲,大都類是。噫嘻!可謂健矣,可謂決矣。然世皆以此知述軒,非能知述軒者也。

述軒家世士人,高曾以下,四世博士,以科第顯。述軒少豪,以才智自奮,而事親孝,奉養備至,卒得封贈,鞠膳上壽,致客恒數百人。有弟四人,始皆赤立,自兒時至娶婦,比成立成名,無絲毫之間。此世俗所難,而述軒未嘗自鳴也。

余少最知述軒,客游廿年,遇故鄉人必問述軒。其鬚眉軒爽、談笑恢諧之狀,如在目前也。甲申夏,余奉旨假歸,歲方大祲,米價騰踊,議以嘗錢賑貧者。述軒曰:"束手仰食於祖者,可無恤也。以所入買米,米價不增於昔,則無饑歲矣。"於是盡以錢易穀碾米,減半價以售族之貧人,日口若干。衆譁然,謂昔賑而今糴,是仍索貧人錢也。述軒曰:"錢歸於祠,仍爾錢也。倘米盡而穀不稔,仍以錢賑汝,是昔一賑,而今兩賑也。可乎?"衆無詞。族繁丁雜,至卒事井井。時盛暑方疾,不自顧也。噫嘻!可謂勤矣。

《詩》曰"宜兄宜弟,令德壽豈",則述軒宜壽豈矣。《荀子》曰"美意延年",則述軒宜延年矣。昔嗇而今豐,昔屯而今亨,昔艱嗣而今蕃衍,其後必大。

述軒今歲正六十,性情嗜好,無一不如少時。愛述軒者,爭欲製錦頌其行。述軒曰:"母在,不敢言壽也。"而羣相與飲食燕樂之,述軒不能禁也,因書此以侑爵。而世之齪齪守繩墨者,或以余言爲笑也,余與述軒亦一笑置之,可乎?

張寅九學博壽序

召棠十餘歲,於辛山兄坐間睹寅九先生書,極知愛賞,未識先生何如人也。又十年,選貢赴京師,先生子芑崖爲同年生,高才有家學。又廿餘年,棠歸寓端州,先生官東安學博。東安諸君每相過,具道先生賢師,特示先生書,各體並妙,由是益傾慕焉。

夫書雖一藝,非胸次軒朗,刊落世俗,浸載籍之淵潤,蓄文章之華藻,不能深造古人之跡,而得其意趣。先生少力學,雄於文詞,與黄在庵侍御、吴秋航刺史、家辛山明府上下馳騁,極其識議。既官學博,不碌碌自弛,不犖犖自張。高視宏覽,有所造就砥礪,提綱挈維,毛集鱗萃,翕然並舉。故其於書神明焕發,絶塵掣影,不謀而合。昔王内史居會稽,與支、許爲方外游,極覽山川,恣情忘返。東坡自儋耳歸,挾大海風濤之氣,作字如古槎怪石、猛獸搏人,蓋山海之助,詩書一也。

東安環萬山中,棠侍先君子久游地也。玉屏千尺,俯入城中。春雨放青,碧落几案。石麐削立,首尾森聳。九星、碧虚諸巖,神工鐫鑱。中夏含雪,山泉輥雷,傾龍藏而散珠琲。先生醉餘吟適,三五勝士,蠟屐相羊其間,朝霏夕嵐,盪摩胸腑,於以摹證栒邑雕戈、岐陽石鼓、鄒嶧秦篆、太華漢隸,益使肝肺槎枒,元氣淋漓,視蹈規守轍者,如登閬風而絏馬也。昌黎嘗論草書,以爲機應於心,不挫於氣,則神完而守固,而漢代傳經諸師,如伏勝、桓榮,並臻期艾,先生其殆是乎？

月小春，東安諸君爲先生觴七秩，使棠爲之詞，即書此爲先生頌。至杖玉牀笏，諸君奉觴前祝，類多及之，無事管城子也。

王春浦令尹太宜人壽序

曩歲槖筆端州，迓友安遂極道邑侯王春浦先生德政。屬以邂逅，一刺相投，龍門未登，鶴企有素。頃歸高涼，而侯來令神電，河潤九里，星輝同躔，風雨之和，薰溉所被。

歲當戊楙，月啓寅祥，慶雲麗霄，春暉駐景。太宜人以月廿四日舉曼壽之觴。板輿之奉彌康，白華之笙遂奏。宫袍錦燦，客履珠聯。爭以《甘棠》之詩，兼獻壽萱之頌。

邑之耆老來諗召棠曰："被康濟者，播聲於擊壤，鳴其和也；飲清流者，溯源於濫觴，思所自也。我侯之來也，餔之醊之，匡之植之，民氣既蘇，士風太和。邑人頌我侯，而侯曰：'太宜人之誨也。'今者兕觥介祝，而思鬱於中，不能導揚盛美，子盍攄邑人之意而發抒之乎？"

予曰："頌賢母之廉，則曰掩錢寄鮓；揚鼎業之盛，則曰門戟牀笏。雖奮藻飆舉，而徵詞雷同，文諛而侈，賢者弗尚也。願得質言，以登晝錦。"

耆老曰："太宜人儷德圭璋，節儀琚瑀。潔枌榆於燕寢，湘蘋藻於烏彝。固四德之咸該，亦九族之取則。顧在閫言不出，或非衢誦所詳。請由我侯之惠於四境者，以敷陳太宜人之式訓，子其臚之。"

吾邑鯨海所濱,魚筴斯富。飛霜置引,蔽日抗帆。商販滋多,奸僞萌起。陸則烏亭鷺堠,軺傳過而風馳;水則雀舫龍艑,旌旆巡而雲舉。我侯克張甲令,用肅庚郵。夕波澄鯨客之珠,曉月静雞人之柝。此本太宜人家政之肅而整釐之也。人物阜昌,材智鋒出。銗筒爭赴,束矢遂多。治絲而棼,支蔓不已。我侯銀手如斷,金心在中。刜鐘無聲,懸鏡必照。拔薤而强宗柔化,解網而愚民輸誠。此本太宜人馭下之明,而安戢之也。民愿而樸,俗勤而恭。糶穀買絲,奉公急賦。恒虞蠹橐,私肆鴟張。我侯布愷由庚,吏識貪泉之戒;督耕小卯,人懷春雨之甘。遂使桑雉能馴,篠驂爭迓。一錢不選,五袴興謡。此本太宜人瘠土思勞、慈儉爲寶之訓,而保惠之也。野分鶉火,爻慚鴻逵。赤堇之金,資辟灌以成器;會稽之竹,待羽括而入深。我侯以黄絹之宏辭,承紅綾之寵宴。揮毫五色,課士九能。常衮之莅鼇江,英髦鱗萃;子厚之官象郡,才杰翹揚。此本太宜人畫荻之勤、折葼之誨以陶冶而曲成之也。凡數大端,皆出躬被,願加斧藻,以當觥籌。

召棠頗業青箱,曾徵煒管。昔鄭善果之剖斷,賢母訓其廉名;雋不疑之平反,慈親爲之笑悦。今侯仰承聖善,用播徽猷;士民親荷帡幪,臚爲歌誦。况識荊之素切,屬秉筆其奚辭?顧更有進者。我邑侯政理方新,鴻施益大;太宜人古稀彌健,鶴算方長。他日英簜遄馳,屏藩大建。拱璇樞於極北,瞻寶婺於弧南。螭斝象觚,百齡晉祝;龍縑鳳紵,九命增崇。李桃栽滿縣之花,杞梓成捎雲之幹。部民戀德,更趨沙隄鈴閣而來;壽母怡顔,倍憶仙嶠温泉之盛。謹以爲頌,用稱耆老意焉。

家奮池兄雙壽序

昔漢氏東京，多高才碩望、志節清剛之士，其隱而未耀，闇而彌彰。唯潁川四長，尤令人景慕焉。顧史不盡傳，獨傳陳仲弓。仲弓有知人之明，不以精鑒顯；有獨善之操，不以絕物稱；有綜練之能，不以治劇著。皋壤宅心，而槐衮虛位以待；澹泊明志，而耆壽安養以登。四長之行，類同符而合揆歟？仲弓之後，若紀也、羣也、泰也，著名績於魏晉之世。荀氏之有爽也、彧也、攸也、闓也，鍾氏之有繇也、毓也，韓氏之有融也，皆以才德登顯位，非明德達人之驗乎？如吾奮池三兄大人者，蓋近之矣。

兄爲瑞齋五伯父仲子。瑞齋伯官永安教諭，以醇德名，與先嚴交至厚，故兄久從先嚴游。弱冠以第一人入泮，敏而篤志。良辰暇日，朋游諠譁，兄閉户誦經傳不輟。棠差少，猶及同學，知兄孝友、内行醇備、好學而已。

久游學歸，諸姪玉立，皆慧能讀，兄身督訓不少懈。以餘力總家政，治人事，詳密無間。友人以事謀者，義有不可，力所不逮，正色辭謝；若可任，不以煩瑣勞勩苟已，雖其人之期望，弗敢及也。

鄉賢南峰公祠初立，公産儉薄，兄以廩餼奉香火，爲弟姪先。以母權子，增高繼長，輪焉奐焉，緊兄是賴。邑中舊有張都督、惠學使合祠，族叔勇坡先生矇瞽授徒，積脯脩以奉享祀，屬兄經紀，兄始迂而終義之。既勇坡先生賴以養葬,以其餘貲,納栗主於賓興之祠。此其鉅且難者,他可類推也。

顧勞而不德,執雌持下,辭隆居窊,聞人譽而怵然若愧,其性然也。諸子皆髫齡,爲庠序弁冕,科第穎脱。昆仲羣季,衣冠之盛甲一族。兄踰古稀矣,而謙謹强健,如同硯席之日。

夫世之亢且肆者,非必其志傲也。精神不能攝,則必有所疎忽。古人有言:"衰至而驕。"驕爲衰徵,則敬爲彊符。丹書之銘曰:"戒慎必恭,恭則壽。"此其券乎?尊嫂吴孺人,閫政端嚴,兼郝禮鍾法之美,接物寬仁,訓子恭儉。有同德者有同福。斐堂、小池諸姪謹身力學,以道養,以禄養,垂紳佩以娱侍色笑,詎有艾乎?

棠承友愛最摯,又相知至深,竊慕吾兄有陳仲弓之行而多哲嗣也,故爲侑爵之詞,不以文而以質。

易信庵觀察壽序

古無將才,賢公卿大夫皆將才也。蠻夷猾夏,皋陶治之;檀車駟騵,太師誓之。左氏所紀,奏城濮之勳者,敦詩書,説禮樂者也。泱郯之勝者,德刑政事典禮不易者也。仁者有勇,我戰則克,豈虚語哉!秦漢以還,文武始分,奇傑之士,往往兼綜。唐宰相知兵者四人,而李藥師爲最優。宋秦隴經略者兩賢,而李伯紀爲後勁。明守九邊,文武參用,而著績海嶠者,韓永熙之破藤峽,王陽明之奠思田。又吾粤所芘也,史氏所詳,僂指可數,豈非兼資文武之彦,間出難遇哉!

我朝至化醇醲，萬年締構。攀龍鱗於豐沛，歌駿生於崧嶽。一時入踐槐鼎，出總師干。銘勳枸邑之戈，勒績燕然之石。類皆功德兼懋，超越隆古矣。而數十年來，耳目之近，則有崇慶時齋楊公，以偏裨累戰功官提督，總制陝甘，威名著於疆外，德望表於具僚。公及夫人並躋大耋，父子建節，封圻接壤。天子親灑宸翰褒美之，以祝期頤之壽，可謂盛矣。

繼此則有我觀察信庵易公。公歷官粤西、江右及廣東之潮州，仁以撫民，尤能嚴以戢暴。當其奉命來巡高廉也，適有外夷之警。大府以澳門衝要，屬公鎮之，是以有前山之捷、香山之援。省垣握重，召募數萬，綱領紛揉，大府以總師訓練之，難其人也，又以屬公，於是兼都轉之任。高廉之民望公如景星，慶雲恐其不即臨也。

比公至高州，而歲適儉，逃匪飢民，互相構會，探丸四起。公安坐默籌，頤使指畫，苗薅而髪櫛之，既改歲而桴鼓化爲絃頌矣。吴川、石城之交，港汊多歧，巡警不至，豨突爲患。公親勘視，建臺戍兵，形勢鞏固。遠縣濱海，有爲海寇斂儲積、備兵械者，公廉知之，星發電邁，罪人斯得。未幾，海盜自殲厥渠，詣廉州求撫。此公威績章章大者，其他美政，未暇詳也。

聖天子神武不殺，海外有截。今島夷納款，潢池投戈，景運方中，永歌清晏。而嶺嶠萬里，山海阻深，駢枝同穎之中，是生莠稗。不可以無事治也，無事則馳，馳則鴟張鵝傲，潛煽遂廣；不可以有事治也，有事則急，急則鹿鋌羝觸，訛言斯驚。惟威望之素著，能消弭於未萌，而又燭之於纖微，應之以機會，刃迎縷解，不勞而理。然則如公者，非今所恃爲柱石哉！

公齒踰七十，精神强固，思慮周密。夫人贊襄内治，有相敬如賓之美。他日膺節鉞如楊公，天子灑宸翰以褒祝之者，亦如楊公，可操券而待也，以萬人之頌禱卜之也。夫楊公以武弁而裕經濟之略，公以文臣而握韜鈐之奇，蓋有不同而同者，以追蹤國初鉅公，且嗣休古昔文武兼資之彦，而尤爲吾粤之芘也，豈不懿哉！兩郡之人，躋堂祝公，屬爲侑爵之詞，於是乎書。

謝母黄太孺人壽序

自六朝以迄隋唐，爲婚姻者必論氏族。議者謂其尚門第、逞浮誇，不足法也。然鍾夫人爲太傅繇之允，故子王濟推英流；劉夫人爲將軍建之女，故何無忌酷似其舅。蓋其得氣厚，其稟質醇，而義方之垂，又習見其父兄之矩矱，故奉前光以啓迪其子孫，克使之保世滋大也。今觀於謝母黄太孺人，益信矣。

太孺人者，少尉蘭如贈君之配，而拔萃君辛田之母也。辛田文學品誼爲當途所器重，前觀察彭公聘主松明講席。甲寅春，復應石城令張公之聘，訪予於壺天館。予見其温然藹然，動有壇宇，出其所爲詩古文辭暨書畫相示，尤超然自得於塵壒之外，灑然異之。

客謂予曰："辛田之賢也，其母太孺人之賢有以成之也。太孺人相夫子，事尊嫜，和娣姒，塞淵淑慎，見者生肅敬心。里婦有相詬者，勢洶洶不可遏，聞太孺人至，則急掩面走。

其德性之醇，足以感人也如此。贈君以諸生就少尉，將之官，太孺人曰：‘爲此戔戔者，冀以金帛遺子孫，何如以聖道遺子孫哉！’堅止之，使杜門教子。贈君卒，家中落，太孺人典簪珥佐讀，所以課其子者益力。其識見之遠，足以裕後也又如此。”

噫，賢矣哉！然吾聞太孺人之父爲明經其勤公，伯爲孝廉方正其光公、涪州別駕拔貢生其榮公。其外祖刑部郎中劉公，以總辦秋審荷宸眷，命於軍機處行走，道術勳績，炳然有名於時。太孺人少養外祖家，習見其風範，而又耳濡目染於叔父之訓，則其德醇而識遠者，蓋有自來也。

今辛田昆仲皆克自樹立，辛田則以拔萃候選州別駕，與涪州公同，而孜孜不懈，將劉公是似。至其孫沐榮弱冠游庠，其外孫容生更以詩古鳴，屢擢茂材異等。昔王超之女適晏元獻公，元獻公之女適富鄭公，鄭公之女適馮文簡公，七傳皆執政。太孺人溯自劉公，以暨於容生，亦四傳矣。大小雖殊，緒脈遞延，一也。語曰：“水源於崑崙，則其流遠；樹産於泰嶺，則其蔭遙。”不其然乎！不其然乎！彼尋常富貴家女，奢靡傲惰，縱驕子以頽其家風，可與太孺人同年語哉？

冬十一月，爲太孺人八袠晉一帨辰，其族黨屬予爲壽言。予特於此重言之，使世之爲婚姻者，知所尚也。抑太孺人之族姒有何孺人者，以苦節昌其子孫，其弟何均亭孝廉屢爲予言之。予欲爲之傳，以待他日史宬之採擇，而未有暇也夫！謝氏世昏名族，故世多賢母，其光大宜矣。

吴母曾太孺人九十壽序

召棠始弱冠，識香樵先生於博士黄丈坐中。博士爲予言："香樵文清而行高，以規矩繩墨約敕門下士，皆有法度。"既至京師，每謁歸安尚書姚文僖公，公必問香樵。蓋香樵以庚申鄉舉第三人爲文僖公器賞，而香樵自辛酉一赴禮部，遂絶跡春明道上，依戀太夫人，不欲違膝下也。

夫君子之孝，豈特扶持抑搔，自親寒暖之節云爾哉〔一〕？《詩》曰："孝子不匱，永錫爾類。"《孝經》曰："立身行道，揚名於後世，以顯父母，謂之孝。"方當崇顯令德，恢宏大業，推前人之積累，以康濟於無窮，善則歸親，銘績鐘鼎，此丈夫之志也。即三牲之饋，萬鍾之養，垂金紫以列侍，導棨戟以前驅，所求無不成，所欲無不獲，亦人子之心大慰也。内盡志，外備物，詎曰："吾足於己，無待於外乎？"然古之仁人孝子，求之而不可必得，即得之，而猶有惻然於中者。《陟岵》之詩曰："陟彼屺兮，瞻望母兮。"《鴇羽》之詩曰："王事靡盬，不能蓺稷黍。父母何怙？"此有位之士，不得安養其親之所爲歎也。

夫唐魏之臣有事畿甸，不過千里；而古諸侯朝聘，不出方嶽之内。張旜奉璧，役不踰時，猶以睽離晨昏，作歌告瘁。况今世仕宦，動涉萬里，坂驅湍泝之多勞，水宿星飯之異習，瓜代蓬轉之無常，蒲輪板輿，不任巉阻。即庚郵之使，亦踰時易歲，乃始得之。昔狄梁公登太行山，遥望白雲孤飛而曰："吾親舍其下。"裴回而後去。人子於此，又安能舍目前之養，希難必之榮，決絶裾之志，而輕倚閭之望哉！

方香樵赴禮部時，太夫人年未盈六十。以香樵文學，排金門，上玉堂，操鑑衡，馳英簜，雍容敭歷，以至今日，其爲榮顯固未易量。而遽占肥遯，遺脱朱紱，優游衡泌，怡色無悶，固香樵之篤行高致，而倘非太夫人遺榮葆素，天爵自貴，香樵雖欲依戀膝下，又何以能之？

香樵既高尚，邦大夫、鄉人士强起爲師，主高文講席前後二十年。奉束脩之羊，吹白華之笙，德豐道腴，頤福樂志，太和保合，淡而彌旨。太夫人欣欣愉愉，不能言其樂，年九十而益强固。與香樵相師友者，相率製錦奉觴，以助綵衣之舞，此非香樵之志也，而非香樵所得辭也。况太夫人事親孝，治家肅，御下慈，訓子若孫，揆道秉義，至行又不可不紀。方當邁期頤，膺純嘏，爲熙朝祥瑞，豈特郡人士矜式而已哉！然則香樵之隱也，賢其仕也〔二〕；以道養也，勝禄養也。召棠蓋景慕香樵而不能至者，故喜進一言爲太夫人壽。

（以上見《文鈔》）

〔一〕自親，蘇圖本作“在視”。

〔二〕賢其仕也，蘇圖本作“賢於其仕也”。

吴樸園主政雙壽序

博士松桐谷師，以匡、劉之經術，兼顔、范之文章。來莅膠庠，爲多士模楷。歲籥一周，化雨既洽，羣英踴躍，感懷頌德。適珠杓北指之辰，爲堂上介眉之會。遂稱觥製錦，奮攎盛藻。采泮水之勤茅[一]，佐蘭膳之馨香，合夏春之誦絃，祝芝齡之壽誕。華牒懿德，並得詳焉。

太翁水部樸園先生，鍾祥鼎閥，擢秀珂鄉，標五鹿之名宗，蔚八龍之令譽者也。閨閾之行允恭[二]，簡册之好彌篤。枕胙經史，含咀英華。夕寫晨披，筆塗手抹[三]。早登黌序，制藝尤工。理析繭絲，采奮麟角。一篇脱稿，百手傳抄。因而探驪得珠，拿雲露爪矣。而年逾强仕，始登賢書。六試春官，皆薦不售。仙山在望，風引舟回。戚友代爲握腕，先生處之裕如。樸素沖退，不自矜炫。見者不知爲節使貴介，第運承藉膏腴，鋭説思康濟延楹閑桷壯京祠之飾[四]，賑族授餐。設有義莊之贍，掩骼埋胔；恤陽侯之災，木饑水毁[五]。食乏二釜之歲，提倡率得二萬金[六]，通給鄉閭，兼恤舊族，經畫井井，惠均而人不擾。論者謂先生之修能幹器，使得路先鳴，與伯兄荷屋中丞頡頏雲霄，敭歷中外，豈且作濟世之雙楫，均鐘鼎之盛業哉！

然隱顯總殊，立達則一。江漢之派，灌溉遠而難周；鄭白之渠，膏潤近而彌渥。五弟之名，不減驃騎。先生奚歡焉？疏池種樹，題竹評花。佇興成吟，遇物析理。闡先哲之幽隱，發山川之精神。有《芬陀羅館詩鈔》、《文鈔》、《聖朝遺事》初編二編、《羅浮紀游》等書，與中丞著草花萼合編。未必景陽華淨，遂掩哲昆；平原英贍[七]，竟難家弟。尤屬絃匏同聲，尊彝並韻者矣。

李宜人毓德名門，作儷君子，衡節其聲，笄珈式其風度，宗族師其女誡，黨戚範其閨儀。金春而至應，松柏而相悦。琴堂講幄，哲嗣流聲；珠樹瓊璣，賢孫挺秀。俾熾而昌，方興未艾。有嘉德者爲嘉耦，膺遐福者臻遐齡。他日葛鮑齊年，華黻與烟霞並絢；韋平繼序，金籯與台鼎均貽。不又盛德可預券者乎？

（見《拾遺》）

〔一〕勤茅，未詳何義，疑爲"芹茅"之訛。

〔二〕闉闠，原誤作"闉國"。

〔三〕筆塗手抹，原誤作"筆塗手沬"。

〔四〕"第運承藉膏腴……賑族授餐"一段，文義未暢，疑有訛脱。

〔五〕木饑水毁，原誤作"木饑水殘"。按，《史記・天官書》："然必察太歲所在。在金，穰；水，毁；木，饑；火，旱。"

〔六〕提倡，原作"指倡"，於義未允。

〔七〕英贍，原誤作"英瞻"。

劉太翁壽序

簪笏之榮，芝术之趣，隱顯異致，罕能兼之。塵視軒冕，銖視珪組，擷幽芳而蔭喬木，披惠風而浥清流，有田一雙，食鮭廿七，可以忘物我，齊得失矣。而王仲儒以疎野，慚於故人之子，然則隱果賢乎？握璿樞，登撰席，揮毫則雨露同潤，握節而風霜共肅。星垣華隰，鶴企駪馳，可以騫六翮，翔九霄矣。而范希文白首憂邊，思圭峰月夜不可得，然則顯果賢乎？

劉先生，賨江高士也。生長華膴，幼有令譽，登於鄉校，摛文振藻，鏗管絃而諧金石。而先生怡愉瀡髓間，不樂仕進，所居深山茂林，澄源秀石。每露朝烟夕，雁晚鶯初，一筇尋雲，雙柑聽鳥，不知世有榮辱也。少有陟屺之戚，繼慈氏入，克諧以孝，親心彌歡。公産所入，每一分析，數贏千金。先生恤南阮之貧，賙西華之阨。其他指囷焚券，坦然無吝色。

夫人某氏，潔蘩澣葛，克孝克慈，有少君之賢、孟母之訓，黽勉有無，以佐夫子，非夫知足不辱、頤德無悶者乎？

先生次子錦川，與余有筆硯之契，濬冰雪之聰明，砥圭璧之志操，文場較藝，恒冠其曹。甫踰弱冠，歌《鹿鳴》而來，再試春卿，錚然躍冶，其翔步金鼇而篴羽丹鳳，無疑也。長君餼於膠庠，不亞難弟。先生夫婦侑此清尊，撫兹雙璧，定當欣然而笑矣。

夫解天弢，騁遐躅，淡世好，味道腴，高士之至樂也；濬瑤源，擢珠樹，怡萊彩，捧芝泥，世士之至榮也。今先生擅柴桑之閒適，而非笠澤之清寒；有珂里之聲華，而辭金門之禁近。所謂衣冠巢許、烟霞王謝者，蓋兼之矣。先生與夫人花甲初週，齒契未艾，松茂柏悦，金春玉應，其爲隤祥降祉，安有窮哉！

（見蘇圖本）

恭祝誥授武顯將軍福山總戎復生孫公太翁暨德配誥封夫人柯夫人雙壽序

自古重熙累洽之代，保大定功之朝，必有奇龐福艾之臣，贊康樂安平之治，入則弼諧廊廟，出則綏靖封疆，緯武經文，其揆一也。而韜鈐之略，每藉詒謀；棨戟之家，誕生賢俊。西漢則周太尉之鐘鼎，東京則耿好畤之旂常。郭忠武之洪烈,出自將門;曹武惠之勳名,仍傳哲嗣。重光家乘,再上雲臺,唯復生鎮軍孫太翁克紹厥緒矣。

公生寇、鄧之名宗,有英、衛之雄略,恩蔭通判,兼世襲騎都尉。引見,以世職歸本省學習。知人善任,聖主之明也;因事立功,才臣之績也。康熙間,宋牧仲以勳臣子由游擊改通判,至尚書;公亦以勳臣子由通判改都戎,至專閫:文武更換,並致通顯,如一轍焉。

公通習孫吴,熟知險要。或佐大帥,或專督舟師。窮搜豺虎之巢,迅掃鯨鯢之隊。戈船下瀨,雷厲風飛;天吴助威,濤涌雲擁。沸湯沃雪,捧海澆螢。羣醜殲除,算無遺策。獎功不次,驟致總戎。蘇松、福山,屢移節焉。纔脱墨衰,即奉新命。統師焦山,進攻瓜洲〔一〕。鎮江、金山,所向克捷。比以積勞,暫休甲第。怡平泉之林石,開緑野之琴樽。少耽簡編,尤嗜金石,著有《公餘雜録》,書法迫肖顔平原。桓宣武之筆劄,祕閣留摹;鄧高密之門庭,羣經分授。勳庸福祚,公兼備焉。

柯夫人以甲族之賢媛,爲公侯之伉儷。璋判而圭合,藻潔而蘋齊。恪孝養於慈姑,媲令徽於前矩。禮法型於戚黨,慈惠逮於僮奴。鳲鳩七子,葩經頌美於淑人;興慶首行,翟茀增榮於命婦。笄珈之懿範,偕柱石之崇勳,如日方中,光輝未艾也。

哲嗣壽卿公祖,以優行貢成均,來爲高涼通守。圭璧之品,不鏤自雕〔二〕;詩禮之貽,既明且哲。平準百貨,加惠懋遷;綏靖羣萌,克興謡誦。兹以蓬壺之永日,溯屺岵而稱觴。凡在帡幪,咸懷忭舞。列錦結繡,抽秘摛華。旨酒思柔,進公堂之兕觥；望雲介祉，助愉樂於鯉庭。敬祝方叔壯猷，永作熙朝之屏翰；魯侯燕喜，並頌嘉耦之壽康。

（見孫雲安編《樂安孫氏先代紀念册》，一九六〇年）

〔一〕瓜洲，原误作“瓜州”。

〔二〕鏤，原误作“縷”。

敕封儒林郎布政司經歷立齋太翁老大人九袠晉一榮壽序

夫東膠珍膳，日秩特致於高齡；北闕絲綸，天語疊褒乎耆德。國家首舉引年之典，族屬敢忘祝嘏之文。况乎人重老成，翁稱矍鑠。森羅蘭玉，榮賁芝泥。備多福多壽之身，期頤預券；歷杖國杖朝之歲，茀禄爾康。如我立齋太翁者，燕喜賡歌，鳧趨肅拜，禮亦宜之。

觀其神峰獨雋，氣海常盈。具高允之聰强，邁李光之精鋭。咸謂弱冠享鼎烹之養，幼沖講頤攝之方。詎知陶元亮有事西疇，周彦倫無多食譜。歸來栗里，五十畝親種秫秔；齩斷菜根，十餘年飽餐菘韭。蓋安貧已慣，處約不憂。故食杞菊而貌彌豐，據蒺藜而心亦泰也。其得壽也以此。

壯游通闤，跡託陶朱。仲子克家，大符畢萬。乃罕鍾屢鏂，陳量倍加。存問寒酸，戚族久分冬愛；吹嘘枯朽，門庭常覺春多。跡瑣尾之垂憐，信仁心之充溥。且傾囊作廟，用妥祖考之靈；改井得泉，共受王明之福。方冀堯尊同飲，禹甸無塵。無何草莽伏戎，萑苻萌蘖；海氛日惡，嶺寇蔓滋。公又儲峙糗糧,安全梓里,功名付之兒輩。長子於以帥師謀算,輕彼書生,沈公乃更學問。凡斯孝錫爾類,勇登明堂。浩然沛若江河,藹然徵爲雲氣矣。其宜壽也又如此。

且夫湧泉滋於華脈,膏葉茂於修根。是以塞源者注挹易窮,薄植者榮枯轉瞬。惟公汪汪千頃,世澤長綿;藹藹繁陰,宗枝是庇。慮無田之不祭,恐盡親者弗書。於是求仁粟以祀先,長君掌鑰;仿眉山而譜氏,季子操觚。油然生孝悌之心,允矣協秉彝之好。彼得天者獨厚,信如日之方升。斯又善禱華封,載賡壽考;詎必乞靈丹石,始頌壽人也已。

今日者,絣福曼齡,發祥流慶。挺王家之珠樹,茁馬氏之瑤環。簪笏盈牀,神仙眷屬;孫曾繞膝,頭角崢嶸。占大順於寶爻,獲殊榮於家衖。雛鳳養丹山之翮,有子不凡;飛鸞銜紫誥而來,老人亦笑。用是堂開晝錦,屏敞晨霞。壺嶠春長,不數琪花瑤草;醴泉宫近,交斟玉液瓊漿。望裔雲於雙桂叢中,偕來子姓;唾綺信於百花晴處,共祝申生。敢憑心寫之文,用侑手仇之爵。

伏冀東方曼倩,一千年開花,三千年結實,飽啖蟠桃;更邀南華蒙莊,八千歲爲春,八千歲爲秋,寓言椿樹。晝幨繪耆英之會,高嵩騰頌禱之聲。侑觴則子晉吹笙,扶玉則浮邱挹袂。南梼北杻,綴鴻製以壽眉;東木西王,稱兕觥而拜首矣。

(見《莊艮林氏族譜》,八十年代印本)

大儲封修亭宗兄大人七十榮壽序

德者福之基,固已;而士君子之處世,亦貴乎有才。有才則雖未嘗出爲世用，而家居接物，莫不爲人所倚賴，而其德亦因之而顯，余於宗兄修亭翁有深羨焉。

翁尊人先世，祖公自甯邑霍童遷居邑之坑邊，生翁兄弟七，翁序居三。其事堂上二老人，承顔養志，處昆季間，式好無尤，孝友之風，鄉閭咸稱頌之。其爲人存心忠厚，和以處衆，而又肯排難解紛。凡里黨中有爭訟者，是非曲直，得翁一言，無不帖然信服。遠近有義舉，如建橋亭、修道路，翁皆踴躍樂捐，無稍慳吝。尤有難者，翁少時讀書，僅知句讀，迨後服田力穡，亦半從事商賈，其於醫卜之術，與夫堪輿之書，又能留心研究，精斯道者皆服其有卓識，則天姿過人，非僅德之厚已也。

元配温孺人早逝。繼配鄭孺人相夫有道，育丈夫子天牧，綽有父風。孫男方偉、方儒，皆嶄然見頭角。

獻歲春，壽七十，宗戚謀製錦行慶，先期囑序言於余，以余有同宗之誼也。余素喜鄉居者有敦龐醇樸之風，如翁之德藴於中而又才見於外者，則又未易指數焉。使獲久事詩書，博取科名，以爲世用，豈不更卓卓有所表見哉！然坑邊之地，境號宏仙，山環水抱，文峰拱秀，以翁之穀詒孫子，將來必有大振其家聲者。際此懸弧之日，萊綵斑斕，兕觥稱祝，謹獻蕪詞，爲翁侑一觴焉，是爲序。

同治十一年歲在元黓涒灘孟春穀旦，愛封弟林召棠拜撰。

（見壽序原跡）

嶺博李穆圃先生暨德配林氏孺人雙壽序〔一〕

(上闕)禄賞賜,一皆入軌,有所資需,悉就典者請焉。後惟宏農楊氏、河東柳氏,兄弟既貴且耄,愛敬彌篤。明初,金華鄭氏六世同居,田賦所入,各有所司,無敢私取。太祖問處家長久之道,曰:"守家法而已。"官湜爲參議,濟爲庶子,沂爲尚書,親灑宸翰,書"孝義家"大字賜之。仁讓之族,殆令人聞風興起也。

今穆圃先生有古人之風乎!先生失怙年甚少,以不及奉晨昏爲憾,恪事伯兄育圃先生如父,家事悉經綜焉。自約而豐,自完而美,十數倍於其舊,凡五十餘年,始均析焉。先生一無敢參,與伯兄一無所嫌疑,今皆杖鄉杖國,白髮雁行,友睦恭謹,怡怡無間,此非因心則友者能之乎?恃此心以敦本善世,凡立廟孝享,恤孤矜寡,排難解紛,型方訓族,並人所難者,此皆仁者之施也。有子曰:"孝弟也者,其爲仁之本與!"先生以孝弟之餘及之,無難事矣。

孺人林氏,吾族也。幼漸淑慎之教,長備柔嘉之德。嘉偶曰配,參和爲仁,奉長姒如先生之事兄焉。先生治其外,孺人治其内。先生職其鉅,孺人杜其微。仁惠逮於臧獲,任行之懿,故以實不以文。

(見壽幛原物,吴川市嶺博村藏)

〔一〕篇名爲編者所擬。

恭祝敕授文林郎候銓按察使司經歷蓂圃李老先生七秩加一榮壽序

自古講引導致長年者,多巖居谷汲、絶粒茹芝之士。其意在屏嗜欲、絶人事,不以喜怒欣戚一動其心,心完則精完,精完則神完,神完則氣完,氣完則形完。嵇叔夜之論養生,歐陽永叔之賦秋聲,議皆主此。

予獨以謂不然。嵩高岱嶽,當車馬之衝,處天下之脊,其氣旁魄,鬱積而深厚,出雲雨,施萬物,孕奇育瑰,以利濟羣彙 ,而安固之氣不可漓也。蓋得天之厚者,以溥施爲德,不以寂處爲高;以博濟爲仁,不以獨存爲久。故古之名臣碩輔,功德被天下者,恒有期頤之壽,證諸史,歷歷不爽,而世俗猶疑焉。顧其人不恒見,而此理不以隱顯巨細異也。姑即其近者以徵吾言,如蓂圃李先生可乎?

先生少時,家非甚豐也,而竭力以事父經營,馳驟不少懈。既富矣,可以及兄弟者,無或靳諸侄就學,提挈之使成名,以例授職,榮贈先世,人稱孝友焉。歲庚午饑,先生賑其族。甲申饑,先生又賑之。家近孔道,積潦爲敗,先生甃之梁,行旅歌舞。好義拯厄,諸多類此。如先生者,其務絶人事者乎?其不以喜怒欣戚動其心者乎?抑所謂溥施博濟者乎?夫先生不及仕而澤遍鄉黨,苟登廊廟,其功德有不被天下者乎?

今先生七十有一矣,樂善不倦,聰明筋力,益强以健。善夫荀卿之言曰:"得衆動天,美意延年。"夫意之美,不在廣狹也。人人能濟其鄉,則王澤遍天下矣;人人好行其德,則天下無困人矣。先生雖不及仕,能訓其子,有聲序庠。次子與諸孫雖幼,然皆頭角崢嶸,遂志力學。他日立朝,承先生之志,大先生之施,而益强固先生之壽者,豈有艾乎?

今年三月,爲先生懸弧之辰。陳君蔭園,先生子壻,予姻也,郵書索侑爵之詞。予雖與先生話别有年,而素仰先生之行誼,喜爲戚里道也,因書此以箴世講之道養者,且以助施云。是爲序。

龍飛道光五年,歲在旃蒙作噩季春上浣穀旦,賜進士及第、誥授奉直大夫、翰林院修撰、加一級、姻家愚侄林召棠頓首拜撰。

恭祝敕封正七品孺人李姻母龐太孺人九旬加一榮壽序

天地之大德曰生。天生人,未嘗不欲以生人之福,全而畀之。而天心之訢合,必善氣之相迎,又擇其端龐純固,重而能勝,滿而不溢者,乃稠疊而加之。倘薄其址而崇其巔,瘠其中而榮其外,是無實之華,非悠久之慶也。《列女》有傳,遞詳紀載,柔嘉維則,壺範克彰。然或高其行,不必隆其遇;或豐其一節,不克備其衆美。若范孟伯之母、梁伯鸞之妻、萬石嚴媪、宣文宋氏,遺徽餘烈,昭映彤管,而後先身世之間,人生願望之私,不能盡副。甚矣,造物諸福,備而膺之,難其人也! 今日龐太孺人,天乃不靳,而備與之矣。

孺人伉儷蕒圃太翁,我佩子皺,松茂柏悦,唱隨之樂,已逾古稀，久藉華腴，層累而上。才子賢孫[一]，學優登仕，師表英髦，其餘瑤環瑜珥、蘭茁其芽者，擷頖壁之芹藻，習瞽宗之羽籥，莫不恂恂然、軒軒然，琢磨圭璋，輝麗雲漢。期頤將屆，聰明筋力，神識不衰，造物諸福，備而膺之，人莫不羨太孺人之福，而未溯其致福之由也。

結縭作婦，善事尊嫜，先志承歡，柔聲怡色。娣姒之和，閨幃則其禮度；鄰里之阨，黽勉通其有無。姻戚誦仁，臧甬感惠。志行齋祓，内外穆諧。至於樛木垂慈，螽斯繁祉，母儀允備，尤婦德之至難。克廣德心，聿懷多福，不其然歟？《易》卦《家人》，男女正位而富家大吉，屬之六四坤爻者，何哉？殖而豐之者營於外也，固而存之者職於内也，端静安貞，居尊持重，補苴罅漏，積累纖微，富媪蕃釐，志於班《史》。《説文》曰："富者，備矣。"故富首在五福。《禮》曰："福者，備也。備者，百順之名也。"太孺人孫曾林立，孝敬無怠，非所謂順乎？左纓右紱，既壽而康，非所謂福之備乎？而圖豐防匱，矯輕儆惰，魯文伯母之績，劉元佐母之織，耄而猶勤，其膺受多福，尚有艾乎！

謹諏仲秋中澣，補祝稱觥。紫雲之曲方酣，素娥之輝欲滿。堂開晝錦，星弁偕來，侑壽之詞，猥以見屬，不獲以不文辭。樂稱太孺人之厚德致福，爲戚里勸，且泚筆俟百齡之慶，爲五代同堂之祝也。

賜進士及第、誥授奉直大夫、翰林院修撰、國史館纂修、辛卯恩科陝甘正考官、姻愚侄林召棠頓首拜撰并書。

〔一〕才子賢孫，原作"才子孫賢"，據上下文意改。

恭祝敕封正七品孺人覃恩敕封六品安人誥封五品宜人李母陳太宜人八秩加一榮壽序

閨闈之哲,史氏所書,文翰、志節、才智三者,歷代列女傳所爲作也。文翰非婦職,志節勵於冰蘗,才智出於艱虞。其名芳,其遇嗇,所謂有餘生於不足者歟?膏腴之壤,無特秀之禾;屢豐之歲,無喜雨之頌。家室和平,人倫懿美,安所謂志節、才智而紀之乎?庸常之行,乃至行也;安樂之福,乃至福也。

李母陳太宜人,敕封文林郎、按察使司經歷、覃恩敕封儒林郎、誥贈奉直大夫敬堂先生德配也。先生席履豐厚,少襄家政,經畫纖悉,隆隆而升。顧有雅量,有索逋而誤者笑給之,已乃愧謝焉。貸粟者盈門,問所業,非所當爲豐,子錢勿與也。族之貸粟者償不如額,改歲即已。饑賑之粟,以親疎爲厚薄。濟姻戚,寬佃農,爲子弟鼓篋束脩之費必腆,而訓飭之勿少恕。門以内孝弟恪謹,敦厚質素,吾邑稱焉。

宜人歸,不以富而逸。割烹煎和,絲枲杵臼,皆親之。事舅姑,相夫子,和娣姒,訓臧獲,内外整肅。我佩子鰍,相敬如賓,齊眉偕慶,七十餘載,唱隨之樂備矣!壽躋八旬,氣體彌健,視聽不衰。門外事,諸子弟稟而後行。歲乙卯小歉,丁巳夏穀貴三倍,命諸子厚賑其族,曰:“吾家行此三世矣,勉盡吾力焉,必恭遜行之。如挾以矜情,耀德以色,非惠而予之,乃陵而侮之也。承先德之厚祉,而自斫之,可乎?

小子志之。”平居訓子孫婦女，以己之孝恭勤睦爲法，無怠容，無倦意，雖古之淑媛賢母，有加於此者乎？

德者福之券也，斂之彌約者，發之彌大也。令嗣三人、賢孫十八人、曾孫十餘人，食餼上庠，馳聲黌序，隸仕籍、捧史檄者，英英濟濟。孟冬之望，爲設帨令辰，鸞誥自天，象笏盈榻。紳佩之戚，纓弁之彥，迭進而稱觥，期頤之壽行登，熾昌之符未艾也。此列女傳諸媛所景羡而不可得者。

予少讀書珂里，與敬堂先生昆仲同研席，近又締姻焉，藉悉太宜人之懿，又慕萬石君之孝謹也，敬書此爲侑爵之詞。

賜進士及第、誥授奉直大夫、翰林院修撰、國史館纂修、辛卯恩科陝甘正考官、加二級、姻侍生林召棠頓首拜撰并書。

（以上見《吳川上院李氏族譜》，九十年代印本）

例封正七品孺人楊母陳太孺人八旬開一榮壽序

辛卯、壬辰間，余供職清秘，木天優暇，簪盍多歡。時孝廉楊君過夏留都，僑居北舍，紬書少輟，步屧過從，舉杯相於，各抒清懷，奇文共賞。氣落落以淩雲，高談轉清；詞霏霏而屑玉，文藻逸發。城府洞開，余既樂其醇温，復愛其雅雋。片帆潞水，翹首燕雲，思我故人，離懷如痗。

今秋自端州歸，途次五藍，征塵坌集，君復來晤。街鼓既動，清言未休，邀我蕭齋，登堂尚阻。訊君家世，始知陟岵早傷，受書方始，辛勤鞠育，教誨裁成，皆出於機聲燈影之餘，而爲劍氣珠光之瑞者，煦堂之賢，實太孺人之力也。仲秋廿日爲太孺人設帨之期，煦堂來書，索侑壽罍，披讀牋素，具識顛末。

太孺人以穎川望胄，中頗單寒，鞶帨無華，簪笄不飾，柔嘉維則，淑慎其身。贈公里憲先生聘以香纓，登於箎室。恪恭婦職，虔奉女君，樛木能仁，江沱知義，内言不出，中饋克貞。既而讖兆辰龍，孤棲戊燕，難言共命，獨賦將雛。鄭絡齊綿，蛩促機而宵織；吴秔楚稻，鸎分粒以朝飢。不辭佇苦以停辛，惟冀發名而成業。蓋至煦堂昆季，積學垂聲，而太孺人之心力爲已瘁矣。

先是，煦堂尚未京旋，曾昭哲昆，情深予季，脊令飛而遠念，棣華韡而交歡。以彼譽並機、雲，夔均祥、覽，可知各稟慈和於畫荻，夙敦敬慎於推梨。荊樹開花，木有枝而交讓；苕華刻玉，環共璞而皆温。非兩太孺人之賢而能若是乎？當此金粟香浮，冰輪影滿。記仙桂初胎之日，是交梨正熟之期。劈錦裁雲，敷詞舞藻，龍文咸耀，燕喜可知。顧尤願煦堂蓄德彌光，修名益立，履聽星辰之上，壺分雨露之濃，太孺人延算無疆。僕也濡毫以待，以此介嘏，並爲煦堂勖焉，竊附朋友贈言之義也。是以爲敘。

賜進士及第、翰林院修撰、國史館纂修、辛卯科陝西正考官、年家眷弟林召棠拜撰。

（見《電白爵山楊氏族譜》，一九九五年）

跋

四書纂言跋

先君子自少至老，未嘗一日廢書，家中卷籍，朱墨皆數過，而於四子書義尤深邃。蓋三十歲授徒，至六十有二官東安教諭，日爲生徒剖析，每有所得，題於卷端，恒爲弟子易去。

此本蓋五旬後所録，自宋元諸儒及近代講家所著，遇即披究，加以尋繹所得。大而宏篇鉅義，小而零文瑣典。金沙既揀，珠船創獲。夜燈曉旭，目覽手批，白首孳孳，沈酣不釋，歲月既積，探擷遂多。意在博證廣稽，間或異同錯出，不自斷制，約歸一途。良以聖言垂訓，妙義宏深，見智見仁，各攄所得，譬諸穴地飲泉，得水而甘，南北雖殊，清流則一，極於一致百慮，無非資深逢源也。

道光甲申，八旬解組，次年棄養，書爲召桐所藏。召棠游宦京師〔一〕，旋引疾事母，半載橐筆，遠營菽水。甲辰之春，奉諱里居，召棠亦白髮矣，先君手澤，安忍不亟謀校訂？手自釐整，楷録成帙，《大學》爲一册，《論語》二十篇爲九册，《中庸》爲二册，《孟子》七篇爲七册，共十九册，題曰《四書纂言》。乙巳十一月校竟，裝束以付子孫，而歷歲庋藏，頗有蠹蝕。文義粲然可以曉見，少爲增補，以完句讀，損失苟多，則仍其缺，不敢臆測，以紊舊章。

召棠無狀，一無成立，以負先君訓誨，而遺書閲二十年，不即校録,尋致蠹損,愆忘之咎,不復可道。冀先德永存,吾子孫知讀聖賢書,奉遺訓於不墜也。

〔一〕召棠,原文無"召"字,據蘇圖本補。

鶴樵夫子詩草跋

嘉慶癸酉,召棠以選貢游吾師鶴樵程夫子之門,讀夫子粤中詩,使車北旋,梅花被嶺,大雪蔽江,時有高吟,命門下賡和。既至都,復讀夫子爲諸生時詩,自是持節四出,召棠恒槖筆以從。歲己卯,由浙移撫山左,黄運交潰,夫子奉命巡視,日馳驅狂瀾暴雨之間,從容指揮,波臣按轍,拯災卹艱,即事成詠,召棠嘗手録之。前後入貳秋卿,再出黔、粤,召棠或從或不從,所爲詩或不盡見。庚寅夏,公子小鶴觀察、小槐太守集夫子詩兩卷郵示,召棠始畢讀焉。

吾夫子豈詩人而已哉!夫子少貧,經歷坎壈,介然不搖,怡然不激,以古賢大臣自期許。既通籍,乘軺籲俊,仗節轉漕,士品端而軍氣奮,九重眷知,倚以爲治。凡積疲極弊,嚚張不可馴擾之區,必吾夫子繼往。往則調劑甘辛,條析紛亂,耰鋤其頑梗,而扶救其羸瘠。勞思疲精,積以歲月,而夫子亦遂僊矣。生而純孝,廉俸所入以爲祭田、義莊,疾亟,手經畫詳備,而兩公子爲生之業不問也。

吾夫子豈詩人而已哉!召棠隨節署久,故人、子弟間關遠至,夫子殷然款曲,死生契闊、盛衰聚散之感,燭闌促坐,娓娓不休。卷中多感舊之作,斐然惻然,如見當日情事。而艱鉅叢棘之際，神氣安閒，塵牘風驅，吟箋雲涌，序情言事，皎若指掌。惟敬以和，惟静以敏，水大物浮，影過鏡空，蓋心周於事，而情有餘趣也。

夫子於文無不工，而隨手輒散，又不欲以詩名，故所存止此。其生蒨之色、清遒之韻，古詩人類能之，而真誠懇摯、委婉超妙，則非古人之詩，而吾夫子之詩也。昔韓魏公題劉御藥畫册云："觀畫之術，惟逼真而已。得真之全者，絶也；得多者，上也；非真則下矣。"而後人論魏公詩，亦謂："惟其真，故不可及。"於此見賢人大臣，其修辭立誠，有前後一轍者。於夫子之詩，可觀其深矣。

召棠淺陋，於夫子學問經濟，不能仰窺萬一。顧久承訓誨，有作每令屬和，箋札詩草，尚淋漓篋衍，歸將搜録，以補卷中之缺。夜深莊誦，恍惚燭影雪篷、鈴聲月館，隅侍於左右也，又不禁愾歔而不能置也。

（以上見《文存》）

藏雲閣詩跋

信宜劉錦川汝新，余門下士也。以名進士出宰關中、遼東，所至皆潔己愛人。性耿介，喜讀書，耽吟詠，不爲流俗所容。丁巳謝官歸，宦橐蕭然，惟餘所著，寄示《藏雲閣詩》二册，病劇未得披展。

己未夏讀一過，雜詠十餘首，音節興象，逼真古人，當於陳射洪、張曲江求之。近體氣清骨挺，結藻精英。七古大見筆力，時有奇響。僅就鄙意所極傾仰者加墨，病腕不能遍，久不讀書握管,去風雅逾遠,未必有當也。

錦川官蓋平,未數載以事去官,聞大吏欲爲賢令尹起復,未識戀岫之雲,肯仍作霖雨否?我輩管城子無食肉相,鷺汀鳬渚,隨意逍遥,清福無量。今讀是編,如白雲在空,一塵不染,可想見抽簪解組時也。

抗懷山房詩跋

捧讀大著,理足才足,氣足詞足。其中憑弔古今、表揚節烈諸作,使人慷慨激昂,頓足起舞。怡情景物,亦復流麗鮮華,胸襟高朗,風塵中意興灑然。至摹寫亂離,淋漓盡致,少陵的派也。

(以上光緒《信宜縣志·拾餘》)

跋陳獻章種萆麻詩卷〔一〕

癸未冬至後三日,晤漁石先生於虔州舟次,流連竟日。出示此卷,道德之氣,盎然在楮墨間。敬題卷尾,用志厚幸。吴川林召棠。

(見陳獻章《種萆麻詩卷》原件,廣東省博物館藏)

〔一〕篇名爲編者所擬。

跋趙孟頫《行書山静日長卷》〔一〕

壬申爲宋度宗咸淳八年,時子昂年十九。至元文宗至順三年壬申,子昂已不相及矣。平日見子昂書皆入元以後之作,惟書歐陽公《蠅賦》及此卷皆署"壬申",是子昂少年筆也。子昂元時書皆題紀元,獨此與《蠅賦》止署甲子。豈子昂既仕元,不敢同於靖節編詩之例,而在宋時固可率意爲之耶?道光庚子中夏,過蔗田農部齋中睹此。或疑與子昂他書不類,不知子昂各體皆工,平日所作,正不盡相肖也。林召棠。

(見原件,廣東省博物館藏)

〔一〕篇名爲編者所擬。

跋趙孟頫墨琴二譜〔一〕

趙松雪墨琴譜,曾見玉烟堂中,殊乏精采。今觀真跡,天然華妙,風神宜在金堂玉室間。楮尾不著歲月,莫辨爲中晚年書。自記稱"弁陽老人攜至濟南",周密公謹號弁陽老人,寓居吴興,松雪嘗爲作《鵲華秋色圖》,序云:"余通守齊州,罷官歸來,爲公謹説齊之山川。"松雪罷齊州,在元貞乙未、丙申間,意一時過從,從容賞玩,遂并爲揮翰歟?蔗田農部奉爲臨池圭臬,允稱精鑒。林召棠書。

〔一〕篇名爲編者所擬。

跋趙孟頫府君阡表〔一〕

子昂是年拜汾州之命，踰年入京，留書金字藏經，改集賢直學士，不至汾州也。時子昂四十四歲，中父卒於宋咸淳元年，子昂年始十二，李碩人已前十五年卒，則子昂非李出可知。中父官至侍郎，始賜進士出身。女十四人，以"孟"名之，並詳餘表，皆不數見也。林召棠跋。

（以上見《嶽雪樓鑒真法帖》）

〔一〕篇名爲編者所擬。

跋趙孟頫帖〔一〕

松雪書杜詩，此本尚是舊刻，已蠹，付俗工裝之，拙如淖中肥牛，可惜之至！《歸去來詞》頗圓滑，非松雪佳筆。廿年前在周石芳侍郎齋中見松雪《千文》，此本妙絶。索之坊間，不能得仿佛。又經時日，益不足觀，存其意可耳。松雪以後五六百載，能書之家輩出，遽有訾議。平心觀之，終不信後來居上。然棗本摹搨，輾轉失真，即墨蹟收藏，亦多贋鼎，能者辨之耳。連日讀某公書，甚矣議論之易也。原無踐言之心，安問時勢之異同，推行之通窒。此宋以後之君子，文章所以多，品望所以高也，草野愚人，惡乎知之？

（見梁土富所藏原跡）

〔一〕篇名爲編者所擬。

招元傅寧越郡欽江縣正議大夫之碑碑文考證跋〔一〕

先生游屐所至,表而出之,富鄉邦之文藻,壯前賢之馨烈,俾考古者次第而著録焉。

(見光緒《茂名縣志》卷六)

〔一〕篇名爲編者所擬。

臨蘭亭序跋〔一〕

章氏墨池堂刻神龍本,出於晉江曾宣靖家,謂薩少保所撫即定武本。此又蘭亭考之一説也。

(見林召棠手跡,林受才藏)

〔一〕篇名爲編者所擬。

蘇珥書離騷經墨搨跋〔一〕

往時見蘇古儕書,皆自用我法,不襲前人。此卷小書,此復古質生硬,辟之平沙鳥跡、疎樹霜華,恍惚得其意趣,豈屈子奇文,固當以奇筆書之耶? 壬辰七月望夜大雨,曉起書此,林召棠。

(見搨本原跡)

〔一〕篇名爲編者所擬。

自强不息横幅并跋

精神日用即日生,日耗則日怠。自奮則百事可成,自棄則置身無所。成敗之機,斷之自我。能自振勵,此其時矣,不容緩也。

即此是學横幅并跋

學非止讀書也,學人之能,以策勵己之不能。凡言語動作,處事立身,處處留心,自能有益。程子有言曰:"吾作字甚敬,非愛字好,此即是學。"此意可類推也。

(以上見《拾遺》)

致静慎動横幅并跋

非静無以專心致志而善入,非慎無以精審成敗而能有爲。《孟子》言"收放心",《書》言"慮善以動",未有輕浮躁率而成人者也。芾南書與果生。己未九月廿八日。

(見林召棠手跡)

選樓集句評跋〔一〕

若將兵然,五家合隊,而步伐整齊也;若合樂然,八器雜陳,而聲韻諧協也。如錦織天女之必緯以七襄也;如石煉媧皇之必資乎五色也;如合七寶以修月,望之不見補後之跡也;如製百衲以名琴,彈之更得絃外之音也。壯采奇觀,時露崇規巨矩,豈非神而明之,存乎其人哉! 如是我聞,得未曾有。

(許祥光撰《選樓集句》,清道光二十年刻本)

〔一〕篇名爲編者所擬。

頌

誥授中憲大夫亦峰郡尊觀察大人德政頌

蓋聞龔黄布化,澤周渤海潁川;堪範宣仁,歌起兩歧五袴。存心濟物,潔己愛人。慧日慈雲,和風甘雨。六雄十緊,幹濟聿展乎經猷;白叟黄童,痌瘝悉乎其德意。芃黍膏霑於南國,菁莪樂育於中阿。宜夫白鹿夾輪,黄龍望府。會看雙旌建節,定占六纛總師,於我郡侯聶亦峰大公祖大人見之矣。

公衡郡名門,河東華胄。稟沅芷澧蘭之氣,抱瑤琨篠簜之珍。榮陟木天,才裕馬遷之史;改膺花縣,音流宓子之琴。既報最於雙鳧,旋先驅乎五馬。潘州拜篆,溥渥惠於瓜疇;鑑水停旌,飫新膏於蔀屋。既接野王之踵,宜攀侯霸之轅。老人合贈百錢,我輩唯陳一頌。頌曰:

泰山之雲,觸石而起。岷山之水,入江而泚。一雨萬家,一潤千里。我公來官,甫數月耳。政溥肫然,民歌樂只。

士林培養,國幹家楨。民風丕變,著僞存誠。鏡中人在,冰上吏行。延醫捐俸,拯扼甦嬰。廣傳洋痘,大洽輿情。闢途之坦,如砥之平。翱翔游子,忭舞夷庚。

揚兹仁風,慰彼黎庶。公去何亟,公來何暮。民愛而思,甘棠有樹。借寇無由,送劉咸赴。祖餞停驂,徘徊堠鷺。

祝公遷階，願公騁步。赤縣流聲，丹屏記注。與朱司農，同一景慕。

治愚弟林召棠暨吴邑紳耆恭頌。

（見聶爾康撰《高涼贈行録》，清刻本）

贊

題吴家駿像贊

崧岑先生,少負異稟,髫齡入泮,亭亭玉立。往來親串家,予始束髮就塾,見而慕之。又十餘年,同爲縣學生,輶軒按試,恒互爲甲乙。然先生沈酣載籍,文采溢發,予愧弗逮也。先後登賢書,會集京邸。爾後人事牽綴,里居日淺,不獲數數再合。道光戊子,予謝病歸,跧伏敝廬,先生歸道山已十稔。賢子孫能讀書繼先業,蓉江世講奉先生遺照屬題,敬賦短詩二章:

夢中錦段贈邱遲,年少才華玉樹枝。猶憶揮毫珠琲粲,長廊風定日斜時。

牙籤觸手富琳琅,氣吐晴虹夜有光。壯志生平酬未盡,楹書留付白眉郎。

題鄭蘭池像贊

猗歟先生,賦質淵純。虔恭夙夕,承歡二人。髫辰授書,研經貫史。才雋一黌,英聲蔚起。貢入成均,羣彦駢羅。籀摹周碣,篆釋郇戈。繩墨誠陳,人之模範。叩鐘攻木,梓斲絲染。懿彼淑德,宜臻耄耆。龍蛇讖歲,翩然騎箕。公才未施,公後宜永。榲書可讀,瓊枝森挺。

題陳芷江先生像贊

祥麟一角,威鳳九苞。文明朱鳥,萃於南郊。駸駸駿足,一日千里。奇峰干雲,拔地而起。猗與先生,興於海邦。龍文百斛,健筆獨扛。少歌鹿苹,壯餡綾餅。羣彥希聲,時髦附景。豐湖汪汪,芹藻猗猗。先生來止,經師人師。既興其秀,亦鋤其奸。訊囚獻馘,在泮閑閑。士軌懷方,受和薰德。示民不佻,君子是則。其德克明,其聲則英。有子式穀,勖哉儀型。

(以上見光緒《吴川縣志》卷七)

題姊丈詹公諱時風畫像

姊丈大人,淩雲概日,風骨高騫。陋局趣之小節,喜締交英賢。少端榮以請業,壯橫經而開筵。折雅談於五鹿,集吉兆於三鱣。何玉樓之見召,遽翩然而上仙。惜英業之未究,冀榲書之何傳。賢婦氏李,孝思靜專。□夢修饋,儀狀宛然。良工慘澹,落紙風旋。披圖肅對,彷彿乎共酒巵、同硯席之華年〔一〕。姊丈少孤,家君招來誨之,與棠共筆硯者十稔,年三十三卒於德慶州訓導任。所遺一子士侃尚少,既娶婦賢孝,頻夢公,以夢中像質諸姑,良信,它日復夢。公命繪像,曰:"以子所見語畫工,可得彷彿也。"

〔一〕共酒巵,原作"共同酒巵",疑有衍字。

題次姊畫像

宛宛女士，幼肅閨儀。織紝組訓，酒漿卮匜。作儷德門，施衾結縭。孀姑載歡，修隨怡怡。猗歟夫子[一]，説禮敦詩。晉康右郡，彈冠作師。諸生玉立，是琢是治。方差穀旦，魚軒並馳。我佩子綬，鴻案齊眉。何圖霜風，摧瓊樹枝。飢烏夜啼，雪霰淒其。白髮在堂，黄口小兒。掃釜生塵，斧冰作糜。一饘一粥[二]，一縷一絲。辛勤十指，昕宵忘疲。爲婦則孝，爲母則慈。寒極載陽，黍穀春曦。六旬有六，松茂柏枝。子敬循陔，孫勤下帷。介福自知，永祝期頤。飲善有加，門庭雍熙。纓笏在牀，蘭玉盈墀。連蜷五桂，煜爚九芝[三]。貞孝之報，綽楔視兹[四]。

（以上見坡頭官渡高嶺村新石刻）

〔一〕猗歟，原誤作“猜歟”。

〔二〕饘，原誤作“顫”。

〔三〕煜爚，原誤作“煜堎”。

〔四〕綽楔，原誤作“綽褉”。

書　札

復長子心彝信

九月十七日，得汝瓊州十三日書，言懿圃納姬事，復之云云，此大誤也，爾安以懿圃爲法？家中苦貧，子女已多，孫男女日日生，人更多，視彼呱呱者枵然而啼，何以爲懷？此事止一時之興，而有無窮之累，萬不可解者勿論矣，就粗可相安者言之。多此一人，處處窒礙，即不至大決裂，而日夕之間，言色之際，辛甘異劑，枘鑿難諧，種種乖舛，不可枚舉。欲較則不可勝較，不較則轉益其驕。光風霽月之中，忽成淒黯；周行平砥之道，皆作荊榛。絶無家室之歡，轉成孤煢之况〔一〕。婢子之故，致伉儷參商，揆之情理，可乎不可？家庭之間，日尋水火，在於骨肉，定不吉祥。不得已置之度外，彼則以爲墜我阱中，侵尋愈深，益無紀極〔二〕。我欲平理之談，必肆無理之虐，變庶何辜〔三〕？是我納之苦海之中也。求歡得惱，因愛成仇，莫此爲甚，必當懸之戒律，萬不可犯者也。爾婦聞此言，使果生請我止爾，可概見一斑。

我今使爾止此舉，《孟子》所謂未出於正者也。然父誤墜坎穽〔四〕，有不戒其子者乎？我耳聾，必不欲爾耳聾也；我既已後悔難追，爾何得明知故犯？我兩庶子不肖，爲爾兄弟之累，已非人力可爲，而誤亦由此也，豈非多一事不如省一事乎？熟復此言，當念此冷如冰雪，根株痛砍，萌孽不生，乃奮發力劈孽鏡耳,志之毋忽!九月十八日草。

(見《拾遺》)

〔一〕孤縈,原誤作"孤犖"。

〔二〕紀極,原誤作"記極"。

〔三〕孌庶,未詳其義,疑有訛誤。

〔四〕坎穽,原作"坎窝",據上下文意改。

致丁雲浦札

前因趨命謝庭,得瞻衛玉;猥承蘭臭,藉啓蓬心。偕訪古於爽鳩,快論文於倚馬。屋烏辱愛,書兔難窮。仰維雲浦九兄胸藏邱錦,筆麗江花。氣吐虹蜺,品粹圭璧。蘭成射策之歲,早富詞華;賈生待詔之年,已驚長老。行見珠升鏡海,玉映冰廳。婿並乘龍,君殊有鳳,並萃美於閣下矣。

夫感深存没,東阿所以悼宓妃也;口多微詞,宋玉所以賦神女也。故臍珠乳菽,事出《秘辛》;蓮臉山眉,語詳《樸子》。他如北里箏笛,南部烟花。記寫迷樓,傳遺長恨。踥鶴豔婉兒之態,飛燕徵樊嫟之詞。至若近代,淡心《板橋》、升庵《雜事》,莫不奮迅雄藻,敷寫麗情。然止盛飾簪裾,否則斷零縑素。未有唾珠如霧,撮土皆香。笑並泣偕,目挑心與。活秦宫於花裏,面逼朝霞;啼妃子於竹邊,淚成琥珀。如樓高紅杏,思公子兮未言;夢斷黄粱,望美人而不見也。

閣下司空見慣,杜牧情多。酷嗜斯篇,與僕同癖。遂乃裁花葉而助嬌,滌冰壺而寫豔。品以湘管,搜彼香奩。聚一百人,成五十韻。使芙蓉兒女、斑竹仙娥,俱徵配白之工,大勝比紅之作。吟成黄絹,粉滴酥搓;寫就烏絲,金迷紙醉。

僕一見稱絶,三復如癡。飲以芳蘭,拾其香草。書之桃花箋尾,攜來蓮子湖邊。出示同人,羣驚麗什。方欲枕珍鴻寶,扇寫蟬紗,適友人輕裝南行,强攜而去。有井水處,皆歌柳詞;知江左人,已傳魏集矣。僕甫解塵鞭,未留粉本。記窮三篋,已亡珠檢之新詞;借許一瓻,尚乞瑤輪之副册。

閣下未忘昔好,倘念故人,或魚素之肯通,冀鴻章之抄惠也。自驪駒唱别,魚鹿奔馳。廿早甫達歷城,次夕移居試院。管窺每陋,槧握多疲。久事關防,未通箋簡。閒愁紛其難掃,别思慵以如雲。目下已卸校讎,未卜歸去。倘槐忙易届,萍跡仍留。訪僕屠狗之中,看君登龍而去。曜靈急節,良覿靡遐。氣候漸寒,起居增重。

(見《文存》)

致黄液洲札〔一〕

液洲先生同年坐右:别來數月,敬惟台祉嘉胜爲頌。前承惠問,感戢之至!家母安吉,而年高氣弱,未能十分復元,弟唯敬謹奉事。仰慰知愛,尊體珍護,一切康勝。桃根打槳,定足歡娱,遙爲健羡。專此,復請近祺,並問諸世兄文好,唯照不備。年愚弟林召棠頓首。

(見林召棠手跡)

〔一〕篇名爲編者所擬。

致鮑俊札〔一〕

承台飲，斷不欲辭。唯累日飽談，已快積悃，亦須稍爲摒擋，以便西帆，留爲秋間或下年聚首，結不盡之緣，實爲妙事，手泐佈謝，明日面罄。敬請逸卿仁兄大人同年即安！弟林召棠頓首。廿七日。棠谿先生統此致謝！

（見林召棠手跡）

〔一〕篇名爲編者所擬。

與茂園公書

茂園年世長兄：錦堂萬福，侍奉歡娛，以欣以頌。弟度歲忽忽，月杪仍需于役，卜鄰之願，何日忘之！倘荷留心，實爲慶抃，專泐拜謝！敬請老伯鈞安，並候元禧、竹泉、七兄，晤時乞爲道念。

（見《華山李氏世德録·附録》卷四）

致張荔墀札

荔墀先生閣下：前在義莊讀《祭袁大將軍文》，以爲不愧作者。繼見《紫衣郎傳》，懷抱深婉，欽佩久之。嗣仰風儀，尤傾鄙抱。特以闈後匆匆整理行篋，未及造謁，僥倖後在軟紅塵中奔走報謁,每恨不得久坐春風,一洗俗障也。頃承手教獎借過分,感愧兼之。并荷珍册之惠,仰維先生翼勵末學,以古人相期,故貽以古人之器,自顧謭陋,何以克副盛懷,惟敬慎自持而已。行期想不能太速,當即趨領大教,先此泐謝,祇問文安。愚弟林召棠頓首。

(見張璐撰《漁石初稿》,清刻本)

墓誌銘

孫逸園贈公墓誌

嘗讀《後漢書》荀朗陵、鍾季明傳〔一〕，敘致簡徑，言論風采，表見蓋寡，而時論歸之，後世慕之，推爲明德，殆無異詞。近世紀文達公有言："士君子居鄉間，無赫赫之烈，而庸德之行，人所難能，信足以傳矣。"予竊取此意以誌逸園孫公之墓。

公少醇謹，伯父年五十未有子，愛而子之。父卒，事兩母各得歡心。將析産，本生母愛公，與田數十畝，公辭曰："兒出嗣自有産，豈可割弟産以益富乎？"兩親喪畢，行求敞原列置窀穸，曰："俾吾後嗣展奠瞻拜如一也。"撫三弟，恤寡姊妹甚厚。

將作先大父廟，衆有宿逋，莫肯先償。公先鬻一宅，歸二百金，事遂集。族居既繁，祖祠閉塞，公倡遷之。譜牒散亡，得片稿於灰燼之餘，手自訂定，命子南瀛明府續輯之，始有成帙。又采河南程氏議，訂改奠享之儀，歲時奉俎豆，始彬彬矣。

平居不苟言笑，觀書，録其可法者爲子弟式。精醫，蓄藥以待求者造診，不辭早暮。佃田者歷世守恒額，不更易，曰："事吾先人久，忍以小利棄乎？"家不中貲，義施無吝色，豈非篤内行、樂善不倦者乎！

予幼隨先君子館公之里，與南瀛同學，見公器宇沖粹，與先君子語每移晷，予少不詳也。嘉慶丁丑歸，謁公，時南瀛以明府簽分閩中，語次及之，愀然曰："縣令與民親而事繁雜，監守重疊，行己意頗不易，而蠹胥健役，依附爲城鼠者衆，吾懼其不易爲也！"又十餘載，南瀛解組歸，寒素如書生，曰："先君世居閭閻，習民艱苦，數賜教敕，兢兢失墜是懼，今幸爲清白吏耳！"嗚呼！如公者，足以爲世善人矣。

按狀，公諱亘修，字健行，太學生。先世自閩古田遷吴川，世有隱德。至肅庵公諱錦，始與二弟並試登上庠，即公考也。公配黄氏，敕封孺人。二子：大焜，戊子恩科舉人，福建沙縣知縣；次大燎，庠生。女一人，適陳氏。孫六人：應蘭、感蘭、佩蘭、紉蘭、蔭蘭、培蘭。公生乾隆戊辰十月，卒於嘉慶己卯六月，享年七十有二，將以道光某年葬於海康金毬嶺。

〔一〕明，原作"和"，據《後漢書》改。

潘雲亭墓碣

上台有煇，絳闕表鈞衡之佐；少微流燿，紫垣標處士之躔。太上立功，達人知命。出則丹青王化，入則圭璧躬修。霖雨既歌，淳風斯扇。隱顯異致，古今一途。若雲亭潘公者，可無愧矣。

公諱元龍，字國光。先世由閩官粵，始居南海沖鶴，繼遷東安南鄉。自廉泉公至公先考麗川公，凡六傳矣。麗川公五子,公其季也。馬氏則白眉尤良,賈家則季偉最怒。

犀角初挺,鯉庭遽掩。方在髫齡,已如成人。擗踴苫苴,見者感涕。成童,就先友馮品斯茂才學。茂才之叔潛齋先生,靈光巋然,爲鄉宗匠,偶來就塾,見公所業,曰:"此子風度端凝,著作工雅,器識文藝,皆當大成。"叔度弱齡,已傾心於達識;仲宣總角,即倒屣於碩儒。鋭志篤行,早基於此。夷吾弱不好弄,叔夜母恒見驕。以公素羸,頻試未偶,慈親見約,遂棄帖括。漢郎入貲,受職秦制,納粟轉階,衣錦娱親,養志足矣。

宅幽勢阻,高峰尋雲,愛濯澄波,時蔭茂樹。晴初霜旦,蛩夕鶯朝,石瘦扶笻,苔深繡屐。蓬蒿没徑,是蔣詡之居;蘭菊被階,表羅含之德。奉潘輿而怡景,撫謝樹而啓顔。讀書便佳,爲善最樂。在晦無悶,既耄益勤。每旦正襟危坐,督諸孫上學。几席自整,盥濯必潔。妙香淨慮,微温鵲尾之爐;小窗多明,細檢蠅頭之字。食古而化,與興俱驅。有《參省堂文稿》二卷、《雲亭吟草》三卷。疏瀹性靈,陶冶載籍。邵康節"擊壤"名集,陸天隨"笠澤"成書。方之古人,有同趣焉。

平生不識財貨贏縮之説,去廛區纔隔一堵,杖履游處,未嘗至之。服食所需,第取裁足。節盈補絀,施與匪吝。進交賢哲,接引後學。翕翕如畏,亹亹忘倦。晏嬰近市,不求朝夕之利;少游下澤,止就款段之安。爭訟咸質於陽城,不肖恥聞於王烈,公其有之。嘗訓諸孫曰:"白沙先生有言:'澄心靜坐,養出端倪。但能靜驗此心,是非自見。'吾生自省,幸鮮大過。惟力於此,汝其勉之。"

又處世以和爲本，居家以儉爲先。讀書内察於身心，交友先觀其志行。此之不務而速藻自售，猶不植其本，妄希其華，非所望也。幼安木榻，不以寒暑而移；王祥家訓，惟以謙慎自飭。前史重其碩德，後嗣鬱爲華胄。典型斯在，梁木其萎。以道光十二年二月十日感微疾卒，年八十有一。

公元配阮安人，繼配萬安人。子五人：長進傑；次進德，國學生；次進英；次進書，國學生；次進朝。女二人。孫八人：世清，附學生；世彪；世錦；世華；世辰；世勳；世銘；世鏞。孫女五人。曾孫四人：家驥；家騤；北祐；水□。曾孫女二人。〔一〕世清以仲子子嗣伯父爲冢孫，與予游久，端雅能文，有祖風焉。以某年月葬公於某原，世清來乞銘。銘曰：

錦山嵯峨，瀧水清泚。懿此神皋，篤生君子。和而有容，儉則不侈。承歡蘭陔，薰德梓里。

辯馳五鹿，譽挺一龍。濤翻筆海，嶽抗詞峰。晚菘早韭，露竹霜松。小園庾信，折巾林宗。

昔訪高陽，曾欽荀淑。門庭有怡，衣冠孔穆。與人爲春，比德於玉。作範來英，齊鑣往躅。

涼風颯至，高梧遽秋。蔚彼孫枝，湛若蒙流。謁銘樂石，永鎮松楸。克昌奕葉，不墜徽猷。

〔一〕“子五人……曾孫女二人”一段，《文鈔》、蘇圖本均作“子五人，女二人，孫八人，孫女五人，曾孫四人，曾孫女二人”。

何榮軒贈君墓碣

孝廉何迴川試禮部歸，以書抵予曰：“文瀾少奉吾父訓，方冀少有樹立，以成先志。癸卯之秋，父疾方愈，嚴諭文瀾北上，比試畢抵家，而吾父棄養二旬矣。湯藥含殮，一不獲親，唯嘉言善行不敢忘，將書墓道之石，以垂久遠，敢以爲請。”予不文，顧不能無以塞故人之責，謹按狀而銘之。

君諱廣受，别字榮軒。始自閩入粵，七傳至君。祖早卒，祖母苦節，擇君父爲嗣。君少爲祖母所愛，以事父母，捻家政，遂棄舉子業，而使弟畢學，奉寡姊甚備。營祭田，立祠墓，置舟梁以濟病涉，恤族人以助婚嫁。片言息爭，藉調護者甚衆。蓋懷才蘊奇，遇事而施者也。

先是，割西寧地隸信宜，始設圖堡，謂之新圖。層峰茂林，皋壤饒沃，而學者尚寡師友，罕登科第。君獨謂：“野處不暱，士多翹秀。而越劍達犀，必資括羽；昆刀切玉，尤藉礲砥。”爲孝廉擇良師，嚴訓課。旁採青烏家言，有所建置，如經師樂祖之祀，爲山川標顯瓌異。於是羣從子弟，森然各見頭角。而孝廉遂登辛卯鄉薦，爲新圖先導，才猷器識，當展布以成君之志，而君不及見矣，而君可以無憾矣。

君子一，女子二，孫四，曾孫三，曾孫女三人。落龍之麓，君阡在焉，是宜有銘。銘曰：

猗猗霜竹，實茂孫枝。克敦雍睦，載懷英奇。
學不求名，才施於事。刃迎縷解，斯别利器。
夷險梁深，坦坦之途。梴桷馨俎，詵詵之徒。
家駒千里，展雲發電。華轥首路，天閑之選。
霜蹄方騁，風樹含悲。牛眠載安，高隴崔巍。
山沓水匝，靈氣蟠摛。明德之阡，過者神悚。

簡軒陸君墓碣

君諱敬中,字積善,高要縣禄岸鄉人也。考諱賢萃,訓家睦族,雅有人望。君生質淵懿,束髮授簡,志貫墳典,弱齡失怙,終鮮兄弟,枝柱門户〔一〕,遂棄帖括。會朝廷以偏隅告災,助賑授職,君急公濟物,得官少尹。夙懷慨慷,欲自樹立,依戀母氏,復解纓弁,朝夕膳羞〔二〕,欣欣愉愉。

家世頗豐〔三〕。先考畫疆析劑,分畫腴腆,蠲潔籩柤,奬勵鼓篋。君仰率庭誥〔四〕,彌在整贍。鄉里小故,輒用睚眥,君分析調理,鳌解紛難,還復親睦,弗造府朝。當事器奬,俾型一鄉,凡有爭辯,就陽城判焉。先是,丁未歲大祲,君考廩有餘粟,户饁一鍾,簞壺路隅,道殍克濟。萑苻繼暴,咸避義門,君能承志,約己惠物。元枵值歲,輒殺額入〔五〕,耕奴千指,均被河潤〔六〕。

家園數畝,花藥蓊鬱,尤嗜種菊,量英品葉,選苗臭馨,分别區類,標置新典。秋露始肅,芬葢軒楹,霞綺晨張,壺詠夕暢。所著菊譜,傾挹名流。雅能文詠,動千百言,贈投鉅公,頻見器重〔七〕。卒於嘉慶丁丑八月〔八〕,得年三十有四。君德配龍氏。子孟卿,府經歷;仲卿,方力學。孫儀,次儼,次侃,次俌。以道光六年十一月葬君五柳坑〔九〕。

銘曰:

猗歟陸君,雅志騰騫。胡豐其華,而不永其年〔一〇〕?余不及君〔一一〕,與君嗣周旋。有子端慤,老母華顛。孝養康愉〔一二〕,益知君之賢。泉臺有知,君當欣然。紀此徽猷,表於新阡。

〔一〕門户,《文鈔》作"門業"。

〔二〕朝夕,《文鈔》作"昕夕"。

〔三〕頗豐,《文鈔》作"豐厚"。

〔四〕率,《文鈔》作"稟"。

〔五〕輒,《宣統高要縣志》作"每"字。

〔六〕《宣統高要縣志》於此句之後尚有數句:"嘉慶甲戌,陽侯爲虐,浮胔蔽江,觀察竇公國華營度爽塏,聚爲叢冢,君與經紀,寔流廣漢之仁。既竇公解組,君餞以長篇,甚見器重。"

〔七〕《宣統高要縣志》無"雅能文詠,動千百言,贈投鉅公,頻見器重"數句。

〔八〕嘉慶丁丑,《宣統高要縣志》作"嘉慶二十有二年"。

〔九〕《宣統高要縣志》作"以道光六年葬君某原"。

〔一〇〕《宣統高要縣志》無"永"字。

〔一一〕余,《宣統高要縣志》作"予"。

〔一二〕康愉,《宣統高要縣志》作"怡愉"。

黄質園公墓表〔一〕

公諱文才,字鍾華,其先閩人,遷粤之吴川。祖龍門都司,諱仁。父貢生,以公弟瀚才贈文林郎、松滋縣知縣,諱秀夫。母文氏,贈孺人。

公少自力於學,以貢入成均,至京師。乾隆癸丑、甲寅間,今協辦大學士山陽汪公爲大司成,宏奬士類,英髦鱗萃,公交其才俊,晝接人事,賓從旁劇,宵休講貫,覃研粹精。時鄉先生給事中鄭公士超、翰林馮公敏昌以文章志義相尚,與公爲道德之友。既失意場屋,以廣文歸,署順德、高要教諭,凡學之事靡不舉。新補弟子員者夕來謁師,例有贄,公曰:"明日再試君等,但歸卧,無煩此行。"長官器公才,不以冗官遇之。公性開蕩,尚聲氣,急朋友,有求公者,苟力可爲而不背於義,應之恐後,不肯作促促儒士。而性行醇篤,與弟友愛,不能一日不相見。既公弟官湖北知縣,公每思之,襆被即往,數千里若尺咫。語弟曰:"吾家中不可有楚人一錢也。"

從兄子爲武弁〔二〕,於硇洲航海,皆戕於寇。海氛始熾,官吏以盜爲諱。公挺身奮呼,聞於大吏,守土者以得罪〔三〕。既而寇盜益甚,巡守之略官與民共之,咸商於公。經畫各有條理,初贈知縣。

公善治生,家充於財。公兄弟頻宦游,頗有逋負。公曰:"是不可久,一皆清釐。"婦孺稚弱,無約劑可據,千數百里,公自往歸之。而人負公者,纍纍數千金,名紙具在,公未嘗言也。歲歉,公竭廩濟其族,周於朋類間,無分毫不滿意。以嘉慶癸酉七月卒,得年六十有一。

公治《易》,精漢學,通勾股、曆律之術,旁及藝能,工爲詩。著其行誼之大者,他可略也。配林氏,封孺人,早卒。公曰:"吾早失母,父不更娶,吾其可違!"獨處三十年,以道光五年八月同藏於茂名蘆荻村土地山。

子三人:長岫,候選縣丞;次巘,早死;次崞,吴川學生,出嗣公季弟宏才後。孫十人。岫,召棠女兄之夫也,孝友謹愿,得公内行,屬述公行誼,表墓道以垂不朽云。

〔一〕《文鈔》、蘇圖本均題作"順德縣教諭質園黄公墓表"。

〔二〕從兄子,《文鈔》、蘇圖本均作"從兄某子"。

〔三〕以得罪,蘇圖本作"因以得罪"。

松軒邵君墓誌

甲申春,余告假旋里,同郡邵苓溪過訪,道其父松軒公遺事甚詳,求誌其墓。

公少好學,晝夜不輟。年三十八,受知督學萬和圃先生,亟賞其文[一],以爲簡潔老當,有宿儒風。性孝謹,早孤,事母丁太孺人,不離左右。太孺人好施,公多貯錢,恣所用,用未竟,輒益之。年四十,見諸父兄,不命坐[二],不敢坐。人憫公勞,公曰:"吾知守禮而已,敢言勞耶?夫愛親敬長,自一日至百年,非責成童而寬於壯歲也。少不遜弟,猶可補於他年;今將老矣,人紀未修,尚可望乎[三]?"其平居謙以處己,和以接物,大率如此。季父宦於滇江,事叔母孝謹,奉藥餌,綜家政,恪肅將事。内外族有貧者,分多潤寡,往往典貸以濟,不責其償。

公諱誠,字允賢,松軒其號。世居電白。曰秉孝實曾王父,茂才。曰琳實王父,以選拔中己卯副車第一。曰天顯實父,博學能文,著有《恬齋文稿》及《古今文骨理解》等集。生子三,公其季也。娶崔氏,有子男一人,曰維喬,廩膳生。女一人。孫二人。女孫一人。

銘曰:

山雄海深,奇氣鬱蒸。匪貴匪侈,古義服膺。體素茹潔,懷方寢繩。峨峨此阡,頑懦奮興。

〔一〕督學萬和圃先生,《文鈔》作“萬學使承風”。

〔二〕《文鈔》無“坐”字。

〔三〕可,《文鈔》作“何”。

養齋江公墓誌銘〔一〕

公諱會東,字浩然,號養齋,石城岐嶺人,歸善訓導。宗堯公爲大父,太學生,贈雲夢知縣。南榆公爲父,母陸氏,生子四人,公其季也。

少能任事,繁劇立辦。太學公欣然曰〔二〕:“是能張大吾後者也。”嗣是諸昆學宦而屬公家政,因其固然而不擾,孝友雍穆,而生業倍蓰於舊。公既富厚,慨然思有濟於物,權其輕重緩急,或順而施之,或曲而致之。於是貧乏有恤,婚姻有助,凶札有賑,煢嫠有餼。獎勵學校,整飭杠梁,凡大工大役,衆環顧不克舉者,皆助成之。而於報本之誼尤重,置嘗産,建祠宇,凡捐四千金〔三〕。此其大且要者,他可略也。

公固慷慨,尤能籌略,爲衆倚仗。嘉慶間,海氛方熾,潮汐所至,民無安宇。公決策堅守,置閘築壘,備器械,遠偵候,經畫得宜,風鶴無警。邑有賓興之舉,當事者欲以印牘爲據,捐貲者,他日子孫給焉。公曰:“裕財以濟貧,而貧者不得與,非義也。使狷介貞固之士,無以惠其後,非教也。均給之便。”衆韙之,立更其制如公議。會頒行鄉飲酒禮,邑侯上公賢能,首賓禮之,爲鄉黨楷模。州里有辯訟者,公能探其情，微言喻解之。中丞盧公有急公尚義之褒，公雖不仕，而力足以及物，智足以經遠，宜公之克昌厥後也。

嘗讀袁徽與荀文若書，稱許文休紀綱同類，仁恕怛惻，皆有效事。而《北史》紀李參軍士謙賑贍鄉人至數千石，頻行之不倦，誠心確然。若公者，可無愧矣。

卒年七十有八，以子孫貴〔四〕，疊贈至資政大夫〔五〕。德配陳氏，廩生宇政公女，端懿淑惠，與公協德，先公三年卒，年七十七〔六〕。子三人：逢春，雲夢縣知縣〔七〕；應元，靈山縣教諭〔八〕；應霖，江西按察司知事〔九〕。孫若干人，曾孫若干人。某年月日，合葬於化州南山嶺之原〔一〇〕。

銘曰：

江陵千樹，勢比封君。匪豐其積，而豐其仁。智以經綜，義以普均。與善人交，金貞蘭芬。格言至論，義方恂恂。克懋厥德，裕乃後昆。魄妥重壤，名永千春。

〔一〕《文鈔》題作“贈資政大夫養齋江公墓誌銘”。

〔二〕太學公，光緒《石城縣志》作“知縣公”。

〔三〕先，《文鈔》作“凡”。

〔四〕《文鈔》作“以子及孫誠和貴”。

〔五〕光緒《石城縣志》作“疊贈教諭、知縣、同知、主事，加級至資政大夫”。

〔六〕《文鈔》作“年七十七，疊贈至二品夫人”，光緒《石城縣志》作“卒年七十七，疊贈孺人、安人、宜人，至正二品夫人”。

〔七〕光緒《石城縣志》作“逢春，廩貢生，知州銜，湖北雲夢縣知縣，贈朝議大夫”。

〔八〕光緒《石城縣志》作“應元，廩貢生，靈山縣教諭，贈資政大夫”。

〔九〕光緒《石城縣志》作“應霖，附貢生，江西按察司知事，贈資政大夫”。

〔一〇〕光緒《石城縣志》作："孫十二人：瑞和，光禄寺署正銜，詹事府主簿，贈朝議大夫；熙和，廩貢生，雷州府訓導，封資政大夫；燾和，附貢生，署陵水縣教諭；式和，歲貢生，内閣中書銜，調感恩縣教諭；中和，鹽課司提舉銜；煦和，廩貢生，貴州安平縣知縣，即補同知；誠和，辛酉舉人，員外郎銜，兵部主事，加八級，授資政大夫；勳和，附貢生，太常寺博士銜，歷任龍門、陵水縣教諭，借補廣州府訓導；雍和，署廣西宣化縣知縣；燕和，邑附生；鸞和、彬和，八品頂戴。曾孫三十餘人：國治，候選鹽大使，贈資政大夫；國仁，附貢生，候選郎中；國華，壬子舉人，安徽補用同知，歷署太平、黟縣知縣，賞戴花翎；國芬，廩生；國藻，增生；國澄，辛酉拔貢，廣西試用同知，加六級；國濟，廩貢生，光禄寺典簿銜，候補訓導；國溥，五品頂戴，布經職銜；國均，候選通判；國璸，增生；餘業儒。元孫十餘人。以同治三年十月十七日亥時，合葬於化州南山嶺之原。"

江健亭公墓誌銘

公諱占鼇，號健亭，其先閩人〔一〕，三遷石城縣岐嶺。祖奉直公南榆，考通奉公發璧。

公生長膏腴，仍世仕宦。崑崙之岫，瑜瑾出焉，不鏤自雕者也。姿稟異甚，束髮授書，記誦倍其曹。偶執筆爲文，苦思詣極，出有入無，脱去塵坌，獨標精義，宿學驚歎。數屈鄉舉，以廩貢任遂溪訓導，非其好也，棄官歸。獨於文章之契，老而彌篤。良朋會集，揮麈談藝，標新領異，摘瑕詆隙，聽者神悚。

家本充裕，無煩營度，而澄心靜慮，灼見物情，斂散遲速，動與時會，源流交貫，遂益洋溢。其取之也以義，其施之也以道，不矜不侈，有容有忍，人無間言。

夫伏勝、轅固，疲精蠹簡之中；義方、幼安，遁跡滄溟之外。而王石之華靡，徐魚之驕逸，又儒者所不道。惟公傾羣言之瀝液，漱六藝之芳潤。從容樽俎，摩玩鼎彜。風雲寄其懷抱，花竹怡其精神。秀芝蘭於階庭，侍紳紱於几杖。良田廣宅，有仲長《樂志》之篇；美意延年，軼宏景方瞳之壽。可謂福慧雙修，華實並茂者矣。

術士言公壽九十，終於同治壬戌，得年八十九。子三：金和，貢生，早卒；嘉和，廩貢生，遂溪縣教諭；喜和，候選同知。孫：國桂、國鏞、國梅。先是，通奉公疾甚，公與三弟籲天各減一歲延父算。後四年，通奉考終，統校前後，合符不爽。或曰偶然耳。古孝子當焚如迫近之時，伏柩呼號，誓與俱燼，返風迴火，應在頃刻。典籍如此，所載非一，其皆偶然耶？

銘曰：

山沓水匝，奔湊絡繹。坎乎其中，德人之宅。

賈逵之碑，是生吉金。懿此嘉祥，永世華簪。

〔一〕其，原文無，據蘇圖本補。

陳遠山公墓誌銘〔一〕

公諱國光，字賓之，吴川泗岸人。曾祖素藴，附貢生。祖秋潤。考敏本，國學生。公少端重，能讀書，年十八，補弟子員，即著風節。丙午秋試榜發，主司得公卷〔二〕，歎遺才，移中丞，令肄業書院。與宋太史湘、羅孝廉禮綿友，皆心折之。

公益自勵,頻薦不遇,以歲貢卒,時道光八年〔三〕,年六十有七。

始,公祖秋潤公少隨父適林氏〔四〕,父失足墜水,倉皇赴救,皆溺焉。公弟星光,庠生,早卒,婦才妊〔五〕,公婦亦妊。每夜輒禱,欲己生女而姒舉男,以慰二親也,已而皆然。歲以脯脩之入佐家計,不有私財。祖母卒,命公以冢孫之田,公以供祭,餘均弟姪。設家祭,曰:"翁婦不同食,豈死而廢禮也?"爲二筵以別之。平居坦夷,重行義,篤親故,不以榮落易心。讀書力行,取其切於身心者,録置左右。將卒,神明不亂,訓諸子孫曰:"唐翼修《人生必讀》、陳榕門《訓俗遺規》二書,修身、治家、淑世之道備矣,吾三十年奉以遵循者,爾其勉之。"又曰:"後世即貧爲農賈,必讀書識理,以存儒風。"嗟乎!世俗以富貴聲利訓子弟,其矯矯立異者,又揭道學之餘波,一旦臨小利,如市儈焉,甚矣其僞哉!如公之慥慥篤實,以訓厥後,蓋不易得。

余昔見公於淑廬曙山兄所,容莊言確,飲酒温克,余尚少,私心敬之。道光丁亥見公於高涼,敦篤如昔時。又與公子及孫詒清游,皆温温靜敏。天將昌公後,以爲篤行者勸,無疑也。公娶林氏,爲余族姊。子二:泰初,廩生;次泰治。孫三人:詒清,庠生;詒德、詒經尚幼。以某年月日葬某所。

銘曰:

東膠西庠,莘莘其徒。黜實崇華,或僞且諛。誰與斤斤,矩步繩趨。蓄素保燿,在璞懷瑜。佳城既安,日月以徂。世載厥德,勖哉弗渝。

〔一〕蘇圖本題作“候選訓導遠山陳公墓誌銘”。

〔二〕主司得公卷,蘇圖本、《文鈔》均作“主司始得公卷”。

〔三〕八,《文鈔》作“九”。

〔四〕林氏,《文鈔》作“外氏”。

〔五〕才,《文鈔》作“方”。

心農林君墓誌銘〔一〕

乙卯十月晦日,客以一函投,啓視,得君行狀,爲之駭然。披讀,君以九月卒矣。故交寥落,君又長往,感歎久之,慨人世如夢幻也。

予爲諸生時,與君仲兄漢閣廣文交最厚,君年尚少。既皆通籍,官京師,樂數晨夕。君温温如玉,静而敏,所慮動中事會。一年而君歸。又一年,予亦引疾,事母里居。相去百里,不獲會晤。歲己酉,避地羅江,與君隔一城垣,數含杯道故舊。君所居庭院無纖塵,簾波晝下,筆研精嚴〔二〕,花藥叢翳,宛然山澤之臞,如未嘗有簪笏者。静而壽,意君當之,君迺止於此耶!微子青請銘,予固不能無言也。

按狀,君之先由閩入粤,居化州,四傳諱遇良爲君祖,州司馬。諱準爲君考,母氏鄧,皆得贈如君官。昆弟六人,皆秀發軒翥。君第五,少慧,授讀踰常童,執筆爲舉子業,名師驚喜。年十八補弟子員,試輒先其曹偶。學使白公鎔拔補貢生,廷試第一,授七品京官〔三〕,分刑部河南司行走。未幾,以内艱歸,服闋再出。軟紅塵中,昕夕轂擊,君不能馳騖勢要,而善於其職。聲聽色聽,訟必得情,麗法惟允。司寇方倚重於君〔四〕,而君歸矣。

自釋母氏服,君以禄不逮養,將廬墓終焉,以叔兄敦迫勉一出,蓋君夙視珪組如脱屣也。既省會有夷氛之警,督府祁公墳强起君〔五〕,爲鄉閭宣力,量險易,杜阨塞,料丁壯,訓步伐,海波洶湧,巡防晝夜不懈。敘勞,授六品服,而君固無仕進意也。

家居,營先墓,飾家廟,豐祭産,勵鼓篋,以讀書厲行訓子弟,以檢身寡過自約飭。絶跡城市,坐書巢中,時時揮翰,作徐季海、蘇眉山書,筆力勁快,而今如彩雲變滅矣。生平懷抱,不獲大展,上壽未躋,坊表遽謝,不重可惜哉!

君生嘉慶丙辰,得年六十。安人劉氏,先君卒。有子五人:廷選〔六〕,廩生,傑然秀出,能大君後;次廷玉;次廷春;次廷志;次廷藩。女五人。孫三人。女孫二人。

銘曰:

朵殿揮毫,雲成五色。英髦麟萃,圭璋乃特。
含香粉署,珥筆雲司。肺石無枉,心鏡不疲。
茂先勵志,夏侯庭誨。不慕鴻騫,何妨鷁退。
舟霖誰嗣,俟諸後賢。他年螭首,視此新阡。

〔一〕《文鈔》題作“刑部七品小京官心農林君墓誌銘”,蘇圖本題作“清儒林郎刑部七品小京官心農林君墓誌銘”。

〔二〕研,《文鈔》作“硯”。

〔三〕七品京官,《文鈔》作“七品小京官”。

〔四〕《文鈔》、蘇圖本均無“於”字。

〔五〕祁公墳,《文鈔》作 “祁公”。

〔六〕《文鈔》、蘇圖本均作“長廷選”。

陳椒朋學博墓誌〔一〕

陳君名汝蕃，一字椒朋，吴川黄坡人。祖諱懷聰，國學生。考諱曾慶，縣學生，即用縣丞，贈如君官。母李氏。君弱冠補弟子員，歲試第一，食餼。道光甲辰，銓四會縣教諭。丙午丁内艱，己酉九月卒，得年四十有一。

君考少與予同學，甚契，欲結姻以永好。予長女後君一年生，遂以歸君。君少就傅，不與外事。失怙，治家政井井。一弟少，擕持成立。處族黨朋友，有令譽。君之官四會也，予主講端溪，買小舟泝流訪君，探林壑，訪禪宇，問園亭，居三日甚歡。鄉先生學中子弟皆喜就君，欣欣樂慕，知君能爲人師也。

母病，奉板輿歸，遂居憂服闋，方謀再出。君精明强幹〔二〕，能撥煩解紛，渾然不露圭角〔三〕。體貌豐碩，宜有遐福。君疾，予數訊醫者，皆曰無害，予意君必不止此。未幾訃至，不獲走視執手爲訣，可惜也！

三子：周楨，府學生；周梓、周杞，當能讀父書者。女四：兩適士族，一鞠於弟。婦一，君卒後始生孫一。咸豐丙辰十二月，諸子葬君於茂名沙縣墟之潭苧山〔四〕。予老，不及視君窆，書於墓，志予愧焉。

（以上見《文存》）

〔一〕《文鈔》題作“四會縣教諭陳君墓碣”。

〔二〕《文鈔》、蘇圖本均無“强幹”二字。

〔三〕不露,《文鈔》、蘇圖本均作“不見”。

〔四〕沙縣墟,《文鈔》、蘇圖本均作“沙院墟”。

浙江烏程知縣弼軒康君墓表

君姓康氏,諱正基,字以培,號弼軒。始祖諱廣文,由陽江海陵遷電白,遂家於電城北街。曾祖諱世華,國學生,贈修職郎、龍川教諭。祖諱兆翰,郡庠生,贈文林郎。父諱景修,邑庠生,贈朝議大夫。妣鄭氏,封恭人。數世隱德,而君生焉。

君少負異質,未弱冠受知於顧耕石督學,補弟子員,在學十餘年,試輒高等,餼於庠。初,兆翰公嘗語家人曰:“吾生而多故,恨未得專心舉業,吾子孫勵之。”於是君益肆力下幃,遂登道光乙未賢書。甲辰大挑一等,授令尹,歷任浙江龍泉、烏程、樂清等縣,皆嘖嘖有循聲,加四品銜。丙午、壬子兩校浙闈,得士稱最。咸豐七年,以子恒泰就職光禄寺署正,恭逢覃恩,封朝議大夫。八年,以鄭太恭人春秋高,告養回籍,依依膝下,如孺子然。十年,丁内艱,哀毁盡禮。同治元年,奉部文咨取進京,以毛匪擾境,督辦局務,不果行。及匪平,而君自顧衰老,力辭大憲,不復作出山雲矣。

君自奉儉樸,未嘗有膏粱文繡之供,而義所當爲,則不惜鉅費,如拔囊建祠、捐貲禦寇之類,不可枚舉。尤篤内行。胞弟廩生諱正塤,蚤世,君撫姪如子,遺産全讓之,己無所取,而葬祭等費,則自任不以相委。生平著作不樂表見,故多散失,士林偶得一藝,珍同拱璧。存者咸謂宜公諸世,後人編次成帙,行將付梓。與人交,不設城府,畢生無報復之舉,鄉黨稱厚德焉。

原配潘恭人,生子一:恩銘,官江西府佐。繼配黄恭人,生子二:恒泰,光禄寺署正;玉泉,邑庠生。副室陳氏,生女一,適邵門;陳氏生子一:應泰。孫男:保民,恒泰出;保森,玉泉出。

君生於嘉慶甲子,同治戊辰終於家,享壽六旬有五。君之子玉泉馳狀乞余一言,爲他日墓表。

嗚呼!余知君最早,相得又最深。回憶四十年前同學高文時,聯牀課藝,剪燭敲詩,此景此情,恍如隔世。人死矣,歸於無物。君生六十餘年,出則有俾於世,處則無憾於家,今行矣妙矣,何必成老而罔罔耶?雖然,如老人何!君性敦厚,不自表張,當得遐齡,卒年僅六十有五。老人且八十三矣,長君十餘齡,矍然尚存,如老人何!前人云:"所遇無故物,安得不速老。"僕今日屈指少時舊交,遠者無問訊,近處總角之好,落落如晨星,有不禁老淚之縱横也。

(見《文鈔》)

鄧勱齋明府墓誌

召棠同年友鄧君初樹,純篤廉讓,古君子也。與召棠交最厚,十年來經涉南北,舟車與偕。甲申北行,信宿於初樹家[一]。初樹愀然曰:"吾先君子卜兆域久矣,未有以銘,幽室之藏,惟先德堙没,弗克負荷是懼。吾子史官也,於紀實宜其任載筆之役。"棠敢以不文辭。

謹按狀,公諱曰治,號勱齋,韶州英德人也。祖諱連頤,以名諸生爲士林師表,著述傳於家。考諱憲鵬,卒年二十四。太孺人黄氏,以遺腹生公。公勤劬課讀書。公少慧,能體母志,即自刻苦,年十八補博士弟子員,每試輒冠曹偶,深爲學使翁覃溪先生器重。

乾隆丁酉選拔貢生,朝考一等,以知縣用,分發浙江署遂昌、永嘉兩縣事,有政聲,補雲和縣知縣。公曰:"雲和簡邑,不可以多擾也。吾初從田間來,敢不爲百姓盡心乎?"辭謝幕友,扁舟之任,簡其政教,益以無事,日與諸生講學,文風以興。

在雲和五年,中丞琅公器公廉能,調職嘉興。嘉興衝劇,前令爭爲奢侈,虧帑甚巨,案牘繁委,公辭不欲往。上游以爲非公不可,遂奉檄之任,痛自約飭,吏無所容蠹。聽斷聰敏,咸得其情,積訟爲洗。有監生某以攬漕致富,族人積欠夏秋兩税至數千金,被訟誣至官。公笑曰:"吾知爾枉,然虧税罪不可宥。"某懼,率族輸納,數日皆畢。金鑾牛者〔二〕,嘉興巨梟也。善持短長,吏不能詰,憚公威望,以微罪自首,將瞻風旨,詭以自脱。公廉得其前後毒殺數妻及諸不法狀,論殺之,一邑大快。

丙午,浙江中饑,奉命賑濟,鄰邑經理弗善,幾釀亂。公深悉民隱,丁稽户賦,速蕆事,無漏支,無中飽,人均其惠,存活甚衆,獎進士類,如在雲和時。公遇事慎而敏,一處以誠,不縱不苛,大悉如此。琅中丞方薦擢之,竟以廉正失他長官歡,中以事罷官去,父老攀戀送出境,至爲垂涕。馮孟亭先生曰:"民心如是,公此去,榮於遷官矣!"

公性孝悌,以不及侍贈公爲痛,奉太孺人色養備至。公仕,太孺人尚健,父老感公德政,爭爲太孺人壽,邑居諸老登堂奉觴,助萊衣之歡焉。家政一決於伯兄卓亭先生,終身惟謹。賑嘉興之歲,故鄉亦歉收〔三〕,寄廉俸厚恤族黨。而自奉至約,室中無紈綺之飾,嘗訓諸子曰:"吾無宦橐遺汝,惟插架千卷,立身治生,皆資於是矣。惟誠可以進德,義利不可不嚴,汝勉學問,無愧清白吏子孫也。"以嘉慶丙辰八月二十九日卒,年五十有六。孺人徐氏,子三人:德高,癸酉拔貢生,丙子順天舉人,揀選知縣;懋高,監生,側室李孺人出;恕高,縣學生,側室游孺人出。孫六人:菁傳、芬傳、蓉傳、華傳、莊傳、葱傳。

銘曰:

匪激而清,不覈而明。柔惠且平,利君子貞。唯公哲嗣,克昌之慶。銘此幽藏,永垂德聲。

(見《拾遺》)

〔一〕信宿,原誤作"言宿"。

〔二〕"金鑾牛",原作"金鑾才",據道光《英德縣志》卷一一改。

〔三〕歉收,原作"斂收",據上下文意改。

番禺穗石鄉祖貽林公墓誌銘

公諱勳,字奕猷,號祖貽,本閩人蘊公之後,司户公之子也。爲南宋人,賜進士出身,特授宣義郎,任循州牧,志高行卓,有古循吏風。以政暇游於番禺穗石,愛其風土形勢,遂家而開族焉。德配陳太君,温慈淑慎,勤儉克相。宋端平丙申歲,合葬於番禺南亭鄉黄龍崗巳亥之原,迄今子孫蕃昌,支分派演,皆公與太夫人積德流光,燕天昌後,煦於五百餘歲之久也。墓重修於雍正癸丑,年久未免荒蕪,今復拓而新之,砌而崇之,賢哉諸伯仲,可謂克振玉基矣。

予族與穗石雖隔異府,然木本水源,宗同一派。猶憶恩假榮旋,謁祠共慶,□與諸父老游,得熟悉其遺繫。兹復以書傳請銘〔一〕,故爲之紀其大略,而復爲其銘焉。

銘曰:

元氣啓鴻蒙,白雲天峰宿。天若待其人,九牧昌其族。獅象截長江,靈鍾而秀毓。世世有達人,惟德厚其福。黄龍壘壘盤,羅浮懸朝旭。蔭爾子若孫,共食天字禄。〔二〕

(見《穗石始祖祖貽公裔派繫初探》)

〔一〕“猶憶……請銘”一段,原作“猶憶恩假榮旋謁祠其慶唇與諸父老游慈復以書專請銘”,多有舛誤,據上下文意改。

〔二〕銘文原作“元氣啓鴻蒙,白雲天峰宿。天若待其人,九牧昌其族。靈鐘而秀毓,獅象截長江。惟德厚其福,世世有達人。黄龍壘壘盤,羅浮懸朝旭。蔭爾子若孫,共食天字禄。”以第六、八句無韻,不合詩格,當有訛誤,故略正其次序也。

駱道味德配歐太君墓誌

年伯母駱孺人,乃湖北京山縣知縣駱可庵公長媳,封翁八品壽官悦心公之配也。爲女賢,爲婦賢,爲母賢。

爲女若何?勉其弟山東沂州府焕舒公等,俱爲名宦,而事父母,可知也。爲婦若何?孝翁姑,敬夫長,同之任所,徽播京源,而居家儉勤,可知也。爲母若何?稱姑母者若鄉進士相晟公,稱岳母者若拔進士劉公德鴻,稱外祖者若粵西鄉進士陸公維筠,稱年伯母者則余及鄧兄德齊等,皆拜領慈誨也,而教子訓孫,游庠食餼,首貢成均,可知矣。

生於乾降壬戌年七月初九日亥時,歿於道光二年十一月初六日午時,享壽八十一歲。葬地名十三都廟,仰天獅子形,乙辛山,勒石以誌墓門。

(見民國《樂昌縣志》卷二十三)

咸陽知縣李步堯墓表 節略

李君諱步堯,字熙勳,一字梯雲。遠祖諱輔,附生,由翁源入信宜,遂爲信宜人。至君凡八世,皆在庠序。父泰時,歲貢生,南雄州訓導,潛心理學。君少慧,以縣試第一補弟子員,學使五試皆第一。

嘉慶癸酉,學使程學樵夫子取拔貢生,是年中式舉人。丙戌大挑一等,以知縣分發陝西。道光九年,西口外不靖,隨經略出塞辦軍務,以勞加三級,歷署富平、保安、靖邊等縣,補安塞,調咸陽。皆能興文教,重農桑,息訟安民,興利除弊,士民頌之。大府將以卓異薦,而君年甫五十,以母老乞養歸,承歡無間。

君博綜羣書,手不釋卷,尤邃於經學。既歸,集生徒論文講藝,多所啓發,而常以孝友敦行相勉勵。厚弟姪,濟貧困,經營先代事,創修廟宇、義渡,助邑令平糶。大溺,作竹筏救人。大疫,合藥分給。邑令事有所疑,多就君商質,君詳爲剖晰,未嘗干以私也。

配黄氏,柔順端莊,能孝舅姑,惠於族鄰。子承藩,廩貢生,萬州學正。

君卒於某年某月日,年六十四,以某年某月日與配合祔於觚璞山。

余與君同年生也,道光辛卯典試陜甘,闈中同事,猶能述君治行者,兹因其孤之請,爲紀其大略於阡焉。

(見光緒《信宜縣志》卷二)

耿槩公墓誌

余同郡廩生董拜石素友善,癸卯秋,仝其尊君太學生維邦、弟勛漢造廬,道冬重修先王父耿槩公墓,述行狀甚悉,求誌於余,余乃知公原明辟薦粤西按察使司諱芳聲號密勿鄉先生之長君也。

敦敏篤學,耿介寬宏,始採芹,繼食餼。適丁明季,四野氛祲,爰贊乃父,運奇策,勦草寇,扶危定傾,以軍功授司李,歷任粤西臬府。時密勿先生捧丹扆於南面,公奉繡服於東廂,朱旗耀灕江,清風揚桂嶺,凡膏雨甘棠所遺,而公膝前之力居多。

迨解組,卜居清風洞中。有翰林修撰程公可則、編修洪公泮珠偕諸名士爲密勿先生製錦稱觴,公則款洽周旋,竭情盡慎,皆曲體父志,得所歡心。至鄉先生捐館,公與弟緯國友恭交著,遺産萬有餘石,往往爲鄰里鄉黨潤寡分多,遠近實倚賴焉。蓋謙以處己,故遇變如常;和以待人,故履險而正。真所謂"青雲懸器業,白日貫忠貞"者也。公族由湖入化數百餘年,塘表分支甫六七世,迄今宗派蕃昌,衣冠濟美,有以也夫!

公諱匡國,號塘岡,與元配高氏孺人合葬平田嶺,坐癸向丁。奉祀三房。睹壙宇之重修,仰芳徽之足式,敬援筆而爲之銘。

銘曰:

坦坦平田,沙秀水清。懷彼塘岡,惟德之馨。荷天降眷,錫此佳城。峨峨重焕,洵莫與京。

(見化州塘表董氏祖墓原碑)

傳

林氏兩世完貞合傳

化州林太學生諱高東君室江孺人，茂名都司諱元東之女也。太學君昆仲四，行最少。江孺人歸，以不及事翁爲憾，奉姑篤孝，姑鍾愛之。歸三載，太學君卒，未有所出，撫姪爲嗣，即光禄寺典簿諱瑩文君也。配孫孺人，棗栗蘋藻，必齋必潔，禮無違則。生子占春，三歲，而光禄君復卒。孺人悲痛隕絶，宵旦哀泣。姑撫之曰："吾無子，不忍而翁不祀，忍死立嗣。女幸有子，林氏三世止此懷抱中物，必誓殉地下，如兒何，如爾姑何？"乃强起飲食。妾王氏，年二十一，亦感激守義，之死匪他。家固殷足，姑舉其綱，婦釐其目。稽管鑰，訓婢僕，各治其業，扃門户，不得妄出。

孫孺人，吴川縣丞職諱大曜女，幼讀書，知大義。占春始有知識，指示之無。能言，口授唐人詩，知辨四聲。稍長，握管訓書，使仿前人墨刻，日以古人忠孝事語之。厚脩脯，延名師督訓於家塾，旦夕親考功課，不以俗事妨力學也。占春早慧，年十三四即工律賦。甫冠，以廩生屢試優等，學使殷宫庶嘉獎之。詢其家世，書"兩世完貞"額贈焉。孫孺人諭之曰："爾先世積忠厚，爾父篤行誼，不收虚譽，喜周濟，施必以道。天不假年，當食報於後。爾父以一身嗣兩房，爾又煢煢，吾苟存於世，以姑在而爾幼也。科名仕宦有數在，惟多讀書,明體用,如農深耕易耨,以待時雨也。”兩孺人慈孝兼至,協心一志,家廷之内,濟濟肅肅。敦厚不苛察,而婢媪不能欺;樸素不華侈,而戚黨均其惠。有禮有法,州閭稱焉。

論曰:《戴記》有之,妻之爲言齊也。一與之齊,終身不改,故夫死不嫁。《柏舟》之什,先於《鄘》、《衛》之篇;伯姬之葬,紀於《春秋》之筆。聖人重焉,而後世才媛,或渝斯義,信艱貞之難也。況一門雙節,行粹圭璋。雪虐風饕,悴英華於茂樹;鸞吪鵠寡,翽儀羽於慶霄。使嘒彼之小星,亦依光於寶婺。么絃孤張,有協音於鳳軫;枯桐半死,終挺幹於龍門。節而當位,孚乃利貞,《易》之義乎?

占春,字梅初,辱來問字。履規蹈矩,績學能文,温温然不見圭角,鴻軒鳳舉,以承重慈之歡也,可計日俟之矣。

(見《文存》)

熙臺陳君家傳

君諱昌宇,字熙臺,號泰然。其先由南海遷化州,至君十世。曾祖堯士,始居梅菉。祖諱紹勳。父貢生貤贈奉政大夫諱德華,善居積,致富厚。母車太宜人。

君少聰敏,以家業殷軫,佐奉政公,不得竟學。雖居市,有士行,不屑屑逐賤販貴急三倍之利。知人善任,經畫有條理,財入無漏失,故十倍於舊。性孝友,事奉政公,奉湯藥累歲不懈。需青蛇爲藥,非時不可得,君至心感求,獲焉。

君行次第五,諸昆弟酬酢人事,或所費稍濫,悉供之,不少吝。父没析産,以庶母兩弟稚弱,遺先人故居,教養成立。

一姪孤，六歲，撫之如所生。兄子光姚、兄孫永采、錫慶補博士弟子，廩於學。君喜，且慰己之不能竟學也。

戊戌梅菉火；庚子化州南津渡泛漲；丙辰夏積雨，州居兩江之衝，被災尤劇；丁巳饑，穀價三倍，繼以癘疫。君皆盡力恤其災患，拯一時之厄，或善後時之謀。觀察、郡守、刺史並以善行獎額於門，君歉然勿敢居也。

數年來粤西不靖，越及鄰壤，土匪亦伺隙附聲勢竊發，窘於公帑，捕剪爲艱，資於富民，急公義也。君累報效，復令子光龍爲練正，或命子光麟自備粮糧，率勇會勦。若劉八、邱大、謝八、朱十四、黄十一、范阿音、陳大諸寇及洋匪李快，先後勦除斥逐，六七年間，閭閻幸安堵。當事之擘畫，爲民去害也，君與有助焉。

化州城傾頹已甚，議修完，捐貲爲倡，復令光龍爲總理，工累增益善，言言屹屹矣。先後佐公捐萬八千金、錢二萬餘貫。大憲奏報，賜長孫其英舉人，一體會試；長子光龍府同知，分發廣西；次子光麟光禄寺署正，供職三載，以母憂歸。君每訓之，以己不獲仕宦有所表見，若等幸廁職中外，當盡心力，克勤乃事，民情艱厄，生長以來備見之矣，苟能盡力，敢憚勞乎？

生平樸素，寡嗜慾，無聲色靡麗之好。夜卧早作，整飭内外井井。喜與文人學士游。每遇横逆，情恕理遣，骨肉之愛，委曲彌縫，尤篤摯焉。以咸豐戊午冬卒，年七十有八。配鄧恭人，先數年卒。君之卒也，子光龍、孫其英在京師，其英以郎中供職刑部云。

論曰：漢卜式屢以家財佐公家費，官至御史大夫。吾高瘠郡不與沃壤等，君數急公至累萬，約己濟物，不靳其私，尤篤天性，善與人交，不矜不濫。《周禮》司徒以保息養萬民，六曰安富。古人有言："富人者，貧人之命也。續命之田，衆所賴焉，可不安諸？"如君者，積而能散，惠足以施之，智足以宜之，其善於裁制物理者歟！

（見《文鈔》）

江健亭公家傳

先生諱占鼇，號健亭。其先閩人，遷粵之茂名，再遷石城縣之下倉村，四世遷岐嶺。又再世累贈奉直大夫公諱南榆、教諭公諱發璧，爲先生祖考。兄弟四人，先生長，弟應龍，次騰蛟，皆官學博；四弟殤。

岐嶺地不甚寬，而豐屋櫛比，倉儲金粟，家積墳素，人縉紳紱，英俊之域，冠蓋聚焉，近邑罕有倫比。而此二三十年間，先生爲先達乎？始就學，性英敏，目光所及，俄頃得十紙。爲文苦思力索，深入腠理，穿天心而出月脅，探章大力、羅文止之藴奥，能發揮而昌大之。前輩期以遠到，鄉舉不偶，以廩貢署遂溪訓導。以所得訓士，士皆爭赴。而志氣雄俊，不欲爲寒氈羈也。

家本素封，尤善經紀。見微知著，如燭照龜卜，高掌遠蹠，初若迂闊，而應機善斷，因勢利導，源源而來，遂有春潮驟長之勢，不屑與宿商巧賈爭競錐刀之末也。

生平勇於善事，修橋梁，創寺宇，建孤魂祠，鄉里義舉，應之必先。年少豪邁，興致飆舉，更事既多，胸有積軸，矯輕鎮躁,一歸堅定,惟文字之緣,老而彌篤。年八十有七,入庠序一周甲子,學使殷述齋先生表以額聯。猶喜與少雋踴躍論文,興致勃勃,闡幽發微,動出意表。宋儒有言:“不學便衰。”蓋學則心志堅固,精神發越,先生之壽,先生之學爲之也。

方發璧公疾亟,良醫束手,迫切之會,先生偕三弟籲天祈禱,各減壽一年以延父算。越四歲而父殁,日者推先生壽應九十,而卒於八十九,數適符合。文王與齡,周公身代,古人有之,不必皆驗也。而梁彦光之紫石英,解叔謙之丁公藤,非倉猝可獲之物,而適然得之,至孝所感,造物亦一示其奇乎?

子四:金和,貢生,早卒;次嘉和,廩貢生,遂溪縣教諭;次喜和,方少,即選府同知;次志和,尚幼。孫:國柱、國鏞、國梅。

論曰:龍圖鳳篆之藏,與馬蹄麟趾之積,分道並馳,判若楚越。而士貴身名俱裕,豈必屈居環堵之中,歌聲出金石哉!夫縱横穿穴,領異標新,與握機得勢,增高繼長,才智所湊,異流交會,黄山谷云“管城子無食肉相”,得先生可以解嘲矣。而先生内行克修,士友矜式,當於儒林位置一席也。

(見《岐嶺江氏族譜》,二〇二〇年)

柯光浩妻梁氏傳

柯光浩妻梁氏,陽春蟠龍鄉人。年十九適柯,三歲姑卒，逾年光浩病將不起，以父老、二弟稚、襁褓兒可慮語婦，婦泣曰："宗祧在君門户，所不敢知。然事翁撫弟，責在妾，君無慮焉。"夫目遂瞑。婦慟且絶，以夫言仰而止。自是毁容貌，事女紅，中宵不得息。併甘旨，撫兩弟，寒暄飲食，節宣調劑。比稚以立，既翁老，恒病腹，醫曰："馬蟥血可治。"時冬寒閉蟄，蟲不可得。婦多方求之，得一，瘠而無血。婦養之盆水，以臂受嘬，積數日，蟲大如指，飲血而翁愈。歷二十年翁卒，婦經紀備至，旋相繼没，年五十有五。

（屠英等修《肇慶府志》卷十九，清刻本）

行　狀

東安公行述

嗚呼痛哉！府君竟棄不孝等而長逝耶？憶不孝召棠仰侍庭訓，垂四十年，甫得一第，即失所怙，遠在萬里，呼天搶地，哀號莫及，慘怛何言！惟念府君至性篤行，卓然可垂於久遠，倘以草土餘生，不即薈次，將失墜先訓，不克稟承於後，則不孝等罪戾滋大。敬瀝血申紙，粗誌崖略，伏冀當代立言君子垂覽焉。

府君姓林，諱泰雯，字慶章，號雨屏。始祖蘭嶼公，爲閩莆田人，以宋進士官雷州，秩滿，家於吴川之霞街。至六世祖來青公後始繁衍，世爲士人。又十一世至先大父美田公，生三子：長伯父諱倬雯公；次即府君；次叔父諱炳雯公，出嗣先叔祖廷錫公後。自先高祖贈文林郎、分宜縣知縣撝揚公後，家頗充。先大父豁達好施與，伯父少喜俠，家中落。

府君六七歲時，先叔祖廷錫公攜之肆中，府君泣不樂居。先大母經營，延師授書，府君即自奮勵。歲暮塾師歸，府君必垂泣。成童，從先叔祖進士闈階公學爲文，闈階得府君文，必狂喜。始受知大興閣學翁覃谿先生，補學官弟子，時府君年二十，乾隆甲申歲也。庚寅春補廩生，其年秋受知於上海陸耳山先生，中副榜第六名。辛卯，受知於歙縣尚書曹文敏公，中副榜第十一名。府君愧不與正榜，不以試卷示人，益自刻苦，閉户日課一藝者兩年，每試必薦，而卒不得售。

至四十，翻然曰："士有以自立，何必科名！"自是，不復與試。自府君舉乙榜後，家益貧。伯父不幸失明，遠鄉有莊一所，田百餘畝，府君盡讓伯父，迎先大父母侍養於家。一經授徒，蕭然四壁。先妣楊安人卒，家母陳安人來歸。佐府君營備甘旨，先意承志。先大父恒豪宕自喜，若忘其貧，而府君典質衣服，有時粗糲不自給也。

丙午，不孝召棠生，適先大母棄世。先大母素有寒疾，冬春之間，咳嗽咯咯，夜恒不寐。府君晝夜扶侍，衣不解帶。方扶掖間，而先大母棄世，府君哀號骨立，竭力治喪，一切如禮。己酉，不孝召棣、召梧生，先大父棄世，府君哀毁，如居先大母喪時。歲時祭祀，必豐備。遇先大父母忌日，拜伏泣下，至八十，孺慕猶一日也。

先是，叔父早喪無子，伯父止一子，先大父母望孫切。府君年四十二，不孝召棠始生，甚喜。不孝召棠四歲時，府君口授唐人絶句垂二百首。不孝召棠鈍，不甚能上口，而長姊從旁傾聽，悉背誦之，府君每賞其慧而惜其爲女也。

乙卯、丙辰間，府君授徒於遠鄉，歲時祭祀歸，夜攜不孝召棠寢。夜半府君醒，不孝召棠亦醒。府君語以史書中事及當世之故，與老成言行之可爲法者，次及古人作文之法，至雞鳴復寐，每夕爲常。

嗚呼！自不孝召棠頻歲北游，冬夜不寐，追憶少時，覺府君訓誨之音，琅琅猶在耳也。不孝召棠今四十矣，名行一無所立，不克承府君之訓，豈得謂之人哉！

丁巳，府君命不孝召棠與族兄日亨學爲文，每呈藝，府君命立案頭,援筆塗乙,存原文十不二三,頃刻皆畢,復爲之句梳字櫛,反復開導。時從學歲百人,府君勤劬訓導,人人獲益。而不孝召棠頑鈍,言重詞復,不能領悟,府君心力爲之殫矣。

癸亥,不孝召桐生。不孝召棠補弟子員,府君稍慰,而以先大父母不經及見爲戚。自是試前數月,府君必令日課一文,至成進士,無一藝成不經府君手削。至今展卷,縱橫塗抹,墨瀋猶新也。嗚呼,可勝痛哉!

不孝召棠補廩生,府君選授東安縣教諭,盡室以行。東安僻處萬山中,士居遠鄉,谿谷間阻,不時至城,府君曰:"是官爲濫竽久矣,吾盡吾心焉。"有來謁者,府君諄諄勉以孝弟行誼,士久而益信,一黌中無稂莠焉。府君日青鞋布襪,攜一童出郭,游玉屏山、錦鯉山、九星、碧虛諸巖。坐巖石嘯傲,爲詩歌自娱。遇田夫野老,輒問晴雨及田里間事。凡官十九年,前後邑令皆敬府君德器,有就問民俗利病者,悉告之,或及他語,府君默不對。東安士人喜爲詩,無少長府君皆與酬唱,隨其質地高下,獎勵而成就之。

癸酉,不孝召棠以選貢受知於學使商城程鶴樵師,召至署中。將從至都,府君戒之曰:"汝學問淺鮮,少未更事,當自勉,無累爾師知人明。爾從師外任,尤宜謹飭,一切政事,詳觀而默識之。吾不能必汝之仕,而不可以徒仕也。"

丙子,不孝召棠舉京兆,丁丑下第歸,侍府君於東安。己卯、庚辰下第歸,以不得禄養爲戚戚。府君誨之曰:"吾家世寒素,粗糲久安之。士人立定脚跟,當自貧賤始。小失志即戚戚,他日何以自立乎?"

辛巳冬,不孝召棠以家計窘迫而府君年老,不欲遠離,府君亦安之。會鶴樵師自山左中丞左遷,復出爲嶺南方伯,不孝召棠出迎,師責以顯親大義。不孝召棠歸述之,府君曰:“汝師期汝厚,汝安可自棄?”遂命之行。壬午下第,先奉府君手諭曰:“癸未大挑之期,冀得寒氈,以娛我老。”不孝召棠仍留都。

癸未,成進士,殿試一甲第一名,欽授翰林院修撰。八月,請假省覲,由運河道緩,十二月十五日至東安,喜府君康健如舊,謂不孝召棠曰:“汝得巍科,非吾所期。然第一人之名,副之不易。汝他日不愧科名者安在?苟不努力爲有用之器,此不足爲吾喜,適足爲吾慮也。”又曰:“吾祖世有隱德,以遺於汝,汝宜因而大之。稍或悖理,是先人之積累自汝而殄也,可不懼哉!”不孝召棠跪受命。

甲申三月,府君年八十,告疾回里。四月,不孝等侍府君抵家,親朋畢集,府君欣然道故舊,日夕不倦。有殂謝者,見其子弟,欷歔存恤,索其文藝,親爲改定。不孝等以府君太勞,勸休息。府君曰:“故人子,貧無師,吾不引掖之,不中廢乎?”周流里閈,存問親故,日行數里,腰腳輕健,從不扶杖。暇即觀書,能作蠅頭小字。親族見府君健甚,爭相慶羨,不孝等亦竊喜,謂耆壽未有艾也。府君問行期,不孝召棠跪請侍養,府君不許,嚴命束裝。不孝召棠不敢違,亦内顧府君甚健,計散館後請養而歸,永得侍奉。遂於秋初就道,府君手書“處己以謙,事上以敬,接物以和,早起勤力,學習世務”數語賜之。不孝召棠跪辭,乞府君自珍養,府君含淚答之。不孝召棠心腸欲折,依戀徬徨,詎意事府君之日即止於是哉!

至京後,屢奉府君手諭,皆云康健。忽於七月杪接不孝召棣等書,言府君三月二十一日拜先大父母墓,歸遇風寒,寒熱發咳,漸少食,小便濁,腳腫,至昏耗,四月初五六甚劇。不孝召棣等驚惶無措,醫師環診,亟進參藥,覺少安。至四月杪漸愈。五月中,精神飲食皆復,但小便有時濁,行步艱阻。顧不孝召棣等曰:"行當愈,勿令汝兄知。俟吾大愈,手諭告之。汝勿寄信,汝兄不見吾手跡,必驚惶也。"不孝召棠得信惶恐,方摒擋欲歸,旋奉府君六月手諭,云一切如舊,命不孝召棣出省秋試。竊喜府君勿藥有喜,愛日方長。詎意秋間復覺精神減耗,醫藥罔效,忽於八月二十七早,寒熱不和,氣逆,至未刻長逝矣,嗚呼痛哉!

此皆不孝等禍重孽深,侍疾無狀,驟至大故。而不孝召棠年長,最爲府君鍾愛。自幼隨侍,未嘗離膝下,一言一動,一衣一粥,皆府君訓誨料理。而十年來,奔馳南北,定省缺如,頻歲束裝,重爲府君累。關河雨雪,時營寤寐。而不孝召棠不能盡一日菽水之奉,罪大惡極;罹此鞠凶,又醫藥不能事,含殮不能親,椎心泣血,痛不欲生,尚何言哉!尚何言哉!

府君孝友篤行,出於至性,和平樂易,中無城府。與人交,無賢愚貴賤,一出至誠。而生平未受人欺,亦無以非理相干者。於親故最懇篤,鄉閭有事,繁言嘖嘖,府君徐一語定之。安貧守約,怡然自得。及門數百人,族中子姪,貧不能學者,府君飲食教導之,成就甚衆。精力過人,博覽羣書,肆力史學,尤愛《紫陽綱目》,朱墨數過。手抄《春秋左氏傳》,録唐宋人詩,爲巾箱小册六卷。喜爲詩,抒寫性靈,不假陶冶,而奇章雋句,絡繹腕下。少作不收拾,至東安以後,存《見山房集》四卷。

府君生乾隆十年十月二十一日寅時,終於道光五年八月二十七日未時,享年八十有一。敕授文林郎、東安縣教諭、加二級;敕封儒林郎、翰林院修撰。先妣楊安人,家母陳安人,庶妣黄孺人。子四:不孝召棠,道光癸未進士、翰林院修撰,娶孫氏;次不孝召棣,廩膳生,娶陳氏,母陳安人出。次不孝召梧,監生,娶鄭氏;次不孝召桐,娶黄氏,庶妣黄孺人出。女二:長適候選縣丞黄岫,次適德慶州訓導詹時風。孫七:詒燕,附學生,不孝召棠出,娶易氏;詒杰、詒熹、不孝召棣出;詒薰,不孝召棠出;詒照,不孝召梧出;詒炘,不孝召桐出;詒熊,不孝召棠出。孫女四:長許字貢生陳曾慶子汝蕃,餘未字。曾孫一:曾祐,長孫詒燕出。不孝等苫凷昏迷,語無倫次,伏冀大人先生矜憐,賜之銘誄,以光幽壤,俾垂永久,則不孝等世世子孫感且不朽。

故室孫宜人行狀

嗚呼!君遽忍長别耶?自君爲我家婦,順於舅姑,宜於室人,睦於戚黨,無非議之者,一朝永棄,記君懿行,以志予悲,且爲子孫思慕焉。

君吴川奇豓人。祖貢生諱高英。父太學生諱恒暢,母黄孺人。兄弟六人,君獨女行五,即以爲名。父母鍾愛之。

甲子歲,年二十,歸於我。體壯實,能勞苦,杵臼、浣濯、烹飪皆親之,一切洵洵隨先妣後。先考歎其不學問而用情輕重宜適,爲性質之善。次年,長子詒燕生,時先考年六十有一,甚慰望孫之意。

丁卯,偕侍先考東安縣教諭署。先考六十四後恒獨處,君朝夕侍,自衣服襪履,酒漿脯醢,起居扶持,罔不在側。善迎老人意,婉詞將順,先考欣然。婦事舅姑,如事父母,君其有焉。癸未,予及第。先考和葉芷汀觀察"孫"字韻詩,有"更喜閨中賢内助,懷安致警賴妻孫"之句,誠愛而嘉之也。

甲申,侍先考旋里。乙酉,遭大故,醫藥殮祭,君力襄諸弟經營於内。予聞訃京邸,萬里呼號,子職之闕,藉君竭力焉。先考棄養,事先妣十九年,並得歡心。兄弟婦四人,君爲長,相處數十年,無幾微嫌見於言色。房舍逼仄,婦孺衆多,皆熙熙然,即婢媪亦無以疑似之言進者。諸叔姒愛之如姊,蓋誠心自然,無所矯厲,誼重物輕,猶非君所難也。遇戚黨,無貧富皆盡情禮視。臧獲優恤之。族黨中皆稱爲賢婦人,非予阿其私暱也。

予初不名一錢,先考冷官,分給不能多,君絶不戚戚,節縮補苴,亦無艱窘之態。通籍後,用度稍給,君無改於舊。予以先妣老,早引疾,君安之,不慕榮宦,儉素而不吝嗇,酬酢人事,寬然有餘。

予少狷急,君能規之。頻歲遠游,君恒以"遠父母,慎自愛"爲言。家事叢瑣,持大體,不苛察,欺隱亦微知之,含而不發,敦厚其天性也。爲夫婦五十載,别離日多,聚首無幾耳。

予二十外苦頭痛,每發甚劇,夜不能卧,坐倚君懷中恒數夕。丙午，暴得熱疾，亦倚君懷中數夕。予弱君壯，冀以後事託君，君竟先行耶！

丁未，予自肇慶病歸，君亦氣痛，骨節酸楚。卧二年始起，猶間發一二日，而壯未大減也。甲寅夏復病，秋後避地奔走，漸致困累。十月半，予自那洋歸，君甚憊矣。十一月中，楊妾卒，家人移居，長婦住屋，更數醫，有加無瘳。詒燕自儋州得信，即假歸，適二十日，而君遂卒。嗚呼悲矣！自今以往，無與共疾病矣；閫内之事，無所歸矣；規勸之言，不可聞矣。少日唱隨之樂，不堪回首矣。父母不可見，而共事父母之人亦不得復見矣，可勝痛哉！

君生乾隆乙巳十一月初九日亥時，卒咸豐甲寅十二月二十二日子時，得年七十。子四：詒燕，戊子優貢，從化訓導，調儋州訓導；詒薰，廩生，己出。詒燾，廩生，妾區出。詒焜，妾楊出。長女適四會縣教諭陳汝蕃，次女適鄭徵蘭，己出；少女適茂才吴士彬，妾楊出。子女各出，君愛誨之如一，彌留時以厚恤少子少婦囑予："妾出而無母者也。"孫晉圻，庠生；晉堅、晉塑，詒燕出。晉塏、晉培，詒薰出。女孫五人。曾孫元陸，曾女孫二人，晉圻出。君卒之四日，同衾人林召棠述，燈下手書。

亡兒詒燾行狀

亡兒詒燾，字稼孫，一字叔盛，行五。兄詒燕、詒薰，弟詒焜。母南海區氏，道光四年三月歸予，秋隨入都。次年八月十六日丑時,詒燾生;冬,予丁先君艱。六年春,歸。十三年春,予主講端溪書院,母子隨予於肇慶。半歲歸,前後皆侍母兄家居。年二十一,入縣學。二十四,試一等,補廩生。喜交游,不甚知人。喜作事,疎而不密,不能察其利病,故多虧損。而事親孝,嫡母孫愛之與兩兄等。事兄悌,愛姊妹、少弟,家庭怡怡,無分毫之間。

體弱,去年病,數月愈。辛酉三月復病,漸瘠甚。六月二十七日子時卒,得年三十七。久病,無呻吟,與兩兄、母、妻無一訣祝語,潔淨無涕唾。卒之夕,問:"雞鳴未,可食粥矣。"復曰:"可不食矣。"語姊呼長姪至,豎三指曰:"事速矣。"遂絶,猶微笑,時正三更也。

生平爲人解紛,舍己恤阨,疾而問、死而哭者踵至,里黨閒不及登門嗟惜者盈路。兩兄爲之憂勞悲慟,顔色慘損,兩姊來守之數日。長姊留慰其婦,不忍歸。

既卒,其母告予曰:"自身二十九歲,疾病連七八年。詒燾始十二歲,自淅米炊粥飯,問所喜食者市之。視婢烹飪,親設視食,或憊甚,自餔之。扶持便溺,視顔色告醫者,不憚穢辱。恒自按摩,持小几欹牀側,説道路傳聞,以解愁困。時俗相傳,病甚,延道士治鬼,夜中曠野,呼魂聲甚慘厲,有夢中應其呼者,當代病人死云。每夜角聲烏烏,即卧母側,呼之醒,爲喜笑語使不寐,竟病已不倦。"予始備悉顛末,嘉其能孝,又死時灑脱,似有宿根者,而猶自累於藥物,何哉?

妻妾皆陳氏,無出。養次兄之女端弟,始十歲。撫弟之子材生,始三歲。予七十六矣,他日以其子女薄産付次兄經理之，不忍辭也。即以是年八月十六日巳時葬絲茅嶺，坐酉兼辛。

家心齋兄行狀

君名日亨，字何衢，心齋其號也。世居吴川縣霞街。祖沛洲，縣學生。考廷宗，號華壽，與先君交厚。

君於予爲房兄，幼同蒙師。少長，貧就賈矣。過予門而泣，先君撫之曰："子欲學耶？"時方授予講書，即招爲友。每呈藝，立案頭視筆削，先君爲之色喜。或不可受，怒責兩人，亦均解悟，恒相等也。年十七，補博士弟子。又六年，食餼，試恒前列，兩薦秋闈不偶。遠近爭延爲師，君課弟子至嚴，齒牙不少假借，門下多高才生。家孝廉鶴齡、副車隆基，皆少穎絶，始終在弟子列，而皆早殞，君甚悼惜之。

華壽叔既老，子孫日衆，君館穀不入私槖。性剛直，持正議，爲族人所懾。而篤故舊，爲人謀必始終之。道光十五年，充歲貢生。君雖踰五十，而勇往之，氣不少挫，論文較藝，褰裳攘臂，爲諸子率先。卒之夕，飲酒談笑，少寐而瞑然逝矣。

予自總角同硯席，飲食嬉游，惟君最密。中間奔走垂二十年，每一歸來，喜晤無間。引疾事母，又逾十稔，少年儕偶，僅一二數，惟君豪氣未除，抵掌如舊，今君又長往矣。每讀魏文帝《與吴質書》及韓退之《殿中監墓誌》、歐陽永叔《張堯夫墓誌》，低徊感喟，死生新故之感，豈獨古人哉！

君之子宣楷從予於端州，仲春君送至梅麓，眷眷而別。予歸，而君已不能待耶！君卒年六十，前娶李，生子四：宣楷、宣模，皆學生；宣栻、宣榘。繼娶陳，生子宣梓，尚幼。女二人。孫二人。

（以上見《文存》）

鳴皋遺事記

族侄鶴齡，字鳴皋，號仙嶼。年十六以詩賦受知學使程鶴樵先生入庠，十九補廩生，二十二中嘉慶己卯科舉人，入壬午會試薦，不第。九月晦日卒於京邸，年二十有六。

鳴皋早孤，四歲知四聲，能屬對。結髮就傅，早晚歸倚書簏，抽《左》、《史》讀之，不呼之食，不食也。家居怡怡，常在母氏側。辛巳冬，計偕北上，余與同舟。經瀧中，山狹水激，翠條交陰，則喜。湘潭阻雪十日，四顧皎然，又喜。正月，泊夏口，買小舟絶大江，登黄鶴樓，縱觀江漢，則大喜，改號“楚樓”，顧余曰：“歸舟當道浙江，盡覽江山之勝。”下第，買《水經注》讀之，繪爲圖。讀《説文》、《三國志》，皆有所録。既疾，抄《漢書節》，才半而劇，曰：“歸家當盡節録宋以前史。”於史講地理之學、古名人爵里族謚，問無不對。性和而警，表裏洞暢。居京師，究心當世，間以其意軒輊士大夫，然甚慎，不敢聞於人。雅不喜詞章，曰：“吾幸通籍，當爲天子理百姓，不能俯首事聲病也。”

卒之夕，顔色如無病時。縱談仙佛之説，誦途中所見石刻琅琅然，既而曰："生有盡，死無盡也！"遂卒。其病也，予與家辛山兄、吴君懋清環視之，以祖父未葬，屬予與吴君相地、辛山兄爲銘，以道光丙戌十一月葬其三世於城東，皆如其言。有子麟慶，今九歲，慧能讀。族人云，鳴皋少見鬼神，頗自諱。同舟瀧中，夜半叩之曰："社公程慶明，嵩縣解元，數與談藝；其遷秩也，辭而行，他不吾告也。"人言甚異，其皆然耶？鳴皋通眉，頗似李長吉，既卒而年相若。卒後，孀母、少婦、幼子，殆不能堪。余惜其志，悲其遇，記其行略焉。

祭　誄

公祭鶴樵夫子文

嗚呼！蕭何入昴，傅説騎箕。魂歸兜率，勳留鼎彝。哲人既往，吾將疇依？典刑不存，揮涕敘悲！

緊維我公，伊洛華胄。研經砥行，蜚英騰茂。道潤金碧，文摛錦繡。生民先覺，後進領袖。

賓賢於鄉，既冠其曹。三條燭盡，五色雲高。摩空作賦，搖嶽揮毫。遂登木天，以游以敖。

行行驄馬，噰噰鳴鳳。繡衣一巡，天庾轉供。星軺再賁，翹材入貢。夏屋帡幪，炎州歌誦。

青齊饑疲，盜兵之餘。公來司刑，抉剔爬梳。爲秋明肅，爲春煦噓。撫摩再期，民氣以舒。

乃錫之藩，乃建之節。渤澥無波，玉關罷雪。峨峨日觀，窈窈禹穴。屹爲長城，闡揚風烈。

公之立身，如圭如璋。廉而不劌，闇而彌章。古潭不波，寒月載霜。萬象森露，淵然中藏。

公之遇事，唯靜唯敏。節破理解，引繩握準。因勢則利，協衆惟允。九折屢登，八鸞安軫。

唯公之勤，聽睹必親。一讞未安，廢寢而昕。一吏未接，方餐輟晨。摘蠡剔蠹，析糠鏤塵。

惟公愛善，無貴無賤。匪給而諛，匪華而絢。既齗既鏤，南金東箭。胸有鑪錘，目爛巖電。

皋謨維允，天子是毗。夜郎遐險，咨公往綏。蝸角不鬥，貑牙匪遲。霆聲一震，春膏以滋。

熙熙庶彙，頌公臺萊。胡爲星隕，罷市興哀？衮衮華省，望公鼎台。胡爲鴻飛，繡裳不來？

修德克壽，公宜耆艾。保精長存，公力未邁。一朝龍蛇，奪我蓍蔡。爲天下惜，其痛已大。

何況薛暴，公所陶鎔。何況碔砆，公所錯礱。振揚滯羽，徽絃爨桐。含甘吮滋，春風之中。

送公旌旆，其誨諄諄。奉公簡札，墨瀋猶新。吉音惡耗，道遠難真。哀哉色笑，杳矣奠親。

烏江雲逝，馬山笏立。荊門叔子，桐鄉朱邑。迢迢西州，延望靡及。執紼不從，奠絮啜泣。

公德既崇，公後克隆。公來公去，歸諸太空。臨風雪涕，綣綣之衷。何以報公，不懈於躬。〔一〕

〔一〕《拾遺》文末有："召棠公八十一歲，九月再見此文，爲之淚下。"

祭家仙嶼孝廉文

嗚呼仙嶼，胡爲遽終！明鏡在握，智珠朗胸。芝宇英爽，蘭襟淵沖。太阿出匣，其光熊熊。燈檠韻諧，高軒賦工。江夏無雙，作儷黄童。

嗚呼仙嶼，騕騕駿足。子之文章，金篦刮目。子之鋒斷，昆刀切玉。噦噦泮鸞，呦呦苹鹿。呼孝廉船，偕計吏輻。

翩然翱翔,企爲黄鵠。一薦不售,哀哉賦鵩。

嗚呼仙嶼,盪胸層雲。弭棹瀧中,一碧無垠。湘潭始雪,洞庭方春。扁舟凫鶩,横泝豅淪。吹笛黄鶴,俯瞰漢濱。奇氣坌涌,前無古人。五嶽未畢,如何掩軒?

嗚呼仙嶼,弗飾鞶帨。蒼然論事,史學稱最。如行祕書,有問必對。孟堅香豔,道元細碎。燃脂瞑寫,字細如蠆。言成一家,論貫百代。藏山未竟,雪涕流輩。

嗚呼仙嶼,風流頓歇。病萱不春,稚蘭始茁。一舉鴻案,兩圓蟾月。燕爾新昏,慘然長别。遠信驚疑,入夢倉卒。酸肝淒脾,惝恍超越。

嗚呼仙嶼,魂兮歸來。燕臺雨雪,大江風雷。經涉萬里,無驚無猜。自子之去,春花再開。今子之歸,寂寞夜臺。魂兮有知,傾此金罍。巨卿在此,一痛難裁。

祭家香畹司訓文

嗚呼!曜靈急節,時迫窮年。風柯折玉,雨霤奔泉。晦白晝於長夜,愁雲慘而不鮮。豈非遭善人之阨,而天地亦爲之黯然。

嗚呼!人各有生,君洊其酷。少失怙恃,誰顧誰復?中鮮兄弟,孑然煢獨。繼喪厥偶,車脱其輻。有子秀出,如珠如玉。痛念屬纊,鸞膠不續。宵永衾單,君哦兒讀。雛鳳聲清,童烏齡促。十載鰥魚,傷心比目。誰無伉儷,君情何篤。

嗚呼!君昔也病,密朋聚守。清漳善疾,東陽工瘦。今强而仕,左册右書。馳鶩英俊,壯駟堅車。君昔也寡,卧對殘焰。涼月低簷,芳塵竟簟。今聚而笑,婦子嘻嘻。我紱子佩,繡葆文衣。如彼雪霰,忽而春陽。如彼萎落,忽而芬芳。念將衰而發榮兮,誰實爲之蕃昌?嗟方榮而遽謝兮,又誰爲之摧殘?

嗚呼!皎皎者易汙,君和光而同流。嶢嶢者易缺,君摧剛而爲柔。鋭進者速蹶,君不競而不絿。早華者先悴,君懷琛而匿球。謂坦坦其无咎兮,靡仄徑而傾輈。胡驥足而方騁兮,竟日暮而道遒?苟爲善而不蒙福兮,又何貴乎好修?天蒼蒼而不可問兮,信此理之難求。

嗚呼!某等與君,或婣或親。或少而學,或長而羣。薰蘭投膠,飫德飲醇。君病未久,君訃遽聞。驚來視君,素几空陳。寡妻弱子,含恤茹辛。

嗚呼!疇昔酣嬉,遇勝而醉。今來奠君,清酒一器。玉觴湛而不舉兮,悟形神之異地。冠裳儼其猶設兮,誰信君之長寐。呼重泉而不聞兮,寄長風以涕泗。

生祭文〔一〕

鄙人之生,七八十年。少壯風塵,蹄輪迍邅。老隱菰蘆,蝸舍跼跧。世味嚼蠟,胡久遷延。便當望雲,一笑翔騫。宗族交游,久與周旋。垂念平昔,或張奠筵。我歸迓君,冠舃聯翩。君來覔我,聲貌何存?酒醪杯斝,殽核豆籩。譬如畫餅,難止饞涎。我噬不沾,君惠徒捐。此例亟更,改轍易絃。君惠思我,及我生前。豫計冥資,當需百錢。七人爲主,僕忝客焉。肥斆大胾,既曰舍旃〔二〕。紅蝦紫蟹,赤鯉白鯿。螺最圓滑，蟮亦連蜷。韭萌春脆，芋苗秋鮮。菘甘薑酢，瓜絲豆綿。瓊漿勝乳，玉版参禪。錯雜参差，或炙或煎。咄嗟可辦，惟取輕便。人事既閒，脱去拘牽。選勝於地，擇時於天。鶯初雁晚，潮滿月圓。佩萸登山，流觴臨川。人面桃花，倚風娟娟。裙腰草色，濯露芊芊。弱竹千竿，翠招棲鸞。刺桐萬朵，紅染啼鵑。蘋香鴨畔，蓮膩鷗邊。稻花吹雪，帆葉蕩烟。方几掃石，欹亭似船。折花當籌，藏鉤握拳。枕糟藉麴，挹袖拍肩。沈狂阮達，李醉張顛。企其齊而，飲中八仙。爾我兩忘，何虧何全？較彼奠醊，霄壤相懸。對之悽惻，孰與笑言？索之冥漠，何似歡喧？躧躧屢舞，勝悼長眠。頻頻沃觥，勝酎重泉。我語然否，君豈諱然？大呼樂哉，尚享！〔三〕

〔一〕《蘇圖本》、《拾遺》均作“改生祭文”。

〔二〕蘇圖本、《拾遺》均于此處多二句，作“肥饗大胾，牛薌羊臐。家禽海錯，概曰舍旃”。

〔三〕《拾遺》於文末補書一段，作“鄙人索食，而諸君終不以爲然，不得舍靈龜而觀朵頤也。姑存此文，偶一覽之，古人所謂雖不得肉，亦且快意耳。後十日自記”。

（以上見《文鈔》）

祭家奮池恩貢文

嗚呼！鄉有耆德，族有宗英。是則是傚，式我後生。少微方朗，胡隕其星？崇宇方構，胡撓其楹？翳公之生，毓祥德門。芝英蘭茁，玉水璿源。季方孝謹，石慶和敦。若梓承橋,如箎協塤。默而深湛,耽思旁訊。太阿出匣,文鋒克振。遂冠其曹,一黌稱儁。貢名辟雍,雲衢升駿。璣鏡内炳,經緯外包。人情物理,繭絲牛毛。刃迎節解,如丁治庖。破的碎鵠,如基發髇。力餘於鼎,心細於髮。葱河九曲,滄溟必達。犀燈四照,纖微必察。以翕爲張,藏辯以訥。閟宫有侐,寢成孔安。圭田晦晦,升首燔肝。耆舊歆德,時髦載歡。慎始經遠,既固以完。行篤於内,不矜華膴。信孚於友,不誇縞紵。約己裕物,豐與嗇取。有忍有容,不吐不茹。裘襲而温,錦絅而章。有子必駿,風馳雲驤。鸞旂從泮,鹿苹歌鄉。含飴繞膝,鵷雛將翔。公福既豐,公神彌王。經事綜物,有逾少壯。執沖含和,勞謙益亮。胡讖龍蛇,遽失宗匠。惟棠與公,硯席少依。旅榻同宿,策目同攜。視予猶季,侃侃怡怡。少頗跅弛,公爲弦韋。烏私乞養,廿更歲紀。誨我匡我,昕夕相倚。輕風片帆,吹我千里。見人必詢,望公介祉。歸歟將近,杖履冀同。忽逢故人,聞此鞠凶。入披公幃,粹盎遺容。諸孤擗踴,涕泗曷從。公壽已高,公後克裕。所嗟鄉閭,失此矩矱。舉宗撫膺,望雲馳愫。公鑒此誠,來歆來饇。

可均公祭文

嗚呼!公竟乘化而長往耶?公屬尊齒宿將,長吾族以整飭倫理。一昔不見,遂騎鶴而歸蓬島耶?昔嗇而今豐,昔晦而今耀,昔艱嗣而今多男。謂公期頤永膺景福,公遽厭華而反素耶?

雖然,公之生不虛,公之福可更僕數矣。富壽考終,洪範五福,獲一已難,而公兼之,又獨勝焉。何以言之?世之富者有之,秉積累之業,藉華腴之勢,夜月晝星,寶井金穴,樹繫元寶之絹,山鑄鄧通之錢,轂轉梁益之璆琳,航浮吴越之綺繡,吾見之矣。而公足不出里門,目不辨珠貝,身不坐賈區,手不執牙籌。心耕意織,括省機發,大小相權,轆轤轉運,增高繼長,日新月異。持不結之繩,操不書之券。無底滯之積,無涓滴之漏。招之即來,聚族不去。世之言治生者,望公如黄鵠之翔天半也。如公可謂握富之權者也。

世之壽者有之,持粱刺肥以滋榮衛,高堂邃室以備寒燠,取精用宏,娱志强骨;否則嗇神愛氣,寶精蓄魂,噓吸太和,吐納新故,取日月之英華,鍊金石之强固,吾見之矣。而公飲不必百和,食不必八珍,冬不必狐貉,夏不必織纊。而且撥煩治縟,解棼析亂,杜間抵隙,靖囂釋疑。八秩行臻,昕夕不倦,而耳聰目明,氣完力壯,髮黑齒牢。世之言養生者,望公如絶壑喬松,淩冰雪而彌茂也。如公可謂固壽之本者也。

世之考終命者有之,寒暑偶侵,眠食少乖,重帷邃幕,閉風障日,徵紫團之參,求丹徼之桂,桐君煎和,越巫視鬼,季咸招魂,鐘鳴漏盡,理窮勢極,屬纊撤瑟,升皋某復,吾見之矣。公掉臂撒手,洋洋如平時。方征甌窶汙邪之入,校朱提赤仄之數,指揮經畫,諦當精審。稍一嚬呻,秦和不及招,桑林不及禱,而公已與造物者游矣。乘彼白雲,御乎長風,晝夜去來,反乎太空。如公可謂臻考終之極者也。

且祖祠之建必力,高堂之奉必歡,義方之訓必嚴。訛言朋興,靜而冰釋;驚波欲動,徐而鏡平。不謂之好德而康寧乎? 神理綿綿,不滅而存;哲嗣繩繩,蹠實而騫。遼東之鶴,不必千年;緱亭之會,不必曾孫。公乎其從雲車風馬而言旋乎? 枌榆之好,葛藟之族,捜帷尊醊,公其歆此芳樽乎?

(以上見《蘇圖本》)

祭江健亭先生文

嗚呼! 相杵無聲,廄馬羣鳴。華星夕黯,嚴霜夜零。胡善人之既逝兮,天色亦爲之晦晦而冥冥? 象輿螭駕,鶴蓋蜺旌。將越瀛海而歸蓬山兮,抑繼石曼卿、丁觀文而涖芙蓉之城?

唯公之生通德之門,鳴珂之里。文若爲荀淑之孫,超宗亦謝鳳之子。湘水無不秀之芝蘭,鄧林無不挺之杞梓。孝友表於淵懷,端凝呈於視履。老成重之曰宗英,達識目之爲國士。蓋連城之寶,吐成崑岫之輝;照乘之光,孕於珠池之水。雖駒齒未齊,早知其一日而千里。

及其游藝畹,入書林。左右采獲,昕夕披吟。操筆臨翰,肅容穆襟。捜巖採幹,披沙揀金。剥膚見骨,劌目怵心。一揮迅掃,如游魚銜鈎而出重淵之深。然後藻以黼黻,鏘以球琳。蓋一空依傍,而獨騁駿足之駸駸也。

博士横經,青衾稟度。卻脯脩,勤陶鑄。大昕鼓徵,羣俊電騖。然豪性不能久馴,遠跡何容窘步? 志士有投檄之思,而非忘世作歸來之賦。

夫崔儦之五千卷,非郭況之穴金也;鄴侯之三萬簽,非元寶之樹絹也。顧陳正字文章高蹈,而百萬買琴;張燕公大筆淋漓,而十爐供鍊。事非同揆,才有兼擅。公高視闊步,握樞環轉。人棄我收,方斂忽散。貪三廉五,充溢流衍。自銖積寸累者,望之渺若河漢。信端木之英賢,爲聖門之高選。

夙性所躭,終在典籍。庚申之春,重游泮璧。年事既耄,精神旁魄。猶喜談文,議論絡繹。探幽賞異,摘瑕抵隙。英俊捧襟,耆宿避席。謂當百齡,永爲雄伯。胡紫府之修文,亟需才於龐碩。方冀奉觴,詎聞易簀。抱經者遽失其範模,待炊者竭望於膏澤。同志者如伯牙之絶絃,受知者比羊曇之撾策。胡造物之不憖遺,雖九旬亦傷悼如過隙跡。

公生平積而能散,莊而有容。梁修源,飾禪宫。祠餒魄,妥鬼雄。斂少年之豪氣,法老氏之守沖。以我靜默,息彼哤訌。遽老成之凋謝,羣惓戀而何窮。兹以時日,紱佩荀陳之戚,簪纓王謝之宗。韋弦相規之密契,贄幣聲氣之感通。牲牢簠簋,籩鉶鼎俎,不約而來同。登華堂,拂雕櫳。書册在几,朱墨猶濃。琴瑟在御,輕塵未蒙。入披素幃,凛然遺容。公何往乎?已弸雲而彍風。騎仙鶴兮歸來,紛幢節兮相從。幸從容若疇昔兮,進玻璃之一鍾。仍要眇而彷彿兮,若雺霧之冥濛。哀哉尚饗!

(見《岐嶺江氏族譜》,二〇二〇年)

翟孺人誄詞

嗚呼!曉風淒兮蕙帳,清霜凋兮瑤芝[一]。朱絃歇兮鶴怨,玉簫絶兮鸞悲。

緬維靈之貞淑兮,毓嘉德於華胄。淵濬湛以曜輝兮,茗珍朗以孕秀。纚神娥以儷冰兮,譜文鴛以縟繡。美四德之光修兮,奠六禮於嘉耦。

猗吾兄之英特兮,挺高幹於豫章。芳花蕚而自託兮,播春風而馨揚。潔齋心於苹藻兮,德音高於珩璜。承重闈之燕譽兮,穆娣姒而雁行。

美相莊於鴻案兮,遠華飾於雉羽。惟夫子之壯猷兮,偉鸞蹌而鵠舉。例諸侯之舄履兮,交時賢之縞紵。搖五嶽而淩滄兮,發鏗訇於鱗簴。

搗華砧而寄遠兮,露如珠而被階。秋草黄而飛蝶兮,尋履跡於蒼苔。蛩促悽於閨夜兮,熊和苦於蕭齋。劬針神與機絶兮,哀美疾以成災。

金蛩宵而晨鵲兮,飛朶雲於一騎。拂鏡匣而啓顔兮,認泥金之寶字。勝才俊於雉翬兮,慰姬姜之蕉萃。玉簪長而挂冠兮,宜我黻而子佩。

楚江春而漾碧兮,鏡衡嶽之嵯峨。掃印牀而朝静兮,花一縣而森羅。宜雙旌之並騎兮,琴在閣而相和。胡輕舟之載鶴兮,阻靈匹於星河。

貯陽臺於金屋兮,錦機閒而不織。相威廉以贈綃兮,敬姜勤而自績。願夫子之爲霖兮,播春膏於麥稷。甘折蔆以代師兮,劭青箱而嗣德。

鳳誥華而遄降兮,鸞奮翮而將騫。惟象服之是宜兮,降青鳥以長年。紅雲翕而風緊兮,雨花萎而不鮮。玉棺寂而忽降兮,鵲巢墜而難圓。

嗚呼！六親失此懿範兮，靈輀動而雨泣。矧安仁之善悼兮，玉玦遺而奚及？白鳳翩而西翔兮，溯湘灕而波急。驥足展而方遒兮，珠珂蔚而挺立。靈有知其無惘兮，鑒椒漿而來集。哀哉尚饗！

(見《拾遺》)

〔一〕此句原作："清霜凋兮瑤芝，曉風淒兮蕙帳。"不諧韻，當有舛誤。

雜　文

吴迴溪先生家傳論

召棠十八歲列庠序,始識先生。嘉慶丁卯,先生中副車,邑中友人皆歸,棠時隨先君送考留省中,日夕相晤,既又締姻焉。先生精力過人,博覽能强記,處置必安妥,巨細精審。棠雖好披覽而易忘,一切讀書、治事、處置、家事,皆不如先生遠甚。同治丙寅,先生令嗣屬作先生家傳,年衰筆弱,不能彰著令德,爲愧也。

論曰:人生以孝友爲大本,讀書次之,至科名仕宦,各由遭際,此不能强也。長才任重,以勳績著於世,此第一等人,不可幾及。否則修身善行,守沖安素,亦不失爲正人君子。如先生者,雖不以用世見,而立身績學,諸子孫皆能讀書、篤行誼,見重於郡邑,已無愧爲鄉先生,没而可祭於社者矣。棠姿稟不如先生,又慵怠不能自立,無一物可存於後,負此一生矣!

(見《二吴先生唱于集》,清光緒九年刻本)

改墓向説

道光二十四年冬,自高要延術士爲先慈營葬。術士過先君下芓墓,曰:"墓向當稍易分金,否則新塋當俟明年八月下窆,恐舊墓之謗延及新墓也。”或曰:“盍如術士言,少更墓向乎?”予曰:“吾先君愛子孫特甚,苟更之而子孫得吉,必欣然無疑也。吾身與吾弟姪子孫同處禍福之中,苟可以趨吉避凶,必欣然更之而無疑也。然事有不可盡信者,人生成敗,由天乎?由人乎?既由於天,非人力所及矣;果由於人,勤身自强而已。一墓之向能使生者死,更一墓之向能使死者生,生死之權,果術士操之變易,若是其易乎?”

或曰:“祖父子孫,一氣相關,亡者安樂,生者榮盛,理宜然也。”夫祖父現存,提攜撫養,與子孫不更一氣相關乎?然祖父强壯,子孫偶有瘠弱;祖父壽考,子孫偶有短折。祖父無如何也,況在冥冥之中乎?吾先君下苧墓十有七年,安常處順,其爲吉壤,灼然無疑。因一術士言未然之禍福,無故而更之,恐無此情理。即曰:“其言或中也,不可不更。”他日又一術士曰“是宜向東”,又他日一術士曰“是宜向西”,其言烏知不或中也,又將更之乎?他日一子孫曰:“舊向不利某兄弟,既更之矣;今向將不利於我,我獨不可改乎?”又無詞以止之也,是使父母邱隴爲爭奪之場矣,忍自吾兄弟先啓之乎?修短有數,由生而定,既更之而數不可移,致使人謂因更墓而得咎,適增一是非之口也,不益茫然不得主宰乎?

世人更墓獲福,事罕傳聞;更墓得禍,屢經目驗。電白邵天眷先生拔貢副榜,子詠優貢,詩拔貢,學業行誼,有名郡邑,家資殷實,子姓繁多。相墓者曰:“不更向,決不得科第也。”更之一月,父子死其二焉。湖北陳修撰沆,其弟御史澐以事降官歸,用術士言,更易墓向。易向之日,修撰在京步履失跌,遂致風痰,二年而死;御史亦終身不復官。如此之事，衆所共知，更墓無福，足爲炯戒。

或曰："此術士之不精者也。精於術者，言必可從。"予曰："春秋時，鄭裨竈能知天文，刻日決宋、衛、陳、鄭同日火災，已皆驗矣。既火之後，裨竈曰：'不用瓘斝玉瓚以禳其災，鄭將復火。'子産不從，曰：'是亦多言矣，豈不或中。'鄭亦不火。術如裨竈，猶不必從也，況不如裨竈者乎？"

大抵家門興替，多由人事，和氣致祥，乖氣致戾，勤儉而成，侈怠而敗，常理宜然。至其小有不齊，雖聖賢亦無轉移之術。地道宜静，陰魄宜安。苟非人子之心，萬不得已，不宜更改。自吾兄弟以上，八世祖墓現存，悉皆初葬，先人守慎終之義，必不變易。盍與其狐疑迴惑，妄事更張，何如勤身順命，約而可守乎？

吾非執拗好與世俗立異者也，反覆思之，未見有益。考之於古，術士不必可從；證之於今，更墓未必得福。信之天命有定，不可轉移；卜之人情變更，尤滋議論。通計長短，信不如仍舊之爲安也。願吾弟姪子孫，共詳思之。

記菊

辛亥夏，初客從化，逡巡未歸，徐子深解縣幕，留菊花三十盎，及舊所種，可數十百盆，庭頗狹，位置高下，迴環布之。是年閏八月，重九始花，入冬先後並花，行徑之外皆花矣。

長榦大瓣，面徑四五寸，丰茸葳蕤，鮮麗溢目，軒然出羣者，柘袍仙也。數瓣始拆，如鷹爪，如鷺鷥頂，中央攢蹙積累，蜂團蝟結，豐跗駢鄂，得氣皆舒者，鬱金毬也。軒昂端重,如貂冠玉佩,曉趨丹地,進止不失尺寸者,爲朝衣紫。小瓣鋒鋭,摺疊未展,顔色如褐,露舒風熨,爛然渥丹,花心突起,新翠欲滴,爲瑪瑙杯。種同而稍别,金屑内聚,砂牀外嵌,晴日映之,紅光浮動,如金缸吐豔者,爲赤瑛巵。酒潮上頰,粉態彌鮮,如舞罷霓裳,斜凭不語者,爲醉玉環。淡黄如蠟,尖瓣叢簇而整齊者,王僧綽綴蠟珠爲鳳皇者也。漸放瓣若韭葉,素霓連卷,銀雲迴翔,變爲沈侍郎之侍從矣。色頗深老,團團欲拆,爲蝴蝶繭,蜕而凝立,聳而驚翔,忽而翅彈裳垂,雨寒露重,藏蕙徑而欲眠者,麻姑仙衣所化羅浮大蝶也。

蒔之善,澆之時,土沃霜澄,秋晴氣足,故朵豐而瓣擁,面闊而光澤。其淑姿逸態,時或小異,同本殊英,拔萃爭妍,不甘碌碌也。報喜蘭數十莖,如釵頭小雀,尾翅翹然。雞冠團團,朱黄相錯。料峭小寒,月季亦佳。夾竹桃一株,纖腰翠袖,朱顔含笑,娉娉而來,陶靖節《閒情》所爲賦也。天氣澄廓,風日清美,花徑一叟,婆娑其間。入錦窠而攜壺,掃石榻而列燭。月深夜而偶起,露方朝而已攀。老入花叢,花不予拒也。

予始來也,燕兒以盜震鄰,使孫圻迎予。杪秋,孫圻歸,鄰盜就縛,故鄉安堵。而予無端往返,作三千里之行,豈與花有宿約,招予於風聲鶴唳中耶?城東二里有園梅百樹,風色淒厲,予又爲香雪海之游矣。

(以上見《文存》)

祈雨文

維神配天,其澤大德稱師。本及物而無私,斯炳靈於有赫。兹當假夏，萬物怒生。惟一雨之沛然，故百嘉之咸達。而密雲屢望，甘澍未臻；旱魃爲災，芸生曷恃？

況吴川襟江負海，地狹人浮。户鮮蓋藏，民多艱食。縱使三登告慶，尚恐四釜難周。矧當去歲歉收，首春寡潤。青黄不接，蒼赤尤艱。貸種而耕，後時始播。乃或勾萌方吐，而生意難蘇；或耒耜尚懸，而土膏不潤。風乾日烈，霧苦沙飛。瞻彼龍鱗，拆如龜兆。下濕則棄於潮汐，鹹鹵堪虞；高原則涸若石田，首種不入。焦心捲葉，病緑愁黄。車烏無可汲之泉，秧馬有難施之巧。墾田若菽，貴粟如珠。前此雜糧早刈，速救燃眉；後此寸土並荒，資何餬口？

縱欲重貲告糴，而鄰境同此呼庚；並且竭澤斷流，即泛舟何緣旁午？貧者醫瘡剜肉，骨骼皆枯；富民倒廩傾囷，瓶罍並罄。猶且炎曦載爍，離畢無期。需之半旬，則夏收全缺；斷其籽種，且秋播都虚。死生當呼吸之時，轉移在雨晴之頃。嗷嗷萬口，哀哀兆民。蒿目痛心，剥膚見骨。

仰惟天心仁愛，何靳膏澤滂沱？想此示警於陽愆，並由下人之過咎。或背民生在勤之訓，或鮮量入爲出之規。或贏餘而侈與吝皆非，或空乏而忮與求均集。行乖正直，誼寡睦姻。妄欲貪天，致無餘地。方當刻責，敢事干求。所恃上帝好生，明神棄咎。疾痛慘怛，則哀籲於昊穹；憫恤矜憐，必無絶其種類。謹涓清白，爰告彼蒼。

某等片善全無，寸階初進。侍椿萱而旋里，值枌榆之告荒。同此宗親，共其休戚。即令獨飽，且下咽之不甘；況我雙親，已半菽而難給。空同懸磬，災甚剥牀。迫切之餘，吁嗟而請。雖寸忱微薄，豈能上感陰陽；而惟天聰明，必不下遺纖悉。

合衆誠以虔昭格,藉羣靈以達休明。敬祈列缺施鞭,南箕清吹。起龍羣於四海,布鴻惠於九天。三日爲霖,萬疇告渥。呼號未竟,滂沛已來。黍苗膏而芃芃,土脈蘇而滑滑。則膏肓立起,枯槁皆春。萬家有炊玉之歡,三農且扶犁以待。凡兹大澤,實賴神庥。是用匍匐而求,仰惟明鑒所及。謹禱!

(見蘇圖本)

掩骼小引

昔在豐岐被深仁,枯骨亦越占覽〔一〕,行掩骼於熙春。暴露之傷,古今同慨矣。吴川濱海,土薄以浮。大風揚沙,高岸爲水。昔時叢塚,今作輕烟。嗟萬鬼之爲燐,無一抔之遷土。桐棺久腐,泉臺不扃。

夫自其有而之無,固爲恒理;但當其存而未有,惻隱仁人。子璋髑髏,已風酸而露泣;蚩尤臂膊,競瓜剖以豆分。痛久餒之殘魂,尚重膺乎餘劫。况乞墦永絶,諛墓無存。孰爲穎士之先人,莫辨展禽之荒隴。或子孫尚膺簪笏,而先骸竟委塵沙。以此思之,長可爲太息!

今爲要約,永用掩藏。書名不限於品流,解橐勿期乎多寡。此得託諸質庫,每年盡用子錢。期在殘冬,遍行收瘞。富者出力,能者用勞。苟有發而必收,可永行而不廢。嗚呼!何年埋玉,忍看東海揚塵;有路生天,同受西方甘露。

里人林召棠書。

〔一〕占覽,原文如此,未詳何義。

家　訓

日食飯,當思耕田人辛苦;日著衣,當思織布人辛苦。一樣生人,有隨父母行乞者,有賣身服役者,有肩挑背負者。今幸安坐食飯讀書,是十分福氣,尚不知勤謹好學,豈有天良?且今日有食有衣,當知祖父貧苦、忠厚、勤勞之所得,若果能精勤向好,自己惜福,終身能免飢寒耻辱,可以上對父母。不然,目前下賤之人即將來樣子,己既不自愛,一身何足惜,如父母傷心何,如父母羞辱何?

人生百事,惟孝最先。此身何自來?如何長大?父母辛苦勞心極矣。上望成才立業、顯親揚名,次望謹身慎行、勤勞衣食。自當知此心,發憤上進。日夕看父母顏色,擇父母所喜者爲之,小心奉事,不敢忽略,况敢忤逆乎?叔父母,去父母一間耳,凡家中尊長,務要恭順。兄弟是父母所生,不愛兄弟即是不愛父母。以及家中奴婢,皆須愛之。

立身之要,貴慎言行,勿多言,勿亂言,勿假言,有情有理,和氣慢説。勿笑人貧賤,勿誚人無能,勿説人暗事,勿談人是非,勿以言語淩人,説話要分明仔細。做事要穩當,如行步,脚不穩則蹶矣;做事要量力,如擔物,力不足則蹶矣。平心慢做,則不錯亂;細心想度,則能周密。後先有序,輕重得宜,則不顛倒紛擾。最快活莫如退讓,譬如能行十里,但行八里,能負十斤,但負八斤,從容行適,無意外之憂矣。

凡家中小事,當小心料理,如收租及書帖、器物、門户,一切皆要照管。吾家以讀書爲事,若不用心讀書,將來欲作何等人？

朋友相處，須忠厚和睦。我愛人，人亦愛我；我欺人，人亦欺我。或有强梁無理者，讓之避之，勿與之爭，歸告父母，勿以同處可也。

今日好逸好華，即流蕩驕奢之漸；今日好勝好假，即憒生奸詐之漸。成敗多由少時立志，定須向好人路上行也。

俗人以美衣食、多請客、豐應酬爲榮，吾謂虚名非榮，且費多財竭，飢寒旋及，漸失廉恥，榮安在？惟孝友讀書，勤儉樸實，他日有位以盡職爲榮，無位以不辱身賤行爲榮耳。

（以上見《拾遺》）

論同邑陳景清

景清胸次浩然，不能委曲徇物，言論如濤瀾怒翻，鋒穎森豎，旁見側出，洞胸達腋，氣常蓋其坐人。其理直故不懾，其氣壯故不屈也。

（見光緒《吴川縣志》卷七）

奏請加封冼太夫人呈文 節録

近歲高涼六邑，烽火千山。維夫人屢顯神威，大彰奇跡。每值阽危之際，默邀援救之靈。或借雨勢以滅妖徒，或壯軍威而寒賊膽。或示夢而縛虎，或警告於飛禽。遂使我軍斬將搴旗，各匪縻軀授首。師行必克，凱奏頻聞。

（見王興瑞《民間歌謡傳説中的冼夫人》）

生日祀父母

召棠上承父母養育教誨,幸獲成立,子孫成羣,半游庠序。召棠今年八十,地方官府、宗族姻戚多來聚慶,皆父母德芘及之,敬備酒醴,上告几筵。憶少侍膝下,事父至四旬,事母至六旬,厚承撫愛,回首音容,杳不親睹,一尊奠獻,感愴何極!仰乞歆格,加芘孫曾,長延家慶。尚饗!

美田祖考生辰

歲序流易,府君生辰復臨。棠方四齡,熟承《三字經》之誨;今逾七秩,敬奉四簋食之羞。并具粢酒財寶之儀,用申奠獻,敬奉顯考府君祔食。尚饗!

李氏祖妣生辰

歲序流易,孺人誕日復臨。棠之初生,未知瞻望顏色;今逢令旦,敬當潔具壺觴。謹具庶羞粢盛財寶之儀,用申奠獻,敬奉顯考府君祔食。尚饗!

(見林召棠後人所藏家族祝文簿,鈔本)

心亭亭居筆記

自述類

芾南少時甚愚,而性質甚善。數歲時,偶有所思,絶非塵世事。年十五時,忽思静保此心,不涉外境,半歲不起一念。冬夜月大明,獨坐園中,心與月同一佳澈,此身如在冰壺玉鏡之中,其樂無量。惜不能保持此心,塵障遂起。二十外遠游,所見益多,妄念益起,遂至墜落。究竟世緣,一無所就,而本來性識杳不復存,歎悔無及耳。

我無一能,承父師教訓,妄獲一善。生平一切嗜好淡然,無才不能爲官,居家絶不問外事,族事亦不問。一日飯粥二三次,一魚一肉,此外無一物,布衣無他,亦無一物可留於後。止詩數十頁,未必可存,子孫姑留之而已。

我入學文四百餘字耳,批云:"氣體甚佳,勉力爲之,當有成就,勿隨風會爲轉移,在其人能立志耳。"亦賞識於牝牡驪黄之外者矣,前人眼力好如此。近人友朋中罕説清字,《禮》云"甘受和,白受采",可思也。

丙戌八月,吴石華博士爲作"令德永寶之室"篆額,集鐘鼎文甚好,然奈何足以當之!

人心之靈,有時自動。癸未殿試後傳臚之日,並到午門外聽傳宣,予心大動,頗見於色。黎同年訝之,疑予先得信,實未也,既果首宣予名。亦予根氣淺薄,故先見於面,若大器者,此何足言。

五月十七日記:早起,今日何所作?如看書、寫字、游行等類,便意爲之。勿過勞,勞則苦;勿過閒,閒則妄心生。勞逸得中,真氣往來,生歡喜心,使意中陶陶然,欣欣然,心活氣暢,不忙不怠,此中有如浮雲之過,一笑付之。不可怠者,徐徐爲之。急之則亂,茫無頭緒;棄之則忘,後益紛如。静中分撥修理清楚,所謂勿忘勿助長也。言之則易,行之始勉强,漸習慣乃佳。徐約束,久漸慣,能之乎?即此亦不易言,勉之又勉之,恐終負此言也。

友人談試第一者,我頗多。試高州府學第一,五次;優生第一,一次;試吴川縣學第一,四次;最後殿試第一;共十一次。雖愧在人前,亦會逢其適也。小試頗利,六次鄉試始得舉人,五次會試始成進士,何其艱也,終得之,亦幸矣。仕無寸進,早歸事母。母壽八十有七,召棠今年八十,食粟亦多矣。

予短於才,恒病煩擾,五十之年今又過二,既收跡山林,當務閒静,因憶孔子、許子、桑伯子之言,遂以"簡可"名齋,以休吾老,安拙養慵也。簡而寬對人也,簡而重持己也。古人謹晚節,豈徒以老自放哉!高要彭春洲同年爲作篆額,銘曰:"萬物備矣,清明在躬。獨志抱壹,以樂無窮。悠悠天淵,落落視聽。小子誰狂?先生居敬。"箴吾狂而勖以敬,深感贈言之惠。敬不可易矣，狂固聖人之所許也，惟不可稍見於言色之間耳。

羅浮詩僧載山德堃再爲余作鏡中小像，余年六十矣。前作像時年五十二，又前丙戌福建游士曾作一像，凡三我矣。此後更不作，吾死後或由鏡中摹出，與内人共作一幅，加衣冠與否，皆無不可。内人於前三年亦曾作鏡中人，惜俗手工耳。

詩對類

林孝婦烈事小記：陳舜繋華封《離亂見聞録》載，順治五年，李成棟叛黨閻可義兵下吴川，大殺掠霞街。林婦某氏攜二子逃避，覓姑不得，急返室中。姑方被刃，婦抱姑乞代死。賊殘其二子，復揮刀斫婦及姑。婦大呼曰："殺我貸姑命！"聲未絶而殞，孕動腹中，賊仍刳其腹中孕而去。案：舜繋爲孝廉，景濂先生之父，記當時聞見，定自不誣，惜夫既佚名，婦亦缺氏，遂使圖經失紀，夙志幽淪。補録其事，刻於貞烈祖姑祠，庶幾毅魄相依，共垂不朽，且遺後之修先乘者有考焉。並書一聯懸貞烈祖姑祠云："噴碧血於霜鋒，一時玉折蘭摧，不磨生氣；回素靈於白水，千載濤驅雲湧，長聚英風。"道光二十二年九月族人林召棠書〔一〕。

大小宗祠舊春聯頗不佳，予丁先君憂歸，圭峰姪屬予更爲之。大宗上座平林石室一聯，舊文也；扉牆一長聯，亦舊文也。長聯甚不妥，"閩"字作仄聲固誤。"不讓一門雙進士而四掄元”，謂明代倫文敘、倫以諒、倫以訓父子，一會、狀，一解、會，凡四元也。倫文敘長子以諒、三子以詵皆進士。出句前語太拓落。末句“榮膺三代五尚書而九出牧”，“三代五尚書”明代林姓事，“九出牧”唐代事也，頗與上聯不配。

大宗中座，予尚有聯云：“暇告宜田，先知稼穡艱難，是以永膺多福；燕餟後禄，誨爾子孫式似，斯爲克享遐年。”而族人不書之，嫌稼穡之勞耶？未讀《尚書・無逸》一篇耶？又改上座一聯：“得第居歐陽榜前，玉友金昆，並預櫻桃喜宴；司訓在東坡謫處，蠻花佐鳥，都爲木鐸和聲。”説按韓愈爲《歐陽詹哀詞》，云閩人舉進士自歐陽詹始。後人考云，林藻舉進士在詹之前。又歐陽詹《翫月詩序》有云，濟南林藻亦旅長安，蓋本其初産之地言耳，藻即九牧之一也。吾族始祖蘭嶼公爲儋州教官，始居吴川，蘇東坡謫儋耳，即其地也。

高州太守蔣叔起，名超伯，乙巳會元，有調守潮州之信。正月四十壽，有留别七律三首，勉和之。老不能詩，與少時絶遠，真可自笑。來詩末章有云：“如我微名何足道，吴陽今有魯靈光。”予烏敢當之！和云：“慚愧草螢沾露點，敢同卿月説輝光。”亦自道其實也。

〔一〕此文亦見光緒《吴川縣志》卷八，文字略有異同，並録之：“旌烈婦某氏，邑人林召棠記。陳舜繫《亂離見聞録》云，順治五年，李成棟叛黨閻可義兵下吴川，殺掠霞街。林婦某氏攜二子逃避，覓姑不見，急返室中。姑方被刃，婦抱姑貸死。賊先殺其子，復揮刃斫婦及姑。婦大呼曰：‘殺我貸姑！’聲未絶而殞，賊仍剞腹中孕而去。案：舜繫爲景濂孝廉先生之父，記當時里黨事,應自不誣,惜夫既逸名,婦亦缺氏,遂使圖志失記,夙志沈淪。補録其事,揭貞烈姑祠,以使毅魄相依,共垂不朽,且遺後之修志者。”

評論類

程錦莊延祚答隨園書,其中頗有失誤。“三年無奈”一條,内言唐文皇貞觀二年,已祀南郊。按唐文皇受内禪。貞觀二年,神堯當在大安宫,何不可郊祀之有?不得引以較“三年不祭”之説。“天子七廟”一條,言武王時但有一昭王季,二穆大王、文王。則武王祭不及高祖矣,豈其然乎?七世之廟,可以觀德,已在太甲之時,何必待周昭王之世而後備三昭、三穆耶?“去祧爲壇”一條,《金縢》所云,或其時三王廟未備,或惡其事之彰聞。按太王遷岐,作廟翼翼,豈武王遷鎬不立宗廟,又於國中爲三壇?周壇祝史册禱,豈不彰明,要之《金縢》自不可解。“經傳郊社並稱”一條,言祖有主有尸,而不及妣。按妣無尸,未必無主,婦人死,卒哭祔於祖姑,無主何祔?“父卒母嫁”一條,引疏云:“父卒而繼母嫁,便是路人。”按子於繼母,若繼母歸而子已長立,不須鞠育之勞,父卒更嫁,可同路人。如繼母歸,子方孩稚懷抱,顧復同於所生,雖父卒更嫁,安可同之路人?從爲之服,不徒報其爲父服斬之故也。子於繼母情事不同,而禮文不能爲之區别耳。末一條云:“成王崩,子釗無不在側之理,出之路寢門外,自南門迎入宅,受之室,不過明國之有統,靖臣民之心而已。”按據者則成王顧命子釗,何妨在側,對郡臣而誨之耶?子釗久爲太子,民望早定,何須南門一迎?此亦人事之不可曉者也。考據家往往失之眉睫，錦莊之疎，不止如嚴冬友所糾《易説》。

黄霽青太守擬修府志條例，其略云："修橋路，美舉也，然或傍舍近村，意原便己，不得登人物。賑饑，美舉也，然迫於勢，不得登人物。解紛難，美舉也，然或武斷，不得登人物。科第，美舉也，然已有專門，不得濫登人物。訓士，美事也，然貧士藉資館穀，事半自謀，妄書名士多出其門，究竟名士爲誰，苟無指實，不得登人物。廉吏，美名也，然實政若何，不得概以不名一錢，便登人物。孝弟，美行也，然實事者何，不得概以孺慕友于，便登人物。"此議甚是，顧《高州府志》究何能如是，雖偏隅紀述，亦復不易，秉筆者異籍患不確，同籍患不公。時秉筆者爲蘇州潘眉，書既成矣，觀察葉芷汀先生以"人物"一門商予，意恐其濫。予謝不能周知，固實語，然亦不能更既成之書，受无妄之怨也。"列女"一門載節婦，有其人現存而年未滿五十者，觀察意欲汰之。予曰："於例固不得載，但恐其中有人地太寒微，更數十年重修志書，已不能舉其姓氏者，留之，或亦善善從長之一道也。"未審予言果見聽否？

先大夫道光四年四月初六日，自東安解組，歸至里門。時阮雲臺開府囑各縣修志書，邑人舉先大夫秉筆，辭不獲，以病不出。書成於戊午舉人吴河光之手，先大夫不過目也。吴索先大夫詩文刻入"藝文"，先大夫不與，謂召棣曰："吾文不刻志中，明此志與吾無涉也。"近聞志多可笑，依草附木者不少，收采有出人意外者，而刻與先大夫名冠之，可謂名實兩乖也。再舊志中所載科目仕宦,考諸史,牴牾頗多,與吾族舊譜,均失考證,先大夫嘗欲一訂正而未暇也。邑乘,召棠不與知也。意遵先志,自始遷祖以下,注世次,辨訛舛,正禮俗,杜末流,爲子孫法戒,息壤在彼,毋忘斯言。至閩中所抄舊譜,妄談臆決,與漁洋所譏倪瓚家譜御史大夫倪寬之孫爲樞密使者,同一可噴,置之可也。

親屬類

先君授徒垂三十年,於四子書披覽至多,闡發至細。棠少侍席側,講畢,遂不披講章。先君所采摘,蠅頭小書,鈔於簡端,或夾書於行間,今在七弟鳳樓處。恐久付蠹損,歸當屬寫本珍存之,冀先君心血能訓及子孫。書以志之,不可緩也。

先君解館,以餘資度歲。一年近除夕,苦雨寒甚。宗叔謂先君曰:“爾不索債於人,人亦不索債於爾,可閉門安樂度歲矣。”先君爲之一笑。

少聞先君與客談生平快意事。一日自館歸,家人告米罄,先君云:“何不早言!”計東家非甚富,今日錢不可得,頗用躊躇。欲還館,巷首以立,見一人肩米二籮,米上金瓜葉封一罌,如醬豉之類,内計得此擔至吾家,今夕濟矣。肩米人過十餘步問路人:“副榜三爹家安在?”路人指先君曰:“此是也。”乃先伯自鄉間歸餉者。當困厄之時,獲意外遇之快事,無出此者矣。

先君雖貧而坦率自樂，友朋之會，以酒食談笑甚歡，遇人無賢愚，皆酣嬉淋漓。門下士孫明府大焜，頗疑先君玩世不恭。然含明保耀，和光同塵，正遁世無悶所宜也。東方曼倩有言："首陽爲拙，柳下爲工。"分别淑慝，此在上位之責也；居田里間，安得持清議以格物乎？

先君五十七寫一真，不似，先君自題云："是何人焉？或不知己，請聽自言。實拙弗拙，非顛類顛。數杯濁酒，一卷殘編，舌耕餬口自年年。止自知我用我法，管甚麼人怨人憐。若問功名二字，笑云不值一錢。"今此圖不知在幾弟處，敬記之。

夫有子而猶買妾，夫之過也，亦恒情也。因夫有妾，遂不能遺言，此婦之過也，亦恒情也。由此而夫婦終身反目，此婦之過三，而夫之過七也。吾母待庶母，吾生止見笞一次，吾父遂與吾母終身不協。酒後獨坐，恒有不平之言，此人子不敢出之口也。十月十九夜，夢吾父大怒吾母，若洶洶大不平者，吾跪牽父裾，痛哭不止，醒而淚流至曉。既不能孝敬回親之心，又無幾諫之能，此人子之至苦也。今既不爲人子，爲人父母矣，亦無所致苦之處矣，勿令子致苦爲戒也。

癸卯正月七日，侍老母早食。老母酒後誦一詩云："二月桃花紅萬枝，一枝斜放過疎籬。東風誤送飛花出，忙殺鄰家小女兒。"時説及桃花初放也，此不知何人詩，蓋先嚴口授棠於童時者，今漫不復省，而八十六歲老母能誦之，以爲至慶。

前母楊安人，胡林楊舒蕃公之女。母陳安人，城内陳道章公之女。召棠兄弟不逮事外祖,記之以貽子孫。祖母李氏,三柏人,生員李干城公之女。

先君在時,無一日離書。我亦似之,非好學也,不能閒亦一病也。靜坐極是佳事,予少根氣,不能也。

先君爲東安縣教諭十九年,從東安攜二石盤歸,盤上石爲兩峰,甚好,吾子孫比之鬱林石可也。

前妣楊宜人,少先考七歲,卒時當二十二耳。先考年三十二,先母陳宜人來歸年十九,大約可考也。

先君寫《蕉窗茗碗圖》,囑葉璞庵先生題五言一首。先君以爲佳,命召棠楷録圖中。

予母楊太宜人,胡林人,與先大夫伉儷甚篤,病篤,先大夫哭之痛。楊太宜人曰:“君勿痛,後娶當得佳耦。”陳太宜人將生召棠時,夢楊太宜人華服喜笑來,未幾生余。自是召棠患疾病,夢楊太宜人來則愈。召棠應童子試,選拔鄉、會兩試,陳太宜人每夢楊太宜人至,則捷音到。嗚呼!召棠無狀,負怙恃於冥冥之中矣。

第七子祖壽母楊氏,燕人,己丑八月廿九日歸予於京師,辛卯五月生第三女,壬辰八月隨予由潞河出都,十一月廿五日至家。癸巳二月四日寅時,祖壽生。四月,其母攜之至肇慶;八月,復歸至家。四歲,體骨雄偉,神氣英發,言語舉動,漸如成人。教以字,一二過能記;教以篆隸,亦能别識。素壯實無病。丁酉二月初七日,予出門。三月,祖壽漸患泄瀉,至四月而劇,五月初五日遂死。纔病劇,不能食,其母曰："兒不食，我亦不食。"乃强起啜半甌，坐視其母食，乃復卧。時語母曰："久不認字，爺歸怒矣。"將死，勸母食，食未半，呼母曰："兒不好矣！"母含淚抱之，遂死。自始病至死，不少汙其體，即日殯葬屋後半里。予七月廿七日歸至五藍陳沛，爾時始告予。予歸使僕記其葬處。七月十五夕，攜其兄祖歡、祖康往哭之，八月爲立石焉。終吾之身，清明祭前母楊安人墓歸，以祭餘供焉，亦古人祭殤之義也。昔韓退之貶潮州，女挐年十二死於道，他日歸骨先塋。李義山有葬姪女寄文，纔四齡耳。古人重骨肉如此，況此英物耶！

又予第二、三兒，皆生於東安。第四子ムム甲戌生，得半歲，甚英偉，一目重瞳，予客京師，其生平皆未之見也。丁酉歸，内人語及而泣，前後失兩英物，曇花一現，獨何爲哉！

妾楊氏，直隸保安州人，道光己丑九月歸芾南於京師高州會館。辛卯五月生一女，壬辰秋隨歸吴川，癸巳二月生子祖壽，幼而聰〔一〕，五歲殤。己亥九月生子應庚。癸巳一至高要。丁未避寇於高州，隨歸嫁女；冬避寇於赤嶺吴婿士彬處。己酉避寇於化州。咸豐甲寅八月杪，同避寇於那洋；九月半先歸；十一月十一日夕始病，不能食寢，十四日巳時遽卒，得年四十有三。吴女適歸寧，應庚聘婦陳氏，尚未娶。嗚呼！保安去吴川萬里，何故忽而相隨，遂卒於此？芾南何故造此孽，使渠鬱鬱遂死耶？女婿吴士彬茂才，端正佳士。應庚懶散，能念母於九泉之下，改而爲善耶？不然，安見早死之非福也！不能待芾南而先行，予頗不能無憾焉。十二月初三日巳時，葬楊妾於絲茅嶺，初九日畢工，酉山卯向兼庚甲。

屋後一處。

予姊婿黄君名岫，字孟遠，候選縣丞。少時聞父疾在省，徒步七日至省。頗溺樗蒲，有所耗，父歸，聞而戒之，君跪曰："謹受戒，不復近。"遂至老不一爲之。受人託，辛苦任勞怨，不損己必不負人。孝友醇至，而不甚通時務，迂拘古君子也，家慈素愛之。癸卯秋，家慈抱疾，來視恒哽咽不能語。家慈卒，君泣曰："予無他能，它日塋土，予當謹視之以報德。"先時，先君塋土亦君督視之。詎先慈卒未三七，而君遽以疾卒。予姊長予七齡，予年四五歲時，先君口授唐人絶句，姊記誦二百首。既歸，無姑任内政，事舅劬苦。先君官東安有所積，付姊經紀，姊分爨後，撙節所餘共三四千緡。姊識字，統記子母不誤錙銖。予數歲，三弟在乳中，予恒依姊，友愛最至。家慈癸卯秋生對口瘍，九日痊癒，有時腹痛，至冬，弱不能起，甲辰二月八日棄養。八越月，姊侍疾無所少間，至先慈六七，姊亦没矣。姊素壯，無疾卒，遽爾雙亡。十年中所遭不順，家中落，子婦不能承志，夫婦皆至孝，而不能享其報，何哉？次姊適詹氏，家本殷實，姊夫皆散之〔二〕，官德慶州訓導，不久歿。姊八十有二矣，尚存一孫，已有曾孫。

九年廿七日辰時，五弟雍罔病卒，年六十有七。春間頻患氣痛，不能寢食，漸消瘦之甚。六月半幾脱去，一切身後事皆備矣。子婦易氏，上杭人，甚孝，難得也。

永章叔云："撝揚祖有孽子二：進中、麗中。薄與之産，不與諸子齒。舊住白沙，其子飄然遷去，不知所之矣。"

角枕虚陳，琵琶别抱，常也。況屬小星，復怨秋扇，無愛子之戀,甘青女之寒,比樓中盼盼又爲過之。予再從叔成雯卒,無子,次妾已行去,叔卒始二十餘,與適食貧,今十餘年矣。

召梅弟婦陳氏,見示伯父所藏撝揚祖分單。時雍正十一年,撝揚祖年七十有四,以仁、義、禮、智、信爲簿,分五子。又藏康熙年官印田契,印内左用蒙古篆文,右篆不可識;至乾隆間改用今印,左漢篆,右清篆。

〔一〕幼而聰,原作“佛而聰”,未詳何義,據上下文意改。

〔二〕散之,原作“散文”,據上下文意改。

人物類

李時榮,字春山,四川劍州舉人,道光二十四年宰吴川,清廉能聽斷,寬猛得宜,殆不易得。縣試童生前後七場,無一卷傳遞者,亦能吏也。獨强良民代頑户納糧,斯大誤矣!

張小浦侍郎寄一聯爲壽,集句云:“講藝立言,領袖後進;頤性養壽,澡雪精神。”予愧此言多矣。侍郎名芾,辛卯陝西所取士也,時年十六,已名噪關中,癸巳傳臚,纔過三十,已貳六卿。

總督林則徐,福建人,所至有聲。道光辛丑,由兩廣總督革職,奉命塞武陟黄河决口畢,戍新疆,召還爲陝西巡撫,署陝甘總督,升雲貴總督,以疾乞休。庚戌,起爲欽差大臣征廣西賊,至潮州病卒,賜謚文忠。前丁憂歸,召修高家堰決口,畢工,命爲揚州鹽政,自請從征張格爾,命歸終制。文忠之謚,近時罕有,公殆不愧,可繼宋歐陽永叔、蘇子瞻兩文忠之後矣。前十餘年曾贈予一壽聯云:“綵衣榮似三公衮,珂第祥留五色雲。”寫作俱佳。

嘉慶壬戌,辛山兄選貢朝考歸,夢先大夫過訪,索佳筆與召棠。辛山呼童子取筆,少頃,回首見文昌帝君坐堂上,命侍者持大筆兩枝,管繫彩縧,授先大夫。文昌帝君曰:“以是爲召棠他日之用。”遂寤。時余方十六歲,與辛山居上相遠,辛山不知余名召棠也。壬申就試高州,辛山與朋舊言之,時與辛山蹤跡甚疎。余以癸酉選貢、丙子鄉舉,年皆與辛山相若,同居京邸,相愛甚。至甲申過訪辛山書齋,屬余書“授筆堂”懸其室云。〔一〕

高州近多壽民,梁叟一百有三歲,猶爲人拜壽。少子七十餘隨侍,逾門,子失足欲顛,叟以手援之,得不蹶。甲申及第歸茂名,陳學魁、妻廖氏皆百歲。王竹川明府邀予作詩而未暇也,丙戌百又二歲矣,夫妻並存。族叔祖世晉年九十一,叔祖母李年九十,並健。予作詩紀之,並紀梁、陳焉,夫婦百歲,古殆稀有也。

〔一〕此條後原有批語:“此殿撰未第時事也,及癸未廷對第一,辛山贈以《御階行》詞,其後闋云:“當年吉夢燈前卧。授筆靈官座。果然雙管大如椽,先把芳名呼破。百花頭上,羣仙領袖,操券先書左。”

家訓遺囑類

道光二十年庚子三月廿九日,早起而暈者數次,强起,尚不能自定,疑遂飄然行矣。留書與日成、祖歡、祖康、路生,記之:汝等當小心孝奉祖母,終吾未了之事。吾神主安置房中,祭日迎出書房中廳,事畢入房,掩門掃灑,百日升堂。《檀弓》云:"周人卒哭而祔。"謂以新主祔廟也,古禮有之。一切誄祭必辭之,我意也。速葬,一切儉約,吾志也。《禮》云:"喪不慮居。"不以死者耗生者之養,聖賢之訓也。汝等宜立志堅定,爲克家之子;否亦當守薄衣食,不至狼狽。家財分析,以租三十石與長孫,餘五分之,以一分爲公產養爾母,此事在應庚完娶後也。應庚一分附公產,隨爾母畜養之,俟娶親乃分析。《詩》云:"凡今之人,莫如兄弟。"至言有兄弟不如友生者,極言時人之惑也。不愛兄弟,他人誰親之?誰信之?爾等宜思手足休戚之相關也。生死乃必然之事,無足道者。我生平手筆,日成即於百日内料理,宜焚者必當焚之,可存者令人抄寫料理,不可輕刻。吾十餘年前,自輓一聯云:"都一般擾擾紛紛,隨例作人,那曾有我;倒樂得清清快快,問君何去,本未嘗來。"額云:"淩雲一笑。"視此自輓聯,當知吾了然於胸中,全無芥蒂也。

與三弟、五弟、七弟:我恐遂飄然不及相見,俗緣須了,無足留戀。宜自愛,親厚骨肉,小心慮患,至要至望!吾無一好處及諸弟,切望照料諸姪,管教之,親愛之,切冀也!

家中子弟成篇後,有三分可望入學,方令考試。否則費貧家飯食之費,長少年游蕩之氣,必不可也。開講二三年,如不成文字,便令改業,别覓生路,不可强其所不能。況秀才不可易得,即得之何以爲食?每見父兄讀書,亦强子弟爲之,不知人各有資性,不能强也,勿愚且諱爲要也。

家人骨肉衆多,秉性各别,即同爲中人,緩急寬褊,情豈一律?惟賢者能自省其愆,而恕人之過。不賢反是,始而齟齬,繼而乖疎,終而爭競,甚或求助於他人,以謀其骨肉,訟師貪夫起而間之,不塗地皆盡不止。然則何以教之?《詩》曰:"明發不寐,有懷二人。"吾之弟姪,皆父母之子孫也,途人視之且不忍,仇人視之更何忍?與其任詭索於奸胥酷吏,如何寬分毫於父母之子孫乎?吾能受淩辱於吏役,不能容忍受辱於骨肉乎?試爲父母設想,何以安乎?他日子孫如是,甘之乎?有人心者可猛省矣。

予近來大非昔比,已七十九歲,復何言?不工治家,田皆不好,子孫衆多,貧不給飯食,何以自勉?目中見族衆勝我者多,不如我者亦不少,在人自勉而已。勿怨貧,勿自棄,勤者生,怠者死,所見有不如是乎?安享祖父之福美矣,爾輩何不生富家而爲我子孫耶?奮勉自立,勿畏辛苦,勤苦食力,即爲好人。勿怕人嘖,自食其力,何嘖之有?一無所爲,至餓且乞,又當何如耶?絶勿諱貧,後將不可言矣。

先考嘗租壹百石,自乙丑年以前,皆弟三人輪收,我未收。乙丑年五弟收,丙寅年七弟收,丁卯年我仍收,如此均輪,我用培補先墓域,無培補之事,仍如此均輪。收此先人之存也,均食先人之惠也。此後有修補先墓,仍由此租抽辦。

墓葬類

宫庵公葬嶺下,一塋五墳,俗呼爲"五點梅山"。舊傳宫庵公祖父兄弟五人同葬。近聞永章大叔同高祖出，今八十一歲矣云："宫庵公與祖父三世同葬此，非兄弟也。吾家自撝揚祖以上，頗不甚顯，撝揚公始昌大之。吾家爲撝揚公舊居，後與曾祖誠齋公，而撝揚公辟白沙，遷居於今雲階兄住屋是也。白沙西南，昔有一港，舟行可入二里，今爲沙阜矣。"皆永章叔云。

始祖蘭嶼公三子，至五世而長房、三房皆絕。次房有三子，一嗣長房，一嗣三房。嗣三房者爲來青公，來青公精堪輿之學，己墓及三子之墓，皆公自擇。今三房千餘人，次房四五百人，止鶴齡少舉於鄉，文且賢，數年遽卒。長房恒不能滿百人，衣衿未之見也。而三房頗有衣食，恒有科第，果地理所致歟？而居鄉者冠巾甚不易得，又何故歟？來青公少貧而愿，上郭特峰公器之，妻以女，奩贈頗厚，後遂富，子孫大昌。特峰公墓在張寨垌，來青公所擇，子孫亦昌。嘉慶辛未，來青公新祠成，吴氏闔族來祭。道光丙戌，特峰公新祠成，吾族亦公祭焉。特峰公之夫人，又林氏女也。四五百年間，世爲婚好，亦稀有也。

曾祖誠齋公、妣吴氏合墓，右園太近，囑王聚文除馬辣。墓下方應文私葬已起，又下一方封堆已平去，左方陳其朱姓十年前葬一穴太近，伯父漢章公曾告官。來脈處草衝，吴傳述圍園開地，唤其去馬辣，罷開地。彼已出門，囑王聚文令渠如約，未知能否也。本山坐甲向庚兼卯入脈，甲卯右水倒左出午丁方，以乾隆甲申年仲秋葬。

吾族嫡庶葬祭之禮，家家各異。竊以情理準之，事死如事生,生者安死者亦安矣。同穴之制,夫妻相並,妾居左右下數寸。嫡子祭其父母,設庶母坐於其旁。庶母生忌祭於所生子之室,設位亦如之,則人子之心皆安矣。至族中祠堂,一如衆論,不必相强。大抵習俗相沿,難以理喻,以人從欲,古今所戒,慎無好作議論,執一是以格羣非也。

美田公於嘉慶四年葬小麻登,墓左半里舊有塞海汊爲田者,塍久廢,海潮每日至墓田。嘉慶□年陳姓復議塞之,經伯父漢章公稟邑侯許公聯陞,不許堵塞。道光十七年八月廿二日,用銀拾兩,從陳姜五買此田,有乾隆五十八年舊紅契爲據,立石廢田之旁,並示日後子孫,不許於此處營利,以妨墓地。

祖祠嘗産類

粤俗多祖祠,吾邑尤多,極報本之美也。子孫或貧困,家寄於祠,遂爲雞豚之栅,久而力不及修治,傾倒拆賣,栗主委寄無所,足以爲戒。寢昌寢熾,此在福人,吾輩寒素,勿輕羡華腴也。

高祖撝揚公與鄰一竹公並富,家資盡分五子,後日祠堂祭田,孫曾合爲之,甚難爲繼。一竹公留公産頗厚,至今曾元猶賴之,爲澤遠矣。然世之公産豐腆者,桀黠侈爲訟費,貪吏垂涎,恒入奸囊。又不肖子孫侵奪鬥衅,亦屬之階,詎爲愈乎?視後人之賢否可詒謀,竟無善策也。

來青公祠以嘉慶十六年修，辛未乙未辛亥辛卯，吉課也。撝揚公祠風毁於道光元年，修以辛巳辛卯辛卯辛卯，時家君爲家長，生乙丑年，不利也，擇日者爲丙寅生人計可。家君平安無損，丙寅生人亦無分寸之益，人生豈以一日爲興廢哉！

始遷祖蘭嶼公祠重修，以二月廿五日升梁，丙午年辛卯月辛亥日辛卯時，以《羅傳烈通書》日課，日光叔用之也。入主以六月十三日丙寅、辛卯時，前後大雨，卯晴。

吾族始遷祖祠亦三層，坐向微有不同。丙午二月重修，一仍其舊。在肇慶見府縣兩學宫及總督署内外坐向，皆少參差，未知其故，避直衝殺氣歟？未識陽宅諸書曾言及此否？

上宗房譜十四世甲元，生天啓癸亥，享年七十六，遷建大宗祠，始終竭力，不言大宗之遷在何年，蓋本朝初年也。甲元公，即九家祠之熹祖也。

文林郎公祠數，先經先嚴經理。嘉慶十一年先嚴官東安學博，公産租百石，錢貳百餘千，交沛霖兄經理。道光四年隨侍歸來，在修祠之後，田錢分毫皆盡，始議糾合，召棠捐錢伍拾千文，自行管理，又交錫貴弟管理數年。第三房捐錢伍拾千文，交出田租伍石。至貳拾年仍歸召棠管理。廿五年第三房交出田租叁石，第二房捐錢貳拾千，召棠又自捐錢壹百千。咸豐叁年盡贖當，舊租皆復，又共錢壹百貳拾千，於咸豐四年交治熙姪管理，至七年正月，詒熙姪又買田租貳拾餘石。以後亦汝子姪管理，能否實心實力任事，凛凛然尚未可必，不能付他手，或至消散矣。召棠非敢自矜其能也，具紀前時消散之易、積累之難，爲祖祠久遠安奉之計，不可輕費也。□□既非侵染自利，衆共諒之，當勿以遺衆永遠開罪之議，致積怨也。咸豐八年二月十七日，召棠手記。

祖田招異姓佃耕，林姓不可耕。循情則廢産，責實則失親親之道，勢必不可行也。

大宗重修以丙午年，撙節十二年，故業始復。重修時，經理三年之力爲多。今議祀事如舊，三年仍力絀矣。能每年省半，或可十年，而族人必不從也。以後約不得揭錢崇祭，勿致賣祭田償債爲要耳。

寺庵類

西傳庵舊稱淨刹，叢竹環之，緑陰晝静，好鳥時鳴。數十年前，予少過此，庵門深閉，坐階上久之，門額一榜，末行小字數十，尚彷彿記其半。又十年過此，竹盡伐，一庵孤露，門上止“西傳庵”三字耳。予丙子在京鄉試，八月初八日入闈，夜大寒熱，遥禱西傳庵神，次日幸愈，遂名榜末，神庇之耶！老而無能，愧甚矣，惟長存敬慎，不敢爲非耳，神庶鑒之。〔一〕

予年十四時，夢先君子命隨一老尼拜佛，拜已，若受戒者，命予名曰法果，予時了不知此教中旨趣也。近閲《魏書·釋老志》云：“皇初中，趙郡有沙門法果，戒行精至，徵至京師，供施甚厚，授以公侯之爵，皆固辭。年八十餘，太常中卒,追贈老壽將軍、趙胡靈公。”乃知古僧先有此名。又予年十三四時,省黄氏姊歸,途中入樹林,徑旁一寺,門深閉,竹陰鳥語,風景佳異,坐階上久之,仰見額懸匾黑字,左一行云:“廩生林先君子名率男觀育敬上。”觀育,予小名也,因念棠始生時,先君子久中副車,無緣復題廩生,當姓名偶同者耳。數年後過此,竹樹皆伐,一庵孤露,乃西傳庵耳。門額有“西傳庵”三大字,旁無款式,問之老成,數十年中亦無廩生與先君子同姓名者。予一誤有所睹耶?抑靈光一現,偶證本來?今則塵海茫茫,汩没深矣,豈堪回首耶!

白沙金蓮庵,後有茂林,僧廬淨潔。嘉慶年間,久廢不修。丙戌自京師歸,欲就其地爲泡影園以居,署門一聯云:“卧聽大海風潮上,曾閲蓮花世界來。”既歸爲香雪館事,遂輟。前歲有得此庵始末者云,康熙三年,邑侯劉公與邑紳經建此庵,租百餘石。康熙十八年,僧徒某避寇,居梅菉永壽庵。乾隆十九年重修金蓮庵,有拓碑一紙,原委頗具。今春聞於邑侯者,欲劃諸租還歸本庵,官招僧訊之,未識能成否?

金蓮庵桃花屋之前,去秋冬,廣池崇臺,其東爲草亭,置石几二,新舊種桃四十樹及他花草,春來皆蔚然。出門逐塵土間,碌碌不自得,時夢想及之,信消憂之佳景也。署屋柱一聯云:“蓮有禪心,桃爲仙友;地僻愚谷,天隨散人。”尚欲作記刻之,未得暇耳。友人贈以詩,以孫穀田茂才祖貽四律至佳。

請彭春洲泰來題楹句於金蓮庵云:“卧蓮瓣讀書,是天人福慧;見桃花悟道,須來者聰明。”語甚妙協。春邀黄香石培芳作山水大横幅,亦極可觀。

金蓮庵我手成之,庵租我歸之,子孫管理之爲要。今暫時付大宗嘗收租,另簿記注。現在大宗管數擇人甚好,他日管數不能如此,家中好人收理之,勿使散廢也。

〔一〕"又十年過此"至"神庶鑒之"一段爲《拾遺》所無,今據光緒《吴川縣誌》卷三補入。

其他類

拜齋者,惟吴川有之。病者禱康王神,酬之,設康王厂於野,其北爲嶽神壇,拜康王轉達嶽神云。飾童子爲拜童,誦百餘言,誦且拜,五日畢。蓋十餘年一舉焉。

道光癸未三四月,吴川縣海魚多死,浮潮上,余適得第。丙戌四月杪,海魚復有死者,邑人復有泥金之望,而辛山即以是科捷進士矣。〔一〕

丙戌十一月初一未初三刻,有聲殷然自西北來,地微震,少許乃過。俗人云"地震爲來歲豐稻之兆",未知所據也。

始祖祠有祠田碑,上載田租價,無他文字。明崇禎十年置買頗多,有米一石七斗者,用錢四十九千一百文;有買米一斗五升者,用銀六兩。大約米壹石以四五千爲中價,比今時田價,才二十分中之一耳。十二月廿七夕,與三弟語此,予云:“聞老輩言,吾高祖撝揚公以三百金買租三百餘石,田莊廿一所。本朝初定時,耕農少而賦役重,故田賤。前明崇禎間,吴川雖未亂,兵興賦役增,田價如此,恐亦非善制也。”

(以上見《拾遺》)

〔一〕此條見光緒《吴川縣誌》卷十,《拾遺》無。

心亭亭居聯語

霞街林氏大宗

其　一

得第居歐陽榜前,玉友金昆,並預櫻桃喜宴;
司訓在東坡謫處,蠻花犵鳥,都爲木鐸和聲。

其　二

嘏告宜田,先知稼穡艱難,是以永膺多福;
燕綏後禄,誨爾子孫式似,斯爲克享遐年。

自　輓

都一般擾擾紛紛,隨例作人,那曾有我;
倒樂得清清快快,問君何去,本未嘗來。
横額:淩雲一笑。

藕花池館

卧聽大海風潮上;

曾閲蓮花世界來。

四十樹桃花禪屋

蓮有禪心,桃爲仙友;
地僻愚谷,天隨散人。

(以上見《拾遺》)

霞街鄉賢林公祠

秉道宣猷,師事江門,官著吴門,百世範模斯在;
尚賢崇德,芹脩學祀,蘋湘家祀,千秋筵几常新。

霞街貞烈林姑祠

内　聯

灑碧血於霜鋒,一時玉折蘭摧,不磨生氣;
回素靈於白水,千載濤驅雲湧,長聚英風。

門　聯

門前淺瀨沈初月;
夜半靈光化白虹。

霞街金蓮庵

佛笑萬花萼；
梵音初夜潮。

鹿　苑

幽庵十笏人無語；
清磬一聲人閉門。

泡影園

江風山月自今古；
園鳥林花同笑言。

霞街壺天館

心是長春地；
人居小有天。

霞街絳雲館大門

龍鸞炳文，鵬鶚厲翼；
驊騮開路，鷹隼出塵。

霞街古興龍寺大門

歸鳥遠帆千頃水；
夕陽疎樹一聲鐘。

真如庵

其　一

斷雲飄磬遠；
芳草閉門深。

其　二

鐘撞初夜月；
門對大江潮。

霞街烈天府

不疾而速,不行而至,惟神也;
能禦大菑,能捍大患,則祀之。

文昌廟

仰觀於天,文章之府;
憑依在德,紱冕所興。

霞街玄壇廟〔一〕

春宵門燈

騎黑虎以宣威,時歆薦藻;
看黄龍之吐焰,節慶傳柑。

三月十五日

琪樹鴉歸含火棗;
瑤壇虎拜獻冰桃。

九月十五日

虎氣上騰游碧落;

鶴巵香泛薦黄花。

〔一〕按:霞街玄壇廟每逢金輪趙都督誕日節慶,即以紅紙書此,大張高門,然未署作者,訪於父老,皆言爲林狀元所製也。

赤坎高州會館

旅館盍簪同敬梓;
海波澄鏡到榑桑。

題那黄嶺茶亭

因甚忙來,走不盡萬里長途,勸君且留餘步;
終須過去,抛得下一條重擔,爲我及早回頭。

贈女婿吴士彬

祖父不遺留,或讀或耕,方能度日;
子孫能發奮,克勤克儉,庶免飢寒。

塘壆塘溪林氏宗祠

紹華胄在端州,瑞應鳩祥,人覘鵲喜;

守遺經於少傅，望隆馬帳，譽噪龍趨〔一〕。

（以上見吴川霞街林氏宗譜編委會編《霞街風采》，二〇〇五年）

〔一〕龍趨，一作“龍超”。

上郭吴氏大宗

其　一

縣未立時先有姓；
廟從遷處更揚名。

其　二

冠蓋先臨，相陰陽而觀流泉，大據山川勝勢；
英髦繼嗣，有詩禮以貽來葉，永繩簪笏名宗。

上郭特峰公祠

五百年燕翼詒謀，管奏新宫，恪備精禋修梲橑；
數十代蟬聯姻戚，蘋湘南澗，遠從先德溯津梁。

（以上見吴國超主編《吴川延陵文化》，二〇一三年）

水潭吴氏大宗

周隆端委，漢重台衡，黼國黻家，駿業仍光海嶠；

禮肅籩鉶,訓尊彝鼎,興賢舉孝,鴻儀遠上雲逵。

(見黄坡水潭吴氏大宗補刻)

樂嶺陳氏大宗

偉烈著鄉賢,溯傳心漳郡,殉節明倫,共懔英風光史册;

豐功崇名宦,自作範上猶,遷司國學,覃敷化雨洽儒林。

(見《樂嶺陳氏族譜》,民國廣州西湖街廣益刊本)

梅菉布袱街西竺庵

燒沈水香,成甘露味;

見大圓鏡,坐寶蓮華。

梅菉竹欄街神農古聖廟

生民萬古絶疵癘;

本草一書齊索邱。

(以上見光緒《梅菉志》)

廖山水月庵

百寶雨花,滿琉璃界;

千潭印月，見妙明心。

（見廖山水月庵原刻）

梅菉漳州街天后宮

仙掌閟神居，盡日靈風清菌閣；
慈航通福海，中宵卿月照梅洋。

（見光緒《茂名縣志》卷二）

雷州東寮村林氏宗祠

其　一

分譜牒於鼇江，平棘清河，八桂之衣冠肇起；
衍箕裘於雷郡，明經拔萃，九龍之文獻猶新。

其　二

緬登甲於二男，趾美鴻臚，猶記春風同及第；
數列侯於九牧，嵘嶸雁序，須知奕葉盡承恩。

（見雷州歷史文化業書編委會編《雷州楹聯》，二〇一三年）

題海山仙館

十年別記槐黃候；

五月來當荔紫初。

（見《海山仙館圖卷》，廣州藝術博物院藏）

贈謝道揚

璧水瑶林推老宿；
銀蟾金粟共長生。

（見光緒《信宜縣志》卷六）

贈佃道財

爰居爰處，爰笑爰語；
爾熾爾昌，爾壽爾臧。

（見黄挺、佃鋭東編著《佃介眉》，二〇一二年）

狀元坊門聯〔一〕

海潮明月生前浦；
江樹連雲到遠峰。

〔一〕林召棠第六代孫林受祥言此聯爲狀元公所作。

附録一　傳記

先考翰林院修撰芾南府君行略

林詒薰

府君林姓，諱召棠，字愛封，一字芾南，高州府吴川縣人。始遷祖蘭嶼公，諱永，爲閩莆田人，以宋進士官雷州，秩滿，家於吴川之霞街。至六世祖來青公後始繁衍，世爲士人。曾祖誠齋公，諱一菁，增監生。祖美田公，諱邦瑞，太學生。父雨屏公，諱泰雯，由廩生兩中乾隆庚寅、辛卯副榜，晚授東安縣教諭；子四，府君其長也。

先大父雨屏公，少讀書刻苦自勵，家政悉屬伯兄。伯兄性喜俠，家中落。自舉乙榜後，貧益甚，遠鄉有薄田，盡讓伯兄，迎父美田公侍養於家，一經授徒，蕭然四壁，營備甘旨，先意承志。是時，美田公望孫綦切，及府君生，甚慰，而先大父年已四十有二矣。

府君生而聰慧。四歲，美田公教以《三字經》、唐人詩，皆能背誦。稍長，入塾就學。十二歲始聽講解，冬學作文，操筆立就，思致超然。

嘉慶癸亥，年十八，應姚秋農學使歲試，蒙取經古，補弟子員，每試卷入，召立案側，特加賞識，有"海濱俊才"之評。又三年丙寅，食餼。壬申，受知於程鶴樵學使，選拔貢生，既入謁,程公以“必入翰林”許之。

計自入泮以來,九試院考,七居首列。越丙子秋,舉順天闈。癸未成進士,殿試以第一人及第。朝考卷進呈成皇帝,御批:“今科得一佳元,論中一字筆誤偏旁,無關學問。”上邀恩眷,渥荷優容,孰有過於此者哉!

府君少從先大父學,潛心經史,旁涉諸家,確義要典,摘抄成帙,偶有心得,筆之簡端。尤愛讀唐宋人駢體文,功課之暇喜爲詩,意興所致,天籟自鳴。長游程公之門,日與程公子小槐孝廉互相切劘,學益精進,每呈所作,程公亟賞。或隨侍京邸,或隨侍外任,飲食之,教誨之,愛若己子,幸而名立,實得力於程公爲最多。顧自癸未登第,而程公遽歸道山,府君嘗以不獲一面爲戚,每言及輒泣下,蓋深憾無以酬報師德也。

八月假歸,至東安奉先大父旋里,跪請侍養,先大父弗許,嚴命束裝,府君不得已而行。甲申冬,奉先大父諱歸,哀毀骨立,親覓葬地,窮歷山陬。戊子七月,既安窀穸,復入都。

己丑散館,一等第五名留館。辛卯典試陝甘,拔取呼延太史甲、張中丞芾、路觀察慎莊,皆少年知名士,差旋復命,聖顔和悦。特以王母春秋高,無心入仕,次年壬辰告歸,遂不復出。

癸巳,受制軍盧厚山之聘,主講端溪書院,凡十五年。與諸生研究經義,務爲實學,一時英彦,多出門下,若羅尚書惇衍、馮中丞譽驥、梁太史巍、劉大令汝新,尤所賞拔者也。

府君性至孝,淡於仕進,深以禄養不逮先大父爲痛。奉王母陳太宜人色養備至,依戀膝下,不忍或離。與諸弟處,怡怡友愛,各代營宅,始爲析居。年八十餘,猶與季父朝夕共飯,歡若童時。

太高祖撝揚公家廟,歲久就圮,嘗業半爲别房變賣。府君倡捐修葺,祠宇奂然。經紀十餘年,祭田盡復。存問親舊,分惠戚黨,力苟可爲者,無不自任。尤篤於故人,敦氣誼,有族姪鳴皋同計偕,病殁京師,府君力歸其喪,視其葬,賙恤其妻子,不敢以生死而易也。家居四十載,絶足城署,未嘗以私干有司。

近莊有佛刹金蓮庵,庵東喬林數十,足稱勝概,因繚以周垣,傍庵爲屋,多種桃樹以繞之,顔曰"四十樹桃花禪屋"。别搆亭館,濬荷池,闢曲徑,列石几於樹陰下,隨地布置,雜植嘉卉。又築平臺供登眺,牆外江潮上下,江外稻田千畦,悠然在目。春秋佳日,招集朋舊,或率弟姪子孫輩,游息其間,把酒品花,煎茶鬥韻,恒藉是以娱老焉。

鄉里有齟齬不平事,咸來就質,得一言輒解釋。同治初,陸公心源觀察高涼,詢知懿行,手書"高賢里"三字,旌表門閭,府君尤歉然不敢居也。平居端坐,自養天和,淡泊而寡欲,謙退而有禮。教家以孝友、勤儉爲主,訓子孫以謹身慎行、讀書務本爲要。家中藏書,丹鉛數過,自少而壯而老,恒不去手,至今展視,墨瀋猶新,不禁潸然欲涕已。所著有《心亭亭居詩鈔》、《文鈔》、《賦稿》、《制藝稿》、《雜録》、《日記》若干卷,藏於家。

府君生乾隆丙午年正月二十八日,卒於同治壬申年十二月十五日,享壽八十有七。妣孫宜人,先府君卒。庶母區氏、楊氏孺人。子四:詒燕,道光戊子優貢,儋州訓導;詒薰,恩貢生,欽賞鹽提舉銜,孫宜人出;詒燾,邑廩生,區孺人出;詒烺,候選府經歷,楊孺人出。女三,皆適士族。孫九人:晉圻,增貢生;晉堅,邑廩生;晉堃,同治癸酉科拔貢,朝考二等,英德縣訓導;晉逵,廩貢生,詒燕出;晉塏,監生;晉培,庠貢生;晉墫,邑廩生,詒薰出;晉壇,庠貢生,候選訓導,詒燾出;晉垗,邑庠生,詒烺出。女孫十一人。曾孫二十五人。曾孫女十二人。元孫十一八人。以光緒乙亥年七月葬於茂名之雙塘嶺。

次男詒薰謹述。

(見原件,國家圖書館藏)

林芾南先生家傳

吴宣崇

先生諱召棠,字愛封,一字芾南,吴川人。祖邦瑞,監生。父雨屏公,諱泰雯,乾隆庚寅、辛卯兩中副榜,晚官東安教諭;食貧守素,以孝友著,年四十二始生先生。

先生少時,盡傳其家學,年十八應童試,姚學使文田賞爲"海濱俊才",拔補弟子員,七試皆優等。嘉慶壬申,學使商城程公國仁得其卷,以大器目之,選充癸酉科拔貢生,命入官署肄業,前後凡十年。

丙子舉順天鄉試。道光三年癸未成進士,殿試以一甲第一名及第,授職翰林院修撰。告假歸省,明年還京,旋丁外艱,戊子復職。己丑以一等第五名留館。辛卯爲陝甘正考官,呼延庶常桭、張文毅芾、牛廉訪樹梅、路河道慎莊,皆其所得士。

明年乞養歸,大吏延主端溪書院,十有五年,栽培士類,如順德羅尚書惇衍、高要馮侍郎譽驥、同郡梁庶常巍、劉大令汝新,皆所賞拔。時與彭明經泰來、陳禮部其錕輩飲酒賦詩。年五十九丁内艱,遂杜門不出。

夫以先生盛年巍科,居清要顯宦,宜可立致,乃飄然解組,循陔將母,深有古人不以三公易一日之養者。或又謂爾時權貴方柄用,先生見微知著,故潔身早退,其高致蓋如此。

先生嘗作寄廬於金蓮庵,顔曰"四十樹桃花禪屋",結茅布石,雜蒔花木。每當春和景明,潮生月上,輒命小童攜杖,徜徉林靄間,或載酒蓮塘,或吟詩梅下。暇則焚香靜坐,觀書臨帖,意趣超然也。

生平謙和敬慎,不面斥人過。見故人子弟,情意懇懇。諸弟析居,給貲建宅,善體先人推産意,耄年猶與季弟明經召桐朝夕共飯。羣從子教誨飲食備至,訓子孫專務讀書植品,尤以驕侈爲戒。

嗟乎!名利之習,痼人心久矣!奔競夤緣,求援求繫,漠不知恥,且藉爲門户光。先生鄙夷不屑,獨以淡靜貽後人,一家化之。此風殆難晚近覯矣。

同治六年,高廉道陸觀察心源,表其里曰康成之鄉,表曰通德公藝之里,旌爲義門。修撰早掇巍科,名滿天下;壯辭軒冕,高卧滄江。孝友著於家庭,賢聲孚乎鄉里。其科名之盛、人品之高、學行之純、出處之潔,可與焦弱侯、羅念庵諸先生相媲。修撰現在年逾八十,兄弟怡怡,其子孫服習教訓,莫不敦品力學,克紹家聲,是孔子所謂"是亦爲政,奚其爲爲政"者也。洵爲當代之靈光，無愧一鄉之碩望，兹表修撰所居曰"高賢里"，建坊里門，以爲矜式。

同治十一年壬申十二月卒，年八十有七。所著有《心亭亭居詩存》若干卷、《文存》若干卷、《筆記》若干卷。

吴宣崇曰：道光丁未，海氛不靖。先生避地横塘山。宣崇時方七歲，得以通家後輩禮晉謁。迨弱冠，質試藝於先生，先生誨之曰："時文雖小道，然必博涉諸大家以廣其識見，而又實以經史之精義，運以古文之氣機，慎勿太趨時好墮下乘。於古八大家外，我朝魏叔子、侯朝宗、袁子才三家，不可不讀也。"宣崇稍窺古文門徑，自是始。光緒丁亥，先生次君詒薰明經命作家傳，惜乎崇生也晚，得窺先生者僅此，然即此亦足想先生風範矣。

（見蘇圖本）

林召棠傳 一

林召棠，字芾南，吴川人。泰雯長子，泰雯年四十二始生召棠。召棠少時，盡傳其家學。年十八應童試，姚學使文田賞爲"海濱俊才"，拔補弟子員，七試皆優等。嘉慶壬申，程學使國仁得其卷，以大器目之，選充癸酉科拔貢生，命入官署肄業，前後凡十年。

丙子舉順天鄉試，道光三年癸未成進士。殿試，成皇帝得卷，親拔一甲第一名及第，諭廷臣曰："今科得一佳元。"授職翰林院修撰。告假歸省，明年還京，旋丁外艱，戊子復回供職。己丑以一等五名留館。辛卯爲陝甘正考官，呼延庶常棖、發解時名甲，後改名棖。張文毅芾、牛廉訪樹梅、路河道慎莊，皆其所得士。

明年乞終養，飄然解組，循陔將母，殆不以三公易一日之養。大吏延主端溪書院，十有五年，栽培士類，如順德羅尚書惇衍、高要馮巡撫譽驥、同郡梁庶常巍、劉大令汝新等，皆所賞拔。

年五十九丁内艱，遂杜門不出。作寄廬於金蓮庵，顔曰“四十樹桃花禪屋”，結茅布石，雜蒔花木。每當春和景明，潮生月上，輒命小童攜杖，倘佯林靄間。暇則焚香静坐，觀書臨帖，意趣超然也。

生平謙和敬慎，不面斥人過。見故人子弟，情意懇懇。諸弟析居，給貲建宅，善體先人推産意。耄年猶與季弟恩貢生召桐朝夕共飯，羣從子教誨飲食備至，訓子孫專務讀書植品，尤以驕侈貪緣爲戒，一家化之。分巡高廉道陸心源表其閭曰“高賢里”。同治十一年十二月卒，年八十有七。所著有《心亭亭居詩存》、《文存》、《筆記》。

子四，長詒燕，字心彝，幼聰穎，工書法。道光八年，以優行貢成均，貲選從化訓導。諸生某以非罪爲令所持，幾不測，詒燕力護之，致令書侃侃千餘言，令氣沮，事遂寢。調儋州訓導，未二年，丁内艱歸，以父老，遂不復出。詒燕天性坦易，藹若春風，與諸弟處，怡怡友愛，家居三十載，志潔而守介，外圓而内方，託爲詼諧之談，絶口不及公事，至義之所在，又毅然不可奪，蓋所操然也。

（見光緒《高州府志》卷三十九）

林召棠傳 二

林召棠,字芾南,泰雯長子也。泰雯年四十二始生召棠。召棠少時,盡傳其家學。年十八應童試,姚學使文田賞爲"海濱俊才",拔補弟子員,七試皆優等。嘉慶壬申,程學使國仁得其卷,以大器目之,選充癸酉科拔貢生,命入官署肄業,前後凡十年。

丙子舉順天鄉試。道光三年癸未成進士。殿試,成皇帝得卷,硃批:"今科得一佳元,一字筆誤偏旁,非關學問。"遂拔一甲第一名及第,授職翰林院修撰。告假歸省,明年還京,旋丁外艱,戊子復回供職。己丑以一等五名留館。辛卯爲陜甘正考官,呼延庶常桭、原名甲。張文毅芾、牛廉訪樹梅、路河道慎莊,皆其所得士。

明年乞終養,飄然解組,循陔將母,殆不以三公易一日之養。大吏延主講端溪,十有五年,栽培士類,如順德羅尚書惇衍、高要馮侍郎譽驥、同郡梁庶常巍、劉大令汝新等,皆所賞拔。

年五十九丁内艱,遂杜門不出。作寄廬於金蓮庵,顔曰"四十樹桃花禪屋",結茅布石,雜蒔花木。每當春和景明,潮生月上,輒命小童攜杖,倘佯林靄間,或載酒蓮塘,或吟詩梅下。暇則焚香靜坐,觀書臨帖,意趣超然也。

生平誠樸謙慎,不干謁有司,不面斥人過,而族黨齟齬者,得一言事輒解。高祖祠圮,力任興修,又捐蓄千餘貫爲祭田。族姪鶴齡孝廉病歿京邸,歸柩營葬,並恤其家。諸弟析居,給貲建宅,善體先人推産意。耄年猶與季弟恩貢召桐朝夕共飯,羣從子教誨飲食備至,訓子孫專務讀書植品,尤以驕侈奢緣爲戒,一家化之。同治六年,高廉道陸心源表其閭曰“高賢里”。

十一年十二月卒,年八十有七。所著有《心亭亭居詩存》、《文存》、《筆記》。

子四:詒燕,别有傳;詒薰,恩貢生;詒燾,廩膳生;詒烺,候選府經歷。《採訪册》

(見光緒《吴川縣志》卷七)

祭林芾南殿撰文 代李楹材作

李文泰

嗚呼!公之科名,廷對第一。公之壽考,八十有七。公其康强,子孫逢吉。公考終命,本攸好德。既全五福,天報不忒。胡不百歲?天意難測。問言衣鉢,替人未得。函丈淒涼,蔦蘿於邑。痛澈於心,淚滋於筆。届日已百,維哭將卒。始獲成文,縷陳悲臆。

嗚呼我公,魯國靈光。丁年孝友,嘖嘖於鄉。鼇頭風度,鸞掖文章。詞臣之冠,史臣之良。及其出使〔一〕,玉尺才量。自彼關中,至於伊涼。得人稱最,奇士爭翔。亦越歸田,絳帳風長。遠而端溪,近則吴陽。誘人稱善,至今不忘。

嗚呼!今世士夫,好爲奔競。或據要津,或謀捷徑。有隙皆鑽,無媒亦進。公曰不然,得之有命。春夢防醒,夏畦戒病。公之故人,秉鈞輔政。公狎鷗閒,懶通雁訊。公之門生,司農拜命。公傲青雲,白雲持贈。景行逋仙,追縱陶令。人情所難,公識素定。

今世士夫,不講廉隅。終年在籍,交遍當途。官燭宵醼,衙鼓晨趨。飽填溪壑,潛進苞苴。公力挽之,未老懸車。或賢有司,禮於其廬。期期吃吃,相對胡盧。不言公事,遑及私圖。無適無莫,誰毁誰譽。爭墩無謂,公哂其迂。尋隙無已,公戒其愚。子弟化之,城府胥無。

或者謂公,好近乎禪。花留佛供,詩共僧聯。或書貝葉,或記金蓮。倘其前世,面壁有緣。如王陽明,如蘇子瞻。管見窺之,竊謂不然。蓋公學問,有託而傳。光明見道,其智無邊。慈悲愛物,其人無偏。豈務清淨,獨示莊嚴。從來仙佛,不外聖賢。

嗚呼!公在熙朝,爲名狀元。熙朝狀元,耄耋幾人?乾隆丁巳,王公惺園。癸丑繼者,潘公芝軒。公寔比之,將屆九旬。惟莊文敬,與公同年。青宮納誨,黄閣宣勤。語多秘密,外弗得聞。盛德大獻,莫得而言。恭承丹詔,褒爲純臣。公寔同之,弼弼恂恂。要其風節,鄙薄寬敦。一隱一見,一亨一屯。皆爲人瑞,並答天恩。在郊之鳳,在藪之麟。

公在粵東,誰敢躋扳?五羊古蹟,大庾雄關。未年偶應,甲首常慳。屈指太魁,出迥不凡。前有滋圃,後有斗南。公起其中,鼎足而三。人之望公,如斗如山。北斗歷歷,泰山岩岩。每逢盛典,公冠其銜。每稱前輩,公壓其班。大比之秋,士少餘閒。猶爭過從,問公容顔。述公起居,絮絮而談。

粵若吴川,居濱大海。通泗橋平,翔龍縣在。白嶼沙飛,赤城霞起。篤降我公,光生桑梓。福地桃源,當年栗里。道咸以來,烽烟伊邇。張角黄巢,擄人爲醢。竇水羅江,殺人如豕。吴川彈丸,不加一矢。維公福人,優游杖履。寇盜豺狼,望風而徙。雞犬兒童,託公之庇。迺者颶風,非常傾駭。山其頹乎,木其壞矣。吾儕憂公,蓋自此始。

嗚呼!哲人其萎。文章風度,渺不可追。時爭奔競,誰恥其非?士略廉隅,誰正其規?聖朝親政,公老不遺。吾粤新焕,公靈不知。或疑公在,仍復相諮。聞之不忍,對之何辭?公舊游處,金蓮庵西。花木無恙,過則生悲。回思親炙,以公爲師。一朝永訣,見公無期。凡百姻婭,泣涕漣洏。香爇一瓣,酒酹一巵。倘鑒哀忱,公其歸來。哀哉尚饗!

(見《李小巖先生遺著》,民國鉛印本)

〔一〕原作"及其重出使","重"字疑爲衍文。

寫　字

牛樹梅

語云"一差二錯",最好理會。凡一差必至二錯,蓋差則必怍必悔,心移於所悔,必至再錯也。禮節應酬間,最多此失,此時宜鎮定不可忙亂。余座師林芾南先生自言,廷試時誤寫一字,心中大慌,忽自省曰:"此時下筆無不錯者,即收拾誤字,心手慌忙,亦必不佳。"遂擱筆鎮定片時,然後寬心寫去,終卷無訛,乃從容收拾誤字,遂獲大魁。

(見《省齋全集》卷四,清同治十三年刻本)

恭祝誥封奉直大夫翰林院修撰加一級東安縣教諭林雨屏先生暨德配誥封太宜人林母陳太宜人八十雙壽序

顏　檢

天之窮達於人者視乎命，其報施於人者視乎德，定命於始生，而報乃應於德成之後也。惟命也，雖善人不必不阨窮；惟德也，故善人未有不蒙福方。善人之窮阨而久不遇也，天非不能遽改其命而畀之福也。天若曰："吾未能量其德之所至，則亦未能定其報之所稱，故嘗徐徐焉以觀其德之至而稱其報，德逾盛則報逾厚。逾厚則逾遲，故報常在子孫，而食報者必有期頤之壽。"朝廷試科第以取天下士，而天所爲稱量以報善人者也。報之最重，莫若第一人及第。

吾鄉自開國以來，膺是選者，惟刑部尚書協辦大學士莊滋圃公，聞其先公嘗有大陰德，活數千人，故食其報云。自滋圃相國後八十餘年，至道光癸未之歲，皇帝臨軒策士，林君召棠復以廷對第一魁天下，而其尊人雨屏先生年已七十有九，陳太宜人亦將七十矣，皆大年，皆彊固，不特親見其子之榮，猶永享其子之奉。然後知德必報，報必厚且壽者，天固不爽於善人也。

先生性孝友，家本小康，父美田公慈善好施，與人豐而己嗇，家遂中落。先生推産讓伯兄，授徒以養父母，先意承志，甘旨必豐。美田公恒豪宕自喜，不自知其家之貧也。親喪盡禮,粗糲不給,而粢盛豐潔,忌日必憂,數十年如一日。

性敏而好學,自兒時讀書,父母未嘗加督責,歲暮塾師歸,嘗涕泣送之,見者莫不嗟異。弱冠學成,於書無所不讀,爲文汩汩然,曹輩中未有能先之者。庚寅、辛卯兩中副車,益發奮閉門,日自課一藝者二年,每省試必薦,然卒不售。至四十,先生喟然曰:"吾之久爲此者,非苟慕乎富貴也。將以有爲也,今若此,命也!"遂不復試,而學益勤,德益進,精研羣經,於四子書尤邃,暇則爲詩歌以自娱。自少至老,無一日不讀書,未嘗以年自休也。性喜誨人,族中子弟貧者,恒推解而教誨之,所成立者甚衆。授徒四十年,郡中高第盛名之士,半出門下,凡從游者皆行止有□。晚授東安教諭。東安在萬山中,諸生多不習。先生至,爲之講學,諸生翕然從之,文學日進。嘗語人曰:"士必有不以科名爲榮者存,而後不愧爲科名。"其爲學教人務本如此。孔子曰:"宗族稱孝焉,鄉黨稱弟焉。"傳曰:"成己,仁也。成物,智也。"如先生者,可謂兼之矣。

陳太宜人善事舅姑,姑老病,事之逾於事母。家甚貧,太宜人節衣縮食,忍飢凍以奉甘旨藥餌。子女六,衣履咸自織紝爲之,課兒嚴於塾師。諸姬歿,撫其子如己出。先生之篤行高致,太宜人有内助焉,是與先生同德,宜與先生同報者也,故皆髦耋之年而神明日彊。

殿撰既及第,將晝錦歸侍其親,同人囑余爲文以爲之壽。夫以先生之德之才,足以第其子,第其門人,而獨不能第其身,豈非命乎?身不第而子魁天下,父子之間,何命之殊也!天於此倘有意乎?倘所謂徐徐以觀其德之至而爲之報者乎？故四十以前之命，始生而定者也，先生之所不能爲也；七十以後之報，德成而應殊也，先生之所能爲也。先生之不遇曰命，其子之遇豈曰非命？然先生四十成德之後，而殿撰始生，則不得謂之命；子之命，父之報也。殿撰器識遠到，他日名位事業當不讓鄉前賢，其所以尊養其親，固未有涯也。則天之報之先生與宜人者，今方始耳，其食報之歲月奚翅百歲已乎？余文不足稱先生之德，固樂藉先生之食報以勸德也。是爲序。

誥授榮禄大夫署禮部侍郎前直隸總督年家眷侍生顏檢頓首拜撰。誥授奉直大夫刑部貴州司主事軍機章京方略館協修年愚姪蔡勳頓首拜書。愚姪翰林院編修龍元任、户部主事譚敬昭、葉蔭芝、禮部主事彭鳳義、兵部主事喬梧、刑部員外郎倪世華、主事汪銘謙、劉萬程、陳聯輝、内閣中書梁慎猷、許璜、馮啓蓁、鄭廷檢、光禄寺署正蔡蕙清、羅在思、工部司務古炳乾、興義縣知縣張中陽、舉人揀選知縣曾尚志、李雲鸞、許祥光、分發縣丞陳鳳昌、即選教諭張璐、陸英雲、長沙都司王萬春、侍衛趙龍安、何如光、譚龍光、胡太平、提塘徐大安、年愚姪吏部主事黄樂之、韓榮光、户部郎中紹龍、主事黄德峻、刑部郎中陳秉成、主事潘光岳、工部主事廖甡、教習即用知縣曾瓊珠、姚祺、舉人揀選知縣黄言蘭、程大鈿、教諭蘇興華、即用守備何文光、詹祥麟仝頓首拜祝。道光四年歲在甲申十月二十一日穀旦。

（按原跡録入）

林母陳宜人七秩壽序

周開祺

日在鶉首，歲紀玄枵。橋過駕鵲之期，輪届明蟾之滿。萸香夕烈，萲壽高秋。同年生林子召棠，歸侍年伯母陳太宜人，適符設帨之辰，敬舉稱觥之典。玉女耀明星之佩，冰娥曳彩霓之裳。紅縷雲廣，吉詳玉展〔一〕。開祺等臨風述德，擘錦摛詞。無能褒贊高深，冀以揄揚芳懿。昔有嬀毓慶，懿氏占其繇詞；壽母臚歡，奚斯記爲《魯頌》。敬沿斯體，遥獻徽言。遂作頌曰：

蓬島升祥，鬱爲彤雲。扶桑耀光，赫然朝昕。煜煜爍爍，珠海之濱。摛芳表懿，綺錯星分。

猗歟壽母，曰有嬀氏。至孝甄祥，金樞孕祉。櫛縰笄珈，鉤衽繶履。左琚右珩，鳴宫節徵。

惟博士公，實人倫師。捧盈執玉，累矩疊規。手抉雲漢，英聲四馳。厥里迎止，施襟結縭。

射鵲銀屏，莊鴻玉案。貫魚征宵，弋鳬戒旦。秋苹潔籩，春椒染翰。蟹筐纖纊，鴛機錦段。

玉簞長捲，江氈半寒。庭蔭將夕，秋情寡歡。倩倩士子，愉愉晨餐。潔爾華黍，馨爾陔蘭。

石麟之山，錦鯉之水。漱清池漪，巉秀天咫。雄偉孕色，英光鬱起。鱣堂斯啓，魚軒隨止。

元模軌物，多士舒翹。曰雕曰琢，珍席登瑤。既汰既格，泮林恒鴞。敬勖夫子，示民不恌。

吉雲英英，溢爲寶露。玉山巉巉，挺此瓊樹。麒麟澤霄，騂騮先路。一日千里，精采馳騖。

羽而鏃之，淬而礪之。毋齓而狂，毋卯而嬉。折葼示誨，畫荻流慈。匪育匪誨，爾保爾師。

日試萬言，雲臚五色。金鼇聽履，采鸞翔筆。宮錦花明，紫泥芝溢。萬釘圍腰，羣玉繞膝。

青琳之宇，光碧之堂。萊綵夕舞，絳紗晨張。玉燭星晨，湛露壺觴。坤裳斯吉，晉壽用康。

迢迢朱鳶，靄靄丹鳳。棨戟霜明，珂蓋霞從。撫此國琛，鬱爲時棟。鯉素裁箋，燕喜摹頌。

（見《拾遺》）

〔一〕原文如此，疑有訛誤。

封奉直大夫東安教諭林泰雯墓誌

黄爵滋

公諱泰雯，字慶章，號雨屏，廣東吴川人也。曾祖撝揚公〔一〕，諱愈昶。祖誠齋公，諱一菁。考美田公，諱邦瑞。石室名家，鼎門舊族。道秉心行，德存天布。

公丱日表異，黼扆著徽。張禹之隨家人，入市解卜；劉孺之侍叔父，置座屬文。弱冠顯當時之名，秀才立後生之準。由廩生兩中乾隆庚寅、辛卯副榜，公秘其卷，不以示人，益勵刻苦，彌矢堅赤。卒以萬中之才，空被九舉之目。公曰："士有以自立，何必科名！"乃躬負承歡，請與養志。表讓金昆，競勞玉友。事葬盡禮，祭祀備愨。以產則貧，論道則富。含素葆真，推己及物。

嘉慶丙寅授東安教諭，扶持風教，宣明聖道。青雲之氣，與玉屏比崇；秋月之抱，與銀水偕遠。課雨暘於田叟，謝干謁於長吏。嘯傲錦鯉之峰，歌詠碧虛之所。著《見山房詩集》四卷，抒寫性靈，不假陶冶，極乎酬唱，與爲獎勸，一黌之內，訦訦如也。甲申三月，引疾去職，周流里閈，存問親故，腰腳輕健，耳目聰明。

其訓子召棠也，有三義焉。一曰處己以謙，上善若水，博其利而不爭；爲下猶土，多其功而不息。一曰事上以敬，匪朝伊夕，三命益恭；慎終如始，闇室不侮。一曰接物以和，不堅不柔，乃爲敷政之才；不緣不苟，乃見由道之則。嗚呼！積善之家，必有餘慶；明德之後，必有達人。況重以慈惠之教，厚以修明之業者哉！

公篤行本至性，善交出至誠。子弟謹其服從，鄉閭靖其繁嘖。樂易長壽，美意延年。宋纖篤學，尚徵不倦之容；鄭元知命，已歎賢人之逝。以道光五年八月二十七日終於里第，享年八十有一。

公娶楊安人，繼娶陳安人。子四：召棠，道光癸未進士，翰林院修撰；召棣，廩生；召梧，監生；召桐。女子二，皆適士族。孫七人：詒燕，廩生；詒杰，附生；詒熙；詒薰；詒照；詒炘；詒燾。孫女四人，曾孫一人。道光八年四月葬公於縣西五十里下寮。

銘曰：

西河之系，十德之門。世有穆行，芘其子孫。引而伸之,厥惟廣文。由由廣文,言美行尊。豹隱元霧,鶴唳碧雲。生徒于于,歲其百人。百人一體,悾悾敦敦。攜兒在牀,醒輒誨諄。跟經躪史,規世矩身。先民之型,以式以循。雞鳴復寤,每夕常然。言重詞復,在耳猶宣。惟詩惟禮,匪私厥傳。德予之報,孔熾孔繁。有松蔭隴,有稻盈田。佳城鬱鬱,塋魄孔安。

(見光緒《吴川縣志》卷三)

〔一〕撝揚公,原作"撝陽公",據《東安公行述》改。

林泰雯傳

林泰雯,字慶章。下街人。父邦瑞,國學生,豁達好施與,黄《府志》。性坦易,不立厓岸,而義之所在,不少假借,與邑令張公交至契,始終未嘗一語及私。沈《志》。生三子,次即泰雯。成童,從進士叔祖闈階學爲文,旋補學官弟子,食餼。

乾隆三十五年庚寅恩科、三十六年辛卯,兩中副榜,益自刻勵。遠鄉有莊一所,田百餘畝,因兄倬雯失明,盡讓與之。授徒養親,親忘其貧。迨父母相繼殁,哀毁骨立,忌日拜伏必泣下。

選授東安教諭,諸生來謁者,諄諄勉以孝弟。在官十九年,前後邑令就問民俗利病,悉告之;或及他,語默不對。道光癸未,長子召棠殿試一甲第一名及第,授翰林院修撰,請假歸至東安學舍,謂曰:"第一人之名,副之不易,汝他日不負科名者安在?苟不努力爲有用之器,此不足爲吾喜,適爲吾慮也。”甲申告疾回里,次年卒,壽八十有一。生平喜爲詩,存東安以後所作,爲《見山房集》四卷。黄《府志》。

國朝大學士曹振鏞贈八旬壽詩:

鯉庭新著錦衣旋,堂上靈椿慶耄年。第一名高推令子,八千里遠祝神仙。輝增東粤珂鄉貴,瑞應南弧璧府聯。炎嶠稱觴歡舞綵,滿園蓉菊佐開筵。

歲記重光歲在辛,於今五十又三春。明珠嶺海當年貢,片玉崑山此日珍。殿陛九重恩最渥,門牆兩世誼尤親。介眉願衍期頤算,湛露垂霄帝錫綸。自注:君爲先文敏公辛卯所取士。

(見光緒《吴川縣志》卷七)

附録二　諸家題贈

贈别詩

程國仁

井梧搖雨乍驚秋，有客懷歸未可留。匹馬鞭絲天北極，片帆雲影海東頭。征衫氍毹君能遣，病骨支離我欲愁。嶺上梅花三萬樹，何時攜手賦重游。

畫就羅浮贈向誰，天涯五載許相隨。文章白髮存知己，桃李青春有夙期。聽雨湖西閒放艇，尋泉岱頂記題詩。懸知此去情歡洽，酒渴香酣啖荔枝。

(見光緒《吴川縣志》卷七)

道光癸未狀元爲廣東吴川林召棠報至粤越華粤秀兩書院院長同稱喜復用三元詩韻一首

阮　元

文運三元西粤開，幾年連向粤東來。七千里外頻聞喜，八十年中間出才。嶺海番禺承舊第，乾隆四年狀元莊滋圃先生爲番禺籍。吴川水月起高臺。吴川有水月臺。諸君説我多桃李，五管春風見六回。近科瓊山探花張岳崧、南海探花羅文俊、歸善會元吕龍光、廣西三元陳繼昌及今吴川狀元林召棠，皆大人門生所取之士也。

羊城鐙市 九青韻

阮　元

海鼇雲鳳巧瓏玲，歸德門前列彩屏。市火鑾賓餘物力，豐年羊穗復仙靈。前年火災，洋市甚損；今年復盛，年穀亦豐。月能徹夜春先滿，人似探花馬未停。見説瀛洲雙客到，書窗更有萬鐙青。時狀元林召棠、探花羅文俊皆歸里。

（以上見《揅經室集》，清道光三年刻本）

賀及第詩

葉申萬

科名自古重詞垣，况復摩空賦殿元。五百成仙超品籍，九重知己感君恩。桂林佳話欣連壤，滋圃風流仰接源。今日海隅荒可破，誰家不願勉兒孫。

大羅天上列星垣，爭咏霓裳爲狀元。二百年來傳盛事，八千里外頌皇恩。花開鐵樹真驚異，醴湧金泉孰問源。太息吾閩風物陋，幾曾製錦荷天孫。

送林芾南歸養詩

常大淳

兹行不爲憶鱸魚，乞賦歸來慰倚閭。待葺舊堂榮晝錦，每逢佳日導安輿。淮南桂樹秋風晚，庾嶺梅花小雪初。津吏無煩迎候遠，一船虹月載奇書。

少年才筆冠詞流，冰鑑高懸華岳秋。山水遭逢名士助，烟霞性格古人求。横江渡口迎桃葉，繫艇湖心訪石頭。若過六朝金粉地，登臨莫抱古今愁。

刻燭傳觴幾度過，瀛洲高會近如何。酒兵大户當場怯，詩律長城掃陣多。吾輩文章爭氣誼，晚秋風日劇清和。遥知聽水聽風夕，宫漏迢迢想玉珂。

圖成家慶藹春暉，話到君恩喜笑微。麟脯瑶池充夕膳，鶴綾金字絢宫衣。庭前佇月深深立，陌上看花緩緩歸。塵土東華如見憶，鴻書遥盼日邊飛。

送林芾南假旋吴川詩

黄爵滋

故人今夕酒，游子舊時衣。凉月一帆去，秋云萬里飛。到時梅乍發，夢里客先歸。獨我勞南望，蕭然理素徽。

（以上見光緒《吴川縣志》卷七）

林芾南修撰召棠

黄爵滋

送君去年月,思君今年雪。澄川有深源,餐膳信甘潔。我慚山中人,進退孰巧拙。

(見《仙屏書屋初集》,清道光二十六年刻本)

端溪書院訪芾南山長留飲池上

彭泰來

今皇仁孝重人倫,肯向人間放鳳麟。東觀寶書虚史筆,北堂珍膳戀慈親。幾年多士奠模楷,此地名山孰主賓。郭下清江三百里,宮衣不點五羊塵。

(見光緒《吴川縣志》卷七)

星槎玉符自柯山桂源精舍來訪邀同至山信宿觀林芾南召棠殿撰前月游題并寄芾南

彭泰來

何公不第髮半蒼,筆舌玩世猶能狂。羅生不作侍中郎,壯歲頗蓄書盈倉。側身天地愧二子,四十九年窮不死。蘇句。才華庾信賦傷心,老大虞翻數知己。茫茫西水浪拍天,飛棹客來驚午眠。滿院苔花緑如罽,青鞋乍印山中烟。主人留客歡拊缶,客言山澤見招久。青門今夕邵平瓜,晚大風雨,市遠,削園瓜入饌。白社明朝元亮酒。諸君豈是山澤臞,愛山共結兹山居。要將澗壑入圖畫,肯與魚鳥忘江湖。浯溪峿臺字以吾,愚邱愚谷誰爲愚。鷗波萬里自浩蕩,鴻雪幾人相有無。吴川翰林古仙伯,暫脱朝衫問泉石。道山延閣舊巢痕,峽雨江雲新手蹟。良游恨我獨遲莫,綜覽知君感疇昔。元亭殘字愴侯芭,絳帳遺經在盧植。采桐作琴桐百尺,桂樹山幽没榛棘。令威千載一來歸,海水歍欽山月白。山亭有鶴樵師題句,桐、桂皆山中事。鱸魚玉色釣晚風,山人勸酒風入松。謝瀹清談惟指口,劍南佳句愧捫胸。余舊作小印,以目字爲廓,刻"此中唯宜飲酒"六字,爲玉符索去。今來,星查鐫"此老胸中常有詩"一印見贈。

(見《詩義堂後集》卷六,清同治刻本)

送林芾南修撰召棠假歸養親

徐寶善

百計欲留君,君歸爲親老。留君君不住,送君情悄悄。君禄日以重,親老日以衰。君恩會可報,親年去能追。春暉常苦短,寸心常苦緩。禄養徇虚榮,真驩膝前斷。我親在何許,君親尚高堂。送君不敢哭,惻惻摧肝腸。龍山高峨峨,羅之水舒舒。丈夫重出處,忠孝只一途。游子萬里去,白髮久倚閭。思君不可見,願君常寄書。

(見《壺園詩鈔選》卷七,清道光刻本)

懷人詩 林芾南殿撰

陳其錕

不以科名重,人今第一流。蚤年辭豹尾,塵世豔龍頭。束晳笙詩補,桓榮講席優。生平文酒契,垂老更綢繆。

(見《循陔集》,清刻本)

題林芾南殿撰湖山清眺圖

陳其錕

春風駘蕩來無邊,桃花含笑柳花妍。湖山佳氣入襟袖,此間宜著玉堂仙。十年屢上劉蕡策,塵土滿衣面如墨。君時彈鋏齊魯郊,我亦悲歌燕趙客。俄傳天子召門生,臚唱驚聞第一聲。華嶽風高題玉尺,蓬山絶頂和瑤笙。袞衣何似斑衣好,致身難得抽身早。人世徒誇及第花,君心自有忘憂草。前年同醉珠江樓,短笛横簫悲遠秋。興酣欲鐸金擊舞,夜静還秉椽燭游。只今離别再寒暑,卻披圖畫瞻眉宇。幾回天際問歸程,相思月落迷烟渚。我生韁鎖奈愁何,中年哀樂亦孔多。不如湖上飲美酒,春風日日朱顔酡。

(見《拾遺》)

輓林殿撰詩

孫　楫

卅載侍先祖，得見公聯書。望之若古人，嚮往殷跂予。後公十五科，記我通籍初。登瀛齒既冠，作賦羞拘墟。曩年建英簜，潘州駐軒車。側聞月旦評，喜近公里閭。壯歲策大廷，弁冕光璠璵。弗羨黑頭公，辭榮脱簪裾。一棹歸去來，釣游林下居。清芬溯家訓，懿規讀書廬。身教嚴孫曾，秀蔚森階除。曾不至官府，復不勞舟輿。懷玉周老聃，散金漢二疏。古之鄉先生，賤子非過譽。朅來再奉使，問訊公何如。皆云魯靈光，道履彌安舒。孫枝克繩武，拔萃才新儲。先後六十年，同科衍經畬。方期閲三秋，鹿鳴重樂胥。公胡不少留，返真淩太虛。前事有朕兆，海風恣狂嘘。典型在枌社，遺文藏石渠。諸老久彫謝，公歸更無餘。再世叨年家，從政材似樗。未能奠靈几，質言聊悃攄。還憶趨祖庭，泫然增欷歔。

（見光緒《吴川縣志》卷七）

御階行 喜家芾南廷對第一

林聯桂

長安一日看花過。四遠名揚播。前番莊氏此吾家，餘外更無三个。文章華國，鹽梅燮鼎，一代賢良賀。　　當年吉夢燈前卧。授筆靈官座。果然雙管大如椽,先把芳名呼破。百花頭上,羣仙袖領,操券先書左。

(見《見星廬詞稿》,清道光刻本)

電白道中喜晤家芾南殿撰四首 其一

林聯桂

小小肩輿緩緩擡,無人知是狀頭來。伸眉一笑茅簷坐,風味仍如兩秀才。

伍商雲比部伍春嵐觀察許賓衢孝廉黄筠林茂才連日集宴珠江招同羅蘿村編修何小冶家小川二上舍餞送家芾南入都得詩四首即以録别

林聯桂

晨興諸嘉招,出城理輕舸。重九節將近,兩三人恰可。選花如選官,發船若發笴。蘭槳駛如飛,江烟不得鎖。鼓枻入深叢,催花報速火。

一舟作酒樓,檣高星可摘。一舟載詞臣,足濯鼇可策。黑浪翻燈紅,碧波浸月白。花氣濃薰酒,秋聲清入拍。來朝水盈盈,不得語脈脈。

京國簪裾盍,鄉關親故迓。二者得兼之,其樂值無價。

數日珠江飲，樓船勝亭榭。諸賓雜王貢，一家餘夜夏。詩多孟六豪，酒無劉四罵。真率等會洛，泊橋亦餞灞。勖哉重遠身，珍重車方駕。

日下陪十年，枌社陪半載。十年判雲泥，半載同醬醢。祥將石羊訊，雲臺制軍謂吾粵狀頭皆未科，爲五羊祥瑞之應。隨豈雲龍待。前生香火緣，與君同結每。況兹十日留，兼有諸親在。遥遥屬望心，深深有如海。好袖夢中筆，晝日作光彩。

（見《見星廬詩稿·天際歸舟集》，清刻本）

道光辛丑暮春游七星巖僧滌塵留住三仙閣得詩八章僧命工刻石以供後游一笑耳〔一〕

黄培芳

傑構古三仙，淩虚在半天。漢唐傳道術，巖洞供雲烟。我亦尋幽客，誰其謝俗緣。貝多花欲發，聊枕石頭眠。

定是劉鑾塑，能教顧盼雄。仙容洵活現，流輩仰英風。不履棲真地，焉知度世功。寺名今大覺，兼作梵王宫。

忽聽僧雛報，東方月上時。玉屏光似雪，冰鏡浴于池。下界凡塵絶，清都夜色奇。樓居仙可引，蓬閬夢迷離。

地接碧霞館，當年信宿留。白雲招共卧，明月逐同游。酒氣千泉涌，風聲萬壑秋。讀書者誰子，姓氏尚傳周。周斌。

峭壁曾題字，摩挲蘚未封。百神觴上帝，一客躡高峰。

石磴古音發，八音石。巖花春氣濃。衆青紛拱列，天外數芙蓉。

千仞憑高眺，山僧導我游。雲邊仙掌露，峽裏大江流。漫灌連年患，干戈指日休。峒中聞出米，無用裹乾餱。

石室亘窿穹，靈巖窟宅空。真書鐫北海，名跡耀南中。水黝龍蛇蟄，天光洞穴通。夕陽閒論古，三絶繼黎馮。二樵銘、魚山詩，可與《石室記》稱三絶。

小住烟霞境，烟霞筆底生。爲林芾南殿撰作畫。松花香作菜，山藥妙爲羹。以此留仙客，何須問化城。它年能卜築，長使道心清。

（見七星巖原碑）

〔一〕原碑題爲“狀元碑”，詩後有款：“香山黄培芳並識，姝孫維垣侍。三月十七日，南海何子彬，高要周斌，吴川林召棠、周肇墉，釋南欣、宏善同游。召棠記。”

乙丑二月朔日高涼六屬紳耆以將移守潮陽赴郡來送賓客凡數百人留飲射堂賦詩志謝 其三

蔣超伯

自從邕管換高涼，堆案文書日未遑。綆短汲深憂正切，官清民樂譽難當。舖户燈上或有題此四字。彤幨倍壯雙旌色，黄髪來稱百歲觴。茂名壽婦張吾氏年一百一歲，子孫曾元舁之來見。如我微名何足道,吴陽今有魯靈光。吴川林芾南先生今年正月八十壽,先生和予此聯云:“慚愧草螢沾露點,敢同卿月説輝光。”

(見《通齋全集》,清同治刻本)

題林芾南殿撰召棠尋芳圖

鮑　俊

翠烟紅霧春風香,宫鶯恰恰春日長。五嶺花明淑氣蚤,瀛洲有客來尋芳。憶昔並轡游上苑,羣英羅列三秀館。君袍獨染柳汁多,公門已看桃李滿。興來走馬長安街,萬樹嫣紅紛在眼。歸來孝養近十年,斗山人仰玉堂仙。交情銘骨契金石,世事轉盼成滄田。端溪山水俱秀絶,士林翹楚皆蘭茁。年來花樣更鮮新,藥籠盡向菁英掇。我是樗材當棄捐,君今詎可甘林泉。桃源只許漁人往,五柳未結先生緣。得毋欲養楝梁器,不共羣芳爭娬媚。鹽梅舟楫俱經綸,何必林泉多樂地。他時皇路歸養和,蟠桃已熟君婆娑。三毫頰上還添否,披圖一笑同高歌。

(見《榕塘吟館詩鈔》,《柳堂師友詩録》初編本)

林芾南前輩召棠見過二首

孔繼勳

暑雨崇朝霽,文星照座高。聽君言永日,飲我若醇醪。故里棲遲久,羣公問訊勞。都中師友常詢君近況。緣知賦萱草,豈分守蓬蒿。

持節曾三輔,掄材已再傳。張小浦編修典試吾粵,君前陝闈所得士也。文推斲輪手,班冠玉堂仙。京洛追良晤,江山結勝緣。崧臺風景地,贏得幾新篇。時主端溪講席。

(見《嶽雪樓詩存》卷四,清咸豐刻本)

程鶴樵中丞國仁藥洲拜石圖

米老九曜石,一在廣東藩署,八在學署,皆中丞曾歷宦處。

吴榮光

衆蒼霖雨姿,何年並入南漢苑。南漢百年厭歌舞,出爲文人詩畫本。九峰上應天星躔,當年米老觀其全。手題一品歸行省,八公磊砢留雲烟。先生甫一拜,拔拭八士介。三霄騰趠得風雲,萬彙欣榮滋沆瀣。先生再拜來,親見九華顔爲開。九牧旬宣歌樂利,九能搜訪遍蒿萊。英光聚散誰能守,後先都爲先生有。春來隔院共岑苔,月照兩家分澗藪。以石爲礪多士穀,以石爲雲膏萬族。胡爲甘澍滿東南,乃獨深乎三江之浦,五嶺之麓。五嶺頻開及第花,林芾南召棠、羅蘿村文俊。邦人指石説年華。和風每憶甘棠舍,化雨先滋小草家。家弟彌光。他年百粵重開府,我亦陳情歸老圃。願爾此石不入繁華場,不作文字譜。大書深刻先生造人造士之勳名,長與九曜輝千古,石不能言首當頫。

(見《石雲山人集》卷十一,清道光刻本)

十月十三日馮默齋教授奉初招同林芾南殿撰召棠屈天閑學博龍驤楊介亭公子集鳳凰臺

黄　釗

如此江山合有詩，眼前況與列仙期。龍頭瀉酒消虹渴，鼇背乘風當鶴騎。三萬日中須痛飲，一千年後費沈思。多君懷抱能高寄，拍遍闌干笑撚髭。

（見《讀白華草堂詩》二集卷四，清道光刻本）

鄂渚懷人詩 其四

馮譽驥

暫脱朝衫懶服官，傳經心事解人難。先生合是林逋老，要與梅花訂歲寒。林芾南先生

（見《道咸同光四朝詩史》乙集卷二，清宣統三年刻本）

奉懷殿撰林芾南夫子

黄選青

回首離函丈，歸來記五年。春風三萬里，霽月九重天。目極金門外，神縈玉署邊。何時重立雪，分帶御鑪烟。

昔在高文院，新賡采藻章。先生鐘待叩，弟子玉成行。

驥尾青蠅附，龍頭赤幟張。西清時復入，遂爾隔滄桑。

（見周樹勇《淺談黄選青〈有真味齋詩集〉》）

重至金蓮庵有懷先芾南師兼柬林純士廣文

李文泰

吾師仙人南斗南，瓊林宴領羣仙酣。自從親撤金蓮燭，歸來小築金蓮庵。金蓮庵續桃源記，遍種名花雜仙卉。人傳桃李滿公門，天與瑯嬛真福地。幾回劫火换紅羊，鶴唳鯨呿古越裳。惟有狀元家海上，不知人世有滄桑。滄桑未變詩人老，蓬萊仙返蓬萊島。當年生佛護慈雲，今日門人悲宿草。子雲亭圮陸莊荒，紅雨飄空緑雪涼。飢鼠囓花爭墜露，嬾僧捫蝨向斜陽。可憐珠玉敦槃地，化作荊棘瓦礫場。瓊臺廣文西河裔，純士曾官瓊州。公族振振風雅繼。元都觀裏後栽桃，曲水山陰重修禊。一朝點綴舊亭臺，卌樹桃花爛漫開。花開可惜劉郎去，子滿偏遲杜牧來。有約淵明同賞菊，由來和靖慣妻梅。梅清菊淡歲寒友，竭來知己相攜手。呈佛琳琅四壁詩，索君琥珀千鍾酒。更喜師門有替人，少侶明經。禪房香火話前因。此中只有桃源路，莫誤漁郎日問津。

重過金蓮庵寄廬有懷先芾南師

李文泰

天下名山劫火餘，横流滄海得安居。此間自是桃源世，況有黄巾避讀書。

粥鼓齋魚問字年，重來載酒倍悽然。羊曇一掬西州淚，灑向桃花古寺前。

（以上見《李小巖先生遺著》，民國鉛印本）

清兩廣總督林則徐少穆贈聯

綵衣榮似三公衮；

珂第祥留五色雲。

翰林同館清宰相英和滿族人贈聯

落紙如雲，發言可詠；

若金受礪，味道之腴。

受業弟子禮部尚書羅惇衍順德人賀林召棠夫婦七秩晉一雙壽聯

鶴髮凝禧，德齊梁案；

龍頭擅譽，學富曹倉。

門人廣東巡撫張芾祝壽贈聯

講藝立言,領袖後進;
頤性養壽,澡雪精神。

進士科座師湯金釗贈聯

果行修潔,斯文彪蔚;
量海容物,赤繩閑邪。

友人三元及第陳繼昌贈聯

玉樹臨風,冰壺射日;
芝田養秀,桂苑摛華。

同館翰林高樹勳贈聯

度八磚而愛日;
高一柱以擎天。

彭春洲泰來題贈泡影園聯

臥蓮瓣讀書,是天人福慧;
見桃花悟道,須來者聰明。

第三孫筱侶拔貢座師何廷謙贈聯

公昔明經,由第一人轉入翰林,首聽鴻臚宣朵殿;
孫今繩武,後六十載貢登太學,親扶鳩杖到圜橋。

聯旁有跋語云:芾南殿撰老前輩,於嘉慶癸酉拔貢,今其文孫晉堃亦於同治癸酉拔貢,甲子一周,祖孫同譜,詢罕覯也。通家晚生何廷謙頓首拜。並另贈横額“斗南一老”。

清末吴川縣長厲式金題四十樹桃花禪屋聯

公本仙佛前身,偶從閬苑歸來,雲水光中參舊諦;
我是風塵末吏,曾許衙齋散罷,桃花樹下拜先生。

李文泰輓林芾南師聯

海内同悲,況廿年曾侍門牆,感深知己;
公心無憾,只一事未傳衣缽,念切替人。

(以上見《拾遺》)

附録三　林召棠年譜

林召棠,小名觀育,字愛封,又字芾南,號蓉舟,晚年自號行腳僧,卒謚文恭,廣東省吴川縣(今吴川市)吴陽霞街人。

乾隆五十一年　丙午(一七八六)　一歲

正月二十八日,林召棠誕生於吴川縣吴陽霞街拱門左巷日永堂。祖父林邦瑞,字文玉,號美田,國學生,時年七十三歲。父親林泰雯,字慶章,號雨屏,時年四十二歲,乾隆庚寅、辛卯兩科均中副榜。母親陳氏。

祖母以七十四歲高齡去世。

乾隆五十二年　丁未(一七八七)　二歲

父親應陳家聘爲塾師。

乾隆五十三年　戊申(一七八八)　三歲

乾隆五十四年　己酉(一七八九)　四歲

祖父教以《三字經》。父親口授唐人絶句垂二百首。侍父館於白沙和直公祠。

祖父美田公以七十六高齡去世。

三弟召棣、五弟召梧生。

乾隆五十五年　庚戌(一七九〇)　五歲

母陳氏教召棠讀《五字經》和執毛筆描紅。召棠入學,師省三叔。

乾隆五十六年　辛亥(一七九一)　六歲

師廷孚伯至十一歲。

乾隆五十七年　壬子(一七九二)　七歲

初學作文,字句通順,語氣雄壯,見者贊爲天才。

乾隆五十八年　癸丑(一七九三)　八歲

初學作詩,詩句清新俊逸,客見皆驚異。

乾隆五十九年　甲寅(一七九四)　九歲

冬至後隨父親到新場鄭氏祠館中。

乾隆六十年　乙卯(一七九五)　十歲

父親授徒於遠鄉,歲時祭祀歸,夜攜召棠寢,語以史書及當世之故,與老成言行之可法者,以及古人作文之法。學作八股文。

嘉慶元年　丙辰(一七九六)　十一歲

再師省三叔。父館塘基。冬,召棠到館隨侍。

嘉慶二年　丁巳(一七九七)　十二歲

先師楊武兄。四月,父呼歸與日亨兄同聽講書。秋隨父於塘基孫氏館,學作文,操筆立就,思致超然。

嘉慶三年　戊午(一七九八)　十三歲

隨父教館於大珊園陳家。

嘉慶四年　己未(一七九九)　十四歲

仍隨父館於大珊園陳家,曾夢隨父往一老尼處拜佛,若受戒者,命名曰法果。

嘉慶五年　庚申(一八〇〇)　十五歲

隨父館於黃都閫公祠,兩就學使試被黜,然心不涉外境。每夜月二更,依樹看月,臨水照影,胸中了無一點塵俗,此身如在冰壺玉鏡中,其樂無量。

嘉慶六年　辛酉(一八〇一)　十六歲

隨父館於大珊園陳家,與鄭合浦同硯席,讀其手録古今人詩數册。讀《莊子》及王漁洋集,喜讀四六文,學爲詩。

嘉慶七年　壬戌(一八〇二)　十七歲

隨父館於平澤李氏祠,日不廢書。應縣試後,回平澤館,夜夢出縣榜,見碑刻"舟行風萬里"五字。

嘉慶八年　癸亥(一八〇三)　十八歲

隨父續館於平澤李氏祠。積極備考,一日作文,一日作賦。二月,學使姚文田歲試,林召棠以科試一等第六名考取秀才,作《子曰我》一文。姚文田對其賞識有加,有"海濱俊才"之評。每試卷入,必出召棠立案側,賞駁之語諄諄。

秋,七弟召桐生。

嘉慶九年　甲子(一八〇四)　十九歲

隨父館於黃卿才伯家。鄉試落榜。十月,娶同邑奇豔村孫南圃之女爲妻。

嘉慶十年　乙丑(一八〇五)　二十歲

隨父續館黃卿才伯家。所讀文章,半爲名家,半爲時墨,讀時墨取其近名家,讀名家取其近時墨。六日讀書,一日作文。

長子詒燕生。父時年六十一歲,見孫甚喜。

嘉慶十一年　丙寅(一八〇六)　二十一歲

二月,父林泰雯選東安縣教諭,四月初晉省考驗,到東安任。十月,母親率兩弟往東安。

林召棠間習繪事,喜畫蝴蝶、秋海棠花等。應學使茅元銘試,歲試以一等一名補廩。秋,應學使陳嵩慶科試,一等二名。

嘉慶十二年　丁卯(一八〇七)　二十二歲

三月,偕庶母黄氏、七弟、妻、子往東安。

秋,侍父親送科舉。秋試落榜。

嘉慶十三年　戊辰(一八〇八)　二十三歲

始讀諸經。借得御纂諸經讀之。夕覽古人詩。鄉試落榜。

夏,庶母卒。

嘉慶十四年　己巳(一八〇九)　二十四歲

春,與三弟召棣從東安回吴川,應學使胡長齡歲試,二等第一名。試詩賦亦不録,科試一等第一名。

三月,三弟召棣娶婦陳氏。

嘉慶十五年　庚午(一八一〇)　二十五歲

四月,長女生。

秋,侍父送科舉。秋試落榜。潛心經史,旁涉諸家,愛讀唐宋駢體文,喜爲詩,意興所至,天籟自鳴。

嘉慶十六年　辛未(一八一一)　二十六歲

二月,夜飲畢,忽口張不能合,屢治不效,多服驅風之藥,頻發熱。至八月咯血,止藥,口漸合,而前齒不相對。

五弟召梧娶鄭氏。

嘉慶十七年　壬申(一八一二)　二十七歲

正月與三弟回吴川,就學使程國仁試。歲、科試並第一,優生亦第一。自姚文田學使以來,試古學七次,均全郡第一。被選拔爲貢生。在拜見程國仁時,程夫子以"必入翰林"許之。

嘉慶十八年　癸酉(一八一三)　二十八歲

五月到省,程夫子召入署中。

六月,與家特巖鼎湖觀瀑。

秋試落榜。

九月從廣州回東安。東安士人爲林泰雯慶壽。

十一月到廣州侍程夫子北上。行前,父親林泰雯戒之曰:"爾從師外任,尤宜謹飭,一切政事,詳觀而默識之。"經大庾嶺時,程國仁得詩十章,命召棠等和之。

嘉慶十九年　甲戌(一八一四)　二十九歲

二月到京,住程國仁宅中。

五月,程國仁以光禄少卿任山東按察使。

六月,鄉試落榜。

七月,隨師母洪夫人到山東臬署。程國仁請秦漆漁先生教其子程小槐,召棠同學焉。

嘉慶二十年　乙亥(一八一五)　三十歲

山東安邱明府王元輔、青州太守錢俊、濟南太守胡祖福分別請林召棠評縣、府試試卷。

嘉慶二十一年　丙子(一八一六)　三十一歲

五月,由山東入京,住高州會館。

八月,參加順天鄉試中舉,第二百二十八名。主考爲太保太學士董誥、侍郎黄鉞、左副都御史陸以莊,房考爲陳俊千。

秋,程國仁升任甘肅布政使,入京後,林召棠前往拜見。

嘉慶二十二年　丁丑(一八一七)　三十二歲

在京參加會試,下第後歸至東安,以不得禄養爲戚,父林泰雯教誨道:"士人立定腳跟,當自貧賤始,小失志即戚戚,他日何以自立乎?"回吴川霞街拜祖。十二月仍返東安度歲,到廣州拜會蔣礪堂師。

嘉慶二十三年　戊寅(一八一八)　三十三歲

在東安文昌宫教館,子弟八人。十一月北上。

嘉慶二十四年　己卯(一八一九)　三十四歲

春到浙江,在巡撫署拜見程國仁。後到京會試,下第後偕程小槐往山東程國仁巡撫署,拜謁秦漆漁師。

嘉慶二十五年　庚辰(一八二〇)　三十五歲

會試下第。七月考教習落選。程國仁贈詩。秋聞秦漆漁師訃。估計不可能再參加會試,擬在吴川老家租鋪由妻子營商,自己教館。

道光元年　辛巳(一八二一)　三十六歲

在東安文昌宫教館,弟子五十餘人。三弟召棣入學。次子詒薰生。林泰雯是年七十七歲,召棠以親老,擬秋間攜子回吴川修屋,爲其退休計。

九月,程國仁任廣東布政使。林召棠到飛來寺官船上拜見恩師,侍師到廣州布政使府署。讀米元章題九曜石刻,作《九曜石》詩紀之。程國仁書"心亭亭居"相贈,並責以顯親大義,囑其北上會試。冬偕族姪鳴皋北上。

道光二年　壬午(一八二二)　三十七歲

會試下第。考慮到下一年的大挑,所以留京等候。

八月,鳴皋去世。召棠爲其料理後事。

九月,程國仁入京,任刑部侍郎。召棠居住其城内宅。

道光三年　癸未(一八二三)　三十八歲

春正大雪,痛飲而病。

二月中,程國仁任貴州巡撫。召棠送於城外。程國仁以召棠病初起而癯,又數失意,對召棠多加安慰而别。

會試中式第二十八名。會試文爲《入則孝出則悌守先王之道》,詩爲《波隨雲影動》。總裁太傅大學士曹振鏞,尚書汪廷珍、侍郎王引之、穆彰阿,房考編修許乃普。

殿試一甲第一名,爲癸未科狀元。讀卷官尚書盧蔭溥、黄鉞所選拔。朝考卷進呈道光皇帝,御批:"今科得一佳元,一字筆誤,無關學問。"例授翰林院修撰。兩廣總督阮元有聞及第報喜詩。高雷道葉申萬有賀及第詩。貴州巡撫程國仁致賀函,謂:"榮歸時,能由黔而粵否?"

八月,告假歸,因路途遙遠,未能經黔拜見恩師程國仁。

十二月,至東安。父林泰雯訓之曰:"第一人之名,副之不易。爾他日不負科名者安在,苟不努力爲有用之器,此不足爲吾喜,適足爲吾慮也。"

冬,爲漁石藏《陳獻章行草〈種革麻詩卷〉》作跋。

爲長子完娶。修故居。以父春秋已高,跪請侍養。父不允,嚴命返京。

霞街林族例,狀元每祭頒胙一百斤。召棠及第後只領其半,留一半存義倉辦善事,數十年後,所存甚巨,至民國時鄉中辦小學經費亦賴此而出。

道光四年　甲申(一八二四)　三十九歲

春,到番禺、香山、新會、東莞等地。作《召棠瞻仰記》、《松軒邵君墓誌》。

四月八日,父林泰雯退休回里,年已八十。

五月,弟召棣補廪,詒燕入學。爲林聯桂題"授筆堂"。

閏七月,作《館閣詩話序》。

秋,攜妾南海區氏和長子入京。就道前,父林泰雯手書"處己以謙,事上以敬,接物以和,早起勤力,學習世務"賜之。

作《鄧勱齋明府墓誌》。

參加翰林院考試後,告歸侍親。太傅曹振鏞贈林泰雯壽詩。直隸總督顔檢爲林召棠母作壽文。三元及第陳繼昌贈林召棠聯:"玉樹臨風,冰壺射日;芝田養秀,桂苑摛華。"

貴州巡撫程國仁辭世。

冬,林召棠返京。

道光五年　乙酉(一八二五)　四十歲

春,得恩師程國仁訃告,召棠謂一生皆程夫子所賜,"梁木其頽,吾無仰矣"。作《公祭程鶴樵夫子文》。

秋,三兒詒燾生。

父林泰雯於八月廿七日去世。召棠十一月聞訃。

道光六年　丙戌(一八二六)　四十一歲

正月,召棠奉諱出都,京中各同館年友、部卿均敬奉輓聯帳軸。四月到家。秋冬間爲父覓墓地,作《東安公行述》。到始祖及以下各祖墓拜謁。

八月,吴蘭修爲作"令德永寶之室"篆額。福建游士爲作像。

爲陽春柯浩光妻梁節婦作傳。

道光七年　丁亥(一八二七)　四十二歲

就高州高文書院之聘,培養出梁太史巍、劉大令汝新等傑出人材。香雪館落成。詒燕補廩。姪詒杰入學。長孫晉圻生。代葉芷汀觀察使作《高州府志序》,並代作《黄液丹太翁壽敘》。

道光八年　戊子(一八二八)　四十三歲

七月,葬父於同邑下寮,翰林院編修黄爵滋作墓誌,同年池生春書碑。

八月六日,撰《文廟史典序》。

長子詒燕得優貢生。

由潮州入京。

十二月,長女嫁同邑黄坡陳汝藩。

接陳俊千、姚秋農、陸以莊諸夫子訃。

作《石灣林氏族譜序》。

道光九年　己丑(一八二九)　四十四歲

春,至京口鎮,與會音寺石谷和尚相敘。

入京後,參加翰林院内考試,爲一等第五名,留館。

八月,娶保安楊妾。

九月,代人作《宫保師相七秩崧辰序》。

道光十年　庚寅(一八三〇)　四十五歲

在京和同年好友參加消寒會,吟詩作對。

進士座師湯金釗、同科傳臚杜受田贈聯。

七弟召桐入學。子詒燕到京朝考。

道光十一年　辛卯(一八三一)　四十六歲

六月,出任陝甘鄉試正考官。

八月初二,到西安。額取舉人六十五名,副榜十五人。解元呼延甲等十餘人後來考取進士,多爲循吏、良臣。撰《萬壽恩科題名碑記》,著有《闈中瑣記》。

十一月到京復命,上《陝西鄉試録序》,强調"讀書經世"和"不任私心"、"不拘一格"選拔人才。

御史湯鵬、侍郎陳其錕均爲召棠生母撰祝壽文。

道光十二年　壬辰(一八三二)　四十七歲

七月,跋蘇珥書《離騷經》墨搨。

周開麒、呼延甲等爲林召棠生母作祝壽文。

秋,告病南旋。黄爵滋、常大淳作詩贈别。

九月,過濟寧,丁瑶泉贈孔廟漢碑數種。召棠謂分書當以此爲先河。

冬,過隨園袁子才故居,留詩一首。

十二月到家。程小鶴觀察寄來程國仁詩集,囑校閲,召棠補入數首,并跋一文於後。

道光十三年　癸巳(一八三三)　四十八歲

春,四兒祖壽生。經制軍盧厚山聘請,任端溪書院山長十五年。爲侍奉母親,半年住書院,半年住家裏,春去秋歸。

夏,作《茂名廣潭楊氏族譜序》。

秋,爲陸孟卿、黄登瀛諸先生銘墓。

冬,自信宜至茂名,得詩十章。

與諸弟怡怡友愛,代諸弟營宅後,始析居。

道光十四年　甲午(一八三四)　四十九歲

二月,與次子詒薰、黄植品、林墨香同往端溪書院。

爲何石卿《寶硯堂硯辨》作序。適逢是年端溪開坑取石製硯,召棠購得數十種,擇四硯各銘之,以遺四子。

道光十五年　乙未(一八三五)　五十歲

元日,作《題冶門〈霞街林氏圖譜〉》。

二月,往肇慶游鼎湖山。

夏,雨阻於普濟寺,作《硯銘序》。

作《趙松雪年譜》。

道光十六年　丙申(一八三六)　五十一歲

二月,得林聯桂訃。

三月三日,踏青城外法輪寺。作《題葉蔗田民部漁家樂圖》。

四月,到廣州會晤鄧制軍廷楨、張工部維屏、吴學博蘭修、陳儀曹其錕、鮑比部俊、葉農部應揚,作文酒之會。

六月,撰《同門詩鈔序》。

道光十七年　丁酉(一八三七)　五十二歲

本縣文場落成,召棠爲聯懸之。

請羅浮詩僧載山爲繪小影,薌湖居士蔣蓮補景,共成《湖山清眺圖》。陳其錕、葉應暘、陳祥光題詩其上。

以"簡可"名齋,彭春洲爲書"簡可齋"額,並作銘。

同年探花張岳崧爲林召棠題"守一養和"匾。

道光十八年　戊戌(一八三八)　五十三歲

主持重建金蓮庵,兩年後落成,撰有《重建金蓮記》。後於庵旁建成泡影園,園門外聯爲:"江風山月自今古;園鳥林花同笑言。"園中之屋爲寄廬,陳澧顔其額曰"四十樹桃花禪屋"。自題聯曰:"蓮有禪心,桃爲仙友;地僻愚谷,天隨散人。"廬側建亭,名"亭亭亭",亭前爲荷池,池前建藕花池館,題聯曰:"卧聽大海風潮上,曾閲蓮花世界來。"彭春洲寄來一聯:"卧蓮瓣讀書,是天人福慧;見桃花悟道,須來者聰明。"

秋,爲南海陳占芳跋黎二樵書。

道光十九年　己亥(一八三九)　五十四歲

林則徐奉旨來粤查禁鴉片,向召棠諮詢民生吏治,又來函申述堅決禁烟、抗英之策。召棠極爲支持,並贊許友人孫祖貽撰寫之《鴉片烟賦》,歷數鴉片之害。作《肩輿行山中乘高忽見海》詩,把洋烟鴉片比作蛟涎蜃霧,應該加以清廓。

爲邑中倡議賓興,作《吴川賓興芻議》。

贖出誤入北里的侍女,使之從良,因作《楊花篇》詩。

冬,請故人子暢韶秀才書所撰硯銘。

是年,南海招子庸贈林召棠《竹石圖》。

道光二十年　庚子(一八四〇)　五十五歲

三月廿九日得病,作遺囑:"小心孝事祖母,終吾未了之事。爾兄弟貧,宜儉約謹慎,豎起脊骨,立志爲之。貧者士之常。太史公云'士不困辱',安能不激勵乎?"

夏,爲趙孟頫《行書山静日長卷》作跋。

五月,鴉片戰爭爆發。

道光二十一年　辛丑(一八四一)　五十六歲

作《辛丑元旦》詩云:"上相虎符新授鉞,小夷螳臂敢稱兵。何時朱鷺鐃歌曲,譜入嵩呼雅頌聲。"祈望鴉片戰爭取得勝利。

鴉片戰爭失敗,清廷與英國簽訂《南京條約》,割地賠款。祁墳致函高州太守與林召棠商量在高州勸捐事誼。林召棠以高州貧瘠,婉辭拒絶。

與友人游七星巖,在黄培芳詩刻後留有題名石刻。

寄廬落成,人多贈詩畫。召棠以爲孫祖貽四律甚佳,黄培芳山水大横幅極可觀。

道光二十二年　壬寅(一八四二)　五十七歲

四月,作《修培景福圍桂林隄加石工記》,又作《龔芷舫屬題簪花並照圖即用原韻二首》。

客以洪稚存《送春餞花圖》囑題。作許春樵墓銘。

讀彭春洲所示文,謂其爲"唐人之文"。

道光皇帝有起用林召棠之意,黄廣蔭爲此致書林召棠,召棠辭謝。

道光二十三年　癸卯(一八四三)　五十八歲

張維屏來訪,賓主相敘甚歡。

道光二十四年　甲辰(一八四四)　五十九歲

二月八日,生母陳太宜人卒。從端溪書院回吴川吴陽霞街。

道光二十五年　乙巳(一八四五)　六十歲

八月十六日,撰《高要縣節孝祠記》。

張芾寄一聯爲壽云:"講藝立言,領袖後進;頤性養壽,藻雪精神。"

羅浮詩僧載山爲林召棠作鏡中小像。

十一月,整理、校訂、楷録父親林泰雯遺著《四書纂言》,並爲之作跋。

道光二十六年　丙午(一八四六)　六十一歲

彭泰來過訪,相與接談甚歡。

第五孫晉培生。

道光二十七年　丁未(一八四七)　六十二歲

將詩作編成《心亭亭居詩草雜存》,並撰"芾南自記",郵寄好友陳其錕,陳爲之作序。

爲莊滋圃《授經圖》題詩。

道光二十八年　戊申(一八四八)　六十三歲

八月,撰《寧濟廟冼太夫人碑記》。

高州府學重建尊經閣,作《重建尊經閣記》。

過楚霸王墓,有詩。

道光二十九年　己酉(一八四九)　六十四歲

辛相英和贈林召棠聯:“落紙如雲,發言可詠;若金受礪,味道之腴。”

道光三十年　庚戌(一八五〇)　六十五歲

道光皇帝崩。

咸豐元年　辛亥(一八五一)　六十六歲

四月初九,至從化學署。子詒燕先於前年任從化訓導。

冬,作《記菊》。

咸豐二年　壬子(一八五二)　六十七歲

二月廿六日,由從化登舟旋里。

爲林特巖《倚樹聽泉圖》題詩。

咸豐三年　癸丑(一八五三)　六十八歲

二月,再寓府城。

作《自記》,謂“記吾父母之德,以遺子孫,慮後生輩不及知也”。

四月,作《並蒂蓮》詩。

作榜書大額“大江浦”。

咸豐四年　甲寅(一八五四)　六十九歲

妻孫宜人七十壽辰,羅惇衍寄來祝芾南夫子暨師母德配孫宜人七十雙壽榮慶聯云:“鶴髮凝禧,德齊梁案;龍頭擅譽,學富曹倉。”

十二月廿二日,妻孫氏病逝。

咸豐五年　乙卯(一八五五)　七十歲

爲黄九峰《秋水談禪圖》題詩。作《乙卯除夕》詩。

撰《故室孫宜人行狀》。

咸豐六年　丙辰(一八五六)　七十一歲

十二月,撰《陳椒朋學博墓誌》。

除夕,作《丙辰除夕偶爲命兒孫和之二首》,兒孫作和詩後,加批,復作《答少子穆孫和作》、《答次孫德員和作》。書“自强不息”横額并跋。

咸豐七年　丁巳(一八五七)　七十二歲

三月,病中作《飲酒三首》詩。

閏月晦日,作《丁巳閏月晦日偶有所寄先生行矣小留爪跡杳矣飛鴻尚記香痕翩然夢蝶安知乘雲步月不作扁舟訪戴耶二首》。

書横額“此即是學”并跋。

咸豐八年　戊午(一八五八)　七十三歲

爲三弟召梧建新居。

咸豐九年　己未(一八五九)　七十四歲

夏,作《恭祝誥授武顯將軍福山總戎復生孫公太翁暨德配誥封夫人柯夫人雙壽序》。

九月,書横額“致靜慎動”并跋。

時與黄培芳、曾釗等名士飲酒賦詩。

咸豐十年　庚申(一八六〇)　七十五歲

英法聯軍入侵北京。

咸豐十一年　辛酉(一八六一)　七十六歲

馮譽驥、路慎莊、李懷庚等來問候。

咸豐皇帝崩。子詒壽、弟召梧先後病卒。作《亡兒詒壽行狀》。

同治元年　壬戌(一八六二)　七十七歲

撰家訓,作《吴川八景詩》。

同治二年　癸亥(一八六三)　七十八歲

作《生祭文》。

自題四十一歲小照云:"四十一歲偶逢畫士,繪此故吾,非今吾也。今我忘我,今吾已忘,故吾安在? 畫士云:'本來無一物,露電泡影,偶然一現,亦無相之相也。'"

同治三年　甲子(一八六四)　七十九歲

爲開建令《横琴圖》題詩。

因洪秀全部屬陳金剛盤踞信宜,避於坡頭之南三村。

同治四年　乙丑(一八六五)　八十歲

地方官府、宗族姻親前來祝壽。爲鮑逸卿《石溪聽泉圖》題詩。

同治五年　丙寅(一八六六)　八十一歲

高雷兵備道陸心源奏請批准旌表林召棠之里爲"高賢里",建牌坊於里門,以爲矜式。

作《吴迴溪先生家傳論》。

同治六年　丁卯(一八六七)　八十二歲

作《姜邑侯治績記》。

同治七年　戊辰(一八六八)　八十三歲

撰《浙江烏程縣弼軒康君墓表》。

高州太守蔣超伯將調守潮州,有留别詩三首,末句云:"如我微名何足道,吴陽今有魯靈光。"林召棠作《和蔣太守留别詩三首》,末句云:"慚愧草螢沾露點,敢同卿月説輝光。"

同治八年　己巳(一八六九)　八十四歲

暮春,彭玉麟寫梅花圖贈林召棠。

同治九年　庚午(一八七〇)　八十五歲

爲季弟建新居。

同治十年　辛未(一八七一)　八十六歲

爲彭泰來集撰序。

同治十一年　壬申(一八七二)　八十七歲

第三孫晉堃被選爲拔貢,將於明年癸酉示榜,召棠先前爲嘉慶癸酉科拔貢,故學使何廷謙贈聯云:"公昔明經,由第一人轉入翰林,首聽鴻臚宣朵殿;孫今繩武,後六十載貢登太學,親扶鳩杖到圜橋。"又贈"斗南一老"横額。

十二月十五日(一八七三年一月十三日),林召棠逝世。各界哀悼,老幼同悲。李文泰作《祭林芾南殿撰文》,讚頌林召棠"鼇頭風度,鸞掖文章。詞臣之冠,史臣之良。"又作《輓林芾南師聯》:"海内同悲,况廿年曾侍門牆,感深知己;公心無憾,只一事未傳衣鉢,念切替人。"

王傑跋

夏雨荷馨,荔熟蟬鳴。卓才先生函告《林召棠集》書稿告竣,囑爲撰跋。自忖爲長輩學者作跋,斤兩不逮,難乎厚望,奈何鄉愁潮湧,感懷殊多,故欣然應允,以不負交託。

往事並不如烟:二〇一五年十月,本人應廣東省社會科學界聯合會、廣州日報報業集團、湛江市社會科學界聯合會舉辦“省社科專家話城市文化名片”系列活動之約,西行參加“湛江文化名片”評議,未料及者,作爲千餘年來粤西唯一狀元之林召棠,連候選提名都未沾上邊兒,本人雖盡力解釋,終亦無果;又,本人瀏覽湛江出版之史籍,偶見“林召棠出身於雷州”之説竟堂而皇之登録名人大作之中……如是不公不正、無知無畏之樣態,令人費解,或囿於林召棠的資料塵封太久,抑文獻匱乏而少人問津乎?

因此,《林召棠集》的整理出版,有若久旱逢雨,此正其時也!

本詩文集之整理,積十餘年之功,收録林召棠存世詩文甚爲完備。書末附有《林召棠年譜》,以便讀者互爲參照,深入了解林氏之生平事功,而相得益彰也。

本書爲林召棠存世著述的首次結集出版,可以預見,《林召棠集》對研究晚清政治史、科舉史、教育史、詩詞史、文化史,以及嶺南地方史、家族史、人文史等,必將起到積極的推進作用。而對細化和深化區域流動、社會交往、士官羣體、師承同誼、習俗、婚姻制度與家族互動、文章風尚流變等人文生態研究,同樣具有重要之學術意義。再者,誠如《前言》所揭示,林召棠畢生愛國愛鄉、秉公清廉、尊師重教、儉行修爲的精神,對於激勵後人弘揚優秀傳統文化,尤具積極的現實啓迪與借鑒價值。

古往今來,爲前人纂輯文集俱是"成如容易卻艱辛"。这其中,首先是資料搜集的不易,編纂者所付出之心血與艱辛自不待言,其踏破鐵鞋之毅力與堅持,尤令人感佩不已。

十多年前,卓才先生赴北京某圖書館複印林召棠的《心亭亭居詩草雜存》,前後歷時兩年:第一年,館方衹讓複印三分之一,理由是按規定不能複印全書;後來幾經周折,始得遂願。獲得一份資料,費時兩年,説來真是天方夜譚!

林召棠年輕時喜作賦體文,然其作品一直難見真容,本書編纂者聞得有佚賦載於湖南圖書館所藏之《館課賦鈔》,一翻之下,驚見兩篇,林氏之賦方得重見天日。林召棠撰寫之《自記》,收録於蘇州圖書館所藏《心亭亭居詩文存》(清鈔本)中,爲研究林召棠生平事功的珍貴文獻。林狀元的著作保存於千里之外的狀元薈萃之地,堪稱幸事!尤須特記一筆者,因原件珍稀善本,不准拍攝,卓才先生以年近杖朝之年,克服握筆手抖之困難,手抄凡九大頁,返穗後腿腳腫脹,周餘方消。又,編纂者憶及舊書中提到化州有林召棠撰書的一方墓誌,查至當地,竟然斷線,復經兩個月追查,始喜獲完整的碑文照片。

然而世事多舛,也有花開不果時。因在網上查知,廣西合浦山口林氏家廟有林召棠碑文,編纂者喜出望外,即與當地政府聯繫,火速驅車前往,豈料碑文早已被毁,以致無功而返。一水一火，真可謂冷暖自知。

本書内容涉及天地古今、山川形勝、人文故事、鬼神性命等等，極爲考驗編纂者的考訂、辨僞、校勘功夫。此前，有詩集將袁枚"弱水蓬山路幾重"一詩歸入林召棠名下。編纂者認爲此詩風格與狀元詩大不相類，經考證，果見載於袁枚詩集中，遂不予收録。

譜序、壽序是林召棠應酬作品的大類，然每每富出新意，其説理邏輯、遣詞文采，都能體現林召棠文筆之精構與妙絶。網上有《林氏族譜序》(未著出處)，行筆稀鬆平常，了無新意，似爲普通譜序的範本套作，而託名于林召棠。編纂者經過審慎討論，不予收録。

與辨僞同步，考訂、校勘乃爲考驗編纂者"繡花功夫"的精細工作。如收録在"拾遺本"的《翟孺人誄詞》之"清霜凋兮瑤芝，曉風淒兮蕙帳。朱絃歇兮鶴怨，玉簫絶兮鸞悲"，此四句並不押韻，編纂者以爲乃輾轉傳抄致誤。按，誄詞源自楚辭賦體，講究押韻。編纂者將前二句調换順序，令"芝"、"悲"二字相叶，當更接近於原作。另如《番禺穗石鄉祖貽林公墓誌銘》亦有如是問題。編纂者秉持一絲不苟之精神，訂正了不少傳抄過程中産生的訛誤，保證了本書的品質。

書稿編纂今已大功告成，可喜可賀！猶有意外收穫者，經此一役，卓才先生言傳身教，甘爲人梯，帶出了幾位有志後生。他們嗜古學如命，孜孜不倦，兀兀以求，以敬畏學問的態度修爲人生，他日良材可造也，不亦樂乎！

《林召棠集》所輯文獻應尚非林召棠存世著述之全璧，惟願本書之面世，進一步激發有志之士，對林召棠的佚文廣事搜羅，使之更臻完備。謹祝林召棠及狀元文化之研究乘風拓展，竿頭更進。善哉！

林星跋

歲丁酉,余返石城里居,以斫琴爲務。斤鑿之暇,並留心鄉土文脈。憶余少時,每歲宗祠祭冬,輒聞耆老言家成均喬春、副車華山諸公與殿撰公舊交故事。而殿撰公大魁天下,嘗謁我祖祠,並贈匾與楹帖,曰:“鯉湖系譜欣同我,鼇頂回頭望有人。”

又本邑岐嶺江氏伯仲,利濟羣生,創修繩武橋,殿撰公欣然爲之記;橋西草堂主人江慎中先生之妹適公哲嗣,出嫁之日,自南溪至霞街,口占詩二十餘首,至今爲其族人傳誦也。

壬寅夏,復見本邑文獻《有真味齋詩集》中載《聞林芾南夫子典試秦中喜而有作》、《奉懷殿撰林芾南夫子》等詩,知黄選青先生亦師事殿撰公。噫!石與吴,同郡接壤;石之於殿撰公,亦親戚師友宗誼之域,石邑與殿撰公淵源深矣!

余披覽志乘,即慕前輩之風規,每每神往。而百年之間,世殊事異,遺編賸簡,散佚將盡,唯喟歎而已。

數年前,余得識梅麓品良陳君,謙雅士也,一見傾蓋。其與殿撰公族孫卓才先生同來造廬,知卓老早歲畢業中山大學,掌教數十年,退食返鄉,忽一日感先賢文獻之流離,遂發心整理《林召棠集》,並徵訪於余。余聞之,拊掌歎曰:“善哉!”高郡文獻,二百年來散佚殆盡,無論舊籍百不存一,即明清及民初諸老所著亦大半無傳。先生耄耋之年,以董理鄉先哲文獻爲志,與品良陳君上下搜求,徵訪無遺,汲汲於是者凡十餘年。偶有續得,隨時添補,收聚爲編,較諸前人所輯者,益爲完備。又得同邑俊彦李文傑、電白劉金明諸君同校,分門别類,糾舛正謬,乃畢其功焉。

蒙先生不棄,以前緣訂交忘年,並寄來書稿,囑跋數語。展卷細讀,知殿撰公曾倩羅浮山僧繪製小影,而公之故里吴陽,亦以梅著稱,更存梅花詩社,誠嶺海風雅之區矣。余亦癡梅人也,曾訪諸梅關、羅浮,惜皆不遇;不意予鄉安鋪有百年重瓣緑萼,驚喜莫名,遂求種數本,環植舍前。辛丑冬,品良陳君又爲予覓得深柳堂吴陽玉蝶一本,補於與園,長勢可喜,幾成梅林,花期在望矣。

今殿撰公舊居、狀元祠坊業已葺復,公之遺文亦蒐集付梓,想公之絳雲、香雪諸館,亦必重見於不遠矣。他年薄寒輕籠,大綻覆樹之白,余必攜琴吴陽,再訂梅盟,招集卓才先生及諸君子,續公昔年香雪海之游也。

壬寅新秋,石城林星,時客成都昔耶池舘。

陳品良跋

癸巳七夕，予之吴陽，是夜星雨大作。逾日陽侯飲海，家梅麓夏潦浸盈，遂次上郭延陵吴氏家。予游龍鄉里，旬日停雲，其中嘯烟極浦，卧雨書樓，極歆少年之快。予探抉遺勝，更於耆宿中得《林召棠詩存》、《林召棠傳》二書，覽之竟日。是知卓才先生之名蓋自此始，時予十六歲也。

先生振鐸嶺海，儀型鄉國。小子昧冒託鴻，先生不以予年幼弱而矜尊大。越二年，予之仙羊，詣芳居白雲之麓，一見如故，得逢倒屣。小子何幸，蹤跡申乎知己，雅契結於長年。後予題衣東官，凡過訪羊石，即式閭登門，多蒙耳提。先生以釐秩芾南公詩文事命我。吾邑林公芾南，華國之英彦，翰囿之文宗。予自幼蓬野，未識大方，然先生勸督屢切，小子敢辭不文？遂發湘浦，臨吴塢，乘海上，叩神都。飛舄瑯嬛，游書林府。採訪玉山金匱之遺，計百有五。方勉不辱先生之命。

集中以蘇圖庋藏者爲鉅麗。其文其詩，乃戊戌歲予二人於姑蘇時掌録也。憶昔放跡吴門，蘧廬近文廟、滄浪、網師諸勝。每燕寢夜雨，蝶夢疎鐘，芳鄰輒在咫尺，予二人真與古爲徒也哉！又緝柳之餘閒，常散策烟波之外。某夕攜手滄浪，清歈遥引,歌斷秋雲之笙簫,身幻水月之池閣,人影往來,化城彷彿。昔芾南公嘗客吴下,亦有此滄浪游耶?芾南公尋劍桃花,題園泡影;予二人游大圓鏡中,盟續西來,亦芾南公之如是觀耶?

予與先生因芾南公而結緣,夙誼十載,或是前身,真天厚貺我也。疇年予好雲水,先生每烟景相招,則棲遲江南。後來寰中大疫,行路多阻。先生杜門高居,予亦舍藏退密。戊戌至今,亦不過四載耳。再視當年之燈窗,今邈隔河嶽,不啻異世。玆際劫火洞燒,交煎日月,而勇猛克難,薈成是編。人立於宇宙之中,小屋如舟,寄託二儀,得大冶鍛此氣象,不亦堪紅塵之一樂歟?

昔紫霞舊譜,共攀衡山手植之藤,此劫火餘後,天壤留存靈物也。今薰沈水之香衣,開琉璃之寶研,記予一大事因緣。異日九皋再聽,願我先生杖壽仙藤,優樂且康!

歲在玄黓攝提格青陽花朝之節,吴川陳品良識。

予舊讀游仙詩,見人間鼎藥一換,飄然而騫者衆。後冰解生波,今春重至吴下,鶯花深院,别來四年,誠《東山》之猶歎其遠。芾南公嘗製虎丘西子祠碑,予囊琴虎丘,尋訪遺躅,往來油璧香車,宫鴉寂寞,不知浣紗人杳在何許,維摩半老,只餘惆悵矣。丹黄小疲,予又入天台,游錢塘。芳草落花之天,共越山一二痕之眉嫵,醉櫂碧烟,清歌流連於湖上。時國美展陳宋元名跡,展中有水精宫道人手書《吴興賦》,公昔服膺鷗波書藝最深,爲之作年譜,予生也晚,惜眼福之未及也。寒食近,予作意旋歸,倦枕雨篷,過湞陽、飛來諸峽。天外空青,鷓鴣啼碧,照水紅萼,開謝紛紛。予見而劇憐,纏綿髣髴乎集中詩境,殆公杖履曾及,亦同吾之慨歟?近聞好事者探得公羅浮遺刻,予嘗入羅浮而夢白梅,百五年一夢南華,未足化爲蝴蝶而繞春衫耶?

癸卯歲清明節,陳品良又跋。

張荊璆跋

《孟子》曰："我善養吾浩然之氣。"讀芾南公詩，余甚異其質之清健流動，可謂一以貫之者也。昔況夔笙謂"詞由養出"，善葆本有之清氣乃謂有養。芾南公雖不作詞，然其爲詩之法度，竟與之神光離合。公少時冬夜坐月，能臻心月同一佳澈之境，其若夔笙之"吾心忽瑩然開朗如滿月"何？此天生詞人之心也！以詞人之心爲詩，故其文杳疎梅之氣，政能藉詩骨壯大而葆就之，不墮於穠華，亦不墮於纖弱，而成文質彬彬然後君子之逸品。

公之五言，沖淡幽深，出入王、孟、韋、柳諸家之間，正乃公之秉性本色，公詩"幽香破清曉，四山羣玉冷。不知香雪深，散作明霞影"，差可擬也。然幽香清白，羣玉冷翠，此亦姜白石之詞境也。又公"柳院垂簾坐，沈沈翠滿襟"、"殷勤爲勸玻璃盞，幾日相思隔暮潮"諸句，寧非《花間》小詞之境耶？古賢子夏曰："詩之於事也，昭昭乎若日月之光明，燎燎乎如星辰之錯行。"讀公之七言，亦大抵弔古、懷人、體物之什，卻得日月無私之燭，生面別開，另闢一境也。"碭山雲起拂欃槍，泜水波寒長荊棘。不見田橫五百人，島上悲風日無色"、"平疇遠翠交芃芃，戰士鑄劍皆歸農"諸句，非有大根器、大襟抱之人不能作。

而公七律句法之密,體物之深,亦堪稱卓於斯世。"燈影昔曾思荻畫,日華重喜到花甎"、"挾樹濕雲奔兕象,吞橋飛溜鬥雷霆"諸聯,如項莊舞劍,數步之内,端能氣焰咄咄,膽氣全出,而不亂章法。然此頓挫潛轉之法,雖局勢移换,而氣脈一貫,寧非長調之作法耶?

奇哉芾南,豈非古之君子也哉!懷冰壺玉鏡之心,終成經世濟民之業,故其爲詩爲文,雖時有纖穠,絶無綺膩;有沖淡幽深之質、侣魚蝦友麋鹿之雅趣,亦絶無鳥獸同羣之想、高樓袖手之態。昔龔定盦《觀心》曰"不奈巵言夜湧泉",梁任公自謂"十年飲冰,難涼熱血",陳蒼虬《浣溪沙》曰"此心難冷更難温",獨芾南之心之血,温潤正宜,徵色發聲,如切如磋。芾南之詩,未必全勝以上諸家,然古今第一流之詩人固難得,第一流之君子益固難得也。

芾南公粤人也,道光十一年典試陝甘。余秦人也,負笈嶺南之香江,壬寅二月避疫北歸,捧讀公詩,沐手作跋,此亦一段因緣。

壬寅六月廿一,茂陵張荊瓈謹識於川南旅中。

後　記

《林召棠集》得以出版，首先要感謝廣東人民出版社以及王俊輝副編審和李永新編輯。此前，《斗南一老——嶺南狀元林召棠傳》、《林召棠詩存》、《墨香氤氲——狀元林召棠端硯銘賞析》也是由他們編輯出版的。所謂事不過三，現在已經是四了，我們能不感恩嗎？

本書出版工作得到了吴川市林召棠狀元文化研究會、吴川市比干文化促進會、吴川市吴陽鎮、霞街社區居委會、林狀元家族後裔以及林振華、林瑞濤、林源、林華慶、林曉、林田生、林瑞池、林宇明、林振庭、林福琦、林振浪諸位先生的大力支持。

在收集林召棠詩文的過程中，中國國家圖書館、中國第一歷史檔案館、廣東省立中山圖書館、廣東省歷史博物館、廣東省方志館、上海圖書館、浙江圖書館、湖南圖書館、廣西壯族自治區圖書館、廣州圖書館、廣州藝術博物館、蘇州圖書館、嘉興市圖書館、佛山市圖書館、吴川市博物館、吴川市吴陽鎮文化站圖書館爲我們提供了周到的服務和幫助。

中山大學陳永正教授曾經爲《墨香氤氲》書名題簽，現在又欣然惠賜題詞，使本書爲之增輝。廣東省社會科學院二級研究員王傑博士及陳品良先生、林星先生、張子璇先生爲本書作跋,毛進睿先生亦惠賜題詞,這些題詞和跋文,對於了解和研究林召棠及其著作甚有裨益。

我們在收集林召棠詩文及相關資料的過程中,還得到了林晶、林振潮、林受祺、林受祥、林慶宏、曹寶麟、許習文、盧承奕、卿朝暉、陳寶德、曾檐福、林萬同、王維東、招軍、余國强、梁土富、陳洪龍、林家舟、林星、林上福、李梓校、李國源、彭少洪、趙汝明、邱華瑜、詹創彪、董德勝、林樹燊、林慶國、黄新躍、周建華、陳昊瑛、陳觀土、薛玉亮、梁文豪、吴金城諸位先生以及陸海濤、沈秋燕、鄧雅琴、甯志敏、黄凱妮女士的無私幫助。本書編目時,晏爲民老師爲我們提供了寶貴的意見。在校勘的過程中,詹居靈、王志偉二位先生多次向我們提供幫助並提出了寶貴的建議。在《林召棠集》問世之際,我們對上述單位和個人統表深深的謝意!

由於我們水平所限,在收録、點校林召棠詩文時難免有錯漏之處,敬請方家指正。

編　者

二〇二二年秋